A Novel

WHITE FANG

白牙

JACK LONDON

〔美〕杰克·伦敦——著 雍毅——译

陕西新华出版传媒集团
三 秦 出 版 社

目录

第一部

一个人说他要输，就已经输了一半。

第一章

初嗅肉味

冰河两岸，云杉树森然林立，宛如蹙眉。树上挂着的白霜刚被一阵寒风吹落，树枝斜坠，相互依偎，在渐暗的天光中，黑魆魆的，似有不祥之气。

无边的沉寂笼罩着大地。大地更是一片凄凉——死气沉沉，不见动静，寂寥冷清——就连大地的神情也愁苦凄惨。

这片凄凉的大地仿佛暗藏一丝笑意，但这笑意却比悲伤更可怕——就像斯芬克斯[1]的微笑那样忧伤，又如寒霜一样冰凉，带着几分不可一世的霸气。它是高高在上、不可言喻的不朽智慧，似在嘲笑生命的徒劳和求生的无望。它是荒野，是野蛮，是天寒地冻的北国荒原。

然而在这荒原之上，到处是不屈的生命。冰河上，一群狼狗正在费力前行。它们的气息刚一呼出就立刻凝聚，化作气沫四散飞溅，落在粗硬的毛上，结成晶莹的冰霜。狼狗身上套着皮轭，

---

1 典出希腊神话，指带翼的狮身人面女怪，传说常叫过路人猜谜，猜不出者即遭杀害。

轭上连着皮绳，绳头系着雪橇，狼狗拉着雪橇在雪地上费力前行。雪橇是用坚硬的桦木做的，没装滑板。它的前端上翘，形如纸卷，为了能从前方波浪般涌起的柔雪上压过。雪橇上牢牢捆着一只狭长的木箱，还放着别的东西：几条毛毯、一把斧头、一只咖啡壶和一口平底锅。但最显眼的，是那只狭长的木箱，占去大半个雪橇。

狗队前，一个穿着宽大雪地靴的男人在艰难前行。雪橇后，另一个男人在费力跟进。雪橇上的木箱里，还躺着一个男人，他的劳役已经结束——他已被荒野打垮，再也无力挣扎，不能行动。荒野从不喜欢有人行动，但生命总是冒犯荒野，因为生命在于运动，而荒野的目的就是摧毁运动。它冻结江河，不让流水归入大海；它逼出树木的汁液，直至坚硬的树心也被冻结。而它最残暴恐怖的一面，则是欺压人类使之屈服——而人类，又是最不安分的生灵，总是忤逆自己的格言：一切运动终将停止。

可是，两个男人的生命并没停止。他们无所畏惧，不可战胜，一前一后，正在雪地里艰难前行。他们身上裹着鞣制的皮袄，嘴里呼出的气息已凝聚成霜，睫毛、脸颊和嘴上已结成晶莹的冰凌，面孔无法认清，俨然戴着鬼面具，仿佛幽冥地府为鬼魂举办葬礼的差役。但在面具之下，又的确是两个活人，穿行在荒凉沉寂又仿佛在嘲笑他们的雪地上。而这两个渺小的冒险家，却执意要来一场惊天动地的冒险，以其微弱的身躯对抗威力无比的冰天雪地；但冰天雪地却像太空深渊，遥不可逾，陌生诡异，了无生气。

他们一路走来，默默无语，为了节省力气。四周一片沉寂，仿佛触手可及，压在他们心头。这股压力之于他们的心灵，犹如深水的压力之于潜水员的身体。他们承受着漫无边际的压力，无法抗争，心灵被压入灵魂深处最幽僻的一隅复又压出。犹如葡萄榨汁，将人类灵魂中一切虚假的热情、得意和自负，统统挤压出去，直到他们发现，原来自己竟是如此渺小卑微，如同尘埃微粒，在许多大而无形的元素和各种自然力的交互影响下，仅凭一点小把戏和小聪明苟且前行。

一小时过去，又一小时过去。短暂无日的灰暗天光开始消退。一声微弱的嗥叫从远方响起，回荡在宁静的夜空。骤然升高，达到极限，悸动慌张，延续片刻，又逐渐消失。叫声带有饿狼似的凄厉凶猛，不然人会以为是亡灵的哀号。前面的男人转过身来，与后面的男人遥相对望，两人隔着狭长的木箱，彼此点头示意。

叫声再次响起，如针一般尖利，刺破宁静的夜空。两人都已听出叫声在哪里，就在身后他们刚刚走过的那片雪域。叫声复又响起，是应和的叫声，同样是在身后，却在刚才那个叫声的左侧。

“比尔，它们追上来了！”前面的男人说。

声音听来嘶哑失真，分明已用尽气力。

“肉不多了，”后面的男人说，“几天来，连只兔子的影子都没看见。”

两人不再言语，侧耳倾听身后接连传来的嗷嗷捕猎声。

夜幕降临，两人将狗群赶进冰河畔的一片云杉树林，生火扎营，准备露宿。棺木——就是雪橇上的那只木箱——已停放在篝火旁，可坐亦可当饭桌。离火不远处，几条狼狗围成一团，嗷嗷乱叫，并无一条有想要离群逃走的迹象。

“亨利，好像它们离火太近了。”比尔说。

亨利蹲在篝火边，往咖啡壶里放了一块冰，点了点头，但没吱声，然后往棺木上一坐，吃起东西来。

“它们知道躲在哪里安全。”他说，“它们宁可吃蛆，也不当虫。这些狗聪明得很。”

比尔摇了摇头：“哦，我看未必聪明。”

他的伙伴用奇怪的眼神打量着他：“头一回听你说它们不聪明。”

“亨利，”比尔故意使劲儿嚼着嘴里的豆子，“刚才我给它们喂鱼的时候，它们一直闹腾，你看见没有？”

“它们的确比平时闹得凶。”亨利表示赞同。

“亨利，咱们有几条狗？”

“六条。”

“可是，亨利……”比尔停顿片刻，为使话语更有分量。“是这样，亨利，我们有六条狗，我从袋子里拿了六条鱼，给每条狗喂了一条鱼。可是，亨利，鱼少了一条。”

“你数错了。”

“我们有六条狗。”比尔平心静气，把刚才的话又重复一遍，“我拿了六条鱼。独耳没吃上。后来我又从袋子里拿了一条给它。”

“我们只有六条狗。”亨利说。

“亨利，”比尔又说，“我看不止这个数，吃上鱼的狗有七条。”

亨利不再吃豆，目光掠过火堆，开始清点狗数。

“现在还是六条。”他说。

“我还看见一条，往那边的雪地跑了。”比尔冷静而又肯定，“我总共看见七条。”

他的伙伴带着怜悯的目光，看着他说：“等跑完这趟差，我简直开心得要死。”

“什么意思?”比尔不解地问。

“我是说，咱们的压力太大，把你搞得神经错乱，都产生幻觉了。”

“我也怀疑。”比尔神情庄重，“所以我刚才看见有一条往那边跑了。我还特意过去看了看，发现雪上有不少爪印，就把狗又清点了一遍，结果还是六条。爪印就在那边的雪地上。你要不要看？我带你去。”

亨利默不作声，只是大口嚼着豆子，直到全部吃完，又喝了一杯咖啡，然后拿手背抹了抹嘴，这才开口：

“那么你估计……”

一声凄厉悠长的嗥叫又在黑暗中响起，打断他的话音。他侧耳细听，伸手指着叫声响起的方向，问：“那就是跑走的那条?”

比尔点了点头：“我他娘的一猜就是它，不会是别的。你刚才不也看见狗在闹腾嘛。”

叫声不断，夹杂着应和的嗥叫，一声接一声，沉寂已变成喧嚣。叫声四起，狗群受惊，挤作一团，凑向火旁，毛也烧焦了。比尔又往火里添了一些木柴，然后点上烟斗。

“看你愁眉苦脸的样子。”亨利说。

“亨利……”比尔若有所思地吸了一阵烟斗，接着说道，“亨利，我看比起你我，这老家伙他娘的可真够幸运。”

他用拇指戳了戳坐在屁股底下的木箱，指的是里面躺着的那个死人。

“亨利，你我死后，尸体上要是能多压一些石头，不让狗给吃了，那也算幸运。”

“可是，咱俩又不像他，身边没人又没钱，也没别的东西。”亨利说，“长途送葬，你我绝对办不起。”

“我就纳闷，亨利，这家伙何苦呢，好歹也是个乡绅老爷，不愁吃穿，还有毛毯，何必要来这种像世界尽头一样的鬼地方——我真不明白。”

“他要是待在家里，没准还能活得很长。”亨利表示赞同。

比尔欲言又止，伸手指向四围逼人的夜幕。茫茫黑暗中，不见一丝形影，只有一对发光的眼睛，就像两块燃烧的火炭。亨利点头示意，又出现一对眼睛，复又出现一对。顷刻间，一对对发光的眼睛，已将宿营地团团包围。其中的一对，还不时移来动去，时而消失，时而出现，忽明忽暗。

狗群越加躁动不安，惊慌失措，一片混乱，纷纷窜到火旁，紧紧依偎着主人，蜷缩在他们腿边。混乱中，一条狗被挤到火边，毛被烧焦，疼痛惊恐，嗷嗷狂叫，一股煳味登时弥漫在空气中。这一阵骚乱，惊动了那一圈发光的眼睛，它们不安地移来动去，略微退后一丁点。狗群又平静下来，那一圈眼睛也不再移动。

“亨利，子弹快完了，真他娘的倒霉。”

比尔已吸完烟斗，在帮同伴打地铺。饭前他已在地上铺了一层云杉枝，此刻正把皮褥和毛毯在树枝上展开。亨利嘴里咕哝着，开始解鞋带儿。

“你还剩几颗子弹？”他问。

“三颗，”比尔回答，“要是有三百颗，就叫它们尝尝我的厉害，该死的东西！”

他冲着那些发光的眼睛狠狠挥了挥拳，然后将麂皮鞋小心支在火堆前。

“这大冷天的，赶紧过去就好了，”比尔说，“两个星期一直零下五十度。我真不该出来跑这趟差，亨利。我看这地方好像有问题，不知怎的，总觉得有点不对劲儿。我就盼着跑完这趟，早点交差，然后咱俩就上麦加利堡，围着火炉打牌去——我就这点愿望。”

亨利咕咕哝哝钻进地铺，刚打起盹，又被同伴叫醒。

“喂，亨利，你说那条狗过来吃了一条鱼——别的狗怎么没咬它？我闹心的就是这个。”

“比尔，你闹心的事太多。”亨利迷迷瞪瞪地回答，“你以前从没这样过，赶紧闭嘴，睡上一觉，明天早上一切都会好的。你胃里反酸，所以闹心。”

两人合盖一条毛毯，并排而睡，呼吸沉重。篝火越来越小，即将燃尽，他们先前所见营地外围那一圈发光的眼睛，也越移越近。狗群吓得挤作一团，对着移近的一对眼睛，不时发出恐吓的嗥叫。一阵巨大的喧闹，惊醒了比尔。他小心地爬出地铺，以免弄醒同伴，又往火堆添了些木柴。及至火焰升高，那一圈眼睛又往后移动几步。他扫一眼挤成一团的狗群，揉了揉眼，定睛细看一遍，又钻进毛毯。

“亨利，”比尔大叫，“喂，亨利。”

亨利呻吟着从梦中醒来，问：“怎么啦？”

“没什么，”比尔回答，“就是又多出一条，我刚数过。”

亨利哼了一声，表示他已听到这个消息，复又睡去，很快鼾声隆隆。

次日早上，亨利首先醒来，唤起同伴。虽然已经六点，但离天亮还有三个钟头。亨利摸黑准备早饭，比尔则卷起毛毯，准备给狗套上雪橇。

“喂，亨利，”他猝然问道，“你说咱们有几条狗？”

“六条。”

“错。”比尔得意地回告。

“又是七条？”亨利反问。

“不，五条，一条不见了。”

“见鬼！”亨利一声怒吼，丢下正烧的饭，清点狗数。

“没错，比尔，”他断言，“小胖不见了。”

“它跑起来就像闪电似的，可能雾大没看清吧。”

“绝不可能，”亨利断言，“它们把它活活吞进肚子里了。我敢肯定，落入口中时，它还在呻吟，那帮该死的畜生！”

“它本来就是一条笨狗。”比尔说。

“但也不该笨到跑去找死。”他用搜寻的目光视察着剩下的狗，立刻总结出每条狗的性情。“我敢肯定这几条绝不会跑掉。”

“就是用棒打，它们也不会离开火堆。”比尔赞同，“我总觉得小胖有点不对劲儿。”

权当这是一句祭文，为北国雪道上一条死狗而作——比起许多狗乃至许多人的墓志铭，这句祭文有过之而无不及。

第二章
母狼惊现

早饭后，两人将小型露营设备捆上雪橇，离开尚未熄灭的篝火，动身摸黑前行。那凄厉的嗥叫立刻响起，此起彼伏，相互应和，回荡在冷冷的夜空。两人不再说话。

九时，天光放亮。午时，南边的天空现出一抹暖人的玫瑰红霞，北国雪原在正午阳光下兀然夺目。但那一抹红霞很快消失，只剩一片灰色天光。下午三时，那片灰光也逐渐消失，北极的夜幕开始落在孤寂的大地上。

夜幕渐深，追猎的嗥叫声从左右两边和后面步步逼近。狗吓得惊慌失控，左窜右冲，几次乱了拉橇的阵脚，每次比尔和亨利只得将其重新拉回雪道。比尔说：

“我希望它们能去别处猎食，别老跟着咱们。”

“让人胆战心惊，不得安宁。”亨利感同身受。

他们没再多言，直到扎营过夜。

亨利俯身正往冒气泡的煮豆锅里加冰，忽听“啪”的一声，比尔大喝一声，狗群发出一声惨痛的尖叫。他连忙直起身，却见一个黑影穿过雪地，消失在夜幕中。又见比尔站在狗群当中，半忧半喜，一手提着一根粗木棍，一手拎着半条晒干的大马哈鱼。

“它吃了半条，”他说，“但也吃了一棍。你听见尖叫声了吧？”

“它长什么样？”亨利问。

“看不清，有四条腿，有嘴有毛，像狗一样。”

“我想一定是条温顺的狼。”

“温顺个屁，不知是不是狼，反正喂狗的时候它过来抢鱼。”

当晚，两人饭后坐在棺木箱上吸着烟斗，一圈发亮的眼睛又围了上来，比昨晚靠得更近。

“我希望它们去跟踪鹿群或去猎别的什么，走远一点，别来烦咱俩。”比尔说。

亨利嘴里咕哝着，听来并不完全赞同。两人静静地坐着，亨利望着篝火，比尔则盯着火光外黑暗中那圈发光的眼睛，就这样过了一刻钟。

“我希望咱们马上赶到麦加利堡去。”比尔又说。

“闭嘴吧，别老希望希望的，唠叨个没完。”亨利勃然发怒，“你胃里发酸，所以心烦。喝上一勺苏打水，等胃里甜了，心情好了，你就不烦人了。”

次日早上，比尔满嘴脏话，呶呶不休，吵醒了亨利。亨利一只手肘撑着头，看见同伴站在火边的狗群中，伸着胳膊破口大骂，气得脸都变形了。

“喂！”亨利喊道，“怎么回事？”

“青蛙不见了。”比尔回答。

“不会吧。”

“我告诉你，就是不见了。”

亨利掀开毛毯，冲到狗群前，仔细清点一遍，然后和同伴起咒骂那些发疯的野兽，又夺走他们一条狗。

“青蛙是狗群里最强悍的。”比尔说。

“而且它一点儿也不笨。”亨利附和。

权当这是两天以后他们向狗所致的第二篇悼词。

早饭吃得很郁闷，剩下的四条狗已被套上雪橇。这一日和前两日毫无二致。两人默默无声，在冰封的河面缓缓前行。四周一片寂静，身后时而响起追猎者的叫声，打破岑寂，回首却不见踪影。午后不久，夜幕降临，追猎者和往日一样，越逼越近，叫声如在耳根。狗队惶恐不安，惊慌乱窜，阵脚大乱，两人越发沮丧。

当晚，比尔忙完后挺起腰杆得意地说：“哼，这下你们几个蠢货动不了啦！”

亨利放下炊具过来看，只见同伴已将四条狗全部系牢，而且按印第安人的系法，用树棍加固。他在每条狗的脖子上系了一条皮带，再把一根四五英尺长的粗树棍系在皮带上，让狗咬不到，又用一条皮带将树棍的另一端系在地上的木桩上。树棍这端的皮带，狗无法咬到，另一端的皮带隔着树棍，根本够不到。

亨利点头赞许。

“只有这玩意儿才能拴住独耳。”他说，“它的牙跟刀子一样快，能咬断皮带。这下它们就会乖乖待到明天早上啦。”

“那当然，我敢和你打赌，”比尔胸有成竹，“假如再丢一条，我就不喝咖啡。”

“它们知道咱们没子弹，开不了枪。”亨利边睡边说，意指周围那一圈发光的眼睛。“它们要能挨上两枪，就会规矩一点。天天夜里围上来。你避开火光仔细看——瞧！看见那个了吗？”

一时间，两人注视着游荡在火光边上的模糊身影，聊以自娱。就这样，他们死死地盯着黑暗中那对发光的眼睛，那野兽渐渐现出身形。他们甚至看见还有几个身形也在不时地移动。

狗群中一阵嗥叫，引起两人注意。独耳发出急迫的哀鸣，扯着脖子上的树棍向黑暗中猛扑，时而停住，疯狂地乱咬木棍。

“瞧那边，比尔。”亨利低声说道。

一头似狗的动物，鬼鬼祟祟迂回绕行，完全暴露在火光中，行动似乎无所顾忌，又好像犹豫不决。它一面提防着两人，一面死盯着狗群。独耳使劲扯着树棍，一面向入侵者猛扑，一面急得狺狺狂吠。

“傻独耳好像不太害怕。”比尔小声低语。

“那是一头母狼，”亨利轻声回应，“是它诱走了小胖和青蛙。它是狼群里的诱饵。它先把狗引出去，然后狼群一拥而上，把狗吃掉。”

“啪”的一声，一根架在火上的木头落下来，砸得火苗噼啪作响，吓得那怪物一跃而起，躲回暗处。

“亨利，我在想……”比尔说。

“在想什么？”

“我在想，吃我一棒的，就是那家伙。”

“毫无疑问。”亨利响应。

“我还想说，”比尔又说，“那家伙那么冒失，敢靠近火堆，真是可疑，邪得很。”

“一般的狼肯定不敢。”亨利赞同，“知道在狗吃食的时候溜来，说明这狼很有经验。”

“老维兰曾经有一条狗，后来跟狼群跑了。”比尔思忖道，

“这事我知道。在小斯迪克山的驼鹿牧场，我还向狼群开了一枪，把它打跑了。老维兰哭得像个孩子似的。他说三年没见那条狗了。原来它一直跟狼群在一起。”

“给你说中了，比尔。那头狼是一条狗，从人手里吃过好多次鱼。”

“要是让我撞上，就把那条做狼的狗一枪撂倒。”比尔断然说道，“咱们不能再失去狗了。”

“可你只有三颗子弹。”亨利反驳。

“我要等到万无一失，一枪把它干掉。”比尔答道。

早上，亨利伴着同伴的鼾声烧火做饭。

“你倒睡得挺舒服，跟没事似的。”亨利叫他起来吃饭，“真不想叫醒你。”

比尔迷迷瞪瞪吃着饭。他见自己的杯子是空的，伸手欲取咖啡壶却没够着，因为壶在亨利手边。

“喂，亨利，”他轻声责备，“你忘了吧？”

亨利小心环顾四周，摇了摇头。比尔举起空杯。

“没你的咖啡。”亨利说。

“没喝完吧？”比尔急问。

“没有。”

“不是怕影响我消化吧？”

“不是。”

比尔气得满脸通红。

“我倒很想听听，请你把话说明白。”他说。

“飞毛腿不见了。”亨利回应。

比尔坐在那里不慌不忙，一脸自认倒霉的样子，扭过头去清点狗数。

“怎么会呢?”他淡然问道。

亨利耸了耸肩:“不知道,除非独耳帮它咬开了皮带,它自己咬不到,肯定是那样。”

“该死的东西!”比尔声音低沉,慢悠悠地说道。他虽心里恼火却不外露,“就因为它不能咬开自己的皮带,才咬开飞毛腿的皮带。”

“唉,不管怎样,飞毛腿的苦难结束了。我想现在它已经被消化得差不多了,正在野外那二十头狼的肚子里晃荡呢。”权当这是亨利献给这条新近失踪的狗的悼词。“喝点咖啡吧,比尔。”

比尔摇摇头。

“来吧!”亨利提起咖啡壶,劝慰道。

比尔猛将空杯推向一边:“我要喝就是死‘屁’尔。[2]我说过,要是再丢一条狗,我就不喝咖啡。”

“这咖啡简直太好喝了。”亨利故意撩逗他。

但是比尔很犟,一边吃着干粮,一边嘟嘟囔囔,骂独耳趁机作乱,就这样吃完了早饭。

“晚上我要把它们分开绑死,叫它们彼此够不上。”两人上路时,比尔说。

亨利走在前面,刚走了不到一百码,他的鞋就碰上一个东西,便弯腰拾起来。虽然天黑看不清,但他摸得出来。他顺手往

---

2 译者注:此处原文是 I’ll be ding-dong-danged if I do.(直译为:“我要喝就是死叮当。”)ding-dong 是美国俚语,用作对名叫贝尔(Bell)的人的戏称。因 Bill(比尔)与 Bell(亦作“铃铛”解)读音相似,作者分明取其谐音以达幽默之效。此处译文亦取谐音,采用意译,以便读者理解。

后一抛，那东西砸上雪橇又弹起来，滚落在比尔的雪地靴上。

“或许这个你用得着。”亨利说。

比尔惊叫一声，原来是他用来拴飞毛腿的那根树棍。

“它们把皮都啃光了，”比尔说，“棍子干干净净的，两头的皮带也吃光了。真他娘的是一群饿狼！亨利，这趟差跑完之前，你我不知还会遇到什么麻烦。”

亨利轻蔑一笑：“我从没给狼缠成这样，但我经历过比这更倒霉的事，不也好好的。比尔，你小子把这些讨厌的东西当作老朋友不就得啦。”

“不知道，不知道。”比尔预感到不妙，小声嘀咕道。

“那好，等到了麦加利堡，你就知道了。”

“我没那个兴趣。”比尔犟了一句。

“你气色不好，就这个毛病。”亨利武断地说，“你得吃胃奎宁，等一到麦加利堡，我就弄些来给你吃。”

比尔对此诊断不以为然，哼了一声，陷入沉默。这天一如既往。九时，天光放亮。十二时，南边暖暖的天际不见太阳。接下来，是阴冷的下午。三小时后，夜幕降临。

旭日将出未出之时，比尔从雪橇上的捆绑物中抽出一支步枪。他说：

“你往前走，亨利，我去看看有什么情况。”

“你最好别离开雪橇，”同伴反对，“你只有三颗子弹，后果难以预料。”

“谁在哇哇乱叫？”比尔得意地回敬。

亨利没理他，独自缓步前行，却不时焦虑地回望一眼同伴消失的那片阴暗荒僻之地。一小时后，比尔抄近路赶上雪橇。

“它们散开了，一字排开，”他说，“一边跟着咱们，一边寻找猎物。你瞧，它们对咱们了如指掌，只是在等机会下手。一路跟着，碰到能吃的东西绝不会放过。”

“你是说，它们自以为对咱们了如指掌。”亨利尖刻反驳。

可是比尔并不理他：“我看见了几头，都很瘦。估计它们有几个星期没吃东西了，就吃了小胖、青蛙和飞毛腿。它们瘦得就像木柴，肋骨就像搓板，前胸贴着后背。跟你说，它们全都饿急眼了，要发疯了，咱们得小心。”

几分钟后，走在雪橇后的亨利，发出一声低沉的警哨。比尔转身回顾，悄悄拦住狗，极目所望，适才所来小道转弯处，一头鬼鬼祟祟的长毛兽正朝他这边慢步跑来。只见它鼻子嗅着地面，步态诡谲，轻盈徐缓。两人停住，它也停住，昂首盯着他们，鼻孔抽搐几下，因为它已嗅到人的气味。

“就是那头母狼。”比尔小声道。

狗已趴在雪地上，比尔绕过它们，来到雪橇后的同伴这边。两人同时盯着这头不明野兽，几日来它一直跟踪他们，已将狗群毁灭一半。

那野兽谛视片刻，向前小跑几步，如此重复数次，最后在离雪橇不足一百码处停住，站在一丛云杉树旁，昂起头，瞅了瞅，嗅了嗅，审视眼前两人的装束，又像狗似的盯着他们，目露怪异的渴求，却无狗的柔情。那是一种饥饿的渴求，就像它的利齿一样凶狠，又如霜雪一样无情。

它比狼大，瘦骨嶙峋，轮廓分明，一看便知，它是同类中最大的一头。

“肩高差不多有两尺半。”亨利说，“我敢打赌，它的身长将近五尺。”

“毛色有点怪，不像是狼。”比尔说，“从没见过红毛狼，我看颜色倒像肉桂皮。”

这动物当然不是肉桂皮色。它的皮毛乃是正宗的狼毫，以灰色为主，略带红色——这种红色时隐时现，不可名状，如幻影一般，时而发灰，清晰可见，时而泛红，模糊不清，以常人的经验难以划分。

“无论怎么看，都像一条大型哈士奇雪橇犬。”比尔说，“见它摇尾巴，我并不觉得奇怪。”

“喂，哈士奇！”他喊道，“过来，不管你叫啥。”

“一点儿也不怕你。”亨利哈哈大笑。

比尔冲它挥挥手，威胁喊喝。但那野兽好像并不害怕，只是变得警觉起来，仍然凶恶地盯着他俩，露出饥饿和渴求的目光。他俩是肉食，而它是饿兽。它就想扑上去吃掉他俩，只是不敢。

“我说亨利，”比尔思忖着，下意识地压低嗓音，“咱们有三颗子弹，但必须一枪打中，不能失手。它已诱走咱们三条狗，应该干掉它。你说呢？”

亨利点头同意。比尔小心翼翼从雪橇上的绳索下抽出枪来。他提起枪，还没抵住肩头，母狼突然一跃而起，窜入路旁那片云杉树林，逃得无影无踪。

两人面面相觑。亨利会意地长吹一声口哨。

“我就知道，”比尔一面将枪放回原处，一面大声自责，“能够在喂狗时混进狗群，一定知道枪是怎么回事。我告诉你，亨利，那个畜生是咱们的祸根，要不是它，咱们现在有六条狗，不该是三条。跟你说，亨利，我一定要找到它。它太狡猾了，明着来，是打不上的。但我会埋伏起来等待它。我要在树林里伏击它，不然我就不叫比尔。”

“即便那样，你也不要走得太远。”同伴告诫他，“要是狼群扑上来，你那三颗子弹顶多换来三声吼叫。比尔，那些野兽都他娘的饿急眼了，一旦它们扑上来，肯定会把你咬死。”

当晚，他们早早地安营扎寨。三条狗拉雪橇，速度和时间都不及六条。它们分明已累得疲惫不堪。两人早早睡下，比尔睡前特意将狗分别拴开，让它们彼此咬不上对方的套索。

可是，群狼越发肆无忌惮。两人不止一次被惊醒。狼群逼得很近，狗吓得惊恐不安。他们为了安全起见，不时加柴添火，不让大胆的饿狼靠近。

“我曾听水手们说过鲨鱼跟踪船只的事。”比尔添完柴火回到毛毯里说，“我看这些狼就是陆地上的鲨鱼。它们的手段要比咱们高明，这样拖住咱们是为了保存体力。它们迟早会吃掉咱俩。亨利，它们肯定会吃掉咱俩。”

“你要这么说，就已经被吃掉一半了。”亨利尖锐反驳，“一个人说他要输，就已经输了一半。你吓成这样，就已经被吃掉一半了。”

“比你我强的人它们都吃过。”比尔回应。

“得了，闭上你的乌鸦嘴吧，烦死人了。”

亨利气得侧过身去，但让他奇怪的是，比尔并没有因此发火。这可不是比尔的一贯作风，因为他极易被尖刻的言辞激怒。亨利想来想去，难以入睡。他耷拉着眼皮直打瞌睡，心里却想着一件事：“比尔心情特别沮丧，这毫无疑问。明天我得让他高兴起来。”

第三章
饿狼嚎叫

次日清晨，吉瑞祥和。昨夜无一狗失踪，于是他们精神焕发，大摇大摆上了路，在冷寂的夜幕下继续前进。比尔似乎忘了昨夜的不祥预感，一路不时逗着狗玩。正午时分，他们行至一段颠簸的小径，雪橇不幸翻覆。

雪橇翻了个底朝天，卡在树干和岩石之间，一片凌乱。他们被迫解开狗的套索，以便拖出雪橇。两人俯身正要将雪橇翻过来，亨利忽然发现独耳想要悄悄溜走。

“喂，独耳！”亨利喊道，起身转向那条狗。

可是，独耳突然狂奔，穿过雪地，身后留下一串爪印。原来，在他们身后的小道，母狼正等着它。独耳将要靠近母狼时，突然警觉起来，放慢步子，小心迈着碎步走上前，然后停住。它仔细看着母狼，目光疑惑，但露出渴望。母狼仿佛在对它微笑，虽露着牙齿，却不是恐吓，而是迎合。母狼顽皮地往前走几步，又停住。独耳竖起尾巴和两耳，昂着头，向它靠近，仍然警觉小心。

它凑上去要闻母狼的鼻子，母狼忸怩顽皮地往后退。独耳进一步，母狼退一步。就这样，它被母狼引诱着，一步一步往前走，离主人越来越远，处境十分危险。有一回，仿佛冥冥中它的灵性突然发出警告，它回头望着翻覆的雪橇，它的同伴，还有喊它回去的主人。

可是，不管它脑子在想什么，只要母狼凑上来，对着它的鼻子闻一下，又忸忸怩怩后退一步，它的念头便立即消失，又跟着母狼往前走。

此时，比尔忽然想起那支枪来。可是，枪却压在翻倒的雪橇下。待亨利帮他装好子弹，独耳和母狼已靠得太近，离他俩又太远，此时开枪，独耳会有危险。

及至独耳发现自己的过失，已为时太晚。两人不明缘由，见它掉头向他俩跑来，又见十二头瘦长的灰狼，跳着穿过雪地，从右岔道冲向小道，想拦截它的退路。霎时，母狼的顽皮忸怩骤然消失，它咆哮着，扑向独耳，但被独耳用肩猛地撞开。此时独耳的退路已被截断，但它仍企图返回雪橇，便改变路线，想绕个圈子回来。每时每刻都有更多饿狼出没，加入追捕独耳的团伙。母狼紧追独耳不放，只差一跃。

“你要上哪儿？”亨利突然问，同时按住同伴的胳膊。

比尔甩开他的手。“我无法容忍，”他说，“我得想个办法，不让它们再吃咱们的狗。”

比尔持枪冲进路边的灌木丛。他的意图一目了然：将雪橇作为独耳绕圈环跑的中心，在外围的某个点上堵截追击的狼群，大白天有枪在手，或许能吓退狼群，救出独耳。

“喂，比尔！”亨利在他身后喊道，“小心！不要冒险！”

亨利无事可做，便坐上雪橇观敌瞭阵。比尔已不见踪影，只有独耳在灌木丛和几簇云杉树中时隐时现。亨利料定独耳已陷入绝境。狗也深知自己有难，但仍在外圈奔逃，而狼群则在更小的内圈围追堵截。看来独耳想要甩开追击的狼群，冲破包围圈，抢先回到雪橇边，已毫无指望。

几条不同的路线很快会成一个地点。虽然树林和灌木挡住了视线，看不见前方的雪地，但亨利知道，狼群、独耳、比尔三者已交会在一处。一切发生得太突然，亨利始料未及。他听见一声枪响，然后接连两声，便知道比尔已没子弹。接着，传来一阵巨大的狼嚎狗吠声。他听出独耳疼痛恐惧的尖叫，还听见一头狼被击中的哀嚎。之后再无其他动静。狼嚎停止，狗吠渐渐消失。寂静再次笼罩着这片荒凉的大地。

亨利久久坐在雪橇上，刚才发生的事，他无需去看，照样明白，仿佛就发生在眼前。有一回，他突然惊起，急忙从雪橇上放的东西下取出斧头。可是过后，他又坐下来，沉思良久。剩下的两条狗蜷伏在他的脚下，瑟瑟发抖。

后来，他疲惫地站起身，仿佛身体已被掏空。他将两条狗系在雪橇上，又将一根绳索套在自己肩上，自己当橇夫，和狗一起拉起雪橇来。尚未行走多远，见天色开始变暗，他赶紧扎营生火，并预备了充足的柴火。他先是喂狗，然后做饭吃饭，后来紧靠篝火打好地铺。

可是，他却没福气睡个好觉。还没闭眼，狼群已凑上来，危如累卵。不用费力看，近在眼前。狼群已将他和篝火团团围住，在火光下一目了然，有的趴着，有的坐着，有的匍匐前行，有的晃来晃去，有的还在打瞌睡。这里一头，那里一头，像狗似的，蜷在雪地上睡觉，而他自己却不敢睡。

他把火苗拨得很旺，因为他知道，只要火旺，就能阻挡饿狼的利牙，不敢咬他。两条狗紧贴着他，一边一条，一会儿哀嚎，一会儿呜咽，乞求保护。狼稍一靠近，狗就拼命狂叫。狗一叫，狼群就躁动不安，纷纷站起，跃跃欲试往前扑来。狼嚎狗吠响成一片。之后狼群又纷纷卧倒，这里一头，那里一头，继续打盹睡觉。

但是，狼的包围圈也在不断缩小，一点一点，一寸一寸，向他逼近。这边一头，那边一头，匍匐前进。此时群狼已近在咫尺，只需一跃，即可将他扑倒。只见他从火堆里抓起几块火炭，抛向狼群。群狼纷纷退后，其中一头恶狼被火炭击中，毛被烧焦，惊恐恼怒，嗷嗷狂嚎。

可怜的男人，因为一夜无眠，早上形容枯槁，疲惫不堪，眼窝深陷。他摸黑做了早饭。九时，天色微明，狼群后退。他开始实施昨夜酝酿已久的计划。他砍了一些幼树，当作横木绑在几根矗立的大树干上，搭成一个高高的支架，然后用雪橇缆绳作为吊索，借着两条狗的拉力，将棺材吊起，放在支架上。

“它们吃了比尔，可能也会吃我，但绝对吃不到你，年轻人。”他对棺材里的死尸说。

然后，他继续赶路。减重的雪橇被狗拉着一路往前颠簸滑行。狗拉得十分起劲，因为它们也知道，只有到了麦加利堡才会安全。此时狼群越发公然追逐，有的跟在后面从容小跑，有的从两侧并行包抄。它们伸着红红的舌头，身体两侧瘦骨嶙峋，一动便如波浪起伏一般，那瘦削的身躯，仿佛骨架上蒙了一层皮囊，只剩几根筋——瘦成这副模样，竟然还能站稳，没一头栽在雪地上，亨利心里不由惊叹。

他不敢走夜路。正午时分，暖洋洋的太阳从南边的地平线上冉冉升起，将灰色金光射向天际。这迹象表明白天越来越长，太阳即将回归。明媚的阳光刚一消失，他便开始扎营。几小时后，天将全黑，此时天光灰暗，暮色苍茫，他趁机砍了大量木柴。

夜幕降临，恐惧陡升。饿狼越发大胆，亨利困顿不堪。他蜷缩在火堆边，身上裹着毛毯，斧头夹在膝间，不由自主打起盹来，狗分别紧靠两边。他有一回醒来，发现前方不足十二英尺处有头大灰狼，是狼群里最大的一头。那畜生无视他的目光，就像一条懒狗似的，故意伸着懒腰，对着他打哈欠，还直勾勾地盯着他，恨不得一口将他吞进肚里，仿佛他是一顿盼望已久的美食，必须马上吃掉。

整个狼群都表现出一副稳操胜券的样子。他数了数，足足有二十头，有的用饥饿的眼神瞪着他，有的平稳地趴在雪地上。它们让他想起围坐饭桌等待开饭的孩子，而他就是它们要吃的一顿饭，只是不知这饭将怎样开始，如何开吃。

他往火堆添柴时，竟然发现自己在顾影自怜，这种感觉前所未有。看着肌肉活动，他忽然对自己灵巧的手指产生了兴趣，便借着火光，缓缓弯曲手指，做重复运动。有时弯曲一指，有时五指齐屈；时而打开手掌，时而攥住手心。他又细观指甲形状，再掐掐指尖，一会儿猛掐，一会儿轻戳，体会着感觉末梢神经的变化。这种感觉特别神奇，他忽然喜欢上自己身上这一小块嫩肉，它竟如此优美，如此光滑，如此细腻。有时他也会把恐惧的目光投向四围那一圈饿狼，它们随时都会向他扑来。他在想，自己美妙的身体，鲜活的肌肉，不过是饿狼追逐的一大块肉，迟早会被它们的饿牙撕碎啃噬，给它们补充营养，就像他常吃鹿肉和兔肉补身子一样。想到这里，他犹如当头挨了一棒。

他从噩梦中醒来，迷迷糊糊睁开眼，发现那头红毛母狼就在前面，离他不足六英尺远。它坐在雪地上望着他，眼里流露出渴望的目光。他脚下的两条狗在呜呜嗥叫，但母狼不理它们。它只是望着他，他也久久地望着母狼。它没露出凶相，只是眼神充满极度的渴望。他知道，那极度的渴望是产生于极度的饥饿。他就是食物，是他激发了它的味觉。它张着嘴，唾液直往下流，美滋滋地期待着，馋涎欲滴。

他浑身一阵颤栗，急忙伸手去拿火炭，准备投向母狼。可是，他刚一伸手，手指还没碰上火炭，母狼已一跃而起，逃回安全地带。他心里明白，它早已习惯被人如此攻击。母狼一边逃窜，一边嚎叫，满嘴白牙暴露无遗，渴望的神色骤然消失，换了一副嗜肉的狠毒面目。这令他触目惊心。

他看了一眼握着木炭的那只手，发现手指的抓握动作竟然这么灵巧，能自行调节，以适应木炭凹凸不平的表面；它们卷曲地握在木炭的上下左右，一根小指因离燃烧的部位太近，竟能敏感地自动扭动，从烫手之处，挪到比较凉爽且能抓牢的部位。就在同一瞬间，他仿佛看见，这些敏感灵活的手指，正被母狼的白牙撕烂咬碎。他从没像现在这样爱惜过自己的身体，但从此能否终身拥有自己的身体，已经很不确定。

一整夜，他不时地投掷火炭，一次次击退饥饿的狼群。每当禁不住打盹，狗就会呜呜嗥叫，将他吵醒。

清晨来临，但曙光第一次没能驱散狼群。他徒然巴望它们能散去。狼群仍然围着他和火堆，表现出一种志在必得的傲慢姿态，动摇着他在晨曦中产生的勇气。

他决定铤而走险，准备上路。但刚一离开火堆的掩护，一头胆大的恶狼就向他扑来。眼看一嘴利牙向他大腿咬来，只差四五英寸，他猛地往后一闪，饿狼扑空，这才捡回一条命。其余的狼纷纷跃起，向他猛扑，情急中他抓起火炭左右狂扔，才将它们赶退几步，暂时不敢放肆。

即便是在大白天，他也不敢离开火堆半步去砍木柴。二十英尺开外的地方，高耸着一棵干死的大云杉树。他花了半天时间，将营火一步步延伸到树下，手边随时备着六七个火棒，以投向狼群。及至树下，他仔细观察周边的树木，为的是能将大树砍倒在木柴丰盛的那边。

这夜的情况和昨夜相同，只是他已困得支撑不住，狗叫声对他已不管用。虽然它们一直叫个不停，但他昏昏沉沉，脑子麻木，无论它们叫得多凶多响亮，也不会引起他的注意。他醒过一次，见母狼就在离他不足一码的地方，大惊失色。遂本能地顺手抄起一根火棒，猛地插入张开的狼嘴。母狼疼得嗷嗷乱叫，落荒而逃。闻着一股肉和毛被烧焦的煳味，看着它摇晃着脑袋，怒吼着逃出二十英尺外，他不禁心中大喜。

这一次，瞌睡上来前，他先将一个点燃的松木结系在右手上。他刚闭眼眯了几分钟，就被炙热的松木结烫醒。他靠这个办法，坚持了好几个小时。每次一被烫醒，他就抄起火棒，赶退狼群，之后加柴添火，再将松木结系在手上。如此反复，一切太平。可是有一次，松木结没系牢，他刚闭上眼睛，木结就从手上脱落。

他做起梦来，好像来到温暖舒适的麦加利堡，在和管家打克里比奇纸牌[3]，又好像城堡已被狼群包围，它们在门口大声嚎叫，他和管家时而停止打牌，听着狼在嚎叫，笑它们想进进不来。然后——这梦真是奇怪——忽听“咣当”一声，门被撞开，狼群如

---

3 一种两人、三人或四人玩的纸牌游戏，用插在有孔的记分板上的小钉记分。

洪水般涌入城堡大厅，朝他和管家直扑过来，巨大的嚎叫声响彻大厅，震耳欲聋。后来他又梦见别的什么，但已记不清，但嚎叫声一直不绝于耳。

然后他醒了，发现那嚎叫声原来是真实的。狼群咆哮着，吼叫着，向他冲来。它们从前后左右向他扑来，一头狼的牙齿已触到他的手臂，他本能地跳进火堆。就在起跳的一瞬，他感觉利齿划破了腿上的肉。然后便是一场火攻。仗着结实的手套暂时护住双手，他捧起熊熊燃烧的火炭，往四面八方抛扬，刹那间，火炭飞溅，营火已变得如同火山。

可是，这不是长久之计。他的脸已被火燎出水泡，眉毛和睫毛也被烧光，两脚烫得无法站稳。他两手各执一根火棒，跳到火堆边上。狼群已被驱退，四周火炭飞落之处，雪嘶嘶作响。时不时会有一头退却的狼，发疯地跳起来，喷着鼻子，咆哮着，显然是踩到了一块火炭。

男人将手里的火棒抛向离他最近的几头狼，又将着火的手套插入雪里弄灭，然后跺着两脚让脚底凉下来。两条狗已不知去向，他心里清楚，它们充当了延长宴上的一道菜，这场宴席始于几天前被吃掉的小胖，几天后的最后一道菜，可能就是他自己。

“你们还没吃上我！”他喊叫着，冲着饿狼狠狠挥拳。听到喊声，狼群躁动不安，嚎叫起来。母狼穿过雪地，悄悄溜到他跟前，饥渴地瞪着他。

他想到一个新办法，开始行动起来。他把火堆扩大一圈，蜷缩在火圈里，身下垫着睡毯，以免被融化的雪水浸湿。就这样，他的身形消失在火焰圈里。狼群好奇地来到火边，察看他的动向。它们只能到此为止，不敢跳入火圈，只好凑成一团，在不习惯的暖气浪中，像一群狗似的，眨着眼睛，打着哈欠，伸着瘦长的身子。母狼坐下来，鼻子对着星星，长嚎不已。狼群纷纷响应，蹲下身，鼻子朝天翘起，发出饥饿的嚎叫。

黎明来临，天光放亮。火势越来越小，柴火即将燃尽，必须立刻添加。男人正要跨出火圈，狼群却蜂拥而来。他挥动火棒，狼群闪向两边，但不再后退。他费了半天力气，仍没将它们赶退，便只好作罢。他踉踉跄跄，刚退回火圈内，一头饿狼便向他扑来，但没扑上，四爪落在火炭上。那狼惊叫一声，咆哮着，仓皇逃回雪地把爪子弄凉。

男人蜷坐在睡毯上，上身前倾，臀部后撅，两肩放松低垂，头枕膝盖，表明已放弃搏斗。他时而抬头，看一眼即将熄灭的火圈。这圈火焰的木炭已开始断开，变成一截截火苗，中间出现豁口。豁口越来越大，火苗越来越小。

“你们来吃我吧，随便来，”他咕哝着说，“反正我要睡了。”

等再醒来时，他发现母狼在眼前的一个豁口处，正盯着他。

没过多久，他又醒了，仿佛过了好几个钟头。眼前出现了奇迹——简直太神奇，他惊得目瞪口呆！情况有了变化。起初他还纳闷，后来才明白过来。狼群不见了，眼前的雪地被踩得一塌糊涂，说明狼群曾逼到他跟前。睡意再次涌起，他已招架不住，头刚落在膝上，又被惊醒。

此时各种声音响成一片——人的喊叫声，雪橇的唰唰声，轭具的吱吱声，狗群紧张急切的呜呜嗥叫声。只见四辆雪橇从冰河上滑行而来，进入林中营地。

亨利蜷缩在将要熄灭的火圈内，五六个男人围在他的身边。他们连推带搡将他弄醒。他像个醉汉似的看着他们，唠唠叨叨说着奇怪的梦话：

“红毛母狼……狗吃食的时候来了……先吃了狗食……又吃了狗……后来又吃了比尔……”

“阿尔弗雷德大人在哪儿？”其中一人一面对着他的耳朵大吼，一面粗暴地摇晃他。

他慢慢摇了摇头：“不，它没吃上他……他在上一站的一棵树上歇着呢。”

“死了？”那人大叫。

“在箱子里。”亨利不耐烦地一抖肩膀，摆脱问话人的手，“喂，放开我，我累得不行了……各位晚安。”

他眼睛眨了两下，闭上了，下巴耷拉在胸前。他们刚把他安放在毛毯上，他的鼾声便回荡在寒冷的夜空。

但是，夜空里也回荡着另一种声音。那声音隐隐约约，从远方传来，那是饥饿的狼群在嚎叫。它们没吃上这个人，看来又嗅到了别的肉味。

第二部

搏斗始于公平，止于不公。

第一章
狼牙大战

是母狼最先听见人的说话声和雪橇狗的哀鸣声，也是母狼最先逃离困在将灭火焰圈内的那个男人。狼群不愿放弃围追已久的猎物，流连片刻，辨清声源后，循着母狼留下的踪迹逃离而去。

跑在最前面的，是一头大灰狼——这是狼群的领头狼，是它带领狼群跟着母狼奔跑。若有哪个幼狼胆敢超越它，它就咆哮警告或用利牙撕咬。它见母狼一路小跑穿过雪地，便领着狼群加速追了上去。

等狼群赶上来，母狼便和大灰狼齐头并跑，好像那个位子是专门留给它的。母狼偶尔蹿出一步，大灰狼既不冲它咆哮，也不张牙舞爪，反而显得亲密友好——好得让它受不了——因为大灰狼就喜欢贴着它跑。贴得太近，母狼就龇牙咆哮，有时不免朝它肩头咬上一口。但大灰狼好像并不生气，只是往旁边一闪，再猛地往前一蹿，笨拙地跳跃几下，举止行为俨然一个尴尬的乡下情郎。

在奔跑的狼群中，大灰狼只有这一事让它心烦。而母狼却有别的烦恼。

跑在母狼另一边的，是一头骨瘦如柴的老狼。它毛色灰斑，疤痕累累，是多次打斗留下的创伤。它总是跑在母狼的右边，可能因为它只有一只眼，并且是左眼。它还有个嗜好，就是老爱挤母狼，经常扭过头，用带着伤疤的鼻头触碰母狼的身体，或者肩膀，或者脖子。母狼就像对付左边的大灰狼那样，常以利牙排斥老狼的殷勤。若是左右两边的狼同时向它献殷勤，粗鲁地挤它，母狼迫不得已，就往两边猛咬几口，赶走两头多情的公狼，同时还得留心脚下的路，率领狼群往前奔跑。每逢这时，两头公狼就会亮出利牙，咆哮着互相恐吓。若不是顾及备受饥饿煎熬的狼群，这两头争风吃醋的公狼可能还会决斗。

老狼每次一被击退，就突然躲开它觊觎已久的利牙母狼，用肩顶撞跑在它瞎了右眼那边的一头三岁小狼。小狼虽然年幼，但身体已完全长大，由于整个狼群处于羸弱饥饿状态，它的精力和活力还算比较旺盛。但它奔跑时，头却总和独眼老狼的肩头对齐。每当它胆敢超过老狼（这是罕有的事），老狼就会连吼带咬逼它退后，它只得又和老狼的肩头对齐。不过，有时它会故意落后，小心地插入老狼和母狼中间——这便引起两头甚至三头狼的怨恨。有时母狼咆哮泄恨，老狼就会扭头扑向三岁小狼；有时母狼和老狼会合伙夹击小狼；有时左边的大灰狼也不甘落后。

每当遭遇三口凶猛牙齿的袭击，小狼便骤然止步，往后一蹲，前腿挺直，毫毛竖立，龇牙恐吓。行进中的狼群本来秩序井然，但前方这么一乱，往往引起后方大乱。后面的狼撞在小狼身上，就会猛咬它的后腿和两侧，以示不满。小狼这是自讨苦吃，因为缺食就会脾气暴躁。但小狼血气方刚，信心十足，百折不挠。所以每隔一会儿，它又会故伎重演，尽管一败涂地，一无所获。

倘若有食物，求偶和争斗就会速战速决，狼群也会四分五裂。但此时狼群处境危险。因为长期挨饿，头头骨瘦如柴，行动非常缓慢。强悍的跑在队前，老弱幼残一瘸一拐跟在后面。它们全都似一具具骷髅，没有十足的狼样。但是，除老弱幼残外，这些野兽的行动并不费力，也不疲倦。它们的筋腱仿佛是不竭活力的源泉，如钢铁般凝聚，块块相连，仿佛连绵不断。

狼群当天跑了许多英里，又跑了整整一夜，次日还在奔跑。在这片冰封死寂的天地，不见其他生物，只有它们，穿行在了无生气的茫茫旷野。只有它们活着，在寻觅活的生物，来充饥维生。

它们在洼地穿过一道道土埂，越过一条条沟渠，才如愿以偿，遇到一只驼鹿。这是一只大雄鹿，也是它们头一回觅到的大活肉，既无神秘火光的保护，也无火炭飞溅四射。那张开的蹄子和掌形的鹿角有多厉害，它们非常清楚，却将惯有的耐心和谨慎抛到九霄云外。

一场短暂而又激烈的厮杀开始了。大雄鹿已被狼群四面围攻。它伸着巨大的鹿角横冲直撞，抬起灵敏的大蹄又踢又踩。狼群有的胸膛被踩裂，有的头骨被踢碎，有的被踏进雪里还在翻滚挣扎。然而大雄鹿注定死于非命。它终于倒在地上，喉咙被母狼凶狠地撕咬着，浑身上下也被其他狼死死咬住，还在垂死挣扎，已被四分五裂，活活吞进肚里。

食物如此丰盛。雄鹿重达八百多磅，四十多头狼平均每头吃掉二十多磅鹿肉。它们耐饿程度大得惊人，胃口也大得惊人。一个活生生的庞然大物，几小时前遭遇狼群，很快仅剩几块零零星星的碎骨。

肚子吃饱了，狼群这才安然睡觉。小些的公狼开始你争我斗，一连闹腾了好几日，直到狼群解散。一场饥荒过后，狼群又来到有猎物的地区。虽然它们仍旧成群捕猎，但比以前更加谨慎。遇上小型的驼鹿群，它们只猎取有孕的雌鹿和瘸腿的老雄鹿。

在这片丰饶的地区，有一天，狼群分成两半，背向而行。母狼和它左边的领头大灰狼及右边的独眼老狼，带领半个狼群跨过麦肯齐河[4]，进入东边的湖泊区。这半个狼群的数量在逐日减少，因为每天都有一对对公狼母狼离开狼群，时而会有一头孤单公狼被情敌的利齿驱出狼群。最后只剩四头：母狼、大灰狼、独眼狼和野心勃勃的三岁小狼。

母狼现在已变得乖张暴虐，三个求偶者的身上都留有它的牙印。但它们并不以牙还牙，从不反抗，只是用肩膀抵挡它凶残的咬啮，还摇着尾巴，迈着碎步，极力平息它的怒火。它们对它百依百顺，但对彼此却十分凶恶。三岁小狼更是雄心勃发，凶恶无比。它一口咬住独眼老狼瞎眼的那边，将那只耳朵撕成碎片。虽然灰斑老狼只能看见一边，但对付年轻力壮的小狼，却能将经年积累的机智全部施展出来。它瞎掉的那只眼和伤痕累累的鼻子就是经验和本性的明证。它屡战不死，知道如何迎战，毫不迟疑。

搏斗始于公平，止于不公。大灰狼和老狼结成同盟，一老一少两头领头狼，一起对付雄心勃勃的三岁小狼，要将它置于死地，结局自不用说。小狼被往日伙伴的无情利齿左右围攻。它们已忘记昔日共同围猎、共同扑倒猎物、共同忍受饥饿的情景。那

4 加拿大西北部一河流。

已成为过往。交配之事迫在眉睫——比觅食更残酷、更难忍。

与此同时，祸水母狼却心满意足地坐在那里观望。它甚至有点幸灾乐祸。今天是它的节日——好景不常在——三头公狼鬃毛竖立，龇牙混战，互相撕咬皮肉，一切只为将它占有。

为了交配，三岁小狼初次冒险竟丢掉性命。它尸体的两边站着两个情敌。它们望着坐在雪地上微笑的母狼。老狼不愧是情场老手，非常狡猾，和在战场同样狡猾。大灰狼扭头去舔肩上的伤口，弯曲的脖子正好对着情敌。老狼用一只眼瞅准机会，不露声色扑了上去，用牙齿紧紧咬住对方的脖子，咬了一道又长又深的口子，又顺势咬破它喉咙的大静脉壁，然后跳离情敌。

大灰狼一声惨叫，喉咙发痒，一阵咳嗽。它血流不断，咳嗽不止，已不堪忍受，奄奄一息之际，仍扑向老狼，与之搏斗。它身下的两条腿已开始发软，眼前越来越模糊，跳跃攻击越来越迟缓。

母狼一直坐观微笑。这场厮杀使它暗自窃喜，因为这是荒蛮的情欲，是自然界的性爱悲剧，但这悲剧只发生在死者身上。对幸存者而言，这不是悲剧，而是如愿以偿，目的得逞。

大灰狼躺在雪地上，再也不能动弹。独眼狼悄悄走向母狼，显得既得意洋洋又谨小慎微。它分明已料想到会被拒绝，但见母狼并没勃然亮出利齿，它又分明感到惊奇。母狼第一次友好地迎接独眼狼，和它对着鼻子互嗅，甚至屈尊俯就，像小狗似的欢蹦乱跳，和它一起嬉戏玩闹。而独眼狼，虽年老色衰，老谋深算，行为却像小狗似的，甚至还有些憨头憨脑。

独眼狼已忘记被打败的情敌和血溅白雪的情事，只是偶尔停留片刻，去舔已变硬的伤口，才会想起那场厮杀。这时它便嚅动嘴唇一声咆哮，脖子和肩上的毫毛不由竖起，身子半蹲着准备扑上去，爪子痉挛地抓住地面让身子更稳。但一转眼，它又将这一切忘得一干二净，蹦蹦跳跳追上母狼，随它忸怩的步态穿林而去。

从此以后，它们并肩而行，俨然一对心心相印的好友。日复一日，形影不离，一起觅食，一起捕猎，分而食之。没过多久，母狼变得不安起来，好像在寻觅什么，但又寻而不得。倒伏树下的洞坑，似乎吸引着它。积雪覆盖的岩石缝和悬坝洞，也让它流连忘返，嗅来嗅去。独眼老狼对此毫无兴致，却仍温顺地跟着它一起探寻。见它对某个地点依依不舍，老狼便趴在一边耐心等候，直到它准备去往别处。

它们并没待在一个地方，而是穿过野地返回麦肯齐河，沿河边徐徐而行，时而离开，去往支流捕猎，但往往又返回河边。有时它们偶遇其他狼，通常成对成双，但双方并无友好交往的意图，也无相逢的喜悦，更无重组狼群的愿望。它们多次遇见孤单无伴的狼，通常都是公狼，对方迫不及待想要加入独眼狼和母狼一道同行，但独眼狼却极为不满。每当母狼和独眼狼并肩而立，毫毛竖立，亮出牙齿，想要入伙的孤狼只好退缩，夹起尾巴，继续踽踽独行。

一个月光皎洁的夜晚，两头狼在一片寂静的树林穿行时，独眼狼闻到一股气味，突然停住。它翘起鼻子，竖起尾巴，鼻孔一张一缩，像狗似的抬起一只前爪。它心生疑窦，继续闻着这股气味，极力辨清这股气味从何方飘来。母狼只漫不经心嗅了嗅，便打消了它的疑虑。母狼为使它安心，继续一路小跑。独眼狼虽紧随母狼身后，但仍疑虑重重，不禁时而停步，越发仔细揣摩这股警示气味。

母狼愁愁然来到林间一大片空地边，独立片刻。独眼狼满腹狐疑，全身毫毛竖起，异常警觉地缓缓来到它的身边，然后两狼并肩站立，眼观耳听，伸着鼻子嗅来嗅去。

传到耳边的，是狗的吵闹厮打声，男人粗鲁的喊叫声，女人尖利的责骂声，孩子刺耳的哀哭声。进入眼帘的，是一座座大型兽皮棚屋，穿梭在火光前的憧憧人影，袅袅炊烟升入宁静的夜空，其他模糊不清。但扑入鼻孔的，是印第安人营地特有的杂七杂八的气味。这背后的故事独眼狼一概不懂，而母狼却谙熟于心。

母狼异常兴奋，嗅来嗅去，越嗅越开心。但独眼老狼却疑神疑鬼，显得顾虑重重，企图溜走。母狼转过头，用鼻子拱了拱它的脖子，示意它不必担心，然后又转过头来，望着远处的营火。它的脸上又露出渴望的神情，但不是渴望食物。欲望升腾，传遍全身，驱使它靠近营火，去和那些狗嬉闹，同时还要躲开人的脚，不能把他们绊倒。

独眼狼陪着母狼往前走，好像有些不耐烦。此时母狼又露出不安的神色。它心里知道，必须尽快找到原先一直寻找的那种地方，便掉头返回树林。独眼狼见状，这才松了一口气，紧跑几步赶在前头，一起回到屏障般的密林深处。

两头狼在月光下像鬼影似的悄然潜行，遇到一条滑雪道，便伸着鼻子去嗅雪道上的足迹。足迹是刚踩出的，清晰可辨。独眼狼谨慎地跑在前头，母狼紧随其后，天鹅绒般的雪上到处印着它们宽大的爪掌。独眼狼一眼瞥见白茫茫的雪地上有个白影在隐隐移动，它刚才奔跑的步态看似轻快，但与此时的跑速相比已微不足道。那个模糊的白影越来越近，在它前面蹦蹦跳跳。

两头狼在一条狭长的小径上追赶那白影，小径两旁长着密密麻麻的云杉幼树，透过树林可见路口，通往一片月光照耀的空地。见那白影即将逃遁，独眼老狼迅速追赶上去，步步紧逼。目标近在咫尺，只需一扑，即可咬住。但它没有扑成。那白影“嗖”地一下高高跃起——原来是只雪兔！它连蹦带跳，奋力挣扎，在独眼狼头顶上方怪模怪样地舞动着身体，再也不肯回到地上。

独眼狼猛吃一惊，往后一蹿，蜷缩在雪地上，继而弓起腰，对着那个莫名其妙的可怕东西咆哮恐吓。母狼从容地抢上前去，定了定神，一跃而起，扑向舞动的雪兔。它跳得再高，也跳不过那只猎物。只听“嘎嘣”一声，它牙齿咬空，接着又是一跳，复又一跳……

独眼狼已不再弓腰，慢慢放松警惕，观望母狼。此刻它对母狼屡次扑空露出不满神色。于是它亲自上阵，腾空而起，一口咬住雪兔，将它拖下地来。但就在同时，它身边却发出疑似噼噼啪啪的响动声。它大惊失色，猛一抬头，却见头顶上方的一株幼树倾斜欲倒，向它砸来。于是它急忙松口，放开猎物，往后一蹿，躲过这一怪异的危险。只见它嘴唇回缩，亮出牙齿，喉咙发出咆哮声，又惊又怒，毫毛根根竖起。刹那间，那细长的幼树又直立起来，雪兔又蹿上枝头，舞动身体。

母狼十分恼火，将利牙刺入独眼狼的肩头，以示责备。这突如其来的袭击令独眼狼惊愕不已，它不知原委，极度恐慌，凶猛还击，将母狼的鼻子咬掉一块皮。如此以怨报怨也让母狼始料未及。它怒不可遏，咆哮着扑向独眼狼。独眼狼这才知道是自己的过错，企图安慰母狼。但母狼决意对它施以凶恶惩罚。独眼狼只好放弃安慰母狼的打算，原地转圈，虽然脑袋躲开了母狼，但肩头却被它咬出一道道齿痕。

此时雪兔仍在它们头顶上方的枝头舞动。母狼坐在雪地上。独眼老狼对母狼的惧怕已胜过这株神秘的幼树。于是它再次一跃而起，扑向雪兔，一口将它咬住，下落时眼睛死盯着那株幼树。幼树仍像刚才那样随它斜倒下来，朝它砸来。它立刻蜷伏在地，毫毛竖立，但牙齿却死死咬住兔子不放。但幼树并没砸下来，仍在它头顶斜歪着。它动树也动，它停树也停。于是它咬紧牙关，对着幼树一声咆哮，心想还是不动比较安全，但嘴里却尝到兔子鲜美的热血。

它发现自己陷入僵局时，母狼已从它嘴里叼走兔子，替它解了围。原来，母狼见头顶上方的幼树颤动摇晃，势如危卵，便沉着地咬掉兔头。幼树立刻弹回原状，不再制造麻烦，仍旧端端正正垂直竖立，这本来就是大自然赋予树木的一种生长姿势。接下来，母狼和独眼狼一起吞食这株幼树为它们捕捉的猎物。

除此地外，别处的滑雪道和小径旁也有兔子高挂树梢，这一对狼觊觎已久。此刻母狼领头，独眼老狼随后观察，它要学习母狼设陷捕猎的手段——这种技能将来注定会给它带来好处。

第二章
寻洞安巢

两头狼在印第安人的营地附近盘桓了两天。独眼狼焦虑不安，而母狼受到营地的诱惑，不愿离开。一天早上，一声枪响划破天空，一颗子弹打在独眼狼身旁的一棵树上，离它的头只差几英寸。两头狼不再迟疑，抖动身子，大步跳跃着，很快跑出几英里外，脱离了危险。

它们并没跑多远，也就两天的路程。母狼急需找到它要寻找的东西，已迫不及待。它的身子很沉，只能慢跑。有一次，它正追着兔子却中途放弃，趴在地上喘息，而它平时捕兔子时如探囊取物。独眼狼来到母狼身边，用鼻子轻轻触碰它的脖子，竟被它凶猛地咬了一口。它使劲躲开母狼的牙齿，不料摔了个四足朝天，狼狈不堪。母狼的脾气越来越暴躁，而独眼狼却更有耐心，也更加殷勤。

后来，母狼终于找到它要寻找的东西，就在一条小溪上游几英里的地方。这条小溪夏季流入麦肯齐河，如今已完全冻结，一直冻到溪底的岩石——从溪头到河口结成一大块白冰，成了一条死溪。母狼远远落在它的侣伴身后，正疲惫地迈着小步，忽然发现一道高耸的土堤，便转身跑了过去。这道土堤受春季的暴雨和冬季融雪的不断冲击，堤底的一条裂缝已形成一个小洞口。

母狼停在洞口前，仔细察看了洞墙，然后顺着墙根向左右各跑一趟，察看了洞口两边的松软堤岸，这才回到洞前，从狭窄的洞口钻了进去。洞口纵深不过三英尺，它只得匍匐往前爬，后来洞壁变宽增高，进入一个圆圆的小洞巢，直径大约六英尺。它的头几乎碰到洞顶，但洞内舒适干燥。它仔仔细细打量着这个洞巢。这时独眼狼已经回来，正站在洞口耐心地望着母狼。它见母狼低着头，鼻尖对着两爪并拢处稍前的一个点，又绕那个点转了几圈，然后疲倦地发出一声似呻吟般的叹息，将身子一蜷，四腿放松，头朝洞口躺了下来。它好奇地竖着两只尖尖的耳朵笑母狼。在洞口亮光的映衬下，母狼见独眼狼温顺地摇着尾巴，于是两耳一扇，将耳尖往脑后一并，又耷拉下来，张着嘴，温和地伸着舌头，以此表明它非常满意，十分欢喜。

独眼狼饥肠辘辘，虽然躺在洞口睡觉，但睡不安稳。它时而醒来，翘起耳朵听着动静。外面是明亮的世界，是四月阳光照耀下的一片皑皑白雪。它打盹的时候，地下的淙淙流水声不断潜入耳畔，于是它猛然醒来，聚精会神地聆听。太阳已经北归，苏醒的北国大地在向它召唤。生命活跃起来，空气中弥漫着春天的气息，雪下的生物在萌动，树木的汁液在回升，蓓蕾在冲破冰霜的桎梏。

它将焦虑的目光频频投向母狼，但母狼毫无起身的愿望。它向外张望，见有五六只雪鸟在振翅飞翔。于是它起身回头望了一眼母狼，又躺下打盹，耳边隐约响起一阵尖细的声音。它不止一次懒洋洋地伸出前爪，抹了抹鼻子。后来，它清醒了，见有一只孤独的蚊子在它鼻尖上方嗡嗡飞舞。那是一只成形的蚊子，躺在枯木里冷了一冬，如今已被阳光解冻飞了出来。独眼狼再也抵抗不住自然的召唤，况且它正饿得慌。它往前爬去，想让母狼起来，但母狼对它大声吼叫。于是它从洞里出来，在明媚的阳光下孤身独行。它踩在雪地上，感觉表面变软了，不太好走。于是它走上结冰的溪床，那里因为有树荫遮蔽，积雪坚硬晶莹。它在外游荡了八小时，天黑返回洞口时比走前更饿。它看见过猎物，但没捕上。它还踩碎消融的雪壳，摔了一跤，而雪兔却仍可以在雪地上轻快地跳跃奔跑。

它停在洞口，心生疑惑，突然一阵惊慌。洞里传来微弱的异样声音，不是母狼的声音，但好像似曾熟悉。它刚小心爬进洞，母狼就吼叫着发出警告。它俯首帖耳，不敢上前打扰，却好奇地听着那异样的声音——呜呜咂咂，微弱而又低沉。母狼烦躁地警告它走开，它便蜷缩在洞口睡觉。

清晨，洞巢里弥漫着曚昽的微光，它再次探寻那似曾熟悉的声音。母狼警告的吼叫换了一种声调，那是戒备的声调。它格外小心，恭敬地保持一定距离。但它看见五只奇特的小生命挤成一团，躲在母狼身下的四条腿之间。它们极其柔弱，自己不能动，睁不开眼，只能发出轻微的呜呜声。独眼狼惊奇不已，在它漫长而顺遂的一生，这种事不是头一回遇到，它曾见过好多次，然而每次它都感到新奇如初。

母狼不安地望着独眼狼，不时低吼一声，有时感觉它靠得太近，喉咙就发出刺耳的咆哮声。这是它的本能使然，凡是母狼都有这个本能。虽然在它的记忆中，这种事从没发生过，但它依稀记得有过公狼吃新生狼崽的事。这让它心里十分害怕，它绝不允许独眼狼靠近自己亲生的小狼崽。

但其实没有危险。独眼老狼也有一股冲动，这是父辈遗传给它的一种本能，它居之不疑，也无困惑。这种本能是天生的，是它作为狼的本性，那它理应顺从天性，不靠近新生狼崽，也是最合自然的。于是它离开洞巢，去寻觅它赖以生存的猎物。

在离洞巢五六英里的地方，那条小溪分成两股岔流，在一个急转弯处流入山坳。它顺着左边的岔流一直往前，行至一条新的小径。它嗅了嗅，发现这条小径太新，便急忙蹲下来，朝小径隐没的方向望去。然后它不慌不忙原路返回，又顺着右边的岔流往前走。这里的足迹比它自己的大很多，它一看便知，循着这个踪迹找下去，不会有什么猎物。

可是，它已顺着这条岔流走了半英里路。就在这时，它灵敏的耳朵听到牙齿咬啮的声音。于是它溜近猎物，发现是一头豪猪，直立地靠在一棵树上啃着树皮。独眼狼小心靠近目标，但毫无希望。虽然它以前在北方从没遇见豪猪，漫长的一生中也没吃过豪猪肉，但它了解这种动物，早就知道“运气”或“机会”这种事。于是它继续靠近目标。将会发生什么事，难以预料，因为事件总是以某种方式发生，又因生物不同而异。

豪猪蜷缩成一个圆球，长长的尖刺指向四面八方，以此防御袭击。独眼狼年轻时，曾近距离嗅过一个相仿的看似呆滞的刺球，脸被那条尾巴猛扫一下，一根针刺扎进鼻子，火辣辣地痛了好几个星期才脱落，所以这次它必须小心。于是它伏下身，舒舒服服地蹲着。它的鼻子离豪猪足足有一英尺，远远离开那条尾巴的防线。它就这么等着，一动不动。接下来的事，无法预料，但总会有事发生。豪猪也许会展开身子；它也许会伺机伸出爪子，灵巧地撕开豪猪毫无防备的嫩肚皮。

可是，半小时过去了，豪猪的身子始终没有展开。它白白等了那么久，不想再浪费时间。于是它站起身，对那纹丝不动的刺球怒吼一声，然后顺那条右岔流继续觅食。漫长的一天过去了，它竟一无所获。

独眼狼作为父亲的本能已被唤醒，这股冲动越来越强烈，它必须找到猎物。下午它曾碰上一只雷鸟。它刚从灌木丛出来，就迎面看见那只笨鸟落在一根木头上，离它鼻尖不到一英尺。雷鸟看见它后，吓得刚要飞起，被它一爪拍落，在雪地上扑腾着想再飞起，却被它扑上去叼在嘴里。它咬着雷鸟的嫩肉脆骨，本能地吃了一口，却突然想起嗷嗷待哺的幼狼。于是它嘴里叼着猎物，顺着原路往洞巢跑去。

独眼狼迈着平常的轻盈步伐，一面像影子似的飞快奔跑，一面留心观察视野中不断出现的情况。在离小溪岔口一英里处，它又发现早晨见过的大足迹。于是它沿着那些足迹继续前行，时刻准备在某个转弯处遭逢强敌。

它走到小溪的一个很大的转弯处，躲在一个岩石角环视了一下，敏锐的眼睛立刻发现了情况，便迅速蹲伏下来。足迹的制造者原来是一只巨大的母山猫，蹲伏在一个将身子紧紧蜷住的刺球前面，姿势像它早先的那样。于是它悄悄绕行，溜到两头不叫也不动的动物的背风处。如果说独眼狼曾像个飞影，那它现在就成了那个飞影的幽灵。

独眼狼趴在雪地上，将雷鸟放在身旁，透过一丛矮云杉的针叶，窥望眼前这场生命游戏——静待的山猫和静待的豪猪，双方都想生存。游戏的奇异就在于此，一方的生存之道是吃掉对方，另一方的生存之道是不让对方吃掉。而蹲伏在隐蔽处的独眼老狼，也在这场游戏中扮演了一个角色，它异想天开地等着碰运气，那运气也许可以助它捕到野味，这便是它的生存之道。

半小时过去了，又过去一小时，安然无事。刺球虽然动了一下，但仍像一块石头；山猫则如大理石般纹丝不动；而独眼狼则像死了一样。三头动物都同样紧张，简直痛苦不堪，它们看似三尊石像，但其实比任何时候都要活跃。

独眼狼微微动了动，更加迫切地往前窥望。事件正在发生，豪猪以为敌人走了，终于慢慢地小心张开坚不可摧的球形盔甲，一点没感到害怕。它的刺球慢慢地、缓缓地伸展变长。独眼狼看着这块活肉，就像美餐一样摆在面前，忽然觉得嘴里湿润，不由自主地流着口水。

豪猪还没完全展开身子，就发现了敌人。就在这一瞬间，山猫开始袭击，动作快如闪电。它坚硬的爪子如同魔爪一般，一下抓住豪猪柔嫩的肚皮，猛地往回一扯。假如豪猪已将身子完全展开，假如它在遭袭前的一刹那没发现敌人，那么山猫的爪子就会完好无损地躲开。可是就在它抽回爪子的同时，豪猪的尾巴横扫过来，将尖刺扎入它的蹄掌。

一切发生得太突然——袭击、反击、豪猪痛苦的尖叫、大山猫突然遇刺的惊恐吼叫。独眼狼兴奋地半立起身，耳朵竖立，尾巴挺直抖动着。山猫怒不可遏，凶恶地扑向刺伤它的那个玩意儿。豪猪尖叫着，呻吟着，肚皮已被撕裂，无力地挣扎着蜷作一团防御敌人，再次扫动尾巴，又把大山猫刺得惊恐吼叫。大山猫喷嚏连连，开始逐渐后退，鼻子上插了几根针刺，活像一个稀奇古怪的插针包。它用爪子抓着鼻子，极力想把火辣辣的针刺取掉，然后把鼻子伸向雪地，在树枝上蹭来蹭去，又惊又痛又怒，前后左右来来回回不停地乱跳。

山猫不停地打着喷嚏，猛烈地摇晃着粗短的尾巴乱扫一气。后来它终于停止了这个滑稽动作，安静了一会儿。独眼狼观望着，背上的鬃毛不由竖起，蠢蠢欲动。就在这时，山猫突然发出一声凄厉的长叫，腾空一跃而起，事先毫无征兆，然后沿原来的足迹逃之夭夭，一边奔跑一边嗥叫。

直到山猫的叫声在远处渐渐消失，独眼狼才敢上前。它轻巧地迈着碎步，就好像雪地里插满了豪猪刺，根根直立，随时都会扎破它柔软的蹄掌。豪猪看见独眼狼走来，对它愤怒地尖叫一声，将长牙咬得嘎吱作响。它又将身子蜷作一团，但已不如原先那么紧；它身上的肉已被撕得稀巴烂，身子差点被撕成两半，血仍在大量流淌。

独眼狼咬了几口浸透血水的雪，咀嚼着，尝了尝咽进肚里。这就像是一道开胃小菜，使它的饥饿感更加强烈。但它毕竟老奸巨猾，不敢轻举妄动。于是它趴在地上等待着，静观其变。豪猪在咬牙切齿，呻吟着，呜咽着，偶尔发出几声细小的尖叫。过了一会儿，它发现豪猪身上直立的针刺渐渐倒下去，浑身一阵颤抖，又突然停止，长牙最后“嘎吱”一声撞击，所有的针刺全部倒下，身子彻底松软下来，再也不动。

独眼狼用一只攥住的爪子，紧张地将豪猪的身子全部摊开，又把它翻了过来。不见任何动静，豪猪确实死了。它又仔细观察了一会儿，然后小心咬住豪猪，连叼带拖，沿小溪返回，一面将头扭向一边，以免踩上这块带刺的肉。它突然想起了一件事，便放下沉重的猎物，跑回它放雷鸟的地方。它一刻也不迟疑，很清楚该干什么，于是立刻吃掉雷鸟，又回来咬住那头沉重的豪猪。

独眼狼终于把当天的战利品拖进洞巢。母狼仔细看过一遍，把鼻子转向它，轻轻舔了舔它的脖子，但马上又吼叫一声，警告它远离幼崽。不过，这声吼叫却没平时那么刺耳，更像是一声道歉，不像是威胁。母狼对幼崽父亲本能的恐惧已减少了许多。独眼狼尽到了作为父亲应尽的责任，毫无吃掉母狼所产幼崽的邪念。

第三章
灰毛狼崽

它和同窝的其他狼崽不同。它们的毛色已呈现出淡红，是从母狼那里遗传来的，只有它的毛色随它父亲。这窝狼崽中，它是唯一的一条灰毛小狼，继承了纯种狼的特征——其实它长得很像独眼狼，唯一不同的是，它有两只眼，而独眼狼只有一只。

小灰狼的眼睛睁开没多久，就能看得又准又清楚。它还在闭眼时，就有了触觉、味觉和嗅觉，能分辨出两个狼弟和两个狼妹，还笨拙地和它们嬉戏打闹。它发起威来，小小的喉咙颤动着，发出奇特的刺耳声——这是狼嚎的先兆。它早在睁眼前，就能靠接触、尝味道、闻气味辨认母狼——那是温暖、流食和疼爱的源泉。母狼温暖的舌头充满爱抚，舔着它柔嫩的小身体，使它依偎着母狼安然入睡。

它出生的头一个月里，大部分时间都这样睡觉。如今，它醒着的时间更长，看得很清楚，对自己的天地也了解了很多。它的天地是昏暗的，但它不懂是怎么回事，因为另外的天地它一无所知。这里光线曚昽，但它的眼睛从来不用去适应别的光线。它的天地非常小，局限于洞巢的四壁。它不知道外面的广阔天地，从不因自己生存的狭小范围而感到压抑。

不过，它早已发现，在这片天地里，有一面墙和其他墙面不一样——那就是洞口，是光线透进的地方。它在没有自觉性和意识之前，就已发现那个区别。还不能睁眼看的那些日子里，那面墙就对它产生了不可抗拒的诱惑力。那边的光线照在它合着的眼皮上，像小火花似的闪动，它的眼睛和视神经颤动着，觉得暖暖的，异常舒服。它的生命体、每寸肌肤和所有器官全都渴望着那片亮光，驱使它爬向洞口，就像植物神奇的光合作用需要阳光那样。

它有意识的生命开始之前，就经常往洞口那边爬。其他的狼崽也和它一样。那个时期，它们谁也不往后壁的黑暗角落里爬。亮光吸引着它们，仿佛它们是需要光的植物，因为生物形成是化学过程，需要以光作为生存的必要条件。它们小玩偶般的身躯盲目地爬向亮光，就像葡萄藤的卷须似的，也要经历化学过程。后来它们各自形成性格，感觉到冲动和欲望，光线对它们的吸引力也越来越大。它们总是伸着四肢往洞口爬，又总是被母狼赶回去。

就这样，小灰狼体会到，母狼除舌头温柔让它觉得安慰外，还有别的一些特性。它不时地往亮处爬，母狼却用鼻子顶住不让它爬，后来还用爪子压它，要么小心地轻轻扑打它，打得它满地滚。于是它又体会到挨打的滋味，尤其学会了避免挨打——首先不要惹祸，一旦惹祸就要逃避。这些都是有意识的行为，是它对这个世界形成初步概念的收获。在这以前，它一挨打就本能地退缩，就像它本能地往亮处爬一样。从那以后，再挨打时它就有意识地退后，因为它尝过挨打的滋味。

它是一头凶猛的小狼，和同窝的其他狼崽一样。这也在预料之中，因为它是一头食肉动物，生于嗜杀类食肉物种，它的父母全以食肉为生。它初生时摇摇晃晃，吸的奶水是由肉食直接转化而来。如今它已满月，眼睛睁开不过一个星期，也开始吃起肉来——那是母狼咬碎后吐给五个狼崽吃的，它们正在长身体，母狼的奶水远远不能满足它们的需求。

但它也是这窝狼崽中最凶猛的一头。它的叫声尖利刺耳，比其他狼崽都大；它发起小脾气来，也比它们厉害。是它最先学会用小巧的爪子打倒别的狼崽。也是它最先咬住其他狼崽的耳朵，又扯又拽，咬牙切齿地吼叫。当然它也最让母狼头疼，才不准它靠近洞口。

光线对小灰狼的诱惑力与日俱增。它总是不停地往洞口爬，又总是不停地被赶回去。它不知道那是个出口，因为它对出口毫无概念，不懂那是通往别处的过道。它不晓得别的地方，更不晓得还有一条通往别处的路。所以对它来说，洞口就是一面墙——一面透光的墙。外面的世界有太阳，它的世界也有太阳，就是那面光墙。光线吸引着它，就像蜡烛吸引飞蛾，它总想靠近。它体内的活力在迅速生发，不断促使它爬向那面墙。它隐隐觉得那是通往外界的唯一出路，它注定要踏上征途，但又不知怎么回事。外面的世界它一概不知。

说起那面光墙，有一件奇怪的事，小灰狼不能理解。它的父亲一走进远处那面白墙，就立刻消失——小灰狼已把它父亲当成这里的另外一员，长得像它母亲，睡在光墙旁边，经常带肉回来——尽管母狼从不许它靠近那面墙，但它靠近过其他几面墙，细嫩的鼻尖碰得很痛。经过几次碰壁，它再也不去那种地方。它虽然知道，母亲能喂它奶水和碎肉，父亲能在墙上消失，但它从不思考它们的这些特点。

实际上，小灰狼天生就没有思维能力——至少没有人的那种思维习惯。它的大脑是模糊的，但它能像人那样得出清晰明确的结论。它自有一套认知的方法，从不问事情的来龙去脉。其实这种行为就是给事物分类。它从来不去思考一件事为什么发生，它知道那是怎么发生的就行。因此，它的鼻子在洞壁碰了几次之后，它就知道自己不会在墙上消失。以同样的方法，它知道它的父亲会在墙上消失。但它丝毫不去想知道为什么它和父亲不一样。逻辑和物理不是它智商的组成部分。

它像大多数野生动物一样，很早就体验过饥饿的滋味。曾有一段时间，它们断肉断奶。起初一窝狼崽呜呜直叫，多半时间都在睡觉。后来它们饿得全身麻木，懒得争斗吵闹，不再发小脾气乱叫，不再冒险去远处那面白墙。一窝狼崽虽然在睡觉，但体内生机萎靡，奄奄一息。

独眼狼已拼了老命，整天在外四处奔波，极少在那郁闷凄凉的洞巢睡觉。母狼也离开幼崽，出外四处觅食。狼崽刚产下的头几天，独眼狼去了几趟印第安人营地，偷过几只被绳索套住的兔子。但随着积雪消融，冰河解冻，印第安人拔营而去，它的食物来源也就此中断。

小灰狼又恢复了生命力，又对远处的白墙产生了兴趣。可是它却发现，洞里的成员已经减少，只有它和一头狼妹还在这里，其他成员全都走了。它的体质已渐渐增强，如今只能独自玩耍，因为它的狼妹抬不起头，也不能动。小灰狼刚吃过肉，肚子撑得鼓鼓的。可是，这肉来得太晚，它的狼妹一直睡在那里，小小的骨架上只剩一张皮，生命的火苗越来越弱，最后终于熄灭。

后来曾有一段时间，小灰狼再也没见它的父亲出现又消失在那面墙上，也不见它躺在洞口睡觉。那是第二次小饥荒过后的事。母狼知道为什么独眼狼再也回不来，但它没法把所见之事说给小灰狼听。

原来，母狼亲自出去觅食，来到小溪左岔流的上游——山猫的洞巢就在那里。母狼从那里沿着独眼狼头天留下的踪迹走到尽头，发现了独眼狼，或者说是它的一堆骨头。那里有搏斗的迹象，还有山猫胜利返回洞巢留下的迹象。母狼离开那里之前，才发现山猫的洞巢。那些迹象表明山猫就在洞巢里，但它不敢贸然闯入。

后来，母狼每次觅食都避开左岔流。因为它知道山猫的洞巢里有一窝幼崽，而山猫又是一种凶猛无比、性情暴虐的动物，打架十分厉害。六头狼对付一只山猫倒还可以，能吓得它蹿上树，竖毛龇牙吹胡须；但单打独斗完全不同——尤其它知道山猫的背后还有一窝饥饿的幼崽。

然而，野性归野性，母性归母性，不管野性不野性，母性总是要凶猛地保护幼崽。为了它的小灰狼，母狼迟早会去左岔流冒险，勇闯岩石中的洞巢，挑战愤怒的山猫。

第四章
墙外世界

母狼已开始离开洞巢出去猎食，小灰狼也非常清楚不许它靠近洞口的规则。母狼曾多次用鼻子和爪子教训它，逼它牢记那条规则，而它自己的恐惧本能也在逐渐形成。在短暂的洞巢生活中，它从没遇到过可怕的事，但它心存恐惧。这是它遥远的祖先通过万条性命遗传下来的本能，也是它直接从独眼狼和母狼那里继承来的传统。而对它的独眼狼父亲来说，这个传统又是先前死去的历代野狼遗传下来的传统——恐惧！这是野性的遗物，任何动物都不可逃脱，也不可能用肉汁换走。

因此，小灰狼也知道恐惧，虽然它不知道恐惧为何物。它有可能把恐惧当成了生活的一种约束，因为它知道有这样的约束。它体验过饥饿，无法充饥时觉得受到约束。洞墙坚硬的阻挡，母狼鼻子的顶撞和爪子的抽打，几次挨饿不能充饥，这一切都使它明白一个道理：活在世上并不自由，生活中有种种限制和约束。这些制约就是规则。遵守规则就能免受伤害，获得快乐。

然而它看待这个问题却与人类不同。它只是把事物分为有害和无害两类。它靠这种分类法避开有害物，避开制约它的东西，以此获得生活的补偿和满足。

因为它服从母狼立下的规则，服从那个不可名状之物即恐惧的规则，所以它不敢靠近洞口。对它来说，洞口就是一面有光的白墙。母狼不在时，它大部分时间都在睡觉。而它醒来时，又非常安静，喉咙痒得直想叫，却忍着不敢出声。

有一天，它正在洞里躺着，忽听白墙里发出奇怪的声音。原来是一头狼獾站在洞口，正小心翼翼将鼻子伸向洞里嗅着气味。虽然狼獾壮着胆子，却吓得浑身颤抖。小灰狼不知道那是一头狼獾，只听见奇怪的嗅鼻声。因为那是一种它从没分过类的声音，所以它觉得陌生而又可怕——因为陌生的东西是制造恐怖的一个主要因素。

小灰狼的背毛竖立起来，但毫无声响。那么，它如何知道应该对那嗅鼻子的东西竖起毫毛？这种行为并非产生于它的常识，而是它内心恐惧的表现。在它的生活中，这种行为没有理由。然而恐惧往往伴随着另一种本能——隐藏的本能。小灰狼吓得毛骨悚然，但它躺在那里一动不动，一声不响，如同冻结一般，仿佛变成一块不动的石头，看上去跟死了没什么两样。幸亏母狼及时赶回，嗅着狼獾的踪迹，咆哮着冲进洞里，对幼崽又舔又吻，百般疼爱。小灰狼觉得自己好像躲过一场大灾难。

小灰狼体内的其他力量也在对它产生影响，影响最大的就是生长。本能和规则要它服从，而生长要它违抗。母狼和恐惧使它远离白墙。生长就是生命，但生命注定永远向往光明。所以它体内涌动的生命潮流无法阻挡。它每吃一口肉，每吸一口气，都化作生命的细流，不断上涨。终于有一天，生命的激流冲走了恐惧和服从。于是，小灰狼伸开四肢，往洞口爬去。

那面墙不同于它碰过的其他洞墙，它感觉自己往前爬时墙在往后退。它试探着伸出细嫩的小鼻子，但并没碰到坚硬的墙面。仿佛白墙就像光线一样散漫柔和。因为在它眼里，状态是有形的。于是它进入一直以为是白墙的状态中，沐浴在形同白墙的光线里。

它竟然在坚硬的墙里穿行，而且光线变得越发明亮，真是不可思议！恐惧促使它撤退，生长驱使它前进。突然间，它发现自己已来到洞口。它刚才爬进去的那面墙，忽然退到遥不可及的远方。光线变得耀眼夺目，使它眼花缭乱。辽阔高远的空间，使它头晕目眩。它的眼睛开始自动调节，适应这夺目的光线，然后又调整焦距，瞄准远处的物体。刚跳出它视野的那面墙，此时又出现在眼前，但看似非常遥远，而且外观已经改变，成了一面层次分明的墙——小溪两边树木掩映，对面的山峰越过树梢，高远的天空盖过山顶。

巨大的恐惧感向它袭来。这主要来自可怕的未知世界。它趴在洞口边缘，张望着外面的世界。它非常害怕，因为这是陌生的世界，对它怀有敌意。它背上的毫毛一根根竖起，嘴唇微微抽搐着，准备发出凶猛的咆哮。因为害怕，它要以弱小的身躯挑战并恫吓这磅礴的世界。

什么也没发生。它继续张望着，一时兴起竟忘了咆哮，甚至忘了害怕。此时恐惧已被生长驱散，生长呈现出好奇的状态。它开始欣赏附近的物体——解冻的小溪泛着波光，枯萎的松树耸立在山坡脚下，山坡直收眼底，离它身下的洞口只相距两英尺远。

迄今为止，小灰狼一直住在洞里的平地上，从没体验过跌落造成的伤痛，不知什么是跌落。于是它大胆迈出洞口，仿佛迈向虚无的空中。它的后腿还没离开洞檐，头已朝下跌落洞外，鼻子撞在地上，疼得大叫，直往坡下滚去。它吓得惊慌失措。神秘物最终抓获小灰狼，野蛮地把它死死抓牢，将对它造成可怕的伤害。此时生长已被恐惧驱退，它就像受到惊吓的小狗一样“吱吱”乱叫。

它已被未知世界震慑，不知将要承受多么可怕的伤害，不住地“吱吱”乱叫。这种状况和因为惊呆而蜷缩截然不同，因为未知物就潜伏在它的身旁。此刻，未知物将它紧紧抓住不放。沉默毫不管用，况且，使它颤抖的，不是一般的恐惧，而是巨大的恐怖。

好在斜坡越来越缓，坡底杂草丛生，小灰狼身体滚动的冲力这才得以减缓，最后终于停止。它发出一声疼痛的尖叫，接着是“呜呜”的哀鸣。然后，它又理所当然地舔掉沾在身上的泥土，好像这辈子它已经打扮过上千次。

之后它坐在地上四下观望，俨然登上火星的第一个地球人。小灰狼已穿越白墙进入未知世界，未知物已将它放行，它也没有受伤。但比起第一个登上火星的地球人，它的陌生感可能要多一些。由于先前并不知情，又没任何预警，它发现自己成了一个崭新世界的探险者。

可怕的未知物刚放开它，它便马上忘记未知世界的厉害。它对周围的一切都感到好奇。它望着脚下的杂草和眼前的蔓越莓枝，还有林中空地边上的一棵枯松。一只松鼠在树下蹦来蹦去，向它迎面跑来。它吓了一大跳，赶忙蜷伏在地，一声咆哮。松鼠也吓破了胆，立刻蹿上树，躲在安全的枝头，对着它“吱吱”狂叫。

这件事助长了小灰狼的胆量。后来，它碰到一只啄木鸟，虽然又吓了一跳，但仍继续前行，自信得不得了。再后来，见有一只灰噪鸦在它面前恣意蹦跶，它竟伸出爪子戏弄那只灰噪鸦，结果鼻尖被狠狠地啄了一下，于是又蜷伏在地“吱吱”乱叫。它叫得实在太凶，竟然把灰噪鸦给吓得飞走了。

不过，小灰狼的见识也在增长。它迷茫的小脑子开始懵懵懂懂给事物分类。有些东西是活的，有些东西是死的。活的东西，它必须当心。死的东西总是停在一个地方不动。活的东西老是四处走动，它们会干出什么事来，很难说清。预期中的事往往出乎预料，它必须时刻提防。

它笨拙地往前走着，一会儿碰上树枝，一会儿又碰到别的物体。看见一根细枝，它以为离自己还远，但一眨眼又刮了鼻子或划了肋骨。路面坑坑洼洼，有时步子迈得太大，就碰了鼻子，迈得太小，又绊了腿；踩上小圆石子儿，它发现那东西竟能滚动。它由此了解到，原来无生命的东西并不都像它的洞巢那样，是均匀平稳的。它还了解到，无生命的小东西比大东西更容易坠落或者翻个儿。它经历了挫折，但也学到了不少东西。

它越走越远，也越走越稳。它正学着保持身体平衡；学着估算肌肉运动的时间，了解自己体力的限度；学着估测物与物之间的距离，以及物与身体之间的距离。

小灰狼是新手中的幸运儿，天生就是一头猎食动物，尽管它自己并不知道。它刚离开自己的洞巢，初次闯荡江湖就侥幸碰到猎物，竟然无意中发现了一个隐藏巧妙的雷鸟窝。当然，这纯属歪打正着。它本来想从一棵倒下的松树干上走过去，谁知朽烂的树皮突然在它足下脱离。它绝望地尖叫一声，掉在一个隆起的斜坡上，滚过一片矮树丛的叶片叶柄，落在地上的灌木丛中，正好撞见一窝小雷鸟。

七只小雷鸟叽叽喳喳叫个不停。小灰狼起初有点害怕，后来发现它们特别嫩小，胆子也就大了起来。一窝小雷鸟开始扑腾起来。小灰狼见状，伸出爪子按住一只。见那只雷鸟扑腾得更凶，它觉得特别好玩。等它玩够了，这才嗅了嗅，叼在嘴里。雷鸟挣扎着，弄得它舌头直发痒，忽然觉得肚子饿了。它牙关一闭，只听“嘎吱”一声，雷鸟的脆骨已被它咬断，热乎乎的鸟血顿时流入口中。味道美极了！原来这就是肉，跟母狼喂给它的一模一样，只是它咬的这块是活肉，味道更鲜美。它就这样将一只小雷鸟活活吞进肚里。它一不做二不休，索性将这一窝雷鸟全部吃掉。然后它就像母狼那样，舔干净嘴巴，准备爬出灌木丛。

就在这时，一对旋风般的翅膀突然向它扑来。它被愤怒的翅膀打得晕头转向，睁不开眼，急忙将脑袋躲在两爪之间，嗷嗷狂叫。母雷鸟勃然大怒，翅膀越打越凶。小灰狼怒不可遏，立起身子咆哮着，舞动双爪开始反击。它的小尖牙猛地咬住雷鸟的一只翅膀，拼命撕扯。雷鸟挣扎着，另一只翅膀如雨点般打在它的身上。小灰狼初上猎场，斗志昂扬。它已将未知物统统抛在脑后，毫无畏惧。它在攻击撕咬一个正在攻击它的活物，况且这个活物是一块肉。它顿时产生了猎杀的欲望。它刚灭掉几个小活物。现在它要消灭一个大活物。它太忙、太快乐，竟然不知自己有多快乐。它体验到一种全新的、前所未有的极度兴奋和快乐。

小灰狼咬紧雷鸟的翅膀，切齿嚎叫。雷鸟振翅将它甩出灌木丛，试图再将它甩回灌木丛中，却被它咬定不放往后拖动，一直拖到空旷的地方。雷鸟不停地尖叫，扇动另一只翅膀不住地拍打，羽毛如雪片般飞扬。小灰狼的斗志已被大大激发，狼的搏斗血性在它体内升腾涌动，虽然它不知道，但这是活生生的事实。它在实现自己活在世上的价值；它在从事自己为之而生的事业——猎杀肉食并为猎杀而搏斗。它在证明自己的存在，这是生命的价值所在。因为生命全力从事有备之事，才能发挥得淋漓尽致。

没过多久，雷鸟便停止了搏斗。小灰狼仍旧咬住雷鸟的翅膀。双方趴在地上，怒视着对方。小灰狼威胁地咆哮着，样子十分凶猛。雷鸟猛啄它的鼻子，先前的冒险竟惹得鼻子受伤。小灰狼疼得龇牙咧嘴，但仍咬住雷鸟不放。雷鸟不停地啄它，疼得它呜呜直叫。它拼命往后躲，却忘了仍咬着雷鸟，所以一直拖着雷鸟往后撤。它的鼻子被鸟嘴如雨点般啄着，受尽虐待。它的斗志已如洪水般低落。于是它放开猎物，转身穿过空地，扫兴地退出战场。

它趴在空地对面的灌木丛边休息，伸着舌头，胸脯一起一伏，喘着粗气，鼻子仍在疼痛，不停地呻吟。它就这么趴着，突然觉得好像有什么可怕的事要发生。一种莫名的恐惧向它袭来，使它本能地退到灌木丛里隐蔽起来。就在这时，一股凉风向它刮来，一个长着翅膀的庞然大物不祥地从它身边悄然掠过。原来是一只老鹰突然从天而降，险些发现小灰狼。

小灰狼趴在灌木丛中，惊魂未定，战战兢兢地往外窥望。只见空地对面的母雷鸟张开翅膀，从捣毁的巢中飞了出来。因为损失惨重，母雷鸟并没注意那只闪电般的飞鹰。但小灰狼看见了，它看见老鹰从天空俯冲而下，身子贴地一掠而过，如钩的鹰爪猛地抓起雷鸟，它听见雷鸟惊恐的尖叫。又见老鹰腾空而起，带着雷鸟飞向远方。这一幕幕对它来说，既是警示也是教训。

它在灌木丛里躲了很久才离开。至此，小灰狼已增长不少见识。它知道凡是活物就是肉，吃着都香；凡是大的活物都会伤它；要吃就吃小雷鸟那样的小活物，但别去惹母雷鸟那样的大活物。不过，它还有点狼子野心，有一个鬼祟欲望，就是想跟母雷鸟再斗一场——可惜母雷鸟已被老鹰抓走。说不定它能碰上别的母雷鸟，那就上别处去看看。

小灰狼顺着倾斜的堤岸来到溪水边，它以前从没见过溪水。眼前一片平川，看着不错。于是它大胆迈步，却坠入其中，刚惊叫一声，立刻陷入未知物的包围。周围一片冰凉，它透不过气，急速地大口喘息，不料溪水呛入肺里。原来吸入的不是它朝夕相伴的空气！它有一种窒息感，就像死亡的痛苦。对它来说，这种感觉就意味着死亡。它从没有过死亡的体验，但像任何野兽一样，具有怕死的本能。对它来说，致死是最大的伤害，是未知物的实质，是对未知物的恐惧的总和，是一种可能要发生在它身上的、不可思议的灭顶之灾。它对死亡虽一无所知，但却不无惧怕。

它浮出水面，清香的空气立刻进入张开的口中，身体不再下沉。于是它四肢乱扑腾，开始游水，就好像这是它久已养成的习惯。身后的溪岸离它只有一米远，但它首先看见的是对面的溪岸，便立刻往那边游去。小溪不是很大，但深潭处却有二十英尺宽。

溪水中央，急流卷起小灰狼，将它冲向下游。它已陷入潭底的暗流，游水无望。平静的溪水骤然愤怒。它忽而沉入水底，忽而浮出水面。它一直不停地狂乱扑腾，时而被急流掀翻打转，时而又被冲向岩石，撞得叫苦连天。它被一撞再撞，惨叫声连续不断。这些惨叫声足以说明，小灰狼撞上的岩石不计其数。

急流的下方，又是一个深潭。小灰狼被潭中的漩涡挡住，轻轻推向岸边，又被轻轻放到沙粒床上。它慌忙爬离溪水，躺在岸上。这样一来，它对未知世界又多了一些了解。它认识到，水是无生命的，但能流动；水面看来和地面一样坚硬，但其实不然。它由此得出一个结论：事物并非总是表里如一。小灰狼惧怕未知物，是因为它继承了狼的多疑特征，眼下经验又使它更加多疑。从今往后，对于事物的本质，它要始终保持怀疑态度，不能只看外表。在没了解事物的本质之前，不能随便相信。

这一天，小灰狼注定还要再冒一次险。它记得世上有个叫作“母亲”的东西，觉得它宁可要母亲，也不要世上别的一切。经历好几次冒险，它身体累了，小脑袋也累了。它活了那么多天，从没像今天这么辛苦。再说，它也困了。它准备出发去找洞口和它母亲，同时一股强烈的孤独无奈感也向它袭来。

它正在灌木丛中笨拙地爬行，突然听见刺耳的恐吓叫声，一个黄毛怪物从它眼前一闪而过。它看见一只黄鼠狼飞快地从它面前跳跃着跑了。那是一只小动物，它一点也不害怕。然后它又看见它爪子前面趴着一只很小的小动物，只有几英寸长——原来是一只小黄鼠狼，这小东西像它一样叛逆，是出来冒险的。小黄鼠狼刚要退后，被它一爪打翻，发出刺耳的怪叫。霎时间，黄毛怪物又闪现在眼前，它又听见恐吓的叫声，同一瞬间，它一侧的脖子遭到猛烈袭击，感觉母黄鼠狼的尖牙已刺入它的皮肉。

小灰狼吱吱嗷嗷地叫着，正往后退缩，只见母黄鼠狼一跃而起，叼起小黄鼠狼，消失在邻近的灌木丛中。它脖子被母黄鼠狼咬的伤口还在疼，但心灵的创伤更疼。它坐在地上，懦懦地呜咽呻吟。这只母黄鼠狼个头那么小，竟然如此残暴！小灰狼还有所不知，就个头和体重而论，在所有嗜杀类野兽中，黄鼠狼是最凶猛、最可怕、最有报复心的动物。不过，这部分知识小灰狼很快也要运用。

它还在呜咽呻吟，母黄鼠狼忽又出现。因为小黄鼠狼已平安，母黄鼠狼并没扑来，而是谨慎地慢慢向它靠近。小灰狼这下就有充分的时间看清来者的面目，见它身子像蛇身一样细长，头也像蛇头那样机警地昂着。母黄鼠狼发出恐吓的尖叫，小灰狼竖起背上的毫毛，警告地对它咆哮。母黄鼠狼一步步逼近，突然一跃而起，速度快得超过它未经训练的视力，细长的黄毛身子一瞬间消失在它视野里，又一瞬间咬住它的喉咙，尖牙刺入它的毫毛和皮肉。

起初它咆哮着奋力搏斗。可它毕竟太年幼，又是第一天闯荡江湖。后来咆哮变为呻吟，奋力搏斗转为拼命逃脱。母黄鼠狼紧紧咬住它的喉咙，丝毫不松口，吊在它的身上，企图将牙齿刺入它生命之血汩汩流淌的大动脉。黄鼠狼是嗜血动物，就喜欢从动物的喉咙处直接吸血。要不是母狼从灌木丛飞奔而来，小灰狼早就一命呜呼，也没它的故事可写。

只见黄鼠狼放开小灰狼，猛地扑向母狼的喉咙，没扑上喉咙，却咬住了母狼的下巴。母狼的头甩得像鞭子似的啪啪作响，甩掉了黄鼠狼的嘴，还把它高高抛到了空中。黄鼠狼还没落地，那细长的黄毛身子已被母狼一口咬住。就这样，黄鼠狼听见“嘎吱”一声，尝到了死亡的味道。

小灰狼又一次体验到母狼的疼爱。母狼寻到幼狼很开心，幼狼见到母狼也很开心，但母狼比幼狼更开心。母狼用鼻子温柔地抚爱着幼狼，又舔了舔它身上被黄鼠狼咬的伤口。然后，和它一起吃掉那只嗜血动物，之后双双返回洞巢去睡觉。

第五章
肉食法则

小灰狼的伤口恢复得很快。它刚休息了两天，又出洞去冒险。这次冒险，它又发现了那只小黄鼠狼——母黄鼠狼已被它和母狼吃掉。它还让小黄鼠狼得到和它娘同样的下场。不过，小灰狼这次可没迷路。它累了，就回到洞巢里睡觉。以后它每天都外出，活动范围越来越大。

它已能准确衡量自己的特长和缺点，知道何时应该大胆冒进，何时必须小心。它认为时刻警惕是上上策。不过，有时它也自信无所畏惧，偶尔放肆一下，发个小脾气，有点小野心，但这些都是极个别的情况。

它一碰见孤单的雷鸟，就立马变成愤怒的小恶魔。自从上回遇到松鼠之后，它一听见枯松树上传来“吱吱”叫声，无不报以野蛮的回应。而一看见灰噪鸦，它又总是怒不可遏。因为它永远忘不了初次相逢就被那鸟啄了鼻子的情景。

但有的时候，就连灰噪鸦也影响不了它的情绪，那是因为它感觉处境危险，可能会遭遇其他猎食动物的偷袭。它永远忘不了那只老鹰，一见飞鹰影动，就蜷伏在最近的灌木丛。它不再伸腰叉腿，并已养成母狼走路的姿势，偷偷摸摸，鬼鬼祟祟，看似毫不费力，实则快步如飞，以此迷惑其他动物的眼目，使之难以觉察。

就猎食而言，它的运气刚刚开始，一共猎杀了七只小雷鸟和一只小黄鼠狼。它的嗜杀欲与日俱增，就想吃掉松鼠——因为松鼠不停地吱吱叫，总想让所有野生动物知道小灰狼来到。可是，鸟能飞上天，松鼠能爬上树，而小灰狼却只能等松鼠下地时才能趁机偷袭。

小灰狼对母狼怀有敬畏之心。母狼无所畏惧，每次捕到猎物，总是分给它一份。小灰狼不曾想到，其实母狼的无畏是建立在经验和知识之上。它只是觉得无畏就是威力。母狼就是威力的象征。随着一天天长大，它从母狼爪子的严厉苛责中体会到这种威力，虽然母狼苛责它时不再用鼻子拱，而是用尖牙咬它。这也是它敬畏母狼的一个原因。母狼要它绝对服从，它越长越大，母狼的脾气也越来越暴躁。

饥荒再次来袭，小灰狼又一次清醒地感受到饥饿的煎熬。母狼四处觅食，瘦得不像样，而且很少睡在洞巢里，大部分时间都在寻找猎物踪迹，却徒劳无果。这次饥荒虽没持续多久，但情况严重。小灰狼再也吸不出母狼的奶水，也吃不到一口肉。

以前，它把猎食当儿戏，纯粹为了找乐。现在，它猎食特别认真，但一无所获。不过，失败反倒使它进步更快。它仔细观察松鼠的习惯，巧设骗局攻其不备。它还琢磨木鼠的特性，设法将其抠出巢穴。它对灰噪鸦和啄木鸟的习性也了解了不少。后来终于有一天，见到老鹰的影子，它也不再吓得躲进灌木丛。它越长越强壮，越来越聪明，比以前更有信心。这且不说，它有时还铤而走险，明目张胆地坐在开阔地上，向空中的飞鹰发出挑战。因为它知道，在蓝天上盘旋的是一块肉，它饥肠辘辘迫切渴望那块肉。但老鹰就是不肯下来应战。小灰狼爬进灌木丛，失望又饥饿，呜咽哀嚎。

及至母狼将猎物带回洞巢，饥荒这才消除。这次的猎物很奇特，和母狼以往带回洞巢的都不同。这是一只幼山猫，和小灰狼一样尚未成年，只是个头没它大。这只猎物全归小灰狼独自享用，因为母狼已在别处填饱肚子。母狼吃的是同一窝的其他幼山猫，但小灰狼并不知道这个情况。它也不知道母狼曾为此不顾性命。它只知道这毛茸茸的小东西就是肉。它一口一口地吃着，越吃越开心。

肚子一填饱，就开始犯困。小灰狼趴在洞巢里，靠着母狼睡起觉来。酣睡之际忽被母狼的咆哮声惊醒。它以前从没听见母狼叫得如此可怕，也许这是母狼有生以来最可怕的一次叫声。事出有因，它心知肚明——洗劫山猫洞穴，必遭惩罚。小灰狼猛抬头，见母山猫就蹲在洞口，暴露在午后刺目的阳光下。小灰狼见状，背上的毫毛立刻竖起。恐怖来袭，无需本能告知。如果说单凭眼见不足置信，那么入侵者的怒吼——起先一声咆哮，之后骤然上升为嘶哑的尖叫——就足以使它深信不疑。

小灰狼感到体内生机勃发，它从母狼身边勇敢站起，发出咆哮。但母狼反以为耻，猛地将它拱到身后。由于洞口太低，山猫无法纵身跳入。它正要匍匐爬入，却被母狼扑上去截住。小灰狼看不清这场搏斗，只听见巨大的咆哮声、噼啪声和尖叫声响成一片。两头动物扭打在一起，山猫爪牙并用，连撕带咬，而母狼却只能以牙还击。

小灰狼曾一度冲上去，咬住山猫的后腿。它凶猛地嚎叫着，紧咬不放。虽然它不知道，但其实它身体的重量牵制了山猫后腿的动作，从而使母狼免受不少皮肉之苦。后来战局转变，它被压在两头动物的身下，只得松开山猫的后腿。两头母兽暂时休战，再次交锋前，山猫猛地伸出大前爪，将小灰狼的肩膀撕得皮开肉绽，露出骨头，又一爪将它拍到一侧的洞墙上。于是搏斗的喧嚣声中，又多了一份小灰狼疼痛惊恐的尖叫声。不过，这场战斗持续的时间太长，足够它慢慢嗷叫，经历勇气的二次爆发。战争结束后，它又咬住山猫的一条后腿，咬牙切齿地愤怒吼叫。

山猫毙命了。但母狼也非常虚弱，大病一场。起初它还抚爱小灰狼，舔它受伤的肩膀，但后来由于失血过多，变得有气无力，整天整夜躺在死敌的身旁，一动不动，几乎奄奄一息。它一躺就是一个星期，除了找水喝，从没离开洞巢。后来，山猫肉吃光了，母狼的伤也好多了，又能出洞寻找猎物。

小灰狼的肩膀僵硬疼痛，由于受到重伤，曾有一段时间，它走起路来一瘸一拐。如今的世界似乎已经改变。它闯荡江湖更有信心，感觉比与山猫搏斗前更加勇猛。它见识过比它凶猛的生物，也参加过战斗，还用牙齿咬过仇敌的肉，所以活了下来。正因为如此，它的行为更加大胆，有点藐视一切的样子。它再也不怕小动物，虽然神秘恐怖的未知物一直对它构成威胁，始终让它感到无形的压力，但它已不像以前那么胆怯。

它开始跟随母狼出洞觅食，目睹许多猎杀场面，并参与其中。它隐约认识到肉食法则。生命有两种——自己的和其他的。自己的包括它和母狼，其他的包括一切活的动物。而其他的又分为两类：一类是杀食他类的动物，包括非杀生动物和小杀生动物；另一类是杀食他类或被他类杀食的动物。如此分类便产生肉食法则：生命的目的就是食肉，生命本身就是肉食，生命以生命为生。简言之：弱肉强食。它无法用清楚确切的语言阐述这个法则，用以进行道德说教。它甚至不去细想这条法则，它只是顺应这条法则，根本不去思考。

它发现这个法则作用于它周围的一切生物。它吃过雏雷鸟。老鹰吃过母雷鸟，也曾想吃掉它。后来它长得强大可怕，也想吃掉老鹰。它还吃过幼山猫。母山猫若没被杀食就会吃它。如此这般。它周围的一切生物都顺应这个法则，而它本身就是部分法则。它是猎杀者，唯一的食物就是肉食，是活的猎物。在它面前，猎物有的急速逃窜，有的飞上天空，有的爬上树梢，有的藏进地洞，有的与它迎面搏斗，有的转败为胜，追得它四处逃奔。

假如小灰狼能像人类那样思考，那它会把生命概括为贪婪的胃口，把世界概括为布满无数胃口的地方——有的追踪或被追踪，有的猎杀或被猎杀，有的食肉或被肉食；一切都在盲目混乱中进行，充满暴力和骚乱，处于暴殄天物的混沌状态；一切均为运气掌控，冷酷无情，毫无计划，无止无休。

但它不会像人类那样思考，它看待事物没有那么大的视野。它的目的很单纯，一次只有一个念头或欲望。除肉食法则外，它还有许多的次要法则有待了解并遵守。世界充满意想不到的事。它体内生命的涌动和肌体的功能，是它不竭的快乐之源。追捕猎物就是体验兴奋和快乐。它从狂怒和搏斗中得到快乐。而恐惧和未知世界的神秘，不过是它生活的添加剂。

它有时也感到安逸满足。吃饱喝足后在阳光下懒洋洋地睡觉，就是对它的热情和勤奋所给予的回报，而热情和勤奋本身又是一种自我回报。热情和勤奋是生命的体现，而能体现自我的生命永远是快乐的。所以小灰狼与世无争，它总是充满活力，十分快乐，为自己感到骄傲。

第三部

人所敬畏的神是看不见的、异想天开的产物，是脱离现实的虚无缥缈的想象，是他们向往的“善”与“力”的游魂，是自我在精神界的无形衍生。

第一章
造火神人

小灰狼突然遇到一件怪事。那完全是它自己的过错，谁叫它自己粗心大意。那是它离开洞巢去溪边喝水时发生的事。可能因为它睡得太沉，没太在意。它昨晚出外觅食，才刚刚睡醒。它之所以粗心大意，可能是因为它太熟悉池塘边的那条小径。它经常从那里经过，从没遇到过什么事。

它经过枯松，越过旷野，一路小跑进入树林。就在这时，它突然闻到一股气味，发现前方有五个动物静静坐在那里。它以前从没见过类似的动物——这是它初次看见人类。但那五个动物看见它后，并没跳起来对它龇牙咧嘴，也没对它咆哮。他们一动不动，只是坐在那里，悄无声息，让它感到有点不对劲。

小灰狼也一动不动。要不是突然产生前所未有的相反直觉，它的本能直觉或许会迫使它拼命奔逃。一种巨大的敬畏感油然而生，使它深刻感受到自己的弱小，以致彻底崩溃，动弹不得。这是主宰和力量，高高在上，令它遥不可及。

小灰狼以前从没见过人，但它具有人的直觉。它隐隐约约认识到，人这种动物经过奋斗，已成为其他野生动物的主宰。它对人类的了解，不仅来自亲眼所见，而且来自它所有祖先的亲眼目睹——它们曾在无数冬夜围绕营火观望，从密林深处的安全地带，窥望那些奇怪的两腿动物——主宰一切动物的霸主。狼的传统如魔咒般对小灰狼产生了影响，那是一种敬畏感，产生于狼族千百年的搏斗和世代积累的经验。这个传统对它这样的幼狼来说不可抗拒。它若是一条成年狼，可能早已逃之夭夭。但它没有逃走，只是畏缩不前，吓得几乎瘫痪，已经屈服了一半。自从这头狼破天荒走过去坐在人的篝火边取暖开始，狼这种动物就已向人类屈服。

一个印第安人起身朝小灰狼走来，俯身望着它。小灰狼吓得蜷缩在地上。眼前是个未知物，终于露出面目，有血有肉，在它上方伸出手来，想要抓它。它不由得竖起毫毛，嘴唇后缩，露出小獠牙。悬在它身体上方的那只手，就像厄运一样，游移不定，只听那人笑而说道："瓦巴姆—瓦比斯卡—伊皮—皮塔—塔。"[5]（"看！白獠牙！"）

其他几个印第安人哈哈大笑，怂恿那人抓起小灰狼。随着那只手慢慢向它伸来，小灰狼体内的两个本能也在同时交战——屈服和反抗。最后它采取了既屈服又反抗的折中策略。它先是屈服，等那只手快碰上它时，然后反抗，一口将其咬住。刹那间，它头的一侧挨了一巴掌，被打翻在地。此时反抗的本能已经逃遁，幼弱和屈服的本能占了上风。它坐起来嗷嗷直叫，而挨它咬的人却怒不可遏，朝它头的另一侧又是一巴掌。它又坐起来嗷嗷直叫，比刚才叫得更响。

5　此处为音译，原文是 Wabam wabisca ip pit tah（印第安语）。

四个印第安人笑得更加起劲，就连挨咬的那个也笑了起来。小灰狼又怕又疼，不住地哀鸣，而那帮人却围着它笑个不停。就在这时，它听见一个声音，几个印第安人也听见同样的声音，但只有小灰狼知道是怎么回事。它发出最后一声长嚎，听来不像悲伤，倒像喜悦，然后不再出声，而是静候母狼来临——静候它那凶猛无畏、不可战胜、搏杀一切动物的母亲。母狼已听见幼狼的叫声，咆哮着一路跑来，准备冲上去营救自己的幼崽。

母狼跳入人群中，那焦急好战的母性形象极不雅观。但在小灰狼眼中，母狼那护崽的愤怒姿态十分悦目。小灰狼高兴地小叫一声，跳跃着迎接母狼，而人类动物却连忙后退几步。母狼挺身护住幼狼，怒视那些人，毫毛竖立，喉咙里发出低沉的咆哮。它那扭曲的脸上露出威胁的凶相，鼻梁上的皱纹一直从鼻尖延伸到眼角，咆哮声更是异乎寻常。

突然，其中的一个人喊了一声："凯奇！"那是一声惊讶的喊叫。小灰狼发现母狼已被喊声震慑。

"凯奇！"那人又喊了一声，听来刺耳威严。

幼狼发现无畏的母亲竟然蜷伏下来，肚皮贴着地面，呜呜咽咽，摇晃着尾巴，表示友好。小灰狼无法理解，十分惊讶，再次对人类产生敬畏感。它的直觉是正确的，母狼的表现证明了这一点——它的母亲竟然也向人类动物屈服。

叫喊的那人来到母狼跟前，把手放在它的头上，而它只是将身子蜷得更紧，既没咬那人，也没威胁他。其他人见状，上前围着母狼，在它身上又摸又捋，而它并没表现出愤怒的样子。众人异常兴奋，叽里呱啦说个不停。小灰狼断定这些噪音不是危险的迹象，它依偎着母狼，毫毛时而竖起，但尽可能屈服。

“没啥奇怪的，”一个印第安人说，“它爹是一头狼。它娘是一条狗，是真的。在交配季节，我兄弟不是把它娘给拴在树林三个晚上吗？所以凯奇的爹是一头狼。”

“灰海狸，它跑走都有一年啦。”第二个印第安人说。

“有啥奇怪的，鲑鱼舌。”灰海狸说，“当时闹饥荒，哪有肉给狗吃。”

“它一直跟狼在一起。”第三个印第安人说。

“好像是吧，三鹰。”灰海狸说，一面将手放在小灰狼背上，“这就是标记。”

小灰狼一声低吼，不让他摸。那人回手给了它一巴掌。小灰狼立刻闭嘴盖住小獠牙，服服帖帖地趴下。那只手又向它伸来，摸了摸它的耳根，又在它背上来回抚摸。

“这就是标记。”灰海狸又说，“一看它娘就是凯奇，它爹就是一头狼。所以它的狼性比狗性多。它的牙是白的，就叫它白牙吧。名字是我起的，这狗就归我啦。凯奇不就是我兄弟的狗吗？我兄弟不是已经死了吗？”

于是，小灰狼在世间有了名字，它趴在地上看着人类动物，听见他们又是一阵叽里呱啦。灰海狸从挂在脖子上的刀鞘里抽出一把刀，走进矮树丛，砍来一根树枝。白牙注视着他的一举一动。他在木棍的两端各刻了一道凹槽，又在槽里各系了一根皮绳，然后把一根绳子系在凯奇的脖子上，把它牵到一棵小松树前，把另一端的绳子拴在树上。

白牙跟过去卧在母狼身边。鲑鱼舌伸出一只手，把白牙翻了个仰面朝天。凯奇焦急地看着白牙。白牙心里害怕，不禁一声吼叫，但没敢乱咬。那张开的手指弯曲着，在它肚皮上玩摸着，左右晃荡它的身体。四腿叉开仰卧在地上，姿势滑稽又难看。况且这种姿势让它无能为力。白牙心里特别讨厌，但又没法反抗。要是这个人类动物想要害它，它根本无法逃脱。它心里明白，但四腿朝天躺在那人下面，哪能逃得了？然而顺从最终战胜了恐惧，它只是轻声吼叫，因为它没法克制。那人类动物并不生气，也没扇它耳光。这且不说，奇怪的是，随着那只手在它身上摸来摸去，白牙体验到一种妙不可言的快乐。仰卧的身子被翻成侧卧时，它不再吼叫；手指摩挲它的耳根时，它快乐倍增；后来，那人把它又抚摸一下，晾在那里走了。至此，白牙心里所有的恐惧彻底打消。它本以为与人类相处它将多次体验恐惧，却最终成为动物与人安心相伴的一个标志。

过了一会儿，白牙听见远处传来一些奇怪的响声。它很快分辨出那是人类动物发出的声音。几分钟后，印第安部落的余者排成一队来到小径上。男人居多，也有不少妇女儿童，总共来了四十人，全都携带沉重的野营装备和用具。另外还有许多狗，除半成年的小狗外，其他狗也都携带着野营用具，一律装在袋子里，紧紧绑在背上，重量大约二十至三十磅。

白牙以前从没见过狗，但它一见它们就觉得是自己的同类，只是有些差异。但狗群发现幼狼和母狼时，猛冲上去，表现得几乎和狼没什么两样。白牙毫毛竖立，面对张开大口蜂拥而来的狗群咆哮撕咬，却被它们扑倒在地，感到肉体被牙齿咬破的剧痛，它自己也在撕咬着它们的腿和肚皮。接下来是一片骚乱。白牙听见凯奇替它解围发出的咆哮，听见人类动物的喊叫，又听见棍棒落在狗背上的响声，还听见挨打的狗发出疼痛的嗥叫。

只过了短短的一瞬，白牙又站立起来。它看见人类动物手拿棍棒和石子在驱赶狗群。他们是在保护它，不让那些似是而非的同类凶狠地咬它。虽然它缺乏理性的头脑，对“正义”这类抽象概念尚不清楚，但它本能地感受到人类动物的正义，知道他们就是这样——法则的制定者和实施者。而且，它还感受到他们实施法则的威力。他们不像它所遇到的任何动物那样又咬又抓，而是借用死物的力量行使活物的力量，让死的东西为他们效力。因此，在这些奇怪生物的指使下，棍棒和石子就像活物一样在空中飞舞，给狗群造成严重的伤害。

在它看来，这种力量异常强大，难以想象，超越自然，如神力一般。白牙就其本性而言，绝不会知道有关天神的任何传说，它充其量只知道几件不明白的事。然而，它对那些人类动物产生的惊奇和敬畏，有点类似人类看见高山之巅的某个天神向惊愕的世间投掷霹雳所产生的惊异和敬畏。

最后一条狗被赶走后，骚乱平息下来。白牙一边舔着伤口，一边回想它初识狗群的情景和初尝它们暴虐的滋味。它做梦也没想到，原来它的同类里除独眼狼、母亲和它自己外，还有别的成员。它们三个曾经是一伙，但在这里它突然发现许多生物，它们分明是它的同类。它潜意识里恨这些同类，它们初次见面就向它扑来，想要置它于死地。它也同样恨那些高级的人类动物，恨他们给它母亲绑了一根棍子。这就意味着束缚和奴役。然而，它对束缚和奴役却一无所知。自由自在地游荡，随心所欲地奔跑，无拘无束地睡觉，一直是它的传统。而在这里，它的自由却遭到侵犯。母亲的活动范围被限制在一根之长，它也受到同样的限制，因为它需要留在母亲身边。

它不喜欢这样。它也不喜欢那些人类动物起身继续赶路，因为一个很小的人类动物握着棍子的一端，身后牵着被缚的凯奇。白牙跟在凯奇的身后，它对这个刚开始的冒险深感不安，忧虑重重。

他们沿着溪谷往前走，远远超出白牙最大的活动空间，一直走到溪谷的尽头。这是溪水流入麦肯齐河的入口，矗立的木桩上系着几条独木舟，河边立着许多晒鱼的架子。白牙观望着，眼神露出惊奇。这些人类动物的优越感时刻都在上升。他们控制着那些长着尖牙的狗。这是强大的体现。但在幼狼看来，比这更强大的，是他们能控制无生命的东西，能改变世界的面貌。

尤其是最后一点，对它触动很大。那些高耸的木桩架吸引着它的目光，但那些东西没什么稀奇，不过是那些能投掷棍棒和石子的动物所为。令白牙感到惊愕的是，他们给那些木桩架盖上粗布和兽皮，搭成一个个圆锥形帐篷。这些庞然大物，令它触目惊心。它们在四周升起，就像迅猛生长的怪物，几乎占据它的全部视野。它害怕这些东西。它们不祥地呈现在眼前，被风吹得剧烈摇晃。白牙吓得缩着身子，警惕地注视着它们，一旦猛然向它倒来，它就立刻逃奔。

但是没过多久，它对帐篷的恐惧已消失殆尽，因为它看见女人和孩子进进出出并没受到伤害。它还看见几条狗总想钻进帐篷，但被呵斥和投石给赶跑。过了一会儿，它离开凯奇的身边，小心翼翼往离它最近的帐篷爬去。那是成长过程中的好奇心在驱使它前行——要想积累经验，必须学习、生活、实践——在离帐篷壁还差几英寸时，它爬得十分缓慢，格外谨慎，也痛苦不堪。一天来经历了那么多事，对于这个未知物，它已做好心理准备——这东西看上去如此神奇，不可思议。终于，它的鼻尖碰到帆布。它等待着，没什么情况。它嗅了嗅那奇怪的布，闻出一股人味。它又咬住帆布轻轻一扯，仍没什么情况，只有嘴边的布微微晃动了一下。它使劲又一扯，那块布晃动得厉害了一些。真好玩！它更加使劲，不停地拉扯，整个帐篷晃动起来。帐内突然传出一个女人的尖叫声，它一听就仓皇跑回凯奇身边。但从那以后，它再也不怕那些赫然耸立的大帐篷。

片刻之后，它又离开母狼去游荡。母狼脖子上的木棍被系在地桩上，没法跟着它走。这时，一条尚未完全长大的小狗慢慢朝它走来，这小狗个头和年岁比它稍大，一副耀武扬威想要打架的姿态。小狗的名字叫唇唇，白牙后来听人这么叫它。唇唇常和别的小狗打架，有点霸道。

唇唇是白牙的同类，又是一条幼狗，好像没什么危险，所以白牙准备友好相迎。但这条陌生狗却突然挺直腿，龇牙咧嘴。白牙见它那样，也挺直腿，也龇牙咧嘴。两条狗弓腰相对，试探着对方，咆哮着竖立毫毛，僵持了好几分钟。白牙把这当作是游戏，觉得十分有趣。可是突然间，唇唇猛地一下扑来，咬了它一口又立刻退后。这一口刚好咬在曾被山猫咬伤的肩膀头，咬得又深又痛，差点伤到骨头。这突如其来的攻击疼得白牙嗷嗷直叫。但转眼间它就暴跳如雷反扑过去，在唇唇身上凶猛地撕咬起来。

然而唇唇毕竟生长在营地，曾和别的小狗屡次打架。它尖利的小牙三番五次咬在新来者的身上，直叫白牙羞愧难当，狺狺而吠，逃回母狼身边寻求保护。这是白牙和唇唇的第一次交战，以后它俩见面就打，谁叫它们是天生的冤家，生来注定打个没完。

凯奇伸舌抚慰地舔着白牙，想哄它留在自己身边。但白牙的好奇心却在蔓延，几分钟后它又开始新的探险。它看见一个人类动物，就是那个灰海狸，手拿树枝蹲在地上，拨弄着摆在面前的干苔藓。白牙朝他走去，想看个究竟。灰海狸嘴里哼了一声，白牙以为那声音没有恶意，又走近了一点。

几个女人和孩子又给灰海狸拿来一些树枝。他们分明在干一件大事。白牙走上前碰了碰灰海狸的膝盖。它好奇心太强，已忘记这是一个可怕的人类动物。忽然，它看见一个如雾一般的怪物，从灰海狸手下的树枝和苔藓中袅袅升起。接着，树枝里冒出一个鲜活的东西，摇曳颤抖着，颜色就像天上的红日——白牙对火一无所知——火光如同幼崽期洞口的光线一般吸引着它。白牙朝着火焰慢慢爬前几步，它听见头顶上方的灰海狸在咯咯嬉笑，但没听出什么恶意。于是它把鼻子凑上去，伸出小小的舌头去舔那团火焰。

突然间，它的舌头麻木了，藏在树枝和苔藓中的未知物凶恶地抓住了它的鼻子，它一声惊叫，缩了回去。凯奇听见叫声，咆哮着想要冲去救它，却被脖子上的木棍拖住无法靠近，怒不可遏。而灰海狸则拍着大腿哈哈大笑，还把发生的事说给营地其他人听，引得众人哄堂大笑。但白牙却坐在地上嗷嗷直叫，在人类动物中显得孤苦伶仃，楚楚可怜。

这是它有生以来感到最疼的一次，鼻子舌头全被颜色像太阳的活物给烧伤，而这个活物是从灰海狸的手底下蹿上来的。它一个劲地呻吟嗷叫，每叫一声都迎来人类动物的一阵大笑。它想伸舌舔舔鼻子抚慰一下，可是舌头也疼得火辣辣的。鼻子舌头一起疼，疼得更厉害。它越发觉得孤立无援，叫得更加起劲儿。

后来它又感到羞耻，因为它知道笑声意味着什么。虽然我们不知道某些动物何以知道笑声，何以知道它们受人嘲笑，但是白牙知道。它知道人类动物在嘲笑它，这让它感到莫大的耻辱。它转身逃离火边，不是因为被火烧伤，而是因为遭人耻笑，这比火烧更疼痛，更让它伤心。它逃回凯奇身边，对着棍子的一端暴跳如雷，像头疯狂的野兽。棍子的另一端束缚着凯奇——世上唯一不嘲笑它的动物。

黄昏已逝，黑夜来临，白牙躺在母狼身边。它的鼻子和舌头还在疼痛，但更大的苦恼是有巢不能回，这使它茫然困顿。它心里空荡荡的，渴望着那宁静的小溪和岩壁间的洞巢。生存空间已变得拥挤，那么多的人类动物，男人女人孩子们，都在制造各种噪音和纷扰。还有那些狗，整天吵闹，骚动喧嚣，搞得乱七八糟。它所熟知的安静生活不复存在。这里就连空气中也尽是躁动的生命，嗡嗡叫个不停，声音时强时弱，忽高忽低，不断冲击它的感官和神经，让它紧张不安，老是担心会有祸事临头。

它看着人类动物来来往往，在营地四处走动。白牙看待眼前的人类动物，大概有点像人看待他们造的神像那样。他们是高级动物，是实实在在的神灵。它隐隐认识到他们是奇迹的创造者，就像人以为神是奇迹的创造者一样。他们是主宰万物的动物，具有各种难以置信的未知能力，是一切有生之物和无生之物的霸主——他们能使活动者服从，使不能活动者活动。他们能从死苔藓和木柴中创造出生命，而且是太阳色的、会咬它的生命。他们是造火动物！他们是神人！

第二章

身陷囹圄

白牙的经验日益丰富。在凯奇被木棍束缚期间，它跑遍了整个营地，探寻、调查和学习，很快熟悉了人类动物的许多习俗，但熟悉并没滋生不敬。它越是了解他们，他们越显得优越，越展现得力量神秘，也越显得神气十足。

人看见自己的神像颠覆，神坛坍塌，往往悲恸万分。但蜷伏在人脚下的狼和野狗，却不知悲恸是何物。人所敬畏的神是看不见的、异想天开的产物，是脱离现实的虚无缥缈的想象，是他们向往的“善”与“力”的游魂，是自我在精神界的无形衍生。与人不同的是，狼和野狗在火堆旁发现的神，是有血有肉、可以触碰的实体，他们占据大地的空间，需要时间去实现他们的目标以求生存。信这样的神，无需付出信仰；不信这样的神，也无需付出意志努力。这样的神无需逃避，他就站在那里，两条后腿直立，手持棍棒，潜力无比；他有喜怒哀乐，爱憎分明；他的神性、神秘和神力被带血的皮肉包得严严实实，而那皮肉一旦被撕下，吃起来和其他肉类一样鲜美。

在白牙看来，人类动物就是神，这不会弄错，也不可逃避。

正如它母亲一听有人叫凯奇这个名字，就对他们俯首帖耳一样，它也开始对他们唯命是从。它给他们让道，这无疑是他们应该享受的特权。他们走路，它就得让路；他们喊它，它就得跑去；他们威胁它，它就得屈服；他们命令它滚开，它就得赶紧走开。因为在他们每个意愿的背后，都有使之得以实施的威力。其表现形式就是拳头和棍棒，飞来的石子和抽在身上会刺疼的皮鞭。

它属于他们，就像所有的狗都属于他们一样。它的一切行动得听他们指挥，它的身体得由他们殴打、践踏和饶恕。这是经验教训，它很快铭记在心。可以说，这很难适应，与它强悍的本性格格不入。虽然在学习适应时它不高兴，但在不知不觉中它已学会乐意适应。这是将自己的命运交由别人掌控，从而转移自己生存的责任。但这本身又是一种补偿，因为依赖他人总比自己独立容易得多。

但把自己的灵与肉出卖给人类这种动物，不是一天就能做到的事。它无法立刻放弃自己的野性传统和对荒野的记忆。好几天来，它总是偷偷溜到森林边，站在那里倾听远方的呼唤，但又总是悻悻而归。它坐立不安，心里难受，依偎在母亲身边，怅然若失地轻声哀鸣，用探寻的舌头急切地舔着它的脸庞。

白牙很快熟悉了营地的生活情况。它发现，他们给狗喂肉或喂鱼时，那些老狗蛮横无理，贪婪抢食。它还发现，男人比较公平，孩子比较残忍，而女人则比较善良，她们更有可能会扔给它一块肉或者一根骨头。经历过两三次痛苦的遭遇之后，它学到一个经验教训：最好不要去招惹那些未成年幼犬的妈妈，离它们越远越好；看见那些母狗走来，就赶紧躲开。

但它生命的灾星是唇唇。这狗比它个头大，比它年长，还比它强壮，所以专门迫害它。白牙很想应战，但不是对手。唇唇太大，简直成了它的噩梦。每当它冒失离开母亲身边，那恶霸狗准会出现，尾随在它身后，冲它咆哮，故意挑衅它。只要人类动物不在附近，唇唇就趁机扑向它，逼它打架。因为唇唇每次总是打赢，所以它就喜欢跟白牙打。这成了它活着的一大快乐，但对白牙来说，却是一大折磨。

白牙却并没因此而畏缩。虽然屡遭摧残，节节败退，但它依然斗志昂扬。然而这事也对它产生了不良影响，性格变得暴虐乖张。本来就生性野蛮，又不断遭受迫害，现在变得更加野蛮，温和活泼的小狗天性难以表现。它从来不和营地的其他小狗一起玩耍嬉戏，因为唇唇不准它玩。只要白牙一接近它们，唇唇就向它扑来，不是恐吓威胁，就是和它打架，非要把它赶走不可。

其结果是，这一切使白牙丧失了许多幼犬天性，行为变得老成持重。由于精力不能通过玩耍得以发泄，整天蜷成一团，它的心理过程反倒不断发展。于是变得精明狡黠，无所事事时便挖空心思，想着诡计花招。当给营地所有的狗喂食时，它得不到自己的那份鱼肉，就变成一个精明的小偷。它不得不自己觅食，并且精于此道，结果经常惹得女人讨厌。它学会了在营地偷偷流窜，学会了使诈，学会了掌握各处的动向，学会了眼观六路耳听八方并做出相应判断，学会了使用各种手段成功避开势不两立的恶狗。

在饱受欺凌的最初几日，它就耍了第一个真正的大花招，初次尝到复仇的滋味。凯奇与狼群在一起时，就曾把几条狗从人的营地引诱出来灭掉。不谋而合，白牙也使用类似的手段，把唇唇引诱到凯奇复仇的嘴前。

白牙在唇唇面前故意败下阵来，但它没直接逃跑，而是在五花八门的营帐间穿来穿去，东跑西颠，引诱唇唇追赶。其实它跑得很快，同样大的小狗都赶不上它，就连唇唇也望尘不及。但这次竞逐它并没拼命奔跑，而是匀速前进，刻意与追逐者保持一步之遥。

逃敌就在眼前，唇唇穷追不舍，一时兴起，竟忘了戒备，不顾身在何方。等它想起这个地方，已为时太晚。它飞速绕过帐篷，一头撞在系着木棍的凯奇身上。它一声惊叫，凯奇已张开恶恶的大嘴将它咬住。虽然凯奇被束缚住，但它仍难脱身。凯奇甩头将它撂倒在地，让它四腿朝天没法逃跑，然后尖牙在它身上不停地又撕又咬。

唇唇终于从凯奇身边滚开，站立起来，浑身凌乱不堪，身心受到极大伤害。身上凡被咬过的地方，毛都卷成一团一团。它站在那里，伤心不已，张嘴号啕大叫。可是，它还没叫够，白牙已扑上去咬住它的后腿。唇唇不敢再战，败兴而逃。白牙岂肯罢休，紧追其后，一路将它赶回原来的帐前。此时几个女人出来替唇唇解围，凶神恶煞般的白牙这才被一阵乱石赶跑。

一日，灰海狸断定凯奇不可能再次逃跑，终于将它释放。母亲重获自由，白牙特别开心。它高兴地跟着母亲在营地四处走动。只要待在母亲身边，唇唇就不敢轻举妄动。白牙甚至在它面前毫毛直立，昂首阔步，但唇唇对它的挑衅置之不理。唇唇又不是傻瓜，即使它想报仇雪恨，也得等待时机跟它单打独斗。

当日午后，凯奇和白牙逛到营地附近的树林边上。白牙一步步将母亲引至此处。这时，见母亲停止不前，白牙就极力引诱它继续前行。小溪、洞巢和寂静的树林，都在召唤着白牙。它想让母亲一同前往。它又往前跑了几步，停步回头一看，见母亲仍站着不动。于是它呜呜哀求着，顽皮地从灌木丛跑进跑出，又跑回母亲身边，舔舔它的脸，又继续往前跑。凯奇一步不动。白牙停下来凝望着母亲，见凯奇回头遥望那片营地，它满腔的热切渴望渐渐消失。

外面的旷野中有个声音在召唤着白牙。它的母亲也听见那个声音，但还听见另一个更响亮的声音——营火和人类的召唤。那是在所有动物中专门向狼发出的召唤，要让本是兄弟的狼和野狗服从。

凯奇转身慢慢往营地跑去。比起木棍对它身体的束缚，营地对它的控制力更强。神秘无形的神依然强力控制着它，不让它走。白牙坐在桦树荫下轻声呜咽着，空气中弥漫着浓郁的松木味和淡淡的草木清香，使它想起被束缚前的自由生活。然而，它毕竟还是一只尚未长大的幼犬，母亲的召唤比人类或荒野的召唤更有力。它自从出生后一直依靠母亲，还不到自立的时候。于是它站起身来，孤零零地返回营地，中途停歇一两次，坐在地上轻声呜咽，倾听着回荡在密林深处的召唤。

在荒野中，母狼和幼崽共度的时间很短暂，而在人类的控制下，它们共度的时间更短暂。白牙的情况就正是如此。灰海狸曾欠下三鹰的债，而三鹰将要离开此地前往麦肯齐河上游的大奴湖。于是灰海狸以一块红布、一张熊皮、二十颗子弹和凯奇作为财产抵债。白牙看见母亲被三鹰带上独木舟就拼命追赶，结果被三鹰一拳打回岸上。独木舟划离岸边，白牙跳入水中泅水尾随。灰海狸厉声叫喊让它回来，但白牙置若罔闻。连神一般的人类动物它都不理，白牙将要失去母亲的恐惧心理可见一斑。

但是神容不得一丝违抗，所以灰海狸愤怒地划起一只独木舟追了过去。及至赶上白牙，他伸手抓住它的后颈将它拎出水中。他并没把它丢进舟底，而是一手拎着它，一手使劲打。打得真狠，下手够重。每打一拳都特别疼，而他竟然打了无数拳。

暴雨般的拳头打在白牙身上，此处一拳，彼处一拳，打得它来回摆动，就像剧烈摇摆的钟摆一般。它心潮腾涌，变化不定。先是感到惊慌，继而是瞬间的恐惧，然后是随着拳落的几声惨叫。但它很快怒不可遏，不羁的天性显露出来。面对怒神，它亮出牙齿，无所畏惧地咆哮。而这只会让神更加愤怒，拳头打得更猛、更重、更疼。

灰海狸不停地拳打，白牙不停地咆哮。但这种局面不能永远持续下去，总得有一方必须让步，而让步的一方只能是白牙。它又一次产生了恐惧感，平生第一次受到真正的虐待。与这次挨打相比，以前偶尔挨的棍棒和石子简直如同抚摸一般。它彻底崩溃，开始哀嚎尖叫。如果说，它起初每挨一拳只是尖叫一声，那么后来则由害怕变为惊恐，直到最后嚎声连续不断，与惩罚的节奏已毫无关联。

灰海狸终于罢手。白牙无力地悬在空中，还在继续哀嚎。这似乎使它的主人感到满意，他粗暴地将它扔进舟底。此时独木舟已漂至溪流下游，灰海狸抄起划桨，见白牙挡道，便凶狠地将它一脚踢开。刹那间，白牙不羁的本性又闪现出来，一口咬住灰海狸脚上穿的软帮鞋。

紧接着，白牙又挨了一顿毒打，相比之下，刚才那顿等于是零。灰海狸气得要命，白牙也吓得要死。此时岂止拳头，就连坚硬的木桨也落在它的身上。及至又被抛入舟中，它幼小的身体已伤痕累累，疼痛难忍。即便如此，灰海狸仍不放过，继续拿脚踢它。白牙不敢再咬那只脚，它吸取了一个教训：受人束缚，无论在任何情况下，绝对不能去咬主宰它的神，即它的主人。主人的身体是神圣的，容不得它的狗牙玷污。不然便是罪加一等，这种罪过不容忽视，不可饶恕。

独木舟划至岸边，白牙静静地躺着，低声呻吟，等候灰海狸的摆布。它该不该上岸，那得要看主人的意愿。于是它被抛向岸边，身体一侧重重摔在地上，又添新伤。它战战兢兢站起身来，仍在呻吟。唇唇站在岸上观看了整个事件，这时突然扑上来，将它撞翻猛咬起来。白牙实在无力抵抗，若不是灰海狸飞起一脚将唇唇踢向空中，飞出六尺之外坠落在地，它不知还要遭受多大伤害。这是人类动物的正义使然。此时的白牙即使处境如此凄惨，也为之稍稍感恩动容。它顺从地跟在灰海狸的身后，一瘸一拐穿过营寨回到帐篷。于是，白牙又明白了一个道理：惩罚的权利专归神人所有，受其统治的低级动物不配享有。

是日夜晚，万籁俱静时，白牙想起了母亲，为它忧伤地嚎叫。它的叫声太大，吵醒了灰海狸，又挨了一顿打。从那以后，神人在旁边时，它只敢轻声哀嚎。但有时它也会独自游荡到森林边，放声嗷嗷长嚎，以排遣心中的烦恼。

在那期间，它也许曾倾听自然的召唤，怀念昔日的洞巢和小溪，打算重返荒野。但对母亲的思念却使它止步不前。既然出去打猎的人类动物都会回来，那母亲迟早也会回到营寨。所以它情愿受到约束，等待母亲归来。

但被人约束也并非完全没有快乐。有趣的事很多，每天都在发生。这些神人无休止地干一些奇怪的事，它总是好奇地观看。

此外，它还学着如何与灰海狸打交道。它必须服从，无条件地绝对服从，才能避免挨打，从而保住性命。

不过，有时灰海狸也会亲手扔给它一块肉，而且还护着它，不让别的狗抢食。这块肉极其珍贵，可以说，远胜于女人扔给它的六块肉。灰海狸从不宠爱它，也从不爱抚它。或许是他的重拳，或许是他的公道，或许是他的绝对权威，又或许是这三者的合集，对白牙产生了影响，因为它和乖戾的主宰者正在形成一种依附关系。

棍棒、石头、人的拳脚的力量，就像无形的枷锁，隐隐套在白牙身上，将它紧紧束缚。它的祖先当初能靠近人类营火，乃是狼的性情使然，而且这种性情能够发展。如今这种性情也在白牙身上得到发展。虽然营地的生活充满辛酸，但它暗地里却一直喜欢，只是它自己没意识到这一点。它只体会到失去凯奇的悲哀，希望母亲早日归来，并且渴望昔日的自由生活。

第三章
营中弃崽

唇唇一直就像阴影笼罩着白牙的生活，使它一反本性，变得邪恶凶残。野蛮本是它天性的组成部分，如今它的野蛮已超出天性。它在人类动物中获得了邪恶的臭名。无论营地何处出现骚乱或喧嚣，打架或吵闹，或女人为一块肉被偷走而喊叫，他们准会发现白牙难逃其咎，而且是罪魁祸首。他们从不追查它滋事的原因，只看结果，而结果却很糟。它就是鬼祟，是盗贼，是捣蛋鬼，是始作俑者。女人们当面怒骂，骂它是没用的狼，注定没有好下场，而它只是警惕地盯着她们，准备随时躲避飞来的石头和棍棒。

白牙发现，在这人口密集的营寨，它成了一个被人遗弃的幼崽。所有的幼犬都听从唇唇的领导。白牙和它们不同。也许它们觉得它是野种，本能地对它怀有敌意，就像家狗对野狼都怀有敌意那样。但无论是否这样，它们总是和唇唇合伙迫害白牙。它们一旦向它宣战，总会找出正当理由继续宣战。不过，它们一个个不止一次尝过它牙齿的厉害。使白牙感到荣耀的是，它经常胜多负少。如果单挑，它可以击败许多幼犬，但它们不跟它单挑。而一旦单挑开始，营中所有的幼犬便会蜂拥而来，一起围攻白牙。

从群狗的迫害中，它吸取了两大教训：一是如何在混战中保护自己；二是如何以最快的速度致对方以最大的伤害。在众敌中站稳脚跟就意味着生存，这一点它学得很精。它已能像猫那样站得很稳。它可能会被大狗沉重的身体撞得倒退，或退到一边，甚至被撞飞，或者被撞得在地上滑动，但它总能四腿站稳，四足紧贴大地之母。

狗在打架前一般都有预备动作——咆哮着竖起毫毛，前腿蹬后腿弓。但白牙知道省去这些前奏。行动迟缓就意味着等待群狗上来围攻。它必须速战速决，然后脱身。于是它学会不露声色，不宣而战，猛扑上去咬住对方，使之猝不及防，无法应战。这样一来，它懂得如何迅速致对方重伤。它还懂得突然袭击的重要性。假使一条狗毫无防备，尚不知怎么回事，肩膀就已被咬开，耳朵已被撕成碎条，那它基本上已败下阵来。

再者，奇袭一条狗，即可轻而易举将它打翻。而狗一旦四腿朝天，项腹的柔肉必然暴露无遗——这是狗的致命弱点。白牙知道这个弱点在哪儿，这是历代猎狼留传下来的经验。因此，白牙遭到冒犯时，采取三个步骤：先是瞅准一条狗，再出其不意将它扑翻，然后一口咬住它的软喉。

白牙尚未成年，嘴巴不够大，也不够结实，攻击咽喉不能咬死对方。尽管如此，营地许多幼犬的咽喉都已挂了彩，那是白牙给它们留下的齿痕。一日，见有一条敌犬独自在树林边，白牙一次次将其扑翻，攻其咽喉，咬断大动脉，夺了它的性命。此事被人瞧见，是日夜晚，营地一片哗然。消息传到死狗的主人耳边，女人们想起偷肉的那些事件。于是灰海狸遭到许多人的愤怒声讨，但他毅然把住自家的帐篷门，袒护关在里面的罪犯，不让叫器的部落人闯入复仇。

白牙成了人和狗的眼中钉。在这段时间，它片刻不得安宁。狗一见它就咬，人一见它就打。迎接它的既有同类的怒吼，又有神人的诅咒和飞来的石头。它的日子过得紧张不安，脑袋就像一根紧绷的弦，时刻处于进攻状态，还得警惕遭受袭击，留心突如其来的飞石，准备采取迅猛沉着的行动，要么亮出牙齿扑向死敌，要么威胁地咆哮一声逃离。

它咆哮起来，比营地哪条狗都厉害，无论小狗老狗，全都赶不上它。咆哮的意图是警告或吓唬，需要判断方知何时该用这种手段。白牙知道怎样咆哮，何时应该咆哮。它咆哮的样子又凶恶又恐怖——鼻子不停地抽搐，形同锯齿一般；毫毛随风竖起，如波浪涌动；舌头一伸一缩，宛如一条游蛇；两耳垂下紧贴脸庞，眼中迸发出仇恨的光芒；嘴唇往后收缩，獠牙暴露在外，口水往下流淌——这来势汹汹的架势，会使任何一个袭击者望而却步。对方稍一踌躇，放松警惕，它便有机可乘，能在瞬间做出判断，采取行动。有时对方踌躇时间太长，以至完全停止攻击。有时白牙一声咆哮会把许多大狗吓得败退，从而使它不战而胜，十分荣耀。

它被未成年幼犬排斥在外，故而手段变得残暴，效率高超，使迫害它的狗群付出了代价。不准它和狗群来往，结果造成一个奇怪的现象：它们谁都不敢离开狗群。白牙岂能容许这等事。它采用伏击战略，使得小狗不敢单独行动。除唇唇外，其他小狗不得不抱成一团，共同对付可怕的敌犬。假如小狗单独跑到河边，那就意味着死亡，就算从伏击它的狼崽身边逃脱，它那惊恐的惨叫也会惊动整个营寨。

然而白牙的复仇行动从没停止，虽然小狗们彻底明白它们必须结成一伙。它只要撞见单只小狗就会袭击，而它们只有抱成一团才敢围攻。它们一见白牙就蜂拥扑来，这时它便飞快逃离。而在追击中，跑在前面的狗总是最倒霉！白牙学会了猛回头扑向领头狗，在狗群赶来前将它撕烂。此类事件频繁发生，因为狗群一旦狂吠追得兴起，往往忘乎所以，但白牙从不掉以轻心。它总是一边逃跑一边偷眼回看，准备随时转身，扑向急吼吼跑在最前面的那条狗。

爱玩是狗的天性，由于环境的迫切需要，它们在模拟战斗中使游戏变为现实。于是围猎白牙成了它们的主要游戏——这是致命游戏，而且历来都是危险游戏。但是白牙跑得最快，哪里都敢冒险。在徒然等待母亲归来的那段时间，它曾多次诱使狗群在附近的树林追它。它们总是不知它的去向，而它们的声响和叫嚷，却向它暴露了它们的去向。它独自奔跑于树林中，脚步轻盈，和它父母一样，悄无声息，宛如一个飞影。况且比起它们，它与荒野的联系更直接，也更了解荒野的秘密和生存的策略。它最喜欢的把戏，就是涉水过溪，隐没自己的踪迹，然后悄悄藏在附近的灌木丛，任凭它们迷茫的叫声从四周响起。

白牙为同类和人类所恨，变得不屈不挠。它不断遭受侵略，也不断发起战争，因而发展得很快，但又很片面。这里不是培育善与爱的土壤，它不露一丝善与爱的微光，它学到的准则就是畏强凌弱。灰海狸是神，就是强者，白牙只服从他。比它年幼的小狗都是弱者，就该灭亡。它正朝着强大的方向发展。为了应对不断遭受迫害甚至灭亡的危险，它过度培养了掠夺与自卫的能力。比起其他狗，它的动作更敏捷，腿脚更快、更机灵、更致命、更轻盈，钢铁般的筋腱更精瘦、更耐久、更残酷、更凶猛，智商也更高。它必须具备这些品质，不然它难以自保，无法在这充满敌意的环境中生存。

第四章
神之足迹

是年秋天，白昼渐渐变短，空气中弥漫着刺骨的雾霜，白牙终于抓住自由的时机。连日来，营寨一片混乱。部落人在拆除夏天的营帐，收拾行装准备外出秋猎，引来白牙热切的观望。直到帐篷拆下，装入岸边的舟中，它才明白一切。独木舟划离了岸边，有的已消失在河下游。

白牙故意拖后，伺机溜出营地跑进树林。林中的小溪已开始结冰，正好隐没它的行踪。于是它爬进密林深处，静静等待着机会。时间在慢慢流逝，它断断续续睡了好几个钟头。后来它突然听见灰海狸在喊它的名字，喊声中混杂着别的声音。白牙听得出来，那是灰海狸的老婆和儿子米萨的声音，他们都在找它。

白牙吓得浑身战栗，一时冲动想要爬出藏身之处，但却忍住没动。过了一会儿，喊声消失。又过了一会儿，它这才爬出灌木丛，沉浸在成功逃离的喜悦中。天色渐黑，它在林中玩了一会儿，为自由感到高兴。突然间，它觉得特别孤单。于是它坐在地上想着心事，听着静谧的树林，感到心神不宁。万籁俱静，没有一丝响动，似有不祥之兆。它感到危机四伏，但却看不见，也猜不出来。高大的树木隐约可见，黑影幢幢，它疑心其中可能藏着危险。

天寒地冷，没有温暖的帐篷供它倚靠。足下是湿漉漉的白霜，它不得不交替抬起两只前爪。它刚卷起毛茸茸的尾巴盖住后腿，便出现一个幻象——这也不足为奇。它的脑海中浮现出一幕幕情景。它好像又看见营地、帐篷和火光。它仿佛听见女人的尖叫、男人粗暴的低吼和嗷嗷的犬吠。它肚子饿得正慌，不由想起主人扔给它的鱼肉。这里没有肉吃，除了可怕的寂静，一无可吃。

身躯被束缚使它变得服帖柔顺，依附他人使它变得软弱无能，它已忘了如何自谋出路。黑夜向它张开大口，感官本来已习惯营地的喧嚣和各种见闻，现在却一片空白。此刻它无所事事，一无所见，一无所闻，紧张地竖起耳朵，希望听见某种声音打破大自然的死寂。但周围死气沉沉，使它胆战心惊，感觉可怕的事即将发生。

它突然吓了一大跳。一个巨大无形的东西掠过视野——那是月亮拨开云层后投下的一片树影。它消除了疑虑，轻声呜咽了几声又赶紧停住，生怕引起潜伏危险物的注意。

寒夜中，一棵瘦长的树发出瑟瑟的响声，就在它头顶上方。它惊慌失措，尖叫一声，疯狂地往营寨跑去。此时它特别渴望得到人类的保护和陪伴。它仿佛闻到野营的烟火味，似乎听见营中的各种噪音和喊声。它冲出树林，跑到洒满月光的旷野。这里既无阴影，也无黑暗，但营寨已不在眼前。它竟然忘记，部落人早已拔营而去。

它疯狂的奔跑突然停止。这里无处可逃。它可怜巴巴地偷偷走过无人的营地，嗅着垃圾堆和被神人丢弃的破布头。此时此刻，即使哪个愤怒的女人向它乱投石子，它也高兴；即使灰海狸气势汹汹地挥拳打它，它也开心；即使迎接它的是唇唇和那群懦弱幼犬的咆哮，它也欢喜。

它来到灰海狸搭过帐篷的旧址，在中央坐下来，翘起鼻子对着月亮。它喉咙痉挛性疼痛，张开嘴巴伤心地嚎叫，倾诉它的孤独和恐惧、对凯奇的痛苦思念、昔日所有的忧伤和不幸，以及对未来苦难和危险的忧虑。这是白牙第一次发出的狼嚎，叫声悠长洪亮，充满哀伤。

白天的到来驱散了它的恐惧，但也增加了它的寂寞。这里不久前还挤满人群，现在只剩光秃秃的大地，使它越发感到孤单。它很快下定决心。于是它冲进树林，沿着岸边往小溪下游跑去。它跑了整整一天，没有停息，似乎永远要跑下去。它钢铁般的躯体不知疲倦，即使疲倦来袭，天生的耐力也支撑它继续跑下去，使它能驱使抱怨的身体不断前进。

河水在悬崖峭壁处急转而下，它在这里爬上高山。遇到流入主河道的小河和溪流，它就蹚水或游泳渡过。多数情况下，它都踩着刚冻结的冰层过河，不止一次坠入冰冷的水里，又挣扎着爬上岸。它一路留心观察，寻找神人的足迹，指望沿着足迹离开河道，走向有人烟的内陆地区。

白牙的智商高过一般同类，但它的心理视域不够宽广，不曾想到麦肯齐河对岸的情况。神人的足迹会不会就留在河对岸？这个问题它从没想过。等以后走的路多了，变得更老练、更聪明，对足迹和河流有了更多的了解，也许它能想到有这种可能性。但这种心理能力尚待以后发展。目前它只是盲目奔跑，只考虑到麦肯齐河这边的情况。

它整夜都在奔跑，在黑暗中跌跌撞撞，遇到不少麻烦和障碍，虽被耽搁但毫不气馁。及至次日中午，它已连续奔跑三十小时，钢铁般的肌体已支撑不住，但靠着顽强的毅力仍在继续奔跑。它四十小时以来没吃任何东西，饿得浑身乏力。这且不说，它一次次跌入冰冷的水里，浑身浸透，冷得发抖。漂亮的毫毛弄得又湿又脏，宽大的足掌肿胀流血，走起路来一瘸一拐，越来越厉害。更糟糕的是，天光黯淡，下起雪来——洁白的雪花一边飘零，一边融化，湿漉漉，黏嗒嗒，使它两腿打滑。飞雪遮蔽了周围的地形，覆盖了崎岖不平的路面，它跑起来更加艰辛困难。

灰海狸本打算当晚在麦肯齐河对岸扎营露宿，因为猎场位于那个方向。但天刚黑不久，一头驼鹿来到河这边喝水，正好被灰海狸的老婆克鲁库奇发现。假如驼鹿没来喝水，假如米萨没因下雪走岔了路，假如克鲁库奇没看见驼鹿，假如灰海狸没侥幸一枪击毙驼鹿，那么后来所发生的事将会完全两样。假如灰海狸没在麦肯齐河这边扎营，白牙就会经过这里继续前行，结果不是死于非命，就是发现它的野狼伙伴并加入其中——至死都是一头狼。

夜幕降临，飞雪越落越厚。白牙轻声呜咽着，跌跌撞撞一瘸一拐地往前走，猛然发现雪中有一行新踩出的足迹。它立刻明白是怎么回事。它发出急切的哀鸣，循着那行足迹从河边一直跑到树林。它听见从营地传来的声音，它看见克鲁库奇在篝火边做饭，还看见灰海狸盘腿坐在地上，嘴里嚼着一大块肥肉。原来营中有鲜肉啊！

白牙料到定会挨打，想到将遭毒手，它本能地蜷缩着身子竖起了毫毛。它又往前走了几步。它害怕挨打，讨厌挨打，但知道等待它的是一顿毒打。不过，它也知道很快就能享受温暖的篝火、神人的保护和狗群的陪伴——虽然最终它不得不与仇敌为伴，但它们好歹是个伴，至少能够满足它与同类交往的需要。

白牙哆嗦着朝火光慢慢爬过去。灰海狸一看见它，吃肉的嘴立刻停住。它战战兢兢，缓缓向前爬行，摇尾乞怜，做出一副卑躬屈膝的样子。它朝着灰海狸一寸一寸爬过去，越爬越缓慢，越爬越痛苦。最后它终于卧在主人脚下，主动投降，心甘情愿做了他的俘虏。它自愿坐在篝火旁，任凭主人摆布。白牙浑身颤抖，等着惩罚的手掌落在它的身上。主人的手掌在它上方移动，它以为要挨巴掌，不由得蜷缩着身子。但手掌并没落下来。它偷眼往上一看，见灰海狸正把嘴里的那块肉撕成两半！他竟然给了它其中的一半！它先轻轻地嗅了嗅，似乎有些疑心，然后吃进嘴里。灰海狸又让老婆给它拿了一些肉来，守护着它吃，不让别的狗来抢食。白牙吃完肉，十分感激，心满意足地趴在灰海狸的脚下。它望着温暖的火光，眨巴着眼睛打起盹来。从明天起，它将不在连绵不断的荒林孤单流浪。它要留在人类动物的营地，和神人在一起。既然它已把自己交给神人，就得靠他生存。想到这里，它心里特别踏实。

第五章
卖身契约

进入十二月后，灰海狸动身前往麦肯齐河上游。米萨和克鲁库奇与他一同远行。灰海狸自己驾一辆雪橇，由他换来或借来的几条狗拉着滑行。另一辆较小的雪橇由米萨驾驶，拉橇的是套着皮轭的一队小狗。这辆雪橇简直就像玩具一样，但米萨却很喜欢，他感觉自己已经能干大人的活。况且他正学着驾驭和训练小狗，给它们分别套上皮轭。再说，这辆雪橇也挺管用，载了将近二百磅重的用品和食物。

白牙曾在营地见过狗拉雪橇，它初次被套上轭具时不是特别反感。它的颈上戴着一个像苔藓似的项圈，由两根皮绳和套在胸背的皮带连在一起，皮带上系着一根拴住雪橇的长长的纤绳。

拉雪橇的狗共有七条。其中的六条产于九至十个月前，而白牙只有八个月大。每条狗都用一根纤绳拴在雪橇上。纤绳长短不一，每两根的长短至少相差一条狗的长度。所有的纤绳都拴在雪橇前端的一个圆环上。雪橇没装滑板，橇底是桦木的，前端往上翘起，以免滑行时橇头扎进雪里。如此结构可使雪橇的自重和载重均匀分布在雪面上，因为雪花是松软的晶体状颗粒。依照重力均匀分布原理，狗在拉橇时以橇头为中心呈扇面形散开，以免相互碰撞。

这种扇形队列还有一大好处：纤绳长短不一，可防止后面的狗袭击前面的狗。一条狗想要攻击另一条狗，因碍于绳子的束缚，它只能回头攻击离它最近的那条狗，而它只要一回头，就会遇上驾橇人的皮鞭。而最绝妙的好处是，假如哪条狗想要攻击它前面的狗，那就必须拉着雪橇快速奔跑，而雪橇滑行越快，被攻击的狗跑得也越快，这样一来，后面的狗就永远赶不上前面的狗。追的狗跑得越快，被追的狗跑得也越快，结果所有的狗全都跑得更快。于是雪橇滑行得更快。人类就是通过这种诡诈伎俩，轻而易举地加强了对这些走兽的控制。

米萨像他爹，在许多方面和他爹一样老谋深算。以前他见过唇唇迫害白牙，但那时唇唇是别人的狗，他只敢偶尔投石打它。现在唇唇成了他的狗，他便拿它解恨，将它系在最长的那根纤绳上。这样一来，唇唇便成为领头狗，看似体面，实则颜面尽失，非但当不了狗群的霸主，反而遭到憎恨，成为众矢之的。

因为唇唇跑在最长那根纤绳的前端，别的小狗总是见它在前面奔跑。它们看到的只是它毛茸茸的尾巴和奔跑的后腿——看上去远不及它竖起的毫毛和闪亮的獠牙那么凶恶可怕。再说，狗的思维方式就是那样，它们见唇唇在前面奔跑，以为它要跑掉，就想追上去。

雪橇刚一滑动，狗队便开始追赶唇唇，一追就是一天。起初它几次回头攻击那些因妒忌它殊荣而生恨的追击者，但每次米萨都会扬起那根三十英尺长的驯鹿肠鞭，抽在它的脸上，使它刺痛难耐，逼它转头继续往前奔跑。唇唇也许敢面对狗群，但却不敢面对鞭子。它唯一的行动就是拉紧那根长纤绳，不让同伴的牙齿攻击它的两肋。

然而，这印第安人的大脑深处却隐藏着一个更狡诈的阴谋。为了让那条领头狗不停地奔跑，米萨对它特别优待。他厚此薄彼，引来其他狗的嫉妒和憎恨。米萨当着它们的面给唇唇肉吃，而且只给它吃。这让它们怒不可遏。见唇唇大口吃肉，又有米萨守护，其他狗急得乱跳，就连鞭子都管不住。即使无肉可给，米萨仍不让其他狗靠近唇唇，叫它们误以为他还在给它喂肉。

白牙喜欢上了拉橇。在屈从于主人摆布的过程中，它比别的狗经历过的折磨更多，也比它们更清楚违背主人的意志是徒劳无益的。况且由于曾经遭受狗群的迫害，目前这种安排，使它对狗群越发疏远，却对人类更加亲近。它尚未学会依赖同类并与之为伍。再说它几乎忘了凯奇，目前它表达情感的主要途径，就是效忠它视为神的主人。所以它拉橇特别卖力，也乖巧听话，俯首帖耳。忠心耿耿和心甘情愿，是它为主人卖力的两大特征。被驯服的狼和野狗都具备这些特征，但在白牙身上表现得尤为突出。

白牙与狗群之间确是存在一种关系，但那是战争和敌对的关系。它从来就没想着要跟它们一起玩，只知道和它们打架，以百倍的凶狠撕咬它们，以报唇唇当头领时它们对它的迫害。如今唇唇已不再是头领——只有拉橇时跑在同伴前头而已。在露宿时，它总是紧跟米萨，或者灰海狸，或者克鲁库奇。它不敢离开这三位神人，因为现在所有的狗都咬它。它终于饱尝了白牙曾受过的迫害。

随着唇唇的垮台，本来白牙可以当狗群的头目，但它脾气糟糕，孤僻不群，当不了头领。它不是攻击队友，就是不睬它们。

见它一来，它们就躲开，就连最猛的狗也不敢从它嘴里抢肉。它们总是狼吞虎咽吃完自己的肉，生怕被它抢走。白牙非常明白弱肉强食这个法则，总是尽快吃完自己的那份肉。没吃完肉的狗活该倒霉！只要白牙一声咆哮亮出獠牙，它就赶紧松口，只能愤然对着群星一声哀嗥，任凭白牙将它的那份肉吃掉。

然而每隔一会儿，总会有一条狗愤然反抗，但又立刻被制服。如此一来，白牙一直处于竞技状态。它在狗群中孤立无援，故而嫉恶如仇，因此常与其他狗打架。但它总是速战速决，因为它太迅猛，其他狗不是它的对手。它们还没反应过来，就已被咬得血流如注；尚未开始还击，几乎已被打败。

白牙对同伴的纪律要求，就像神人对拉橇狗的纪律要求一样严格。它从不给它们任何自由，总是强迫它们绝对服从。它们可以自得其乐，但那不关它的事。和它有关的是：它想清静时，它们必须离开；它想从它们中间走过，它们必须让道，而且要永远承认它的霸主地位。它们谁敢蹬一下腿，咧一下嘴，或竖一下毛，它便凶恶地扑上去，立刻叫它们知道是自己的过错。

它就像个残忍的暴君，统治如钢铁般强硬，对弱者的压迫极其残忍。它幼年时曾为生存而残酷斗争，当时它和母亲孤立无援，在荒野的恶劣环境中顽强地活了下来。它还学会了轻声走路，尤其当有强者经过时。这些对它影响至深。它欺凌弱者，却敬畏强者。在与灰海狸一起跋涉的路途上，它曾遇到许多陌生的人类动物，从他们营地的大狗中间经过时，它总是悄无声息。

几个月过去了，灰海狸仍在长途跋涉。经过长期拉橇奔跑，白牙增强了体力，似乎智力也得到健全发展，它对周围的世界有了深刻的了解。它所看到的世界一片荒凉，物欲横流。这个世界险恶而又野蛮，没有温暖，缺乏柔情和关爱，不是一个阳光温暖的精神天地。

它对灰海狸没有感情。没错，他是神，但也是凶神恶煞。白牙愿意承认他的统治，但他的统治是以高智商和暴力作为后盾。白牙的天性中有某种特质，使它愿意接受他的统治，否则它也不会从荒野返回向他献上忠诚。然而它的内心深处却从未被触动。灰海狸的一句好话或者爱抚，也许会打动它的心弦。但他从不抚摸它，也从不说一句好听的话。他没那个习惯。他至高无上，残暴成性，对它进行野蛮统治。他以棍棒主持正义，以暴力惩罚叛逆，但却不以优待奖励苦劳，只是不再施暴而已。

人手的抚摸或许会让白牙感到愉悦，但它从没体验过。再说，它也不喜欢人类动物的手。它对人手心存疑虑。没错，人手有时给它肉吃，但又经常对它造成伤害。所以手这种东西必须远离。它们能投石头，能挥舞棍棒，能甩鞭子，能拍打捶击。它们碰在它身上，是那么狡猾，又捏又掐又拧，让它疼痛难忍。在一些陌生的村落，它曾遭遇过孩子们的毒手，体验过凶狠的伤害。还有一次，它的一只眼差点让一个蹒跚学步的小孩给戳瞎。从那以后，它对所有的孩子都心存芥蒂，无法忍受他们的虐待。他们不怀好意地向它伸出手时，它就起身离开。

就在大奴河的一个村落，在憎恨人类动物毒手的同时，白牙修改了它从灰海狸那里学到的法则：咬神人的手指是不可饶恕的罪过。在这个村落，它按照所有村落狗群的习惯出去觅食。当时一个男孩正挥着斧头在砍一块冷冻的驼鹿肉，砍得碎肉在雪地上四处飞溅。此时白牙觅食正好经过这里，便停步吃起地上的碎肉来。眼看男孩撂下斧头，抄起一根硬木棒来，白牙立刻跳开，及时躲过当头一棒。男孩拼命直追，白牙地形不熟，逃入两座帐篷之间的通道，却被一道高高的土坝挡住去路，逼入死角。

白牙无路可逃。唯一的出口就是两座帐篷之间的通道，却被男孩守住。他手拿木棒，逼近被困猎物，准备袭击。白牙怒不可遏，竖起毫毛，冲着男孩咆哮。它的正义感已被激发。它知道觅食规则。凡是废弃的肉，比如冷冻的碎肉，哪条狗发现就归哪条狗吃。它没做错什么，也没违反规则，而眼前这个男孩却准备打它。白牙几乎不知怎么回事，就在一怒之下种下恶果。它的动作太快，男孩不知所措。他只知道自己被莫名其妙地扑倒在雪地上，拿着木棒的那只手被白牙咬了一大口。

白牙知道它违反了神的法则。它将牙齿嵌入一个神人圣洁的肉体，只能等着接受最可怕的惩罚。于是它逃回灰海狸的身边。被咬伤的男孩和他家人寻来报仇时，它缩在灰海狸的腿后寻求保护。但他们的仇没报成就走了。灰海狸袒护了白牙，米萨和克鲁库奇也袒护了它。听着他们唇枪舌剑，看着他们愤怒的样子，白牙知道它是正当防卫。由此它又增长了见识，知道神外有神，除了它的神，还有其他神，两者之间存在差别。凡是来自它的神的赐予，管它公平不公平，它必须接受。但来自其他神的不公待遇，它无需接受。它有权以牙泄恨。这也是神的法则。

天黑以前，白牙对这条法则还会有更深刻的领悟。米萨独自在树林中捡木柴时，遇到了被白牙咬过的男孩和另外几个男孩，于是双方发生口角。然后所有的男孩一起殴打米萨，让他无力招架。拳头从四面八方打来，如雨点般落在米萨身上。起初白牙只是观望，因为神之间的事，与它无关。后来它才发现受虐的是米萨，是它的一个特别的神。在毫无理性的冲动下，白牙一声怒吼，疯狂地冲进一伙斗殴者中。五分钟以后，那些男孩四散而逃，好多孩子的鲜血滴在雪地上，表明白牙的牙齿并没闲置。米萨回到营帐讲述了自己的经历，灰海狸便叫他拿肉来给白牙吃，一次拿来很多肉。白牙吃饱后，卧在炉火边打盹，深知这条法则得到证实。

随着经验的积累，白牙逐渐懂得财产法则和保护财产的责任。从保护神的身体到保护神的财物，只需跨一步，他跨出了这一步。凡是自己神的东西，必须拼命保护——即使咬了别的神也不要紧。这种行为本身不仅亵渎神圣，而且充满危险。神是万能的，一条狗不是他们的对手。然而白牙却学会了面对他们，它凶猛好斗，无所畏惧。它以责任克服恐惧，使行窃的神知道，灰海狸的财产不能动。

白牙很快发现与之相关的一个现象，即惯偷的神通常都是胆小鬼，一吓唬就逃跑。它还发现，只要它一声吼叫，灰海狸马上跑来帮忙。它渐渐知道，小偷逃跑不是因为怕它，而是因为怕灰海狸。白牙不是通过吼叫警告小偷。它从不吠叫。它的办法是直接扑向入侵者，能咬就咬。它孤僻郁闷，不与别的狗来往，非常适合替主人看护财产。这与灰海狸的鼓励和训练密切相关，结果白牙变得更凶猛，更勇敢，也更孤僻。

又过去了几个月，狗与人之间的契约关系越来越牢固。这种契约关系古已有之，其形成始于第一头野狼与人类的交往。就像所有继后的狼和野狗一样，白牙也与人类达成这样一种契约。其条款非常简单，它以自身的自由换来有血有肉的神的占有。它从神那里得到食物、炉火、保护和陪伴。作为回报，它守卫神的财产，保护他的身体，为他卖力，服从他的命令。

被神占有就意味着为神效劳。白牙向神效劳是出于责任和敬畏，而不是出于爱。它不懂什么是爱，也没体验过爱。凯奇已成为一个遥远的记忆。再说，它屈服于人类时，就已抛弃了荒野和自己的同类，而且根据契约的条款，即使再见到凯奇，它也不能抛弃自己的神跟凯奇去。不知怎的，白牙对人类的忠诚似乎也成为一条法则，即效忠人类远胜于它对自由和同类的向往。

第六章

饥荒来袭

春天即将来临，灰海狸的长途旅行业已结束。时值四月，白牙已满一周岁，它终于回到家乡的村落，颈上的项圈也被米萨解了下来。虽然远未成年，但白牙已是村落同龄犬中的第二大狗，身高仅次于唇唇。它继承了父亲大灰狼和母亲凯奇的体格和力量，身长已达到成年狗的标准，只是长得还不够结实。它身材细长，又高又瘦，筋多但力气不大。它的皮毛是正宗的灰狼色，从整个外表看，它就是一头纯种狼。它继承了凯奇四分之一的犬血统，但狗的特征在它身上却没留下什么痕迹，只是在心理结构上发挥着作用。

白牙在村落里到处晃悠，认出长途旅行前就认识的各种神，它心里很高兴，但表面却一本正经。它还认出一些大狗以及和它一起长大的小狗。那些长大的狗，已不像它记忆中的那么大、那么凶，它再也不像以前那么害怕它们。白牙昂首阔步在它们中间随意走动，真是又新奇又开心。

还有贝西克那老灰狗，以前它只要一龇牙，就能把白牙吓得缩头缩脑。白牙曾经从它身上知道了自己的渺小，现在从它身上又知道了自己的许多变化和成长。贝西克已经年老体衰，而白牙正年轻力壮。

狗群瓜分完一头刚猎杀的驼鹿后，白牙才发现它与其他狗的关系已经改变。它抢到一个鹿蹄和一块肉多的骨头后连忙跑开。其余的狗仍在抢夺，它却躲到灌木丛后，不让它们瞧见。然后它大口吃起自己的战利品来。就在这时，贝西克突然向它冲了过来。白牙见状，将入侵者猛咬两口，跳到一边，这才明白自己干了什么。贝西克大吃一惊，对方的攻击竟然如此勇猛敏捷。它愣在那里，眼睁睁地看着白牙，而那块血淋淋的肉骨头就横在它们中间的地上。

贝西克老了，自知它一贯欺压的狗越来越勇猛。它在自食苦果的同时，不得不处心积虑想着如何对付它们。要是搁在以前，它早就义愤难平，怒不可遏地扑向白牙。可如今它年老体衰，对白牙无可奈何，只好愤然竖起毫毛，隔着肉骨头凶恶地盯着白牙。白牙胆怯的老毛病又复发了，好像吓得身子缩小了许多，脑子却想着如何逃离而又不失颜面。

就在这时，贝西克却犯了个错误。假如它适可而止，只是目露凶光，一切都会正常。将要撤退的白牙可能就会撤退，把肉骨头留给它。但是贝克西急不可待，它以为胜券在握，便走到肉骨头前，低下头，漫不经心地嗅了嗅。此时白牙已微微竖起毫毛，贝西克若想挽回局面，也为时不晚。假如它只是站在肉骨头前，抬头怒目而视，最终白牙也可能会溜走。但强烈的鲜肉味直扑贝西克的鼻孔，它已馋涎欲滴，禁不住咬了一口。

白牙岂能容忍。它统领自己的狗队伙伴刚几个月，正觉得新鲜，眼看别的狗要吃属于它的肉骨头，岂能无动于衷。于是它怒不可遏，由着自己的性子，一声不响地扑了上去，一口便将贝西克的右耳撕成碎条。这突如其来的袭击使贝西克大惊失色。然而更倒霉、更悲惨的事件即将发生。说时迟那时快，贝西克已被扑倒在地，咽喉也被紧紧咬住。它挣扎着还没站起身来，肩膀又被那小狗连咬两口，这迅猛的袭击令它茫然不知所措。它徒然扑向白牙，愤然猛咬一口却咬了个空。刹那间，它的鼻子已被咬烂，踉跄着后退几步，离开了肉骨头。

此时局势完全颠倒过来。白牙站在肉骨头前，威胁地竖起毫毛，而贝西克却站在几步之外，准备逃走。它不敢贸然攻击这条快如闪电的小狗，而且又一次苦涩地体会到年老体弱的无奈。尽管如此，它仍要勇敢地保持自己的尊严。于是它沉着地掉过头，就好像那小狗和肉骨头根本不屑一顾，不值一提，然后大摇大摆地扬长而去。它一直行至白牙视野之外，这才停下来，舔了舔流血的伤口。

这一战使白牙更加自信，也更加骄傲。它在大狗当中行走时不再那么软弱，对它们的态度也不再妥协。不是它故意要找麻烦。绝对不是。但别的狗若是挡了它的道，那就得补偿。它有权要求自己的行动不受干扰，不给别的狗让道。它们必须考虑它的需要，仅此而已。别的狗再也不敢小瞧它，再也不敢忽视它。它可不像自己队友里的那帮小狗，它们怕惹麻烦，得给大狗让道，得把自己的肉让给大狗吃。但是白牙独来独往，性情孤僻乖张。它走路时很少左顾右盼，令人望而却步，敬而远之，就连大狗都对它平等视之，这让它们茫然不解。它们很快认识到，最好不去招惹它，既不敢贸然跟它作对，也不主动示好。它们不惹它，它也别惹它们——经过几次较量，它们发现能维持这种局面再好不过。

仲夏时节，白牙经历了一件怪事。它随猎人出去打驼鹿时，见村边新搭了一座帐篷，便悄悄跑去察看情况，碰巧遇见凯奇。它停下来打量着凯奇，虽然记忆模糊不清，但白牙仍记得这是自己的母亲，而凯奇大概已不记得它。凯奇还像过去那样，冲着它龇牙咧嘴，发出威胁的咆哮。它的记忆渐渐清晰起来，那熟悉的咆哮声使它想起早已忘却的幼崽期，往日的情景浮现在脑海。在它认识神之前，凯奇就是它的靠山。昔日熟悉的情感又回到心间，它百感交集，兴高采烈地奔向凯奇，不料迎接它的却是尖利的牙齿，脸被咬出一道口子，露出了骨头。它不明原因，只得赶紧后退，百思不得其解。

但这不是凯奇的错。不是所有的母狼都能记得离别一年左右的狼崽，所以凯奇不记得白牙也情有可原。在它看来，这是一头陌生的野兽，是个入侵者，它现在又生了一窝幼崽，有权反对外来者的入侵。

这时，有一条小狗爬到白牙身边。它俩本是同母异父的兄弟，只是自己不知道而已。白牙好奇地嗅着这条小狗，凯奇见状，再次向它冲来，又在它脸上咬出一道又深又长的口子。它又一次退后，比先前退得更远，刚刚复苏的昔日回忆和联想再次消失。它早已习惯没有凯奇的生活，也早已忘记母亲的意义。在它的生活中已没有凯奇的位置，而在凯奇的生活中也已没有它的位置。

它仍傻呆呆地站在那里，忘了过去的回忆。凯奇两次三番袭击它，非要把它赶走不可，究竟为何？白牙茫然困惑，任凭凯奇将它驱逐。这是它同类中的一条母狗，按照犬类的法则，公狗不和母狗斗。它对这条法则不知所以然，因为那不是思想的结晶，也不是来源于生活经验。它只知道那是一种神秘的冲动，就像本能的冲动，类似它本能地对着夜空的星月嗥叫，一如它本能地惧怕未知物和死亡。

一晃又是几个月。白牙长得越来越强壮，越来越高大，也越来越结实。它的性格已初步形成，其中既有遗传因素，也有环境影响。它的遗传因素就是生命材料，类似泥土，可塑性很强，能被塑成各种形状。环境有助于塑造泥土，将其塑成一种特定的形状。因此，倘若白牙不曾走近人类的篝火，它就会被荒野塑造成一头真正的狼。然而，神却为它提供了另一种环境，于是它被塑造成一条具有狼性的狗。虽略带狼性，但它毕竟是狗，而不是狼。

因此，如泥土般可塑的天性和来自环境的压力，使它形成了一种特定的性格。这是在所难免的。它变得越来越暴躁乖戾，越来越孤僻，越来越凶猛。别的狗越来越明白一个道理：最好与它和平共处，不要和它交锋，而灰海狸则日复一日对它奖赏有加。

白牙所有的品质好像都在提升，但唯有一个难以克服的弱点使它痛苦不堪。它无法忍受遭人嘲笑，对男人的嘲笑深恶痛绝。他们互相之间爱嘲笑什么，都跟它无关，但就是不能嘲笑它。只要嘲笑针对它，它就立刻勃然大怒，样子十分可怕。每次灰海狸板着脸，威严阴沉地对它嘲笑，都会使它发狂得近乎滑稽可笑。它既愤怒又烦躁不安，一连好几个钟头就像魔兽一般。哪条狗若在此时冒犯它，就一定会遭殃。但它又非常清楚一条法则：千万不能对灰海狸发作，因为他身后有棍棒和智慧作为后盾。而其他狗的身后却只有空地。白牙每遭嘲笑而愤怒地亮出牙齿时，它们便会逃往那片空地。

白牙三岁那年，麦肯齐河沿岸的印第安部落遭遇了一场大饥荒。夏季无鱼可捕，冬季不见驯鹿的踪迹，驼鹿异常罕见，兔子几乎灭绝，就连猎食动物也死光了。野兽觅食不得，饿得虚弱无力，便互相蚕食同类，只有强者活了下来。白牙眼中的神都在外打猎，老弱者已经饿死，村落里到处是哀号声，妇女儿童们忍饥挨饿，却把仅有的那点儿食物留给眼窝深陷的瘦弱猎人吃——他们在森林里徒然奔波，打不着一只猎物。

神陷入极端困境，便拿鹿皮鞋上的软皮和手套来充饥，而狗则吃掉了背上的皮轭和神的皮鞭。有些狗竟然互相蚕食，而神又吃狗肉。首先被宰食的是最弱的和没多大用处的狗。仍活着的狗则站在一边观看，也明白是怎么回事。如今神的营地已变成屠宰场，几条最胆大聪明的狗逃离营火，遁入森林，但最终却活活饿死或被野狼吃掉。

在这段苦难的岁月里，白牙也曾溜到树林里。它因幼时训练有素，比其他狗更适应野外生活，尤其擅长伏击小动物。它经常连续隐蔽数小时，紧盯谨慎的松鼠的举动，忍受饥饿的煎熬，耐心等待时机，直到松鼠贸然爬下树来。即便此时，白牙也不会草率行动，而是一直等到有十足的把握再突然出击，绝不给对方上树逃窜的机会。直到时机成熟，它才从躲藏处如闪电般跃出，就像一枚灰色的飞箭，快得难以置信，绝不错过目标——捕获那只想逃却来不及逃的松鼠。

虽然它多次成功捕获松鼠，但仅靠松鼠很难填饱肚子，因为没那么多松鼠可捕。如此一来，它不得不捕食更小的动物。有时它饿得头晕眼花，就连地洞里的木鼠也刨出来吃。它已不再蔑视黄鼠狼，反而与那些和它同样饥饿但比它凶猛的黄鼠狼搏斗。

饥荒最严重的时期，它又偷偷溜回神的营地，但没走进营帐取暖。它躲藏在树林里，不叫人发现，偷吃被圈套套住的猎物。有一回，灰海狸在树林里踉踉跄跄地行走，他因体弱气短时而坐在地上休息，它便趁机偷走了他套住的一只兔子。

一天，白牙遇上一头小狼。那小狼饿得瘦骨嶙峋，关节松松垮垮。白牙当时若是不饿，可能就跟着小狼走了，最终加入与它同类的野狼群。然而它却扑倒小狼，将其咬杀食之。

好运似乎总是眷顾白牙。每当急需食物时，它总能发现可杀的猎物。而每当体弱无力时，它又总能侥幸躲过比它大的猎食动物。有一回，一群饿狼拼命追击它，正巧两天前它刚吃过一只山猫，仍有力气奔跑。那是一场凶猛的长途追击，因为它比狼群营养丰富，最终才将它们远远甩在身后。不仅如此，它还兜了一个大圈，绕到它们身后，将其中一头累垮的追击者收入囊中。

从此以后，白牙离开那个地区，长途跋涉回到它出生的溪谷。在旧日的洞巢，它与凯奇再度重逢。原来凯奇也逃离了神的凄凉营地，沿着旧路返回昔日的藏身洞，产下一窝幼崽。及至白牙重返此地，这窝幼崽仅有一只存活，但注定活不长。时逢如此饥荒，幼小的生命很难存活。

凯奇对已长大的儿子不怎么待见，但白牙毫不在乎。如今它已长大，不再需要母亲。于是它明智地掉转尾巴，沿小溪一路小跑往上游而去。它在岔流处又往左转，发现了山猫的洞巢——正是几年前它和母狼曾与之搏斗的那只山猫的洞巢，如今已是一个空巢，于是它钻进洞里休息了一天。

初夏季节，时逢饥荒的最后几日，白牙又遇见唇唇——唇唇也是因为逃进树林，才凄凉悲惨地活了下来。这次相遇纯属意外。它俩从相反的方向沿着高耸的峭壁底一路小跑，刚绕过一个岩角，便迎面碰上。于是它们突然警惕地停住，狐疑地相互对视。

白牙的状态非常好。它猎食一向顺利，一周以来一直吃得很饱，而且就在刚才还猎食了一头动物。可它一见唇唇，背上的毫毛就直立起来。这是它不由自主的反应，自从唇唇对它欺凌迫害以来，这种生理反应一直伴随着心理状态。以前它一见唇唇就竖毛咆哮，此刻它又不由自主地故伎重演。它绝不浪费时间，动作干净利落。唇唇企图后退，但白牙使劲一扑，两肩相撞，唇唇立刻被撞得仰面朝天，薄弱的咽喉随即被白牙咬穿。唇唇垂死挣扎期间，白牙挺着腿绕着它转了一圈，留心观察了一番，然后继续前行，沿着峭壁底一路小跑而去。

不久后的一天，白牙来到森林边，此处有一条狭长的斜坡通往麦肯齐河。它以前来过这里，当时荒无人烟，而今已被村寨占据。它仍像往常那样躲藏在树林里，察看村寨的情况。那边的景象、声音和气味它都特别熟悉——原来是以前的村寨搬迁到了新地，但一切都与它逃离时的所见所闻大不相同。村寨里再也不闻呜咽和嚎哭，飘至耳畔的是欢声笑语，仿佛在向它致意。忽然，一个女人的怒吼声从村寨传来，它一听便知，那声怨气是发自吃饱的肚子里。空气中飘荡着鱼腥味。已有食物，饥荒过去。白牙大胆走出树林，跑进营寨，直奔灰海狸的帐篷。虽然灰海狸不在家，但克鲁库奇欢呼雀跃迎接它，还给它一条刚捕来的鲜鱼。白牙吃罢后趴在地上，等待灰海狸归来。

第四部

任何动物都不能违反本性的驱策，不然便有悖本性并与本性相左。

第一章
同类公敌

如果说白牙的天性里具有与同类亲近的可能性，即使这种可能性微乎其微，那么自它成为雪橇狗队头领的那天起，这种可能性就已荡然无存。如今它已引起群狗的仇恨——它们恨它得到米萨赏给的额外肉食；恨它得到各种实惠和虚名；恨它总是跑在狗队前头，摇晃尾巴撅着屁股，看得它们怒火中烧。

白牙也对狗群恨之入骨。作为雪橇狗队的头领，它一点儿也不开心。它被追跑在嗷嗷乱叫的狗队前头。三年来，它一直统领并管教所有的狗，简直忍无可忍。但它必须忍受，不然就是死路一条，而它体内生命正旺，不想死亡。只要米萨一发出拉橇出发的命令，整个狗队就凶恶嗥叫，急忙扑向白牙，叫它防不胜防。

如果它掉头攻击队友，米萨就会扬起皮鞭猛抽它的脸。它只好不停地奔跑，尾巴和屁股难以抵御嗷嗷叫的狗群。这两个部位作为武器，不适合抵御众多残暴的獠牙。所以它只能往前奔跑，每跑一步都违反自己桀骜不驯的本性，而且一跑就是一整天。

任何动物都不能违反本性的驱策，不然便有悖本性并与本性相左。这种相左如同体毛与身体相左那样。体毛天生就该由内往外生长，但若改变自然发展方向逆向生长，就会造成身体溃烂化脓，疼痛难忍。白牙的情况就正是如此。它本性的每一次冲动都迫使它扑向身后嗥叫的狗群，但它不能那样，因为那将违反神的旨意。在这旨意的背后，是行使旨意的鞭笞，那是一根长达三十英尺的驯鹿肠鞭子。所以白牙只能忍气吞声，隐忍怨恨，包藏祸心，这也正好符合它凶险残忍和不屈不挠的本性。

如果说有一头动物常与自己的同类为敌，那头动物就是白牙。它既不求同类饶恕，也绝不饶恕同类。它不断遭受狗群袭击，被咬得遍体鳞伤，也不断在它们身上留下一道道牙痕。它与大多数领头狗不同的是，每当安营扎寨，狗的套具被解开，别的领头狗都会蜷伏在神的身旁以求庇护，但白牙蔑视神的庇护。它肆无忌惮地在营地走来走去，白天受到欺凌，夜里施行严惩。在它没当狗队头领之前，狗群就知道对它敬而远之。但如今情况已大相径庭。狗群追着它跑了一整天，深受刺激，它逃跑的样子总是飘浮在它们脑海中，使它们意识恍惚，感觉它就爱统领并且整天统领它们，所以狗群不可能让它。每当它踏进狗群中间，总会有一场争斗。它每前进一步就意味着怒吼、撕咬和咆哮。就连它呼吸的空气也弥漫着仇恨和敌意的气息，这又促进了它们对它的仇恨和敌意。

每当米萨喊叫一声，命令狗队停止前进，白牙就乖乖服从。起初，这在狗群中引起混乱，它们扑向讨厌的领头狗，却发现情况已经改变。白牙的身后有米萨这座靠山，他挥舞长鞭呼呼打了过来。于是狗群明白了一个道理：如果狗队闻令而止，就别去招惹白牙；如果白牙不闻令而止，它们即可扑上去将它消灭。有过几次经验教训，白牙不闻命令绝不停止。它学得很快，这也理所当然。在极端严酷的环境下，它若想生存下来，就必须学得很快。

但是别的狗从不吸取教训，它们依然在营中招惹白牙。它们一到白天就驱逐它，向它咆哮挑衅，却把头天夜晚的教训忘得一干二净。待夜晚又至，它们又重新吸取教训，但马上又忘得一干二净。再说，它们一直对它怀恨在心，感觉它就是个另类，与它们完全不同——这足以成为它们敌视它的原因。和它一样，它们也是被驯服的野狼，但它们是多年前就已被驯服的野狼的后代，身上的许多野性都已失去。所以对它们而言，荒蛮是未知的恐怖，是无休的威胁和无止的搏斗。但就白牙而言，它的外表、行为和本能仍没脱离野蛮状态。它是野蛮的象征，是野蛮的体现。因此，它们向它亮出牙齿，乃是一种自卫，是在抵御毁灭力，而毁灭力就潜伏在森林中的阴影里和营火外的黑暗中。

不过，狗群倒也吸取了一个教训，那就是抱成一团。白牙实在是厉害，任何一条狗都不易与之单打独斗。它们必须结成一伙才能对付它，不然它能在一夜之间将它们逐个消灭，只是一直没机会行动而已。白牙能将一条狗扑得仰面朝天，但没等一鼓作气将其咽喉咬断，狗群早已一窝蜂向它扑来。一有冲突的苗头，狗群就会蜂拥而上，共同对付白牙。虽然它们之间也时有争斗，但只要白牙制造麻烦，它们遂将内部矛盾抛诸脑后。

然而，它们虽费尽心机，但却无法灭掉白牙。它太敏捷、太强大、太狡猾，它们根本不是它的对手。它总是避开死角，而它们有望围攻它时，它又总能突围。至于将它撞翻在地，目前尚无哪条狗能耍这个把戏。它四足顽强地坚守大地，一如它顽强地坚守生命。就此而言，生命与坚守具有同等意义，因为它与狗群的冲突永不停息。

就这样，它成了同类的仇敌。虽然它们也是驯化的狼，但已被人类的营火软化，在强大的人类阴影的笼罩下已变得懦弱。而白牙却充满仇恨，毫不宽容。它的本性已铸成这样。它与所有的狗都结下冤仇。它活在可怕的仇恨之中，就连凶恶残忍的灰海狸也不得不赞叹它的凶猛。他发誓说他从没见过哪条狗像它那么凶猛。外寨的印第安人一想起它曾屠戮他们的狗，也同样发誓诅咒这条狗。

白牙快五岁的时候，灰海狸又带它出了一趟远门。他们沿着麦肯齐河出发，越过落基山脉[6]，顺着豪猪河[7]，一路行至育空河[8]。白牙念念不忘对沿途许多村落的狗进行摧残。它沉浸在报复同类的快感中。它们都是普通狗，毫无戒备之心，对它不予警告的迅猛直扑毫无准备。它们并不知道它是个闪电杀手犬，只是对它竖起毫毛，四腿挺立，向它挑战。而它无需费时筹划备战活动。在它们不知所以然，仍在惊愕失色之时，它已像弹簧一般蹦了过去，咬住它们喉咙，要了它们性命。

它已成为搏击能手，懂得有效利用时机，绝不浪费力气，从不和对方扭打厮杀。它的特点是速战速决，咬不上对方就赶紧退后。狼不喜欢近距离搏斗，这在白牙身上表现得尤为明显。它无法忍受持久的肢体接触，那意味着危险，会使它狂乱。它必须四

---

6 位于北美洲西部，北起阿拉斯加北部，纵贯加拿大和美国西部，南至墨西哥边境。

7 音译波丘派恩河，位于北美西北部，源出育空地区西部，向北流转西，至阿拉斯加东北部注入育空河。

8 位于北美洲西北部，流经加拿大育空地区和美国阿拉斯加州。

腿挺立，与对方拉开距离，无拘无束，不触及任何活物。这是无法摆脱的野性在它身上的强烈体现。它自幼就一直在野外流浪，变得野性十足，如今更加突出。肢体接触暗藏着杀机，一如陷阱，从来就是圈套，它不敢触碰。这种担忧深藏在它肌体内的每一根纤维里。

因此，它遇到的陌生狗都没机会靠近它。它总能躲开对方的獠牙，或者攻击，或者逃离，无论哪种情况，对方都碰不到它。但一般情况下也有例外。有时几条狗一起扑来，它没来得及逃离，就已遭到攻击。有时只一条狗就能在它身上留下一道深深的牙痕。不过，这些都是意外事故。总的说来，它是一头能打善战的斗犬，进退自如，很难受伤。

白牙还有一个优势，就是能准确判断距离和时间，但这不是有意识的判断，它无需计算，就能自动判断。它眼力很准，神经又将视觉准确输入大脑。它身体各部位的协调能力都比普通狗强，它们相互配合，更顺利，更持久。比起普通狗，它的神经、心理和肌肉的协调性都远胜一筹。当一个动作姿势由眼睛传入大脑时，它的大脑不经意识活动，就能知道动作的范围和完成时间，这样一来，它就能躲避另一条狗的攻击，不让对方咬上，同时在极短的瞬间发起反攻。相对普通狗而言，它身体和大脑的机能更完善。这不是要刻意赞赏它，而是因为苍天对它更慷慨，仅此而已。

白牙到达育空堡时已是夏季。去年冬天，灰海狸越过麦肯齐河和育空河之间的分水岭，今年春天，他在落基山脉西边的荒山野岭打猎。后来，豪猪河破冰以后，他造了一条独木舟，乘舟沿河顺流而下，行至北极圈内豪猪河与育空河的交汇处。这里有老哈德逊湾公司[9]边界贸易站，还有许多印第安人和食物，热闹非凡。那是一八九八年的夏天，成千上万的淘金者沿着育空河溯流而上，行至道森[10]和克朗代克[11]。他们中的许多人已经走了整整一年，但距离目的地仍有数百英里。他们每个人至少走了五千英里，才来到这个地方，有的来自东半球。

灰海狸就在此地落脚。他听到人们议论淘金的事，便带来几捆兽皮、一包麂皮鞋和鹿肠缝制的手套。他若不想谋取暴利，就不会历尽艰辛长途跋涉来到这里。然而他预期的利润与他实际想赚的利润相比，不过是个零头。当初他最大的野心不过是想赚一倍的利润，而他现在想赚十倍。他不愧是个地道的印第安人，打算长久住下来，精打细算慢慢做生意。即使从夏天一直待到冬天，他也要把手里的货全部卖掉。

白牙是在育空堡头一回看见白人。与它认识的印第安人相比，他们是另一种人，是更高的神。它感觉他们具有至高的威力，而神依仗的就是威力。白神更强大——这不是白牙经过推理得出的结论，也不是它大脑做出的精辟概括。这不过是一种感觉而已，但仍具有说服力。它幼时见过人类搭建的帐篷，它们赫然耸立，使它感觉那是威力的体现。如今它又见到一座座房舍，还有那庞大的贸易站，全部用大原木搭成，使它产生同样的感觉。这就是威力，那些白人十分强大，比它认识的那些神具有更强的统治力，他们是最强大的神。虽然灰海狸也位居其中，但与白皮

9 又译哈得孙湾公司，1670 年由英国人创立，是北美最早的商业股份公司，也是全世界最早的公司之一。

10 加拿大西北部一城市。

11 加拿大西北部流入育空地区一城市，坐落在克朗代克河畔。

肤的神相比，他不过是个小神而已。

当然，这些只是白牙的感觉，不是它的想法。然而，动物是凭着感觉，而不是凭着思想行动的。目前白牙的一切行动都是凭着一个感觉，即白人是更高的神。起初，它对他们心存疑虑，不知他们有多恐怖，会对它造成多大伤害。它好奇地打量着他们，但又害怕被他们发现。头几个小时，它只是偷偷摸摸地走动，从安全的地方观察他们。后来，它发现靠近他们的狗并没受到任何伤害，便凑上前去细看。

它又转而成为他们好奇的目标。它似狼的样子引起他们的注意。这且不说，他们相互之间还对它指指点点。白牙见状，变得警觉起来。又见他们试图靠近自己，它立刻露出牙齿，往后闪开。结果他们谁都没能摸上它，幸亏他们没摸。

白牙很快了解到，这些神中只有极少数住在这里——最多只有十二个。每隔一两天，就会开来一艘汽船（这又是巨大威力的体现）停靠在岸边，一停就是几个钟头。白人坐着船来，又坐着船去，来来往往，感觉数也数不清。仅在头一两天，它所看见的白人就远远多于这辈子见过的印第安人。日复一日，他们接连不断乘船溯流而来，暂作停留，然后继续溯流而上，直至消失在远方。

如果说白人是全能的神，那么他们的狗却没什么能耐。白牙很快就发现了这一点，因为它和那些随主人上岸的狗一起混过。它们的身高和体型很不匀称，有的腿短，有的腿长——短的太短，长的太长。它们身上有绒毛但没长毫毛，还有几条狗的身上几乎没长毛，而且没一个懂得打架。

作为同类的仇敌，白牙有权和它们打架。它刚一打完，很快就对它们瞧不上眼。它们软弱无能，只会乱叫，笨拙地挣扎，想靠力气打赢，而它靠的是机敏和狡诈。它们怒吼着向它冲来，它却跳到一边。它们还不知是怎么回事，刹那间它已撞向它们的肩膀，将它们撞得四腿朝天，直攻喉咙。

有时它攻取成功，见受伤的狗在泥地里打滚，候在旁边的印第安人的一群狗便扑上去，将其咬成碎块。白牙真聪明。它早就知道，神的狗被咬死后，神会勃然大怒。白人也不例外。所以它撞翻一条白人的狗并将其喉咙咬破后，便得意地退后，将残酷的未竟之事留给狗群去干。白人这时才冲上来，将愤怒发泄在狗群身上，而白牙却逍遥自在地走开。它站在一旁，观看着石头、棍棒、斧头等各种武器砸向同伴。白牙实在是聪明！

但是它的同伴们也变得聪明起来，各有各的聪明劲儿。白牙跟它们一起变聪明。它们明白，只有汽船刚一靠岸，它们才能纵情撒野。最初的两三条陌生犬被扑倒咬杀之后，白人便将他们的狗赶上船，然后对冒犯者实施野蛮报复。一个白人眼看自己的塞特犬[12]被狗群撕成碎块，便拔出左轮手枪，向狗群连开六枪，打死打伤六条狗——这是威力的又一次体现，深深镶嵌在白牙的意识中。

白牙乐此不疲，却不喜欢自己的同类。它相当精明，总能避免受伤。起初，戕害白人的狗只是一种娱乐，后来又成了它的职业，因为它无事可做。灰海狸整天忙着做生意赚钱，白牙便跟着一群声名狼藉的印第安人的狗在码头游荡，等候汽船开来。船一靠岸，闹剧就上演。几分钟后，白人仍惊魂未定，狗群已四散逃

12　一种捕猎用的长毛狗，经过训练能站定用鼻子指示猎物的所在。

开。闹剧就此结束，等下一艘汽船开来，重新上演。

然而，白牙是不是狗群中的一员，这很难说。因为它与狗群不相为伍，总是冷漠孤傲，甚至有点害怕它们。但它能与之合作，这倒不假。每当它挑衅一条外来狗，狗群就在一旁等候，待它将其扑翻，它们便上去将其歼灭。而它则迅速撤离，让狗群接受愤怒之神的惩罚。这也不假。

挑衅外来狗，无需劳心费力。等它们上岸，它只需打个照面即可。它们看见它后，自然会扑上来，这是本能使然。因为它来自荒野——是未知、恐怖、凶险的野兽，暗夜潜伏在原始部落的篝火外。虽然它们也来自荒野，但已背弃了荒野。它们蜷缩在人的篝火边时，本性已经改变，对荒野产生了恐惧感。历经世世代代，这种恐惧感已深深嵌入它们的本能。多少世纪以来，荒野一直象征着恐怖和毁灭。在此期间，它们得到主人的许可，可以随意猎杀来自荒野的生物。它们这样做，不仅是在保护自己，也是在保护它们与之相伴的神人。

这些狗来自气候温和的南方。它们踩着汽船跳板，踏上育空河岸，觉得一切都是那么新鲜。它们忽然看见白牙，顿时产生一股难以遏制的冲动，想要扑上去将它灭掉。它们大概是在城里养大的狗，但对野性仍有一种本能的恐惧。它们不仅亲眼看见这头像狼的野兽，在光天化日之下站在它们面前，还以它们祖先的眼光将它打量一番。它们凭借遗传的记忆，将白牙视为野狼，并且不忘古已有之的世仇。

这一切都给白牙的日常生活增添了乐趣。如果外来狗一见它就扑上来，那是它的荣幸，却是它们的不幸。它们将它视作合法猎物，它也将它们视作合法猎物。

它在寂寞的洞巢初见日光，又在野外初战雷鸟、黄鼠狼和山猫，这些经历使它受益匪浅。它幼年遭受唇唇和一群幼犬的残酷迫害，这也使它受益匪浅。假如当初不是那样，也许它现在不是这样。假如没有唇唇，它也许会与其他小狗一起安度幼年，长大后更像一条狗，也更喜欢狗。假如灰海狸具有一颗仁慈的心，那他就会像铅锤那样触及白牙的本性深处，使它的各种善良品性浮出水面。然而事实并非如此。白牙就像一块泥土，已经被塑成现在这个样子——乖张孤僻，毫无爱心，残暴凶猛，成为所有同类的公敌。

第二章
神人发怒

育空堡只有少数居民。他们来此定居已有多年，自称“老面头”，并以此为傲。他们对初来乍到的人不屑一顾。乘汽船而来的都是新来者，被称为“生面粉”。他们一听这称呼就觉得扫兴，因为他们烤面包用的就是生面粉加发酵粉。这种区分令他们颇为恼火。不过，“老面头”因为没有发酵粉，烤面包还真离不开老面头。

话休絮烦。堡里人因瞧不起新来的人，便喜欢看他们落难，尤其喜欢观看他们的狗被白牙和它那帮臭名昭著的伙伴蹂躏的场面。只要汽船一靠岸，堡里人必定要去看热闹。他们和印第安人的狗群一样翘首以盼，以期痛痛快快地欣赏白牙凶猛狡黠的表演。

其中有个男人特别喜欢看那厮杀场面。他一听到汽笛声，就跑到岸边观看，直到厮杀结束，白牙和狗群纷纷四散，他才缓慢回到堡内，满脸带着遗憾。有时，见一条柔顺的南方狗倒在群狗的獠牙下，发出死前的惨叫，那男人便不能自持，活蹦乱跳，高兴地大叫，而他那犀利贪婪的眼睛却又总是盯着白牙。

堡里人都称他“美男”。无人知道他的名字，人们一般只知道他是“美男史密斯”。但他一点儿也不美，那称呼的意思正好相反。他丑陋不堪，上天对他十分吝啬。他长得矮小不说，身材还瘦弱，脑袋更是瘦得惊人，头顶看上去尖尖的。其实他小时候有个诨名就叫“尖头”，后来才有了“美男”这个雅号。

从脑后看，他的脑袋从头顶往脖颈倾斜；从正面看，僵硬的脑袋从头顶往下倾斜，与一个凹陷而又特别宽大的脑门相连。从这里开始，仿佛上天因过于吝啬而心生懊悔，便用一只慷慨的手将他的面容扩展开来。他的眼睛很大，两眼之间的距离有两只眼宽。脸和身体其他部位相比，又过于肥大。为了显示这个必不可少的区域，上天还赐予他一副凸出的巨大下巴。那下巴又宽又厚，往外朝下突出，仿佛贴在胸前。他长成这副模样，大概是因为脖子细而无力，无法承受如此巨大的重负。

这副下巴让人觉得倔强凶险，但又似乎缺少些什么。或许因为他的样貌格外异常，又或许因为他的下巴过于肥大。但不管怎么说，这些都是假象。美男史密斯是个远近闻名的软骨头、窝囊废、缩头缩脑的胆小鬼。就说他的牙吧，又大又黄，尤其是两颗门牙，像獠牙似的露在两片薄薄的嘴唇外。他眼珠发黄，浑浊不清，仿佛上天造他时用光了颜料，只好挤出颜料膏里的残渣，抹在他的眼珠上。他的毛发也是如此，又脏又黄又污浊，长得稀疏又不整齐，这里一撮，那里一缕，脸上更是胡子拉碴，那样子就像是被风吹成一堆的麦草。

一言以蔽之，美男史密斯就是个丑八怪。但这不能怪他，又不是他的过错。谁叫他被造成那副模样。他在堡里给人做饭洗碗，还干些苦差事。大家非但不鄙视他，还对他非常仁慈，宽厚有加，一如人们容忍那些生来就遭受不幸的人。不过，人们对他也心存恐惧。他这个窝囊废一旦发起怒来，可能会在他们背后开枪，或在他们的咖啡里下毒。但总得有人做饭，不管美男史密斯有什么毛病，只要他会做饭就行。

就是这个人盯上了白牙，喜欢它凶恶勇猛，一心想得到它。他先向白牙表示友好，但白牙不予理睬。后来他又不断纠缠，白牙便竖起毫毛，龇牙咧嘴地躲开。它不喜欢这个男人，对他没有好感，感觉他身上有股邪气，怕他伸出的手和柔声细语的挑逗。因为这个原因，它讨厌这个男人。

头脑比较简单的动物，只知事物有好坏之分。凡是带来舒适与满足并止痛的，都是好东西，因而备受欢迎。凡是带有不适和威胁与伤害的，都是坏东西，因此遭受憎恨。白牙对美男史密斯没什么好感。他奇形怪状，心灵扭曲，行为诡秘，就像瘴气弥漫的沼泽，由内而外散发着毒气。白牙感觉这个男人邪恶不祥，暗藏杀机，所以是个坏东西，理应厌弃。这个感觉并非来自理性思维，亦非来自五官判断，而是来自虚空缥缈而又超然物外的感官。

美男史密斯初来造访时，白牙正好就在灰海狸的帐篷内。它一听到远处传来轻微的脚步声，没见露面，便知来者是谁，立刻竖起毫毛。它本来正惬意地躺在地上，却突然站起来。等他进来时，它便像一头真狼那样躲到帐篷边上。它虽听不懂那人和灰海狸的谈话，但眼睛看得见。史密斯曾拿手指头指过白牙一回，白牙咆哮着后退一步，仿佛这只手即将从五十英尺外落在它身上。史密斯见状哈哈大笑，白牙便往密林溜去，一边飘然飞奔，一边回首观望。

灰海狸不愿将狗卖给别人。他做生意发了财，什么也不需要。再说，白牙是一条贵重的狗，在他养的雪橇狗中是最强壮的一条，又是最棒的领头狗。此外，在麦肯齐河和育空河沿岸，没有哪条狗能与它相提并论。它能打善斗。它咬死别的狗，如同人打死蚊子那样易如反掌。（美男史密斯一见它咬死别的狗，就目露喜色，还伸着舌头，使劲儿舔着两片薄嘴唇）不卖，给多少钱也不卖白牙！

但是美男史密斯了解印第安人的习性。他常去灰海狸的帐篷串门，怀里总是揣着一两个黑瓶子。威士忌酒的一大威力就是让人口渴。灰海狸的渴劲儿上来了，他口干舌燥，胃里火烧火燎，开始叫嚷着，要喝那灼热的饮料，而且喝得越来越多。这种不寻常的兴奋剂时常刺激着它，使他大脑扭曲，于是绞尽脑汁想要弄到那种饮料。他拿皮毛、手套和麂皮鞋换来的钱已开始流失，越流越快，钱袋子越来越空，脾气越来越暴躁。

最后他的钱和皮货连同脾气全都没了，身上一无所有，只有口渴——渴求本身就是一种强烈的占有欲，而且未醉时每吸一口气，这种占有欲也就更强烈。这时，美男史密斯又来跟灰海狸谈卖白牙的事，但他这次开的价钱不是美元，而是要以几瓶酒交换。灰海狸一听，比以往更急不可耐。

“你把狗给我，那些你都拿去。”这是他听到的最后一句话。

于是美男史密斯送来几瓶酒，但两天后，他撂给灰海狸一句话：“你把狗给我。”

一天晚上，白牙偷偷溜进营帐，满足地舒了口气躺了下来，因为那可怕的白神不在帐内。几天来，史密斯表现出想要碰它身体的强烈愿望，但白牙躲着不回营帐。它只知道那双固执的手预示着灾祸，但不知道是什么灾祸，所以最好躲着不让那双手碰。

可是，它刚躺下来，灰海狸就摇摇晃晃朝它走过来，在它脖子上系了一条皮带。他坐在白牙身边，一手牵着皮带，一手提着酒瓶，还不时举起酒瓶仰头咕咚咕咚灌上几口。

这样过了一个钟头，忽然帐外传来两脚踏地的震动声，一听就是有人来了。白牙首先听出是谁的足音，立刻竖起毫毛，而灰海狸却迷迷瞪瞪地打着瞌睡。白牙想从主人手里轻轻挣脱出来，但他松弛的手指却紧紧攥着皮带。灰海狸猛然惊醒。

美男史密斯大步踏进帐篷，站在白牙面前。白牙昂首冲那可怕的东西轻声咆哮，并机警地注视那双手的举动。只见一只手向它伸来，从它头顶上方落下来。它的轻声咆哮变得紧张而又尖利起来。那只手仍在徐徐往下落，白牙在它下方蜷缩着脑袋，怀有敌意地瞪着它落下。那只手终于落了下来，白牙的咆哮变得越发急促，呼吸也在加快。它突然咬了一口，如蛇一般用獠牙攻取，那只手骤然缩回，只听咔的一声，它的上下牙齿咬合在一起，却咬了个空。美男史密斯大惊失色，怒不可遏。灰海狸挥拳猛击白牙的头部，它只得恭顺地蜷伏在地上。

白牙怀疑的目光紧随美男史密斯的每个动作。只见他走出帐篷，提来一根结实的木棍，然后接过灰海狸递给他的皮带头，牵着白牙要往外走。他拉紧皮带，但白牙死活不走。灰海狸左右开弓猛挥拳，逼它站起来跟史密斯走。白牙只得顺从，但却猛然扑向那个要拽它走的陌生人。美男史密斯并没躲闪，他已等候多时，狡黠地挥起木棍，白牙还没扑来，就一棍将它打倒在地。灰海狸见状，哈哈大笑，点头称快。美男史密斯再次拉紧皮带，白牙头晕眼花，踉踉跄跄从地上爬了起来。

它不敢再扑那位白神，那一棍足以使它信服他知道如何对付自己。白牙聪明得很，绝不会以卵投石。于是它夹紧尾巴，轻声咆哮着，委屈地跟着美男史密斯往外走。而他警惕地注视着白牙，手里的木棍随时会朝它打来。

及至城堡内，美男史密斯将它牢牢拴死，然后倒头便睡。白牙等了一个钟头，这才开始咬那皮带，只消十秒便已咬断脱身。它绝不浪费一秒，连续猛咬，皮带是斜着咬断的，如同一刀割断，干净利落。白牙抬头望了一眼城堡，继而竖起毫毛，一声长嗥，然后掉头一路小跑，直奔灰海狸的帐篷。它无需效忠那个陌生而又恐怖的白神。它已委身灰海狸，认为自己仍然归他所有。

可是，先前的灾难再次降临——只是有所不同。灰海狸又拿皮带将白牙系住，早晨移交给美男史密斯。区别在于：美男史密斯将它死死拴住，狠狠揍了一顿。白牙徒然狂怒，忍受惩罚。棍棒和皮鞭交替抽来，叫它体验到有生以来最狠的一顿毒打。它幼时也曾挨过灰海狸的一顿毒打，但比起这次，那顿毒打如同搔痒。

美男史密斯就喜欢这种勾当，从中取乐。看着白牙受虐，他幸灾乐祸。每当他扬起皮鞭或抡起棍棒毒打白牙，听它痛苦的惨叫，或无助的哀嚎和愤怒的咆哮，他呆滞的眼睛里便露出喜色。美男史密斯的残忍是懦夫的残忍。他自己被人殴打怒骂，只会畏缩流涕，却把仇恨发泄在比他弱小的动物身上。一切生物都喜欢权力，美男史密斯也不例外。他在同类中没有权力可以展现，便拿比较弱势的动物撒气，以维持躯体内的生命力。但美男史密斯并非自己造成这样，这不能怪他。他带着畸形的身躯和野兽的智商来到世上。他的肉体就是这样的构造，世风没把他塑造成一个好人。

白牙知道自己为什么挨打。当灰海狸将皮带系在它脖子上，把它交给美男史密斯时，它就知道神的旨意是让它跟着那人走。

当美男史密斯将它拴在城堡外时，它又知道他的意思是让它待在那里。因为它违背了两个神人的意旨，所以受到惩罚。以前它见过狗易主的事，也见过狗因逃跑挨打的情形，一如它现在这种情况。它很聪明，但它天性里还有比智慧更强大的东西。其一便是忠诚。它虽不喜欢灰海狸，但仍对他忠诚不二，即使因抗旨不遵而惹他愤怒。它由不得自己。这种忠诚是它骨子里的一种品性，也是犬类特有的品性，它们与其他动物的区别即在于此。正是这种品性使得狼和野狗从荒野来到人间，成为人类的伙伴。

挨打之后，白牙又被拽回城堡。但是这次，美男史密斯却用一根木棍将它拴住。狗不会轻易背弃神人，白牙也不会。灰海狸是它唯一的神，尽管他执意不要它，但白牙仍对他百般依恋，绝不背弃。灰海狸背信弃义抛弃了它，但并没影响它的忠诚。它全心全意顺从灰海狸，有其内在的原因。因为它对自己毫无保留，当初的契约不会轻易打破。

于是，当日夜晚，趁堡里人都在熟睡时，白牙要用牙齿去啃那根拴它的木棍。那是一根干硬的木棍，离它脖子太近，牙齿很难够上。它使劲扭着脖子，经过极其剧烈的皮肉之痛，才勉强咬住木棍，但咬得不紧。又付出好几个小时的巨大耐力，它终于咬断木棍。这可不是普通狗能做到的事，实属前所未有，但白牙做到了。黎明时分，它一路小跑离开城堡，脖子上还吊着半截木棍。

白牙是很聪明，但它如果只是聪明，就不会回到灰海狸的身边，因为他曾两次将它出卖。除了聪明，它还有一颗忠诚的心，所以它才跑回主人身边，被他第三次出卖。于是它又一次让灰海狸将皮带系在它的脖子上，美男史密斯又一次过来要将它牵走。这一次，它挨的打比前两次更毒辣。

灰海狸冷眼旁观，任凭那白种男人挥鞭抽打白牙，就是不保护它，因为它已不是他的狗。这顿皮鞭打得白牙气若游丝。若是一条柔弱的南方狗，早已被活活打死，但白牙毕竟非同寻常。它曾受过严酷生活的磨难，练得体格强健，生龙活虎，生命力十分顽强。但这次它竟被打得奄奄一息。开始它举步维艰，美男史密斯不得已等了它半个钟头。后来它才两眼模糊，摇摇晃晃跟着史密斯回到城堡。

史密斯这次给它套了一条铁链，又用马蹄钉将铁链钉在木桩上，叫它想咬也咬不断。它拼命冲撞，企图挣断铁链，但徒然无果。几日后，灰海狸终于清醒过来，但已身无分文，只好离开育空堡。他沿豪猪河溯流而上，长途跋涉，直往麦肯齐河而去。白牙遂留在育空堡，沦为一个极其疯狂的野蛮人的财产。但是，狗又哪里知道疯狂为何物？在白牙看来，美男史密斯虽然可怕，但已成为一个名副其实的神。然而，他充其量只能算是一个疯狂的神，但白牙对疯狂毫无概念。它只知道必须服从新主人的意愿，顺从他心血来潮的嗔痴妄念。

第三章
为恨所困

在那疯神的调教下，白牙变成了一头恶魔。它被拴上铁链，关在城堡后的一个围栏里。美男史密斯常来戏弄它，惹它恼怒，略施手段折磨它一下，激它发飙。这人早就发现白牙经不起狂笑，所以总是恶意将它戏弄一番，再对它一阵狂笑。这神人的笑声轻蔑而又喧闹，狂笑时还鄙视地指着白牙。每逢这时，白牙便失去理性，怒不可遏，比美男史密斯还要疯狂。

以前白牙只是同类的仇敌，而且是凶狠的仇敌。如今它已成为万物之敌，而且比以前更凶狠。它被折磨到如此境地，以致盲目仇恨，完全失去理智。它恨拴它的那条铁链，它恨透过栏杆缝围观它的人群，它恨在它落难时仗势对它凶恶狂吠的狗群，它还恨关它的木围栏。但它今生今世最最仇恨的是美男史密斯。

但是，美男史密斯对白牙所做的一切，都是另有所图。有一天，一帮人聚集在围栏四周。美男史密斯手提木棍进入围栏，解下白牙脖子上的铁链。主人出去后，白牙无法无天，乱咬围栏，试图扑向栏外的人群。它异常可怕，足有五英尺长，肩高二英尺半，体重远远超出与它个头相当的狼。它从母亲身上继承了狗的高大身躯，重达九十英磅，没有一丝脂肪和多余的赘肉，肌肉结实，筋骨强健，整个身体正处于最佳搏斗状态。

围栏的门又一次打开。白牙停顿片刻。一件不寻常的事即将发生，它等待着。此时门已大开，一条大狗被推了进来，门在它身后砰的一声关上。白牙从没见过这种狗——那是一条獒犬——但入侵者的高大身材和凶猛样貌并没把它吓倒。这东西非木非铁，正好拿它发泄仇恨。白牙一跃而起，獠牙一闪，将獒犬脖颈的一侧撕开一道裂口。獒犬摇头晃脑，嘶声吼叫，扑向白牙。只见白牙腾挪蹿跳，左躲右闪，扑上前猛咬一口，又及时退后避开惩罚。

栏外的围观者抚掌呐喊，美男史密斯欣喜若狂，看着白牙搏斗撕咬的精彩表演，幸灾乐祸。从一开始，獒犬就没打赢的希望。直到最后，美男史密斯才一棍打退白牙，獒犬也被主人牵出栏外。接着，那帮赌徒开始掏钱，硬币哗啦啦落入美男史密斯的掌中。

白牙开始热切盼望人们聚在围栏四周，因为那意味着搏斗。这是它展现体内生命力的唯一方法。史密斯折磨它，就是要激起它的仇恨，主人若不弄条狗来和它打架，它就无法发泄仇恨。美男史密斯早已看好它的威力，因为它总是战无不胜。有一天，史密斯将三条狗依次放入围栏与它轮番搏斗。又有一天，他又将一头刚从野外捕来的大狼从门缝推入栏内。还有一天，他又让两条狗一起和它搏斗。那是最残酷的一场搏斗，虽然最终它咬死了两条狗，但它自己也险些丧命。

这年秋天，初雪降临时节，河面上漂浮着许多碎冰块。美男史密斯准备外出游玩，于是带着白牙上了一艘汽船，沿育空河溯流而上，往道森市驶去。白牙如今在当地已出了名，成了远近闻名的“斗狼”。史密斯将它关在甲板上的笼子里，一些好奇的人总是上前围观。每当这时，白牙不是冲他们怒吼，就是静静卧着，怀恨在心，冷眼盯着他们。它为什么不应恨他们？这个问题它从没想过。它只知道恨，完全沉浸在仇恨中，它的生活已变成地狱。野兽竟然落入人的手中，忍受囚禁的滋味，白牙岂能受人如此虐待？可它偏偏遭到这样的虐待。男人们拿眼睛盯着它，还把拐杖伸进笼子戳它，惹它嗥叫，拿它取笑。

它的生存环境就是这些人，他们要将它打造成一头超越天赋且更凶猛的野兽。然而，上天也赋予它可塑性。换作别的动物，可能早已死亡，或者精神崩溃，而白牙却能自我调整活了下来，精神丝毫无损。美男史密斯这个大恶魔和虐待狂，也许能摧毁白牙的精神，但目前尚无迹象表明他能得逞。

如果说美男史密斯是一头恶魔，那么白牙就是另一头恶魔，两头恶魔不断相互愤然对抗。以前白牙行为明智，常在手持棍棒的人面前畏缩屈服。但是如今它已不明智，只要看见美男史密斯，它便怒不可遏。他们近距离接触时，它虽被棍棒打退，但仍继续咆哮，对他龇牙，没完没了。无论它被打得有多惨，总是咆哮不止。即使美男史密斯做出让步，转身离去，白牙仍对着他的背影挑战咆哮，或者扑向笼子的栏杆，以发泄仇怨。

汽船抵达道森后，白牙这才上岸。但它仍被关在笼子里，活在众目睽睽之下，让好奇的男人围观。它被当成“斗狼”展览，人们只需花价值五十美分的金沙，即可一睹它的威猛，所以它得不到片刻安宁。只要它躺下睡觉，人们就拿尖头拐杖将它捅起来——观众的钱岂能白花。为使展览扣人心弦，主人总是将它置于愤怒状态。但比这更恶劣的，是它所处的环境。人们将它视为最恐怖的野兽，就因为它被关在笼子里。他们说的每句话，做的每个谨慎动作，都让它感到自己凶残而又恐怖。这如同火上浇油，增添了它的仇恨，其结果只有一个：凶残不断滋生，使它变得越来越凶残。这是它可塑性的又一个实例，说明它能够承受环境压力。

除了被当成展品之外，白牙还是一条职业斗犬。搏斗是不定期的，一旦能够安排，它就被放出牢笼，牵到离镇几英里的一片树林。此事通常是在夜间举行，以避免当地骑警的过问。等候个把小时，直到天光大亮，观众和与它搏斗的狗这才来到树林。于是它就这样，开始与大大小小、各种各样的狗展开殊死搏斗。这是一片荒蛮之地，男人个个野蛮，搏斗常常导致死亡。

自从白牙不断搏斗以来，战死的都是别的狗，这是有目共睹的事。它从不知道什么是失败。早期的训练，即它与唇唇和那群幼犬的搏斗，使它受益匪浅。白牙四足稳踏地面，任何一条狗都撞不倒它。狼最爱一种花招：要么正面攻击对方，要么突然掉头袭击，总想直捣对方肩膀，将其撞倒在地。麦肯齐猎犬、爱斯基摩犬、拉布拉多犬、哈士奇犬、北极犬等——全都跟它耍过这个花招，但无一获胜。人们未曾听说它被撞倒过，大家互相传言，每次都想看见它被撞倒，但每次都大失所望。

白牙的动作快如闪电，这使它比对手有很大优势。无论经历过什么搏斗，它们都没遇到过像它这么敏捷的狗。它的直接攻击也值得一提。普通狗在攻击前，往往先有预备动作，比如咆哮、竖毛、嗥叫。它们往往尚未开始进攻，或从惊讶中缓过神来，就已被撂倒在地，当场毙命。这事时有发生，所以人们总是先将白牙牵住，等别的狗完成预备动作，做好充分准备，甚至先发起进攻后，再将它松开。

然而，白牙最大的优势在于它的经验。它比任何一条敌对狗都更懂搏斗之术，经历的搏斗更多，知道如何对付更多的诡计花招。它本身就有很多花招，尽管它的搏斗之术已很难自行提高。

随着时间的流逝，白牙搏斗的次数越来越少。男人们已不满足于它只与同类搏斗。美男史密斯不得不弄几头狼来与它搏斗，并为此专门雇佣印第安人诱捕野狼，白牙与野狼搏斗肯定会吸引大批观众。有一回，他还弄来一只大母山猫，白牙因此险些丧命。那山猫的速度和白牙旗鼓相当，凶猛度也不相上下，但它还有两只利爪可攻击白牙。

不过，斗完山猫之后，白牙再无搏斗安排，因为再也找不到与之匹敌的动物——至少人们认为别的动物都不配与它搏斗。于是它仍被继续展览，直到次年春天，一个名叫蒂姆·基南的狗贩子来到此地，第一条斗牛犬被他带入克朗代克地区。这样一来，斗牛犬与白牙的不期而遇在所难免。一周以来，一场盼望已久的搏斗成为街谈巷议的主要话题。

第四章
死神附体

美男史密斯解开白牙脖子上的铁链，然后退到一边。

白牙破天荒没立刻攻击。它站着不动，两耳往前翘起，警惕而又好奇，打量着眼前的怪物。它以前从没见过这样的狗。蒂姆·基南将斗牛犬往前一推，说了声“上！”那狗便扭着身子走到斗场中央，它身材短小矮胖，样子丑陋不堪。它停下来，眨了眨眼睛，看着白牙。

人群中传来叫喊声：“切罗基，冲！”“切罗基，咬它！”“咬死它！”

但是切罗基好像并不急于搏斗。它掉过头，对着叫喊的人群眨了眨眼睛，温和地摇了摇短尾巴。它并不害怕，只是懒得打架。再说，它好像并不打算要和眼前的这条狗打架。它不习惯跟这种狗打。它在等着给它牵来一条正宗的狗。

蒂姆·基南进入场内，俯身摸了摸斗牛犬的肩膀，又捋了捋它的短毛，然后把它往前轻轻推了一下。这一系列的动作含义深刻，起到了激励的效果，因为切罗基已开始嗥叫，声音很轻，发自喉咙深处。它嗥叫的节奏与手推的节奏相互对应。手往前推一下，它的喉咙就发出一声嗥叫，然后叫声回落；手再往前推一下，它再嗥叫一声。一次手推动作刚一结束，它的嗥叫节奏也达到最强。手往前推的动作突然停止，它的嗥叫声也骤然升高。

这对白牙无不产生影响，它脖子和肩上的毫毛开始竖起。蒂姆·基南又推了斗牛犬最后一把，然后退到一边。推力消失后，切罗基自愿迈开弓形腿，猛冲上去。接下来，白牙发起进攻。人群随之发出惊讶的赞美呼声。白牙超于犬类，快如狸猫，飞身而起，又如猫一般敏捷地撕咬对方，然后迅速跳开。

斗牛犬粗壮的脖子被咬出一道裂口，一只耳后流出鲜血。但它不露惧色，甚至不叫一声，只是转身追逐白牙。双方各显神通，一方迅猛，一方稳重，激起两派观众的高昂兴致。男人们开始重新打赌，提高最初的赌注。白牙一次又一次扑向对方，猛咬一口，安然退后。它那怪异的敌手仍然不紧不慢继续追逐，但却谨慎而又决然，显得有板有眼。斗牛犬如此这般，目的昭然——它决定要做的事，就要坚持到底，绝不分神。

它的一切行为和每个动作都暗藏意图，这使白牙感到纳闷。它从没见过这样的狗，没有毫毛护身，皮薄肉嫩，一咬就出血。这狗没有厚皮抵挡它的牙齿，咬起来轻而易举，牙齿一咬就能扎进松软的肉里——这一点不像别的狗，它们皮厚，不易咬破——而且这条狗好像不会自卫。还有一点也使白牙迷惑不解，就是这条狗一声不叫，因为它已听惯和它打过架的那些狗的吠声。这条狗不吠也不哼，只是默默忍受欺凌，而且毫不气馁地追逐白牙。

不是切罗基反应迟钝，它转身旋转都相当灵敏，而是它总也赶不上白牙。切罗基也感到纳闷。它以前从没和一条难以靠近的狗打过架。搏斗的双方都想逼近对方，但是这条狗却东跳西躲，总是避开它。这条狗虽能咬上它，但并非咬住不放，而是一咬就立刻松口，然后又快速闪开。

然而白牙却咬不上对方喉咙下部的软肉。斗牛犬身子太矮，而它的大嘴巴又是一道额外的屏障。白牙扑上去，又退回来，毫发无损，而切罗基的伤口却不断增多。它脖子两边和头部两侧已被咬破撕裂，在大量出血，却不露一丝惊慌的迹象，仍在艰难而又缓慢地继续追逐。尽管它曾一度茫然，突然止步，对围观的人群眨了眨眼，但马上又摇了摇短尾巴，表明它愿意搏斗。

就在那一刻，白牙扑上去又退回来，碰巧在斗牛犬已给齐齐咬断的半只耳朵上又咬了一口。切罗基稍有愠色，又开始追逐，跑在白牙奔跑的环形场内，企图咬住对方喉咙，置其于死地。斗牛犬离成功只差一毫，因为白牙突然掉头躲开危险，朝反方向跑去。人群再次爆发出赞美的呼声。

时间在流淌。白牙仍在腾挪闪躲，扑进退出，致使斗牛犬受伤。而斗牛犬仍拼命追逐，坚强不屈，信心十足。它迟早会如愿以偿，咬住白牙，赢得这场搏斗。此时它得忍受白牙的处置。它的两耳已被撕成好多碎条，就像流苏一样，脖子和肩膀有十几处被咬伤，嘴唇也被咬出血来——一切都是白牙闪电般的袭击所致，它无法预料，防不胜防。

白牙不止一次想把斗牛犬扑倒在地，但双方身高相差太大。切罗基身子太矮，腿又短。白牙多次尝试各种招数，或迅速包抄，或反包抄，最后终于抓住时机。切罗基转身太慢，头没掉转过来，肩已暴露在外，遂被白牙一口咬住。白牙虽已咬住对方肩膀，但因自己的肩膀过高，又因用力过猛，自身惯性致使它翻过对方身体，摔了一跤。在白牙的搏斗生涯中，这是它头一回当众栽跟头。它在空中翻了半个筋斗，险些摔了个仰面朝天，幸亏在落地之前它像猫似的扭了一下，这才侧身落地，但却摔得很重。然而，它瞬间又站起身来，但就在那一瞬间，它的喉咙却被切罗基咬住。

咬的不是很准，有点偏低，靠近胸脯，但切罗基不肯松口。白牙跳起身来，疯狂地左右乱窜，想要甩开斗牛犬。但是切罗基沉重的身体却缠住它，约束了它的行动，限制了它的自由，使它狂乱不已，如同落入陷阱，本能地厌恶反感，拼命挣扎。片刻之间，它几乎完全疯癫。生命的原动力支配着它，求生的意志冲击着它。它的理智完全丧失，感觉脑子一片空白。它的理性已被盲目的欲望支配，就想活着，能动一动，无论风险多大也要动、继续动，因为能动就说明活着。

它移来动去，又是转圈，又是掉头，又是退后，企图甩掉拖住它喉咙处的五十磅重的身体。但是斗牛犬偏偏紧咬不放，有时它难得四足踩地，一瞬间死守白牙，另一瞬间又四足离地，被白牙的疯狂转圈带着旋转。切罗基依着本能行事，它知道紧咬不放是正确的选择，有点欣喜若狂的感觉。在这样的时刻，它甚至闭上眼睛，不管愿意不愿意，任凭自己的身体被甩来甩去，也不在乎这样是否会受伤。这都无关紧要。重要的是咬紧，所以它紧咬不放。

白牙累得精疲力竭时才会停下来。它毫无办法，搞不明白。它打过无数次架，还从没遇到过这等事。和它打过的狗都不这么打。它们猛咬一口就跑开，再猛咬一口又跑开。它侧着半个身子躺在地上，气喘吁吁。切罗基依然紧咬不放，想要完全制服它。白牙抵抗着，感觉对方在变换咬的部位，嘴巴先稍微放松，又咀嚼着合拢，越来越靠近它的喉咙。斗牛犬的战术就是先咬住不放，一有好时机就得寸进尺。白牙不动时，就是好时机。白牙挣扎时，切罗基只要死死咬住便可知足。

切罗基的身上只有一处白牙可以咬上，就是颈肩相连处的那块赘肉。白牙朝那部位咬去，却不谙“咀嚼战术”，又不习惯咀嚼动作。它用牙齿又撕又咬，折腾了一阵，转而寻找别的部位。此时斗牛犬仍咬住白牙的喉咙不松口，但已将它掀得肚皮朝天，骑在胯下。白牙像猫似的弓起后背，蹬着两条前腿，用尖长的爪子猛抠斗牛犬的肚皮。斗牛犬见状，立刻跳离白牙的身体，但仍咬住它的喉咙不放，只是转了一个直角而已。切罗基幸亏即时脱身，不然它的肠子早被白牙抠了出来。

白牙无法逃离，斗牛犬紧咬的嘴就像不可改变的命运，正沿着它的颈静脉慢慢往上挪动。使白牙免于一死的，是它颈项上的松皮和覆盖其上的那层厚毛，切罗基咬在嘴里感觉像个大毛球，牙齿几乎无法咬透。但是一有机会，它就一点一点深入，结果咬住的皮毛越来越多。如此一来，它就能使白牙渐渐窒息而死。随着分秒流逝，白牙的呼吸越来越困难。

看来搏斗即将结束。赌切罗基赢的人个个欢呼雀跃，提出荒谬的赔率。而赌白牙赢的人则相应地感到沮丧，拒不接受十比一和二十比一的赔率，尽管有个男人以五十比一的赔率鲁莽地下了赌注。此人便是美男史密斯。他一步跨入圆形斗场，用手指着白牙，轻蔑地哈哈嘲笑。这笑声产生了预期的效果。白牙勃然大怒，鼓起残存的力气，站了起来。它绕圈挣扎着，五十磅重的仇敌仍拖在喉咙上，它的怒火登时转为惊恐。生命的原动力再次支配着白牙，求生的愿望使它智力丧失。它转了一圈又一圈，绊绊磕磕，摔倒复又站起，甚至有时后腿直立，将仇敌提离地面，拼命想要甩掉附体的死神，却徒劳无功。

白牙终于耗尽力气，仰倒在地。斗牛犬立刻挪动牙齿，离喉咙又近一寸，把皮毛下的嫩肉咬得血肉模糊，致使白牙呼吸愈加困难。人群爆发出欢呼声，为胜利者喝彩，连声叫喊“切罗基！”“切罗基！”切罗基一听，便使劲摇晃短尾巴。然而赞美的喊声并没使它分神，尾巴和大嘴之间并无交感反应。尾巴可以摇晃，但是嘴巴却咬住白牙的喉咙不放。

正在这时，远处传来一阵清脆的铃声，接着是狗拉雪橇的人的喊声，观众的注意力立刻被吸引过去。除美男史密斯外，人人面露不安神色，唯恐来者是警察。不过，他们只看见两人驾着狗拉雪橇沿小径直奔而来。两人并没反向而去，分明是外出勘探，又从小溪上游行至此地。看见众人，两人让狗停下，也加入其中，好奇地想要知道众人为何如此兴奋。雪橇夫留着小胡子，另一位个头稍高，比较年轻，胡子刮得很干净，因在寒风中穿行，血液循环加快，显得面色红润。

其实白牙已停止挣扎，虽偶尔进行断续性反抗，但徒劳无果。它只能吸入微量空气，斗牛犬残忍的牙齿越咬越紧，使它吸入的空气已微乎其微。它虽有厚厚的皮毛保护，但若不是斗牛犬第一口咬得太低，几乎咬在胸口，它的颈动脉可能早被咬断。切罗基费了很长时间才把嘴巴挪近白牙的喉咙，之前它的嘴里一直塞满毫毛和皱皮，这也起到拖延作用。

此时，美男史密斯深藏的残暴直冲大脑，战胜了他仅有的一丁点理智。见白牙眼睛变得呆滞，他知道这场搏斗它必输无疑。于是他如脱缰野马，冲入场内猛踢白牙。人群唏嘘不已，发出抗议的呼声，但仅此而已。美男史密斯置之不理，继续猛踢白牙。

人群一阵骚动，只见那位新来的高个青年正挤过人群，毫不客气，也不文雅，用肩膀左冲右撞。他挤入斗场内时，史密斯正抬起一脚即将再次踢向白牙，全身的重量全部落在另一只脚上，身体已失去平衡。新来者见状，一拳重重打在他的脸上，打得他面目全非，两腿飞离地面，身体腾空而起，往后一个翻身，坠落在雪地上。新来者转向人群，高声喝道：

“你们这帮懦夫！畜生不如！”

他怒气冲冲，但神志正常，灰色眼眸泛着钢铁般的金属光芒，扫射着人群。美男史密斯复又站起，抽着鼻子，胆怯地朝他走来。新来者不解其意，哪晓得对方是个卑鄙无耻的懦夫，以为他想过来打架，于是大骂一声：“你这畜生！”又是一拳，猛地打在史密斯的脸上，打得他人仰马翻。史密斯以为躺在雪中最安全，便躺着不肯起来。

“来吧，马特，帮个忙。”新来者在招呼随他进入场内的雪橇夫。

两人对着两条狗俯下身来。马特抓住白牙，准备等切罗基松口时将它拖开，年轻人两手掰住斗牛犬的嘴，企图将它掰开，但是白费力气。他连拉带拽又拧又扭，一边喘气一边叫骂：“畜生！”

人群开始骚动，有人抗议破坏了这场游戏。但新来者抬头瞪了一眼，他们便闭口不言。

“你们这帮该死的畜生！”新来者最后蹦出一句，又继续忙活。

“没用，斯科特先生，你那样是分不开它们的。”马特终于开口。

两人停下来，审视着缠在一起的两条狗。

“没流多少血，”马特说，“还没咬到要害。”

“但随时都会咬上，”斯科特道，“瞧，看见了吧！它又挪近了一点儿。”

年轻人越来越为白牙忧虑不安。他一次次猛击切罗基的头部，但它仍不松口，只是摇动尾巴，表示它明白为什么挨打，但它知道咬住没错，不过是在做它该做的事而已。

“你们就不能过来帮一把吗？”斯科特对众人大声吼道。

但是谁都不去帮忙，反而连讽带刺，还七嘴八舌地出了一些馊主意。

“你得弄根撬棍来。”马特建议道。

斯科特把手伸进屁股后面的枪套，抽出一把左轮手枪，试图把枪口捅进斗牛犬的嘴里。他用力捅了几下，直到清晰听见铁枪口碰到牙齿发出刺耳的响声。两人跪在地上，俯身摆弄两条狗。蒂姆·基南大步跨入场内，站在斯科特身边，按住他的肩膀，阴险地说道：

“别撬断了它的牙，外地人。”

“那我就扭断它的脖子。”斯科特顶了一句，继续拿枪口又捅又撬。

“我告诉你别弄断了它的牙。”那狗贩子又说了一遍，比先前更阴险。

假如他只是想吓唬对方，那可不管用。斯科特绝不会就此罢手。他抬起头，冷冷地问了一句：

“你的狗？”

狗贩子嗯了一声。

“那就过来把狗嘴弄开。”

“喂，外地人，”狗贩子面带愠色，拿腔拿调地说，“不瞒你说，这种事我还真干不了。我不知道怎么才能弄开。”

“那就滚开，”斯科特道，“别碍手碍脚，我没工夫理你。”

蒂姆·基南仍站着不走，但是斯科特不再理他。他已把枪口从斗牛犬嘴巴的一侧塞入上下牙间，正试图捅到另一侧的上下牙间。这个动作顺利完成，他又轻轻地、小心地撬，每次撬松一点点。马特也在配合，每次都把白牙血肉模糊的脖子拖出一点点。

“站在旁边，抱住你的狗。”斯科特断然命令切罗基的主人。

狗贩子乖乖弯下腰来，紧紧抱住切罗基。

“小心！”斯科特提醒道，完成最后一撬。

两条狗终于被分开，斗牛犬仍在奋力反抗。

白牙几次想站起都没成功。后来它终于站了起来，却因腿太疲软，撑不住身体，又慢慢倒在雪地。只见它两眼半闭，呆滞无光，嘴也合不拢，舌头长长地耷拉着，毫无生气。从外表看来，它就像是一条被勒死的狗。马特检查了它的伤口。

“快要精疲力竭了，”他说，“但呼吸正常。”

美男史密斯又站起身，上前看了看白牙。

“马特，一条好的雪橇狗能值多少钱？”斯科特问。

雪橇夫仍跪在地上，俯身察看白牙，估算了一下。

“三百块吧。”他答道。

“那么一条被咬成这样的狗能值多少？”斯科特又问，拿脚轻轻碰了碰白牙。

“减半。”雪橇夫断然道。

斯科特转向美男史密斯。

“听见了吧，畜生先生？我要把你的狗带走，给你一百五十块钱。”

他掏出钱包，如数取出钞票。

美男史密斯将手一背，不肯接钱。

“我不卖。”他说。

“不，你得卖。”斯科特不容分说，“因为我要买，钱你拿着，狗我带走。”

美男史密斯仍背着手，开始往后退。

斯科特朝他跳过去，挥起拳头，准备要打。史密斯料到将要挨打，吓得缩成一团。

“我有权不卖。”他啜泣道。

“你已丧失拥有这条狗的权利。”斯科特驳斥道，“你是要钱，还是想再挨一拳？”

“好！”美男史密斯心里害怕，爽快说道，“但我是迫不得已才拿你的钱。”他又说道：“这条狗是摇钱树，你不能趁火打劫。人人都有权利。”

“说得对。”斯科特说着，将钱递给他，“人人都有权利，但你不是人，你是畜生。”

“等我回到道森，”美男史密斯威胁道，“我要控告你。”

“等你回到道森，要是敢信口雌黄，我就把你赶出城去，明不明白？”

美男史密斯哼了一声。

“明不明白？”斯科特突然暴跳如雷，大声吼道。

“明白。”美男史密斯嘟哝一声，退缩着躲开。

“明白什么？”

“明白你的意思，先生。”美男史密斯咆哮道。

“小心！他要咬人啦！”有人喊道，人群随之发出一阵哄笑。

有些人已经走了，其余的三五成群站成几伙，一边观看一边议论。蒂姆·基南加入其中的一伙。

“那小子是谁?”他问。

“威登·斯科特。”有人回答。

“威登·斯科特，他究竟是谁?”狗贩子厉声问道。

“哦，他是个能干的淘金手，跟大人物都有交情。你要是不想惹麻烦，我建议你离他远一点。他跟那些当官的都混得很熟，就连黄金管理局的局长也跟他关系特别要好。”

“我就知道他来头不小，”狗贩子议论道，“所以从一开始我就没去招惹他。”

第五章
桀骜不驯

“不可救药。”威登·斯科特坦言道。

他坐在小屋的台阶上，望着雪橇夫，后者耸肩回应，他也觉得不可救药。

两人看着白牙，它竖着毫毛，凶恶地咆哮着，拖着项上的铁链，朝雪橇狗群猛扑。雪橇狗全都挨过马特的棍棒，受了教训长了记性，知道不能去招惹白牙，所以它们只是趴在一边，好像已忘了它的存在。

“那是一头狼，驯服不了。”威登·斯科特说。

“哦，我看不一定。”马特反驳道，“甭管你怎么说，没准它身上还有不少狗性呢。但有一点我敢肯定，它跑不了。”

雪橇夫踌躇不言，抬眼望着驼鹿山，自信地点了点头。

“喂，别卖关子啦，你就直言相告吧！”斯科特忍耐许久才厉声说道，“说吧，为什么？”

雪橇夫往后跷起大拇指，指了指白牙。

“不管是狼是狗，反正都一样——它已经被驯化了。”

“不可能！”

“肯定是，它挣脱了缰绳。你仔细瞧瞧，看见胸前的痕迹了吧？”

“你说对了，马特，它就是雪橇狗，后来让美男史密斯给弄到手了。”

“说它是雪橇狗，不是没有道理。”

“你怎么看？”斯科特急切地问，然后又失望地摇摇头，补了一句，“它在我们手里已经两个星期了，要说有什么异常，就是它比以前更野了。”

“给我一个机会，”马特建议道，“把它松开一会儿。”

斯科特将信将疑地望着他。

“没错，”马特又说，“我知道你试过了，但你没拿棍棒。”

“那你试试看。”

于是，雪橇夫抄起一根木棒，走向拴着的动物。白牙两眼盯着木棒，就像笼中之狮盯着驯兽人的皮鞭那样。

“你看它眼睛死盯着木棒，”马特说，“这是好兆头。它又不傻。只要我手不离棒，它就不敢动我。它肯定还没完全疯癫。”

马特把手伸向狗脖子时，白牙竖起毫毛，一声咆哮，俯下身来。它一面看着伸来的手，一面盯着另一只手里的木棒——正威胁地悬在它头顶上方。马特解开白牙项圈上的铁链，退后几步。

白牙简直没有想到它又重获自由。它落入史密斯手里好几个月来，和别的狗搏斗时才被放开，此外从没有过片刻自由。每次搏斗一结束，它就又被拴住。

它不明白是怎么回事，也许神又要变着新花样对它施虐。它慢慢走了几步，非常谨慎，准备随时应对袭击。它不知所措，因为从没有过这种事。于是它小心避开两个神的目光，战战兢兢走向小屋墙角。没发生任何事。它茫然不解，又走回来，在距离两人十来步远的地方停住，密切注视着他们的一举一动。

“它不会逃走吧？”斯科特问。

马特耸了耸肩：“那就孤注一掷吧！走一步看一步。”

“可怜的家伙！”斯科特怜悯地低声说道。“它需要的是人的慈爱关怀。”他又补了一句，然后转身走进小屋。

他从屋里拿出一块肉来，抛向白牙。白牙跳着躲开，站在远处疑惑地盯着肉看。

“回来，梅杰！”马特大吼一声，向一条雪橇狗发出警告，但已为时太晚。

梅杰已扑向那块肉，刚咬住就遭到白牙的袭击，被撞倒在地。马特急冲上去，但白牙比他还要快。梅杰踉跄站起，但喉咙血流如注，已将雪地染得一片殷红。

“真可怜，但它活该。”斯科特匆忙道。

但是马特已抬脚踢向白牙。白牙一跃而起，亮着牙齿，一声尖叫，凶恶地咆哮着，一连退后数米远。马特低下头来，察看自己的腿脚。

“它咬了我。”他一面说，一面指着撕破的裤子及内衣处的一片血迹。

“马特，我跟你说过它不可救药。”斯科特丧气地说，“有件事我本来不愿去想，但又不得不想。我们现在就动手，也只能这么办。”

说着，他不情愿地拔出左轮手枪，打开枪膛，检查有没有子弹。

“我说，斯科特先生，”马特反对道，“那条狗刚闯过鬼门关，你别指望它是一个洁白善良的天使。给它一点时间吧！”

“你看看梅杰。”斯科特说。

雪橇夫看了一眼那受伤的狗。它瘫倒在雪地，躺在血泊中，分明已奄奄一息。

“它活该，这是你亲口说的，斯科特先生。它想和白牙抢肉吃，必死无疑。这是预料中的事。不护食的狗，我还偏偏就不喜欢。”

“可是，看看你自己吧，马特。狗挨了咬倒没事，可是人呢？我们得分清好坏。”

“我活该！”马特犟嘴道，“我干吗要踢它？你说过它做得对，我不该踢它。”

“杀了它是出于仁慈，”斯科特坚持己见，“它是驯服不了的。”

“听我说，斯科特先生，给这可怜鬼一个表现的机会。它刚闯过鬼门关，又是头一回给松开，还没机会表现。就给它一个公平的机会吧！要是它表现不好，我就亲手杀了它。等着瞧吧！”

“天知道我可不想杀它，也不想让别人杀它。”斯科特说着，收起左轮手枪。“我们就把它松开，好生待它，看它怎么样。我这就去试试。”

于是他走到白牙身边，用温和而又抚慰的语气，对着它说起话来。

“最好手里拿一根棍子。”马特警告道。

斯科特摇了摇头，继续试着赢得白牙的信任。

白牙疑心太重，以为大祸将至。它咬死了这个神的狗，又咬伤了他的同伴，除了可怕的惩罚，它还能指望什么？但是面对惩罚，它不屈不挠。它竖起毫毛，亮出牙齿，露出警惕的目光，全身处于戒备状态，以应对不测。它见神的手里没拿棍棒，便由着他靠近自己。

神的手伸了出来，正往它的头上落下来。白牙随之蜷伏下来，缩成一团，变得异常紧张。这里有危险或不义之举。它了解神的手腕、神的铁定主宰和鬼蜮伎俩。再说，它素来反感被人触摸。它叫得越来越凶，身子缩得越来越低，但神的手还在继续下落。它不想咬那只手，忍受着挨打的风险，直至本能在体内涌动，强烈的求生欲望支配了它。

威登·斯科特自信动作灵敏，足以避开撕咬，但他还不了解白牙特别灵敏。它就像一条盘绕的蛇，对准他的手，快速出击。

斯科特惊声尖叫，抽回受伤的手，将它紧紧握在另一只手里。马特一声大骂，冲到他身边。

白牙吓得往后退缩，毫毛竖立，龇牙咧嘴，目露恶毒的凶光。它已料到难逃一顿毒打，就像美男史密斯打它一样可怕。

“喂！你要干什么？”斯科特突然大叫。

不料马特早已冲进屋里，拿出一支步枪来。

“不干什么，”他慢悠悠地说道，一副漫不经心而又冷静的样子。“只是想履行我的诺言。既然我说过要亲手杀了它，那就让我一枪打死它。”

“不，你不能！”

“我就要。看我的！”

就像马特被白牙咬伤后仍为它求情一样，现在轮到威登·斯科特为白牙求情。

“你说过给它一次机会，那就给它一次好了。咱们才刚开始，总不能虎头蛇尾吧。这次是我活该。再说……你看看它吧！”

白牙站在屋角不远处，隔着四十多步远的距离，凶恶地咆哮着，令人触目惊心——它不是对着史密斯叫，而是对着雪橇夫叫。

“天啊，真不可思议！”雪橇夫大惊失色。

“看看它多么聪明！”斯科特连忙接过话茬，“枪械意味着什么，它懂的不比你少。它可真够聪明的，我们得给它一次机会，看看它到底有多聪明。把枪收起来！”

“好吧，我收。”马特同意，把步枪立在柴堆旁。

“可是你再看啊！”他马上又惊叫道。

白牙已经安静下来，不再咆哮。

“值得研究一下。盯着！”

马特刚走过去要拿枪，白牙就张嘴吼叫。他一离开步枪，白牙就不再龇牙咧嘴。

马特提起步枪，慢慢往肩膀上举起。白牙随着他的动作吼叫，枪越举越高，白牙的吼声也越来越大。可就在他把枪口对准白牙时，它突然横蹿到屋角后。马特站在那里，瞪眼望着空无白牙的那片雪地。

雪橇夫郑重其事地放下手里的步枪，回过头来，看着他的东家说道：

“我同意你的意见，斯科特先生。这条狗太聪明，不能杀。”

第六章
有爱新主

见威登·斯科特朝它走来，白牙竖起毫毛，咆哮着向他宣告它不会屈服于惩罚。他的手被它咬破已经一天一夜了，现在裹着纱布，打着吊带，以免流血。过去白牙有过事后挨罚的体验，它担心这种体罚又要降临。这哪能逃得了？它咬了神的圣洁肉体，而且是白人神的肉体，犯下亵渎圣物的罪过。依照天理，再从它与神的交往来看，这次它将难逃一劫。

神在离它几步远的地方坐下来。白牙没看出有什么危险。以前神在惩罚它时，总是两腿直立。可是，这个神既没拿棍棒，又没拿皮鞭，也没拿枪械。再说，它身体是自由的，没有铁链或木棍束缚。等神往后站起时，它可以逃到安全的地方。现在它先等等看。

神仍然安静地坐着一动不动。白牙的咆哮声逐渐变小，成了低声吼叫，之后又像落潮似的消失在喉咙。接着，神说起话来，白牙一听他的声音，颈上的毫毛立刻竖起，喉咙又发出吼叫。但神并无敌对行为，仍在继续平静地说话。白牙一度以吼声应和他的话音，二者的节奏相互对应。

神仍在不停地对着白牙说话，这种事它以前从未遇到过。他轻言细语，令它感到慰藉，温柔的语气莫名其妙地触动了白牙。尽管本能发出严厉的警告，它仍不由自主地信任起这个神来，产生一种安全感。这和它以前与人交往时的感觉完全不同。

过了很长时间，神才起身走进小屋。他出来时，白牙疑虑不安地将他扫视一遍。他没拿皮鞭，没拿棍棒，也没拿武器，受伤的手里也没偷偷藏着什么东西。他还像刚才那样，坐在原先那个地方，离它只有几步远。见他拿出一小块肉来，白牙立刻竖起耳朵，疑心地检查那块肉，同时也注意神的举动，警惕着任何公然行为，身体处于紧张状态，准备他一露敌意就马上跳离。

惩罚仍未实施。神只是把那块肉送到它鼻子跟前。肉看来没什么问题，但白牙仍觉得可疑。虽然神一次次递上肉来让它吃，但它就是不肯吃。神都精明得很，那肉看似无害，但说不定背后隐藏着狡诈阴险。根据它以往的经验，尤其是跟女人交往的经验，吃肉和惩罚如影随形，经常意味着灾难。

后来，神把肉抛在白牙足下的雪地上。它认真嗅了嗅，眼睛不看肉，却紧盯着神。并无意外发生。它叼起肉来，吞进肚里。仍无意外发生。神又递来另一块肉，它依然不肯取食，神又把肉抛给它。如此重复几遍。但有一次，神偏偏不肯抛肉，而是一直拿在手里向它递上。

肉真不错，白牙又很饿。于是它极其小心，一点一点地靠近那只手。最后它终于决定去从手里取食。它眼不离神，头往前伸，两耳向后并拢，颈上的毫毛如浪尖一般不由得升起。喉咙里发出低沉的吼声，仿佛在警告对方，它不可亵玩欺侮。它吃了那块肉。平安无事。于是它吃了一块又一块，直到把肉全部吃完。

一切正常。惩罚仍未实施。

它舔了舔嘴，等待着。神仍在继续说话，声音温柔，白牙闻所未闻。这种温柔在它身上唤起一种从未有过的感觉。它体会到一种莫名的满足感，好像某种需要得到了满足，好像身体某处的空虚得到了填补。神一贯狡诈，他们为达目的而玩各种伎俩，叫它无法揣测。

啊，不出所料！神果然抬起狡黠的手，朝它伸过来，从它头顶往下落，想加害于它。可是，神仍在继续说话，声音柔和而又令它感到慰藉。即使他手里暗藏杀机，但话语却激起它的信任。虽然话语让它释怀宽心，手却令它疑心重重。白牙被这两种矛盾的感觉和冲动折磨得精神错乱。两股反势力在它体内同时挣扎，都想占据统治地位。它想施加严格控制，使两股势力统一起来，但又迟疑不决，很不习惯。

它采取折中的办法，毫毛竖立，耷拉着两耳，发出呼呼的叫声，但既不撕咬，也不逃跑。那只手仍在往下落，离它头越来越近，已经触到直立的毫毛末梢。它将身子往下一缩，那只手也随之往下落，已经按在它的头上。它吓得缩成一团，几乎快要发抖，但仍然极力忍住。它违反了自己的本能，由着那只手随意摸它，这简直就是折磨。他曾在人手里遭的那些罪，不是一天就能忘掉的。但既然这是神的意志，那它就尽力服从。

那只手抬起又落下，轻轻拍着、抚摸着它的头，不断反复。每次手一抬起，它就竖起毫毛，手一落下，它就耷拉着耳朵，喉咙里发出低沉的呼呼声。白牙呼呼直叫，不断发出警告，以此表明一旦遭受伤害，它就会报仇雪恨。神别有用心的动机何时显露，不得而知。那温和可信的话语随时会变成愤怒的吼骂；那温柔爱抚的手指随时会像老虎钳似的牢牢抓住它，叫它动弹不得，对它实行惩罚。

然而神仍在温和地对它说话，手指一起一落轻轻拍着它的头，毫无敌意。白牙经历着双重的感情体验，这有悖它的本能，令它讨厌，让它感到压抑，违背了它的自由意志。但它身上并无疼痛感，非但不疼，还挺愉快。神的动作已由轻拍头部逐渐过渡到小心抚摸它的耳根，而且身体的快感又增加了一点。但它仍感到害怕，警觉地站起来，等着难测的厄运，时而感到特别痛苦，时而又感到非常快乐。

“啊，真不可思议！”

马特走出小屋，卷着袖子，手里端着一盆洗碗水，刚要泼掉，忽见威登·斯科特在抚摸白牙，顿时惊叹道。

他的声音打破了宁静，白牙一听立刻往后一跳，对着他凶猛地咆哮。

马特忧郁地望着他的东家，似乎并不赞同他的做法。

“斯科特先生，要是你不介意，恕我斗胆直言，你是个十足的大傻瓜，跟常人不一样。”

威登·斯科特轻蔑地微微一笑，起身走到白牙身边，又用安慰的语气对着它说了一会儿话，然后慢慢伸出手来，放在它的头上，又开始不停地轻轻抚摸。白牙一边忍耐着，一边两眼狐疑地盯着站在门口的那个人，而不是抚摸它的那只手。

“你大概是个头号采矿高手，很好，很好。”雪橇夫诡秘地说道，“但你小时候没去投奔马戏团，真是错失良机。”

白牙冲着他的声音咆哮着，但这次它并没逃离那只手——斯科特仍在不停地抚摸它的头和颈背，令它感到快慰。

这是白牙苦尽甘来的开端，是充满仇恨的旧生活的终结。无限美好的新生活已经开始。威登·斯科特绞尽脑汁，费尽耐心，才完成这一使命，而对白牙来说，这不过是个转变而已。它不得不违反天性和理智的驱策，无视过往经验，来证明生活并不像它想象的那样。

以前它所熟悉的生活中，不仅没有现在这样的行动空间，而且处处充满暗流，与它此刻享受的宁静有着天壤之别。总之，统筹考虑，它必须实现更大的定位——远远大于它自愿从荒野走来，将灰海狸认作主人时给自己的定位。当时它只是个幼崽，生性软弱，尚未定型，易受环境拇指的按捏。然而今非昔比。环境拇指的做工过于出色，已将它捏成一头硬派“斗狼”，凶猛顽强，既无爱，也不可爱。完成这一蜕变，犹如倒行逆施。它幼时的柔性已荡然无存，全身纤维组织已变得粗厚多结；肌肉的经纬线条已变得结实坚硬，不易弯曲；精神面貌已大为改观，硬如钢铁；所有本能和原则已形成固定模式，行为谨慎，喜怒无常。

然而，处于重新定位中，环境的拇指又反复将它揉按，软化了硬块，将它重新塑造得更加出色。实际上，威登·斯科特就是这根拇指。他深入白牙本性的根部，以慈爱激发了它的生命潜能，尽管它们已然枯萎几近死亡。其中一个潜能便是爱，它已取代喜欢，而后者在白牙与神的交往中曾一度令它兴奋，是一种至高无上的情感。

但爱的产生并非一日之功。它始于喜欢，由此逐渐产生。虽然白牙重获自由，但它并没逃走，因为它喜欢这个新神。这自然胜于它活在美男史密斯的笼子中，而且有个新神也是生存的必要条件。受人掌控是它的天性所需。它对人的依赖就像打在身上的烙印，难以消除。那天早上它背弃荒野，料到定会挨打，但仍趴在灰海狸的脚下，这就是明证。那次漫长的饥荒过后，它又从荒野返回灰海狸的村落，又一次吃到鱼肉，这再次证明它离不开人。

于是白牙留了下来，因为它需要神，因为它喜欢威登·斯科特，不喜欢美男史密斯。为了表示它的忠诚，它开始承担起守护主人财产的职责。当雪橇狗群睡觉时，它就在小屋四周巡视，以致第一位夜访者不得已拿棍棒将它击退，直到威登·斯科特前来解围。但白牙很快学会通过脚步和举止来分辨小偷和好人。凡是脚步声大，径直走向小屋门的来者，它一概不拦，但仍警惕注视，直到主人开门迎接。但凡来者绕来绕去，鬼鬼祟祟，东张西望，白牙便当机立断，进行阻拦，来者就会立刻逃跑，尽失颜面。

威登·斯科特给自己规定了任务，他要救赎白牙——或者说救赎人类对白牙犯下的罪恶。这是一个关乎原则和良心的问题。他认为白牙的遭遇是人类欠下的孽债，必须偿还。所以他不嫌麻烦，对这头“斗狼”特别友好，每天都要爱抚白牙，并且坚持到底。

起初白牙多疑且怀有敌意，后来渐渐喜欢上这般爱抚。但有一个习惯它从未改变——那便是吼叫。从抚摸开始直到结束，它一直吼叫不止，但那叫声却换了一种新声调，陌生人听不出来。在陌生人听来，白牙的吼叫体现了原始的野蛮，令人紧张，毛骨悚然。可是，自幼时在洞巢第一次发出刺耳的小小怒吼起，经过多年的凶猛嗥叫，白牙的喉管已变得粗糙，不能弱化喉声，以表达它所感受到的柔情。然而，威登·斯科特的耳朵和感应却十分灵敏，能听懂这种几乎被凶猛吞没的声调——这是表示满意的轻哼，虽然暗示极其微弱，但只有他能听得出来。

日复一日，这种由喜欢到爱的转变不断加快。白牙自己也深有体会，尽管它不知爱为何物。爱之于它，是心里空虚的表现——是渴望、痛苦和想念的空白，呼唤着填补。爱是痛苦和不安的等待，唯有新神出现并给予爱抚，它才能得到慰藉。在这样的时刻，爱使它感到快乐，给予它狂喜激动的满足感。而神不在时，它又感到痛苦不安，空虚再次向它袭来，渴望也在不断折磨着它。

白牙正在重新认识自己。虽然它已步入盛年，铸就了野性的刚硬身躯，但品格仍在不断发展。奇异的感觉，罕有的冲动，正在它体内萌发。旧的行为模式正在改变。以前它喜欢舒适，总想消除痛苦，讨厌吃苦受罪，并采取相应行动。如今截然不同。由于产生了新的感情，它经常为了神而主动选择吃苦受罪。于是，清晨它不再出去漫游觅食，或者趴在阴暗角落，而是站在冷清的屋阶前，等着见神一面，而且一等就是好几个钟头。晚上，神一回到家，白牙就会离开它在雪地刨出的暖和睡窝，迎接神的召唤和手指的抚摸。只要能和神在一起，享受他的爱抚，或陪他到镇上，即便有肉吃，它也会舍弃。

爱已取代了喜欢，就像测深锤一样落入白牙的心灵深处，而喜欢却从未达到那个深度。它的内心深处也相应萌生了一种新的感情——爱。滴水之恩，当涌泉相报。这是一位真正的神，一位有爱的神，一位散发着温暖光辉的神，在这光辉的照耀下，白牙的品性在健康发展，犹如花朵在阳光下茁壮成长。

但是白牙的感情从不外露。它年纪偏大，性格过于沉稳，不习惯以新形式表达自己的感受。它沉着冷静，坦然独处，早就养成冷漠忧郁的孤僻性格。它有生以来从未像犬那样叫过，现在也学不会以犬吠声欢迎神。它从不挡道，表达爱时，既不过分，也不愚笨。它从不跑上前去迎接神，而是站在远处静静等候，而且长久等候，绝不离开。它的爱带有几分崇敬，是默默无声的敬慕。它表达爱的唯一方式就是两眼凝望神，目光不离开他的一举一动。有时神望着它，对它说话时，它显得有些尴尬腼腆。那是因为它想表达自己的爱，却无法表达。

白牙学会了在许多方面使自己适应新的生活方式。它知道不能惹主人的那些狗，但又霸性十足，所以它先打败它们，使它们承认它的优势和领导地位，然后就不再找它们的麻烦。它走来走去或与它们同行时，它们都得给它让道。它想干什么，它们都得服从。

它对马特也同样宽容——把他当成是主人的一件财物。主人很少喂它，给它喂食是马特的差事。但白牙猜得出来，马特是在替主人喂它。马特总想给它套上笼套，让它跟别的狗一起拉雪橇，但总是办不到。直到威登·斯科特给它套上笼套，它才明白是让它拉雪橇。就像它驾驭主人的其他狗一样，马特也驱使它拉雪橇，但是它把这事当作是主人的意愿。

克朗代克的雪橇和麦肯齐的平底雪橇迥然不同。前者的底部装有滑板，赶狗拉橇的方式也不尽相同。狗的队列不是扇形，而是排成一个纵队，一条紧跟一条，拉的是双轨雪橇。在克朗代克，领头狗是名副其实的首领，最聪明也最强壮，别的狗无不服从惧怕。白牙很快取得这个位置，这是不可避免的事。它不会满足于别的位置，马特遇到许多麻烦后才知道。这个位置是白牙自己选的，马特经过一番考察，又骂了一通之后，也就由着它。不过，虽然白牙白天拉雪橇，但夜里不忘守护主人的财产。它无时不坚守职责，保持警惕，忠心耿耿，因而成为狗中的极品。

"我口无遮拦，有一说一。"一天，马特对斯科特说，"你这家伙可真够精明的，那条狗可算是买对啦。你把美男史密斯打得鼻青脸肿不说，还占了他一个大便宜。"

威登·斯科特一听，灰色的眼眸又射出愤怒的光芒，恶狠狠地骂了一声："那个畜生！"

暮春时节，白牙遇上大麻烦。爱心主人突然消失，毫无征兆。其实是有征兆的，只是白牙没经验，不明白他打行李是为什么。后来它才想起主人消失前就打过行李，但它当时并无任何疑虑。那天晚上，它一直等着主人回来。午夜时分，冷风四起，它躲在屋后避风，迷迷糊糊半睡半醒，但是耳朵仍在注意倾听，只为听见那熟悉的脚步声。凌晨两点，它心里焦虑不安，便起身来到屋前，趴在冰凉的台阶上，盼着主人归来。

但是主人没有回来。早晨，屋门打开，马特走了出来。白牙望着他，眼里流露出渴求的神情，但是人狗之间没有共同语言，它不可能知道欲知之事。时间一天天过去，但是主人一直没有回来。白牙以前从不生病，现在却病得厉害。马特只得把它弄进屋里，在给他东家的信中，还特意写了一句有关白牙的附言。

威登·斯科特在瑟克尔城看到信中的这段话：

"那头该死的狼不干活，不吃东西，没有一点力气。所有的狗都咬它。它想知道你怎么样，但我不知道怎么告诉它。它可能快要死了。"

正如马特信中所言，白牙已停止进食，灰心丧气，由着每条狗随便咬。它趴在屋里的火炉边，对食物、马特乃至生命失去了兴趣。马特无论对它轻言细语，还是破口大骂，它都无动于衷。它最多只抬起头，目光呆滞地望一眼马特，然后照旧把头垂落到前爪上。

后来，有天晚上，马特正嚅动嘴唇，嘟嘟哝哝念叨着什么，白牙突然低声呜叫，把他吓了一跳。原来它已站起身，竖着耳朵，认真听着门外的动静。片刻后，马特听到脚步声。接着屋门打开，威登·斯科特走了进来。两人握手后，斯科特环顾室内。

“狼呢？”他问。

随后他发现了白牙。它就站在火炉旁，没像别的狗那样扑上来迎接主人，只是站在那里看着，等着。

“天哪！”马特惊叹道，“瞧它尾巴摇得多欢！”

威登·斯科特一面大步朝它走去，一面叫着它的名字。白牙迎了上来，虽然不是奔跑，但也走得很快。它虽因腼腆而略显笨拙，但走近主人时，眼里却露出异样的神色——那是一种不能言传的深情，如光芒照耀一般。

“你不在家时，它从不那样看我。”马特说。

威登·斯科特没听见。他跪在地上，脸对着白牙的脸，抚摸着它——先揉了揉它的耳根，又捋了捋它的脖颈，然后摸了摸它的肩膀，之后又用指肚轻轻敲了敲它的脊背。白牙迎合他的抚摸，发出哼哼的叫声，这叫声中流露出比以往更多的柔情。

但还不止这些。它的喜悦和大爱溢满心间，不断涌动，极力要表达出来，终于找到一种新的表达方式。它突然将头伸进主人腋下，只露出两耳，不再哼叫，鼻子不停地拱着，依偎着他。

两人对望着，斯科特的眼睛闪闪发亮。

"天啊！"马特惊叫道。

过了片刻，他恢复常态，说道："我早就说过这头狼是一条狗。你瞧它那样！"

由于爱心主人归来，白牙康复得很快。它在小屋待了两夜一个白天，然后走出门外。其他狗早已忘记它的勇猛，只记得它最近的病弱之态。见它走出小屋，它们便扑了上来。

"让它们知道你的厉害，"马特站在门口观望着，喜滋滋地轻声说道，"你这狼，收拾它们，教训它们！——快咬啊！"

白牙无需他激励。有爱心主人归来就已足矣。生命又在它体内涌动，神奇而又不可战胜。它只为快乐而战，以此表达自己无以言传的感受。结局只有一个：众狗扫兴溃败，四散而逃。及至天黑，它们才接二连三偷偷返回，以谦卑和顺从表明对白牙的忠诚。

自从学会依偎以来，白牙常感内疚。这如同一锤定音，不能更改。有一样东西它总是格外小心，那便是它的头。以前它总是讨厌别人摸它的头。它身上的野性，对受伤和圈套的恐惧，都使它惊慌失措，产生冲动，极力避免被人触碰。它的本能发出命令，必须让头无拘无束。可是现在，它依偎仁爱的主人，故意将自己置于一种无助无望的境地。这是深信不疑和绝对服从的体现，仿佛它在声明："我把自己交在你手中，任你处置。"

一天晚上，斯科特和马特回屋不久，坐在床上玩起克里比奇纸牌来。"十五比二，十五比四，一对得六分。"马特正在记分，忽听屋外有人喊叫和狼嚎。两人面面相觑，站起身来。

"狼咬人了。"马特说。

那惊恐而痛苦的疯狂尖叫催促着两个男人。"拿灯来！"斯科特大喊一声，冲出门外。

马特提着灯，跟了出来。借着灯光，他们看见一个男子仰面躺在雪地上，屈臂抱住脸和喉咙，试图挡住白牙的牙齿。这个姿势很有必要，因为白牙怒不可遏，正在凶恶地攻击致命的部位。从肩膀至手腕的外套衣袖，蓝色法兰绒衬衣及内衣全被撕成碎片，两只胳膊已被咬得惨不忍睹，血流如注。

二人见此情景，威登·斯科特立刻抱住白牙的脖子，将它拉开。白牙仍在挣扎咆哮，但已不再撕咬，在主人的厉声呵斥下，很快平静下来。

马特扶起受害人，待那男子完全站立，两臂垂落下来，这才露出脸来——原来是人面兽心的美男史密斯。雪橇夫猛地将他松开，一如松开手里抓的一块火炭。美男史密斯在灯光下眨巴着眼睛，东张西望，一见白牙，登时怛然失色。

这时，马特发现雪地上放着两样东西，遂将提灯移近，用脚趾指给东家看——是一条拴狗的铁链和一根粗木棒。

威登·斯科特见状，二话不说，点了点头。雪橇夫一把抓住美男史密斯的肩头，叫他转过身来。他无需说话。美男史密斯败兴而去。

慈爱的主人这才轻轻拍着白牙，对它说起话来。

“他想把你偷走，嗯？你不干！呵呵，他打错主意了，对吧？”

“他以为自己长了十七颗脑袋。”雪橇夫窃笑道。

白牙依然愤愤不平，毫毛竖立，不停地嗥叫，后来毫毛慢慢倒伏下来，嗥叫逐渐停止，但喉咙又发出悠远而又模糊的轻哼声。

第五部

它身上仍潜藏着凶猛的迹象，似乎野性仍残留在它体内，它的狼性只是处于休眠状态。

第一章
长途远行

情况不妙。虽然没有具体征兆，但白牙已感觉到灾难即将来临。它隐隐约约觉得将有一场变化。不知怎的，也不知为何，它从神那里感觉到将有大事发生。他们无意中泄露了自己的意图。白牙虽然不进小屋，只在门前转悠，但它知道他们脑子在想什么。

“你听！”一天晚饭时雪橇夫突然惊叫。

威登·斯科特侧耳细听。从门缝传来一阵低沉而又焦虑的哀鸣，仿佛轻声啜泣，刚能听清。接着，又传来一阵深长的嗅鼻声。白牙嗅出神仍在屋里，尚未独自神秘离去，这才打消疑虑。

“我敢说那头狼察觉到你的意图。”雪橇夫说。

威登·斯科特看着对面的伙伴，眼里露出恳求的神色，虽然话中并无恳求之意。

“我带着一头狼到了加州怎么办？”他问道。

“说的也是。”马特回答道，“你带着一头狼，到了加州怎么办？”

但威登·斯科特对这个回答并不满意。对方似乎暗含指责之意。

“白人的狗不是它的对手，”斯科特又说，“它一见那些狗，就会咬死它们。就算它不惹事，我不会因为损失赔偿起诉而破产，当局也会把它弄走处以电刑的。”

“我知道，它是个十足的杀手狼。”雪橇夫议论道。

威登·斯科特疑惑地看着他。

“不可能。”他决然道。

“不可能。”马特随声附和，“不过，你得专门雇个人看着它。”

斯科特的顾虑顿消，欣然点头。接下来是一阵沉默。随后门外又传来类似啜泣的哀鸣，然后又是一阵探寻的嗅鼻声。

“不可否认，它一天到晚老想着你。”马特说。

斯科特突然生气地瞪着他说：“去你的，伙计！我心里有数，知道该怎么妥善处理！”

“说的也是，只是……”

“只是什么？”斯科特断然道。

“只是……”雪橇夫本想好言相劝，但又改变主意，显得有些生气。“嗨，你没必要大动肝火。看你这个样子，心里根本就没数。”

威登·斯科特心里斗争了一会儿，然后温和地说道：“你说得对，马特，我心里没数，所以心烦。”

“是啊，带着那条狗去，实在是滑稽可笑。”停顿片刻，他又撂出一句。

“说的也是。”马特回答道，而他的东家仍不太满意。

“但它怎么知道你要走呢？凭着伟大的萨达纳帕勒斯[13]的名

---

13 传奇中的亚述末代国王，穷奢极侈，追求声色犬马。

义，我真是纳闷。”雪橇夫继续天真地说道。

“我也纳闷，马特。”斯科特说，郁闷地摇了摇头。

后来有一天，透过开着的屋门，白牙看见地上放着那个决定命运的手提箱，慈爱的主人忙来忙去，在往箱里装东西，小屋已经失去往日的宁静，充斥着一股怪异不安的忙乱气氛。这是不容置疑的证据。白牙早有预感，此刻完全有理由相信，它的神准备再次离去。既然以前他不带它走，那么这次只能等着被他留下来。

当天夜里，白牙抬高嗓门，发出悠长的狼嚎。幼年的某一日，它从荒野逃回村落，发现灰海狸的营帐已消失，只剩一个垃圾堆时，就发出同样的狼嚎。此时它像那次一样，鼻子又对着寒星，倾诉它的悲哀。

屋内的两个男人刚在各自的床铺上睡下。

“它又绝食了。”马特发表议论。

威登·斯科特咕哝一声，毛毯瑟瑟响动。

“从上次你走后它那伤心的样子来看，这次它不死才怪呢。”

“呸，闭嘴！”斯科特在黑暗中吼道，“你比女人还爱唠叨。”

“说的也是。”雪橇夫答道。威登·斯科特不知对方是否在窃笑。

翌日，白牙显得越发焦虑和不安。主人一出小屋，它就紧随其后。主人一进屋，它就在阶前转悠。它从开着的门缝可以看见地上的行李，手提箱旁边又多了两个大帆布包和一只小箱。马特在把主人的毛毯和皮大衣卷进防水油布里。白牙看在眼里，发出呜呜的悲鸣声。

后来，来了两个印第安人。他们扛着行李，马特扛着铺盖和手提箱，三人一前两后下了山坡。白牙的眼睛一直盯着他们，但没跟着去，因为主人还在屋里。过了一会儿，马特回来了。主人来到门口，招呼白牙进屋。

“你这可怜鬼！”他轻声说道，用手摸了摸白牙的耳朵，又轻轻拍了拍它的后背。“我要出远门啦，老伙计，你不能跟我去。好了，叫一声吧——再叫最后一声，跟我告别。”

但白牙就是不叫。它用眷恋和探寻的目光望着主人，凑上去，把头伸进他的腋下。

“汽笛响啦！”马特喊道。育空河上传来汽船刺耳的呜呜声。“别再说了。记着把前门锁上。我从后门出。快走吧！”

两道门同时“砰”的一声关上。威登·斯科特站在门前等着马特从屋后绕过来。屋里传出一阵呜呜的悲鸣声，然后是深长的嗅鼻声。

“马特，你得好好关照它。”斯科特说着，往山坡下走去。“写信告诉我它的情况。”

“一定，”雪橇夫答道，“可是，你听！”

二人停住脚步。白牙嗥叫着，就像狗在主人死亡时那样嗥叫。它在表达极度的悲哀，叫声升入高空，令人断肠心碎，然后逐渐沉落，余音颤抖凄惨，之后再次响起，一声更比一声凄厉。

“曙光号”是今年首次开往外地的汽船。甲板上挤满了成功的冒险家和破产的淘金者，他们疯狂地要去往外地，一如他们当初疯狂地来到内地。斯科特站在跳板附近，正与即将上岸的马特握手告别，忽觉对方手指软而无力，始知马特已将目光转向他身后的某物。斯科特往后头一看，却见白牙坐在几英尺外的甲板上，用渴望的眼神凝视着他。

雪橇夫用惊愕的腔调，低声咒骂。斯科特只是面露惊叹之色。

“你锁没锁前门？”马特问道。

斯科特点点头，反问道：“后门呢？”

“我敢打赌，绝对锁好啦。”马特急忙回答。

白牙讨好地耷拉着耳朵，但仍待在原地，不肯过来。

“我得把它弄上岸。”

马特朝白牙走近两三步，但白牙也在往后溜。雪橇夫冲上前去，白牙便在一群人的腿中间躲来躲去。它在甲板上窜来窜去，左右躲闪腾挪，就是不让马特捉住。

但是慈爱的主人刚一开口，白牙就立刻顺从地朝他走来。

“这几个月都是我在喂它，它却不来。”雪橇夫气愤地嘟哝着，“可是你……自打和它混熟没几天，就从没喂过它。真他娘的搞不懂，它怎么知道你是老板。”

斯科特正在用手轻轻拍着白牙，突然低头细看，见它鼻子上有新划破的口子，两眼之间还有一道伤痕，便指给马特看。

马特弯下腰来，摸了摸白牙的肚皮。

“咱们偏就忘了窗子，肚皮都划破了。肯定是撞碎玻璃爬出来的。天哪！”

但是威登·斯科特没在听他说话。他必须当机立断。“曙光号”起航的汽笛最后一次响起。送行的人纷纷从跳板跑回岸上。马特解下自己的围巾，正要系在白牙的脖子上，手却被斯科特抓住。

“再见！马特，老伙计。关于狼的事……你不用写信啦。你看，我已经……”

“什么！”雪橇夫叫道，“你的意思是……”

“就这个意思。拿上你的围巾。我会写信告诉你它的情况。”

马特走了一半跳板时突然停住。

“它受不了那儿的气候！”他回头大声喊道，“除非天热时把毛给它剪短！”

跳板收回船上，“曙光号”摇荡着驶离岸边。威登·斯科特最后挥手告别，然后转身弯下腰来，望着身边的白牙。

“现在叫吧，你这淘气鬼，你咋不叫啦！”他一边说着，一边拍了拍它敏感的头，又搓了搓它的耳朵。

第二章
初到南方

白牙在旧金山下船上岸后，大为吃惊。在它内心深处，在它理性思维和意识活动中，早已把威力和神的头脑联系在一起。当它踏上旧金山泥泞的道路时，感觉以前的白人从没像现在这样神气。这里没有它所熟悉的木屋，只有摩天大楼。街上险象环生——四轮马车、两轮马车、小汽车、马拉大卡车来来往往，大型缆车和电车喇叭嘶鸣，铿锵驶过，在街上穿行，不断发出尖锐的威胁声，就像它在北方森林见过的大山猫一样恐怖。

这一切都是威力的体现。透过这一切，在这一切的背后，是古来已久的人类，他们通过主宰事物，实行统治和控制，来展示自己的威力。这巨大的威力惊世骇俗。白牙深感敬畏，惶恐不安。幼年的某一天，它刚从荒野跑到灰海狸的村落，就不禁感到自己卑微渺小。此时一如当年，虽然它已完全长大，以身强体壮为傲，但仍不禁感到自己卑微渺小。这里的神有如此之多！人流如潮，令它头晕眼花。街上喧声如雷，令它震耳欲聋。川流不息的车辆人流，使它感到茫然困顿。它前所未有地感觉到离不开主人，于是紧随其后，无论如何，都要目不转睛地盯着他。

然而白牙将要亲历噩梦般的城市景象——这经历就像一个可怕的梦，虚幻而又恐怖，久久萦绕在它的梦中。

它被主人装上一辆行李车厢，用链条拴在一个角落，周围堆满了行李箱和手提袋。车夫是个矮胖结实的男神。他吵吵嚷嚷，把各种箱包抛来抛去，从车门拉进来堆在车厢，或者扔给车门外等候的男神，砸在地上嗵嗵作响。

就这样，白牙被主人丢弃在这地狱般的行李堆中。或者说，至少它以为是这样，直到它嗅出主人的帆布衣袋也在车厢，便担负起守护的责任。

“你总算来啦！”一小时后，见威登·斯科特出现在车门外，车夫男神吼道，“你的狗不让我碰你的东西。”

白牙跳出车厢，大为惊愕，噩梦般的城市消失不见。先前它感觉车厢就像房里的一间小屋，一进车厢，城市随即消失。此时再也不闻震耳的城市喧嚣，呈现在眼前的，是一片欢乐的乡村景象，阳光明媚，溪流淙淙，慵懒而又宁静。但它无暇赞叹这神奇的变化。它只是坦然接受，一如它接受神人莫名其妙的行为和表现。这是他们的生活方式。

一辆马车在此等候。一男一女向主人走来。那女人伸出双臂搂住主人的脖子——这是带有敌意的行为！白牙见状，如恶魔一般愤怒地咆哮。威登·斯科特立即挣脱女人的怀抱，来到白牙跟前。

“没事的，妈！”斯科特一边说着，一边抱住白牙给予安抚。“它以为你要伤害我，所以不让。没事的，没事的，它很快就会明白的。”

“那就等你的狗不闹了，我再亲我的儿子吧。”她虽吓得面色苍白，两腿发软，但仍哈哈大笑。

她看着白牙，白牙仍在咆哮，竖着毫毛，凶恶地瞪着她。

“它会明白的，一定会的，过不了多久。”斯科特说。

他对着白牙轻言细语，直到它安静下来，然后语气坚硬地命令道：

“趴下，先生！趴下！”

这是主人曾教会它服从的一个命令。虽然白牙愠怒而不情愿，但仍顺从地趴在地上。

“好了，妈！”

斯科特向母亲张开双臂，眼睛却盯着白牙。

“趴下！”他警告道，“趴下！”

白牙无声地竖起毫毛，起身半弓着腰，往后一缩，看着那敌意的行为又在重演。但这行为并未造成伤害，陌生神的拥抱也未造成伤害。之后，衣物袋被装上马车，陌生的神和慈爱的神跟着坐上马车，白牙紧随其后，机警地奔跑，还不时竖起毫毛，向奔马发出警告：有它在，坐在奔驰马车上的主人不得受到一丝伤害。

一刻钟后，马车转弯穿过一座石门，驶入一条道路。道路两旁是错落有致的拱形胡桃树，两边是广阔的草坪，几棵高大粗壮的橡树耸立其中。不远处是饱经日晒的草料田，呈金褐色，与娇嫩的青草恰成对照。远处是褐色山丘和高地牧场。草坪尽头是通往峡谷的第一道缓坡，坡上矗立着一座门廊较深窗户又多的房舍。

白牙没机会细看。马车刚进入庄园，一条目光犀利的尖嘴牧羊犬便义愤填膺地向它扑来。那牧羊犬站在它和主人之间，挡住它的去路。白牙并没咆哮警告，只是竖起毫毛，准备发起无声的致命进攻。但它没有进攻，而是尴尬地突然停住，挺直两条前腿减缓冲力，结果差点一屁股坐在地上。原来它想要避开，不想接触正要攻击的狗，因为这是一条母狗，犬类的法则在它们之间竖起一道屏障。它若攻击这条母狗，就会违反它的本能。

但对牧羊犬而言，则另当别论。作为母狗，它没有这种本能。而作为牧羊犬，它对野兽尤其对狼本能的恐惧异常强烈。在它看来，白牙是一头狼，是由来已久的猎食猛兽。从它远古的祖先首次牧羊时起，狼就一直捕食羊群。所以当白牙放弃进攻，避免同它接触时，它却扑向对方。白牙感觉肩膀被它咬了一口，不由得咆哮起来，但不想伤它，只是退后，尴尬地四肢发僵，想要绕开它。白牙左躲右闪，绕来绕去，但无济于事。牧羊犬总是挡住它的去路。

“过来，柯利！”马车上的陌生男子喊了一声。

威登·斯科特笑了笑。

“不要紧的，爸，这是挺好的训练。白牙还得要学很多东西，不妨让它现在就开始。它很快就会适应的。”

马车继续行驶，柯利仍然挡住白牙的去路。白牙离开车道，从草坪上绕了个大圈，想把它甩开，但它从内侧绕个小圈，又将白牙截住，还露出两排闪亮的牙齿。白牙只得绕了回来，横穿车道，跑到对面的草坪，但又被它截住。

马车载着主人远去，白牙见它消失在树林里，感觉情势万分危急。白牙企图再次迂回追赶马车，但柯利穷追不舍。突然间，白牙猛回头撞向对方。这是它的一贯伎俩。肩并肩时，它正好袭击对方。柯利不只被撞倒在地，它因跑得太快，被撞得滚来滚去。它一面紧抓碎石，挣扎着想要停住，一面尖叫，发泄心中的愤怒，挽回受伤的自尊。

白牙无心恋战，障碍已经扫清，它求之不得。牧羊犬穷追不舍，吠声不断。此时道路畅通无阻，真要跑起来，它岂是白牙的对手。它歇斯底里地嗥叫，使出浑身气力，疯狂地追赶，每跳跃一步，都表明志在必得。而白牙则悄无声息，平稳奔驰，毫不费力，但始终超前，就像幽灵在低空掠过一般。

它绕过房子，冲向停车场，直奔马车。车已停住，主人正在下车。此时白牙仍在全速奔跑，突然发觉侧面将遭袭击，一条猎鹿犬正向它扑来。它本想迎战，但因跑得太快，冲力过猛，加之猎犬已逼近，侧面遭到攻击，滚落在地。它从慌乱中站起，一副凶神恶煞的模样。只见它两耳往后竖起，嘴唇嚅动，鼻子皱起，张开獠牙猛咬，险些咬住猎犬的软喉咙。

主人正跑来，但离得太远。是柯利救了猎犬一命。就在白牙尚未跃起，准备一跃而起，发起致命进攻之际，柯利赶到了。它适才中计失败，被甩到后面，更不必说那滚落在碎石上的狼狈相，但此刻它已如旋风般赶来——它颜面尽失，义愤难平，本能地仇恨这头来自荒野的猛兽。白牙刚一跃起，柯利便拦腰袭击，又将它撞得滚落在地。

主人瞬间赶到，一把抓住白牙，其父也大吼一声，喝退那两条狗。

“我说，可怜的北极孤狼，这下你可算受到热情接待了。”主人说着，白牙在他的抚摸中平静下来。“它这一生只栽过一次跟头，来这儿不过三十秒就栽了两次。”

马车驶去，其他的陌生神从屋里走了出来。其中几个恭敬地驻足观望，两个女人搂住主人的脖子，做出敌意的举动。但白牙已开始容忍这个行为。看来没有危害，神的吵吵嚷嚷当然也不是威胁。这些神还对白牙表示友好，但它咆哮着警告他们离开。主人也告诫他们不要惹它。白牙这才依偎着主人的腿，让他轻轻拍着自己的头，感到踏实了许多。

随着一声命令"迪克，躺下！"猎犬跳上台阶，趴在门廊一侧，但仍在嗥叫，怒目而视入侵者。一个女神走向柯利，抱着它的脖子轻轻抚摸。但柯利焦虑困惑，气得呼呼直叫，心想岂能允许这头狼闯入，一定是神搞错了。

众神纷纷走上台阶进入房间，白牙紧跟在主人身后。迪克趴在门廊，见白牙站在台阶，大声吼叫。白牙竖起毫毛，以吼叫回敬。

"把柯利带进屋里，让那两个继续打，"斯科特的父亲建议道，"打完后就成朋友啦。"

"那样的话，白牙就得参加葬礼，哀悼朋友啦！"主人笑着说道。

老斯科特面露疑虑，先看看白牙，再看看迪克，最后又看看儿子。

"你是说……"

威登点了点头："我是说，不出一分钟，你的迪克就会被它咬死——最多两分钟。"

他转向白牙："来吧，你这狼，你得进屋去。"

白牙四肢发僵走上台阶，穿过门廊。它竖起尾巴，眼睛盯着迪克，以防侧腹遭受攻击，同时准备应对意外情况——或有凶恶未知物猛从室内蹿出将它扑倒。但无任何恐怖之物。它进屋之后，仔细巡视搜索，仍未发现恐怖之物。于是它卧在主人脚下，发出满意的呼呼声，观察屋内动静，心想这陷阱般的屋顶下一定潜伏着恐怖之物，它要时刻准备一跃而起，与之进行殊死搏斗。

第三章
神之领地

白牙不仅天生适应力强，而且游历四方，懂得适应环境的重要性和必要性。在西拉维斯塔——这是斯科特法官的庄园名号——白牙很快安之若素。它与另两条狗再无激烈冲突。它们比白牙更了解南方神的生活习惯。在它们看来，白牙独有资格在屋里陪着神。虽然它是狼，神却破例准许它待在屋里；而它们虽然是神的狗，却只能认可这种特许。

起初迪克的态度比较苛刻，后来才坦然接受白牙，把它当作这个领地的新成员。假如迪克当初态度温和，它们或许可以成为好友。但是白牙不喜欢交友，它只希望别的狗不要打扰它。它一生离群索居，如今仍爱独来独往。迪克的示好使它烦恼，所以它总是一声咆哮将其吓跑。它在北方时就学到一个教训：千万莫惹主人的狗，至今不忘前车之鉴。但它坚守清静，独处一隅，全然不理迪克。后来，性情温和的迪克只好作罢，对白牙兴趣全无，只当它是马厩里的一根拴马桩。

而柯利却不这样。它接受白牙是因为神的命令，但它不会因此让白牙安宁。白牙及其同类对它的祖先犯下的无数罪恶，令它刻骨铭心。惨遭劫掠的羊圈，不是一天或十年就能全然忘却。这一切都是鞭策，激起它的复仇之心。它虽不能公然违抗给予白牙特权的神的旨意，但这并不妨碍它耍些小花招，让白牙的日子不好过。它们之间有世代冤仇，它要让白牙永远记住。

所以柯利便利用自己的母狗身份选中白牙，作为虐待的对象。白牙的本能不许自己袭击柯利，而柯利的纠缠又使白牙对它不容忽视。当它扑向白牙时，白牙便用厚毛肩膀抵挡它尖利的牙齿，然后挺着四肢，迈着威严的步伐走开。一旦它逼得太急，白牙就得绕着走，把肩膀支给它，将头扭过来，脸上和眼中露出又耐心又厌烦的表情。然而有时，它在白牙的后腿上咬一口，白牙就得慌忙逃窜，哪管什么威严。但一般说来，白牙尽量保持一种近乎庄重的尊严。白牙尽可能不理柯利，尽量避开它。看见或听见它走来，白牙就起身走开。

白牙要了解的东西很多。比起北方的简单生活，西拉维斯塔庄园的情况比较复杂。首先它得了解主人的家庭。它在这方面已有心理准备。在北方，米萨和克鲁库奇属于灰海狸，他们一起用火，一起吃住。如今，在西拉维斯塔庄园，所有成员都属于慈爱的主人。

但两者的情况又有所不同，并且有许多差别。西拉维斯塔庄园要比灰海狸的帐篷大很多，有许多人需要考虑到。有斯科特法官及其夫人，有主人的两个妹妹贝丝和玛丽，有主人之妻艾丽丝及其一对儿女威登和莫德，一个四岁，一个六岁，都在蹒跚学步。谁也不可能将这些人一一介绍给白牙认识。他们的血缘关系，它一无所知，也无从知晓。但是它很快看出他们都是主人的亲属。然后一有机会它就仔细观察，研究他们的言行和说话的语调，渐渐摸清他们和主人有多亲密，受宠到何种程度。以此确定标准，白牙采取相应行动，区别对待他们。凡是主人重视的它也重视；凡是主人珍爱的它也珍爱，并且细心保护。

它对两个孩子就是这样。它一生从不喜欢孩子，讨厌并且害怕孩子的小手。早在印第安村落的那些日子里，它就领教过孩子的暴虐和残忍，从中吸取了深刻的教训。威登和莫德首次走近它时，它面露凶相，咆哮着发出警告。主人一声呵斥，扇了它一巴掌，它只得由着两个孩子抚摸。虽然它在两双小手的抚摸下呼呼直叫，但叫声中并无轻哼的声调。后来，它发现这对童男童女是主人眼中的宝贝，之后无需呵斥和巴掌，它照样让他们抚摸。

然而白牙从不过分流露感情。它虽勉强顺从主人的小孩，但忠厚老实，忍受他们戏弄，就像忍受痛苦的手术。忍无可忍之时，它就起身决然走开。可是没过多久，它竟然喜欢上这两个孩子，但仍不外露感情，不主动靠近他们。后来，看见他们，它不再躲开，而是等他们走过来。再后来，一见他们走来，它就目露喜色。他们离开它另寻开心时，它就望着他们的背影，眼里露出遗憾而又好奇的神情。

这一切都是一个过程，需要时间。继两个孩子后，白牙开始注意起斯科特法官。原因大概有两点：一是他分明为主人所敬重；二是他含而不露。只要他坐在宽阔的门廊下看报，白牙就喜欢卧在他脚下，而他则时不时用宠爱的眼光看它一眼或说一句话——显而易见，他认可白牙的存在。但是这仅限于主人不在的时候。只要主人一出现，其他人在它心中就不复存在。

白牙由着这一家人抚摸它，宠爱它，可是它给予主人的东西绝不会给予他们。无论他们怎么抚摸它，它都不会发出享受爱抚的轻轻哼叫。他们无论如何，都别想让它依偎在他们身上。这种完全服从和绝对信任的表现，它只留给主人。实际上，它只是把这家人当成是主人的物品而已。

而且白牙很快就能区分家庭成员和仆人。仆人们怕它，而它只是不咬他们而已。因为在它眼里，他们同样也是主人的物品。白牙和仆人之间只保持中立。他们替主人做饭洗碗打杂，跟马特在克朗代克干的活一样。简言之，他们是这个家庭的附属品。

家务以外的事有待白牙去更多了解。主人的土地广阔复杂，但有边有界。

领地的边界是一条乡间小路。界外是所有神的共同领地——有条条马路，街道纵横。另有一些围栏，栏内是其他神的专属领地。各种规则制约一切并决定行为。但白牙不懂神的语言，也无从了解，唯有亲身经历。它凭着本性，冲动行事，直到违反某个规则，几经挫折，才懂得那条规则，之后按规则行事。

然而，对它最有效的教育是主人的巴掌和厉声呵斥。由于白牙极其热爱主人，主人的巴掌对它造成的伤害，远胜于灰海狸和美男史密斯对它的殴打。他们只能伤及它的皮肉，它伟大的反抗精神依然不可战胜。可是，虽然主人下手很轻，不会伤及皮肉，但对它的伤害更深。这表明主人对它不满，白牙因此备受打击，精神萎靡。

事实上，白牙很少挨巴掌，主人一声呵斥，足以让它明白事理。它仅凭主人的声音即可知道自己做得对与不对，从而改良举止，端正行为。那是它航行的指南针，用以制订适应新地区和新生活的行为方式。

在北方，狗是唯一被人驯化的动物。别的动物都生活在荒野，除了特别凶猛的那些，都是狗随便猎取的对象。白牙以前一直在动物中寻找猎物，它没想到南方的情况不同。但它来到圣克拉拉谷[14]之后不久，就熟悉了这里的情况。

一天清晨，它在屋墙角游荡时，看见一只鸡从鸡圈跑出来。白牙有一股本能的冲动，想吃那只鸡。于是它连蹦带跳，只见牙齿一闪，又听“咯咯”惊叫，那只不要命的鸡已被它叼在嘴里。那是一只农家饲养的鸡，肉又肥又嫩。白牙舔了舔嘴，自认那是一顿美食。

当天后晌，它在马厩附近又碰到一只离群的鸡。一个男仆跑来救鸡，他不知白牙是狼，便抄起一根轻马鞭当作武器。白牙挨了一鞭，立刻弃鸡扑向男仆。棍棒或许可以阻挡白牙，但马鞭难挡。它不叫不躲，勇往前扑，身上又挨了一鞭。见它向自己喉咙扑来，男仆一声大叫“天啊！”踉跄后倾，连忙丢下马鞭，双臂挡住喉咙。结果一只前臂被咬得皮开露骨。

男仆惊魂未定。使他惊恐的不是白牙的凶猛，而是它的沉静。他用鲜血淋淋的烂胳膊护住喉咙和脸部，拼命往马厩逃去。若非柯利突然出现，他难免大难临头。它曾救了迪克的性命，这次又救了男仆一命。只见它气势汹汹，疯狂地扑上白牙。它做得没错，且比粗率的神懂得更多。它的猜疑果然合理，古老的猎食野兽又在此地故伎重演。

男仆躲进马厩。白牙在柯利残忍的牙齿前或节节败退，或把肩膀支给它，不停地绕着圈子。但是柯利穷追不舍，间或给予对方适当惩罚，这是它的习惯做法。后来它越发激昂，义愤填膺。

14　位于美国加州旧金山附近，即如今的“硅谷”。

直到最后，白牙终于丢弃尊严，公然穿过田野，逃之夭夭。

“得叫它知道不能偷鸡，”主人说，“等我当场抓获再教训它。”

两夜之后，白牙开始偷鸡，但行动规模大大超出主人的预料。它事先仔细察看过鸡圈，了解鸡群的习惯。半夜时分，鸡群栖息之后，它爬到新运来的木材堆上，从那里跳到鸡圈棚上，然后越过栋梁，跳到鸡圈的地上。转瞬之间，它已进入鸡窝，开始大肆屠杀。

次日早晨，主人从屋里出来站在门廊下时，男仆早已将五十只白色来亨鸡一字排开，摆在他的眼前。主人先是惊讶，随后轻轻吹了一声口哨，表示钦佩。他看见白牙也在场，但它没有半点惭愧内疚之色，一副沾沾自喜的样子，仿佛真的做了一件值得表扬的丰功伟绩，丝毫没有犯罪之感。面对这不齿之事，主人缄默不语，然后严厉斥责了那浑然不知的罪犯，声音内蕴含着庄严的愤怒。他还按住白牙的头，叫它闻那些死鸡，同时给了它几大巴掌。

白牙从此不再偷袭鸡窝，它已认识到那是违反法则。后来主人故意将它带进鸡圈，当它看见那些活食在它鼻子底下扑动翅膀时，本能地想要扑上去，却被主人喝住。它和主人在鸡圈一直待了半个小时，一次次产生冲动，想要扑上去，但每次都被主人喝住。就这样，它学会了这条法则。还没离开鸡圈，它已学会无视鸡群的存在。

“狗吃鸡的毛病，你是治不了的。”吃午饭时，听完儿子说起教训白牙的事，斯科特法官郁闷地摇了摇头说，“它们一旦养成习惯，尝到血腥味……”他话没说完，又郁闷地摇了摇头。

但是威登·斯科特并不赞同父亲的看法。

“我来告诉你我的打算。”最后他发出挑战，“我要把白牙和鸡关在一起，关它一个下午。”

“可你想想那些鸡。”法官表示反对。

“而且，”儿子又说，“它要咬死一只鸡，我就赔你一块金币。”

“但爸爸要是输了，也应该受罚。”贝丝插话道。

妹妹赞同姐姐的提议，餐桌上的其他家人也齐声赞同。于是斯科特法官点头答应。

“好啊！”威登·斯科特思索片刻，“下午过后，要是白牙没祸害一只鸡，那么它每在圈里待十分钟，你就得严肃认真地对它说一遍：‘白牙，你比我想象的要聪明。’就好像你坐在法官席上，宣布庄严判决那样。”

于是一家人藏在一个有利位置，观看白牙表演，但表演失败。白牙虽被主人关在鸡圈无人监管，但它只是趴着睡觉。它曾起身一次，走到水槽边喝水。它对鸡群坦然视之，置之不理，仿佛它们根本不存在。下午四时，它做了一个跑跳动作，蹿上鸡圈顶棚，跳到圈外的地上，然后四平八稳地走回房舍。它已懂得不杀鸡的法则。结果，在门廊下，当着乐呵呵的一家人，斯科特法官对着白牙，缓慢而又庄重地说了十六遍：“白牙，你比我想象的要聪明。”

但是各种法则弄得白牙不知所措，使它经常颜面尽失。它得知道，不能祸害其他神的小鸡。还有猫儿、兔子和火鸡，这些它也不能祸害。实际上，它对这条法则只是一知半解，但它感觉到凡是生物它都不能祸害。在房后的牧场上，一只鹌鹑可以不受任何伤害，在它鼻子底下扑动翅膀。它虽紧张得浑身颤抖，迫切希望捕食，但它却控制住冲动，站着不动。它要服从神的旨意。

后来有一天，还是在房后的牧场上，它见迪克在追一只长耳大野兔。主人在一旁观看，并不干涉。不仅如此，他还鼓励白牙加入追捕。它由此知道，长耳大野兔不是禁捕猎物。最后它完全掌握了整套法则。它和一切家畜之间不能存有敌意，即使不能友好相处，至少必须保持中立。但是其他动物，包括松鼠、鹌鹑和棉尾兔，都是野生动物，它们从不忠于人类，是狗的合法猎物。神只保护驯养动物，驯养动物之间不可发生致命冲突。神掌握着他们所养动物的生死权利，他们精心维护着自己的权利。

比起北方的简单生活，圣克拉拉谷的生活比较复杂。在文明社会，事物纷繁复杂，首要问题就是节制和约束——这是一种自动平衡，既要像轻薄羽翼颤动一样纤弱，又像钢铁一般坚硬。生活千态万状，白牙发现它必须面对一切。

因此，当它来到圣荷西[15]时，或跟在马车后面跑，或停车时在街上游荡。生命川流不息，深远宽广，变化万千，不断冲击它的感官，要求它在瞬间不断做出调整和反应，几乎总是在迫使它克制自己的本能冲动。

肉铺里挂的肉张口可得，但它不能吃。主人拜访的人家里养的猫儿，它也不能惹。到处都有狗冲它狂吠，但它不能攻击。后来，它在拥挤的人行道上吸引了众人的目光。他们驻足观望，对它指手画脚，审视它，对它说话。最讨厌的是，他们还轻轻拍它。这些陌生手的触摸有安全之虞，但它必须忍受。它的确忍了

---

15 美国加州西部城市。

下来，而且不再拘谨忸怩。一方面它以高傲的姿态接受众多陌生神的关注，又以屈尊俯就承蒙他们的厚爱。而另一方面，它又本能地避免与他们过分亲近。他们只是拍拍它的头，然后匆匆走过，并自以为胆量过人而踌躇满志。

但是这对白牙来说绝非易事。它在圣荷西郊区正跟着马车跑，突然遇到几个男孩扔石头打它。它知道不许追逐那些孩子，只得违背自卫的本能。它之所以如此，是因为它已被驯化，成为文明社会的合格成员。

然而白牙对这种局面不甚满意。虽然它对正义和公平的抽象概念一无所知，但是它的心中自有一种公平意识。正是这种公平意识，使它对不公感到愤恨：凭什么不许它反击投石打它的人？白牙已忘记它与神的契约——他们曾保证照顾并保护它。直到有一天，主人跳下马车，手执皮鞭，朝那些投石的孩子打了一鞭。之后他们再也不敢向它投石。白牙心领神会，这才满意。

它还有过一次类似的经历。在去往城里的路上，它看见十字路口处有三条狗在酒馆周围游荡，它经过那里时，它们向它扑来。主人了解白牙的致命战术，曾不断叫它牢记不许打架的规矩。就因为它已牢记这个规矩，所以每当经过那个酒馆，它都遇到阻碍。第一次冲来之后，它们每冲来一次，它就咆哮一声，吓得三条狗不敢靠近，但它们跟在身后，狂吠嗥叫，对它十分无礼。这种情况它忍耐了一段时间。酒馆的伙计甚至怂恿那三条狗攻击它。一天，他们公然唆使三条狗咬白牙。主人只好停下马车。

“上！”他命令白牙。

但是白牙难以置信。它看看主人，又看看那三条狗，然后又回首，急切而又疑惑地望着主人。

主人点了点头：“上，老伙计，咬死它们。”

白牙不再迟疑。它悄然转身，跃入敌群，以一对三。咆哮嚎叫震耳欲聋，牙齿铿锵作响，狗群大乱，东倒西歪，路上尘土飞扬，遮蔽了鏖战场面。但几分钟后，两条狗倒在尘土上作垂死挣扎，另一条在仓皇逃跑。那狗跳过壕沟，越过栅栏，逃往一片田野。白牙紧追不舍，以狼的步伐和狼的速度，跳跃飞奔，轻快而又无声，很快追至田野中央，扑倒那条狗，将它咬杀。

白牙连杀三狗之后，从此再无阻碍。消息传遍山谷，人们时刻提防，不敢让自己的狗戏弄“斗狼”。

第四章
同类召唤

几个月过去了。在南方，吃的东西很多，又无雪橇可拉。白牙长胖了，日子过得富足而又快乐。它不仅是在地理上的南方，而且过着真正的南方生活。人类的慈爱如同阳光照耀着白牙，而它就像长在沃土上的花朵一样旺盛。

然而，它在某些方面仍与别的狗不一样。它比那些没见过世面的狗更懂规矩，也更守规矩。但它身上仍潜藏着凶猛的迹象，似乎野性仍残留在它体内，它的狼性只是处于休眠状态。它和别的狗一直合不来。就它的同类而言，它曾经生活孤单，而且还要继续孤单下去。它幼时遭受唇唇和小狗群体的迫害，后来又跟着美男史密斯参加斗狗比赛，使得它对狗产生厌恶之感。它的生活已偏离本性，所以它回避同类，亲近人类。

此外，所有的南方狗都对它有疑虑。它激起了它们对野性的本能恐惧，所以它们一见它就狂吠不止，深恶痛绝，想要和它打架。而它知道用不着去咬它们，只要它龇牙咧嘴，任何一条吼叫着想冲上来的狗都会吓得缩成一团。这个办法一贯灵验，万无一失。

但是白牙的生命里有一个克星，那就是柯利。它从不让白牙有片刻安宁，也不像白牙那么守规矩。主人一直想让它和白牙成为好友，但它置之不理，还总是对着白牙发出激烈刺耳的咆哮。它绝不饶恕白牙杀鸡的行为，始终坚信那是狼子野心。它发现白牙做贼心虚，因此才那么待它。白牙对它来说，简直就是一条害虫，老是尾随它在马厩和院子四周转悠。只要白牙好奇地望着一只鸽子或是小鸡，它就义愤填膺，大声狂吠。白牙不理它的最好办法，就是趴在地上，头枕着两只前爪，假装睡觉。这样就会使它哑然失色，不再乱叫。

白牙一切顺利，唯独柯利让它头痛。它学会了节制和自律，又懂规矩，已达到沉着冷静、豁达宽容的境界。它的生活环境中已不再有敌对势力，四周也无潜伏的危险、伤害和死亡。未知物，即危及生命的恐怖物，终于消失殆尽。它的生活舒适安逸，道路平坦顺利，途中再无潜伏的恐惧和仇敌。

它不知不觉地想起雪来。假如它有想法，可能它会这么想："这里夏天太长。"可以说，它只是下意识地隐约想起雪。它也同样隐隐渴望着北方，尤其是在炎炎夏日遭受阳光暴晒之时。但这对它的唯一影响，就是让它烦躁不安，又不知道是怎么回事。

白牙的感情从不外露。除了依偎主人轻轻哼叫，它不会以别的方式表达爱。它对神的笑声向来敏感。笑声曾使它发疯，让它狂怒。但它从不跟慈爱的主人生气。当这位爱神善意逗弄，取笑它时，它很难为情，感觉旧的怒火又在胸中升腾，如针刺一般疼痛。但怒与爱不相容。它不能生气，但得有所行动。起初它一脸庄严相，主人笑得更加厉害。后来它显得越发庄严，主人笑得越发厉害。直到最后，它被主人笑得庄严尽失，只好微微张开嘴巴，嘴唇略微上翘，眼睛里露出怪异的神色。这是一种看似幽默，实则充满柔情的神情。它已学会微笑。

它还学会跟主人闹着玩。它经常被主人弄倒，躺在地上打滚，成为无数次粗鲁恶作剧的受害者。而它则假装生气，竖起毫毛，凶猛地咆哮，牙齿咬得嘎嘎作响，看似想一口将他咬死，实则心里有数，只是无目的地对空假咬。主人一巴掌，白牙又咬又叫，如此这般玩闹一阵，他们会突然停止，相隔几英尺站开，彼此虎视眈眈。然后，突然之间，就像一轮红日从波涛汹涌的大海喷薄而出，他们开始相视而笑。笑到高潮时，主人搂住白牙的脖子和肩膀，白牙则充满柔情地轻轻哼叫。

但是别的人从来不敢和白牙闹着玩，因为它不允许，它要维护自己的尊严。每当他们想跟它玩，它就竖起毫毛，咆哮着发出警告，一副威风凛凛的样子。没错，它可以由着主人随意玩弄，但它不是一条普通狗。它不会见异思迁，不是每个人的财产，不是谁都可以想玩就玩。它一心一意只爱主人，绝不会轻贱自己，让爱贬值。

主人经常骑马外出，陪伴主人便成了白牙生活中的一个主要职责。在北方时，它就卖力拉雪橇，以证明自己的忠诚。但是南方没有雪橇，狗也无需背上驮物。所以它跟在主人的马后奔跑，以新的方式表达自己的忠诚。即使跑完漫长的一天，白牙也不会累垮。它的步伐是狼的步伐——平稳、不累、省力。五十英里跑完后，它依然轻松活泼地冲到马前。

还有一事也和骑马有关，那就是白牙已学会用另一种方式表达忠诚——这简直太神奇，它一生有过两次救主的经历。第一次的经过是这样的：

一天，主人骑在一匹烈性良马背上，训练它自行开关大门。他一次次将马骑至大门口，企图让它自己关门，但马一次次受惊后退，跳着跑开。如此重复多次。后来那马越发紧张慌乱。每当马前腿腾空，后腿直立，主人就用马刺夹它，逼它前腿落地，如此一来，它便猛蹬后腿。白牙看在眼里，心里着急，后来再也无法控制自己，便跳到马前，凶猛狂吠，发出警告。

之后它总想吠叫，主人也鼓励它学狗吠叫，但它只成功一次，而且没当着主人的面叫。后来，主人正骑马在牧场奔驰，一只长耳大野兔突然从马蹄下跳起，马猛一转身，主人身子一个趔趄，从马背跌落下来，摔断一条腿。白牙见主人受伤，怒不可遏，一跃而起，直扑马的喉咙，但被主人喝住。

“回家！回家去！”主人命令道，他已确知自己受伤了。

白牙不想撇下主人。主人本想写个便条，但摸了一下口袋，没发现纸和笔。于是他再次命令白牙回家。

白牙依依不舍地望着主人，刚要离开，又转过身来，轻声呜咽。主人用温和而又严肃的口气跟它解释，而它翘着耳朵，认真而又难过地听着。

“不要紧，老伙计，回家去吧。”主人继续说道，“回家告诉他们我出事了。回家吧，你这狼，快回家去！”

白牙能听懂“家”的意思。虽然它听不懂别的话，但它明白主人是要它回家。它转过身去，不情愿地跑开，刚跑几步又停下来，犹豫不决，回头望着主人。

“回家去！”主人厉声命令，它这才乖乖地跑了。

时值下午，一家人正在门廊下乘凉，忽见白牙归来。它气喘吁吁，满身尘土，来到他们中间。

“威登回来啦！”威登的母亲说道。

两个孩子欢呼着，跑上来迎接白牙。它躲开他俩，沿门廊而去，但被他俩挡在一把摇椅和栏杆间的死角。它吼叫着，想挤出来。孩子的妈妈担忧地望着眼前的情景。

“说真的，它跟孩子在一起，我紧张死了。”她说，“我怕哪天它会突然扑向他俩。”

白牙凶猛地吼叫着，跳出死角，撞倒了那对小兄妹。妈妈把他俩叫过来，安慰一番，告诉他俩别惹白牙。

“狼就是狼，”斯科特法官发表议论，“不可靠。”

“可它并不完全是狼。”贝丝插了一句，虽然哥哥不在，她仍替它说话。

“你这不过是威登的想法。”法官回了一句，“他纯粹是瞎猜，以为白牙身上有狗的特征。可就算他亲口跟你说，他啥也不知道。就说它的长相吧……”

他话还没说完，白牙已站在他面前，凶恶地吼叫。

“走开！趴下，先生！”斯科特法官命令道。

白牙转向爱心主人的妻子，咬住她的裙子，不停地拉扯，直到将那轻薄的布料扯掉一块，吓得女主人大声尖叫。此时白牙已成为大家专注的焦点。它不再吼叫，昂首挺立，望着众人的脸庞。它的喉咙一阵抽搐，却发不出声音，因为全身都在挣扎，剧烈晃动，想摆脱某种不能言传却要极力表达的东西。

“希望它不要发疯，”威登的母亲说道，“我跟威登说过，恐怕这里的气温不适合北极动物。”

“我敢说，它是想要说话。”贝丝道。

就在这时，白牙突然开腔——那是一阵突如其来的犬吠。

“威登出事了。”威登的妻子断然说道。

这时大家全都站起身来。白牙跑下台阶，回头看看他们，希望他们跟来。这是它平生第二次也是最后一次吠叫，让人听懂了它的意思。

经过这个事件，白牙在西拉维斯塔庄园人的心目中更受欢迎。就连胳膊被它咬伤的那个男仆也承认，就算它是一头狼，也比一般的狗聪明。不过，斯科特法官依然固执己见，他还从百科全书和各种关于自然史的著作中引经据典，来证明自己的观点，但大家对他的解释并不满意。

时间一天天过去，圣克拉拉谷天天阳光灿烂。随着白天越来越短，白牙即将迎来它在南方的第二个冬天。不过，它却发现了一件奇怪的事：柯利的牙齿已不像以前那么尖利。柯利咬它时，它觉得挺好玩，咬得很轻，不怎么疼。它早已忘记柯利曾经让它度日如年。柯利逗它玩时，它就一本正经地响应，也逗着柯利玩，却显得有些滑稽可笑。

一天下午，马已备好鞍鞯，站在门口等待。白牙知道主人要骑马外出，心神不定，但它体内深藏着一股冲动，远胜于它学会的规矩、养成的习惯、对主人的爱以及求生的意愿。就在它犹豫不决之时，柯利轻轻咬了它一口，然后蹦蹦跳跳地跑开，它转身追了上去。柯利领着它穿过房后的牧场跑了很远，一直跑到树林。就这样，主人独自骑马走了，而白牙却和柯利在林中并肩奔跑，就像多年前它的母亲凯奇和老独眼狼在寂静的北方森林奔跑一样。

第五章
安睡之狼

大约就在这个时候，各家报纸纷纷登载了一则消息：圣昆丁监狱[16]逃走了一个亡命罪犯。此人凶残无比，品性不良，出身不好，社会的教化对他不起任何作用。社会就像一双残酷的手，此人便是社会手工制品的活标本。他是一头野兽——是一头地地道道的人兽，但这头野兽极其凶恶，只能用食肉野兽来形容他。

此人在圣昆丁监狱时就积习难改，严刑拷打不能摧毁他的精神。他宁死不招，反抗到底，但又不想被活活打死。他反抗得越凶猛，社会对他越严酷，结果只能使他更加凶猛。吉姆·霍尔备受枷锁、饥饿、皮鞭和棍棒的惩罚，但他只能忍受。幼年时，他在旧金山贫民窟就一直遭受如此待遇——那时他就像是一块软泥，任由社会塑造成型。

吉姆·霍尔第三次入狱期间，遇上一个简直和他是一丘之貉的狱卒。这个狱卒对他不公，在典狱长面前告他黑状，损他声誉，以此迫害他。他们之间的唯一区别，就是狱卒身上带着一串

---

16 美国加州旧金山的一所监狱。

钥匙和一把左轮手枪，而吉姆·霍尔则赤手空拳，只有一嘴牙齿。然而有一天，他突然扑向狱卒，就像丛林中的野兽，咬断了对方的喉咙。

从那以后，吉姆·霍尔被关进单间牢房，一关就是三年。那是一间铁牢房，从底到顶连同四壁全部由铁铸成。他再没离开过那间牢房，不见天日。那里白天昏暗，夜晚漆黑死寂，他像是被活埋在铁墓里，见不到一个人影。饭塞入牢房时，他像野兽一样吼叫。他仇恨一切，连天连夜对着宇宙大声怒吼。然后几周几月一声不吭，在黑暗寂寞中吞噬自己的灵魂。他是个半人半兽的怪物，就像疯狂的脑中有个恐怖的幻影在胡诌恐怖的事。

后来，一天夜里，他越狱了。典狱长说那不可能，但牢房内空无犯人，只有一具狱卒的尸体，一半躺在牢内，一半在牢门口。从另两个狱卒的尸体可以看出他越狱的行踪，是他掐死了那两个狱卒，免得他们喊叫。

吉姆·霍尔带着被害狱卒的武器——就像一个活的武器库，逃往深山密林，被社会武装力量追捕。当局重金悬赏捉拿他。贪财的农夫带着猎枪追捕他。他的人头可以用来偿还抵押贷款，或充当儿子上大学的费用。热心公益的公民取下步枪外出搜寻他。一群寻血猎犬出动嗅寻他的血迹。执法者的警犬、社会上的雇佣斗犬、电话电报、专列火车等等，全部派上用场，日夜追捕这个越狱犯。

发现逃犯时，有人勇敢面对，有人却穿过铁丝网仓皇逃窜。人们吃早饭时读到这些消息乐不可支。经历各种遭遇，死伤者被马车运回城里，其空缺再由热衷追捕逃犯者填补。

然而吉姆·霍尔再度销声匿迹，寻血猎犬已嗅不出他的踪迹。偏远山谷里的无辜牧民被武装人员截住，被逼证明自己的身份。有十多个贪财者为了悬赏金声称，他们在山坡上发现了吉姆·霍尔的尸体。

与此同时，西拉维斯塔庄园的人也在关注报上的消息，并非出于好奇，而是因为焦虑。女人们心里害怕，而斯科特法官却若无其事，谈笑自如，但个中原因大家心知肚明。因为吉姆·霍尔的罪行是他退休前宣判的。吉姆·霍尔曾扬言他迟早要报判刑之仇。

这一次，吉姆·霍尔其实并无过失。他并没犯有所判之罪。用警察和小偷的行话说，这是一桩“草率定罪下狱”的冤案。他并没犯罪，却被草率定罪下狱。因为他此前曾被两次定罪，所以斯科特法官判了他五十年的有期徒刑。

斯科特法官在不知内情的情况下，无意中参与了警察的阴谋。他不知罪证实为伪造，也不知吉姆·霍尔乃无辜被冤，并没犯被控之罪。而就吉姆·霍尔而论，他不知道斯科特法官蒙在鼓里，以为他无所不知，以为他和警察狼狈为奸，干出如此伤天害理之事。所以，当斯科特法官宣判他五十年的活死刑时，这个仇恨社会对他不公的人便挺身反抗，大闹公堂，直至被六七个身穿蓝色制服的警察拖出公堂。在他看来，斯科特法官断案不公，是罪魁元凶。于是他将一腔仇恨全部发泄在法官身上，威胁恐吓，声称必将一雪仇恨。就这样，吉姆·霍尔被打入死牢……后来越狱逃跑。

白牙对此一无所知。不过，它和主人之妻艾丽丝之间有个秘密。每天夜晚，西拉维斯塔庄园的人入睡之后，她便起身将白牙放进大厅睡觉。白牙目前不是看家狗，不许在屋里睡觉。所以每天一大早，她趁家人没醒，就溜下楼梯，将它放出屋门。

一天晚上，整座房里的人还在睡时，白牙醒了，静静趴在大厅。它悄无声息地嗅着空气，闻到有一股陌生神的气息，还听见那神走动的响声。白牙没立刻嚎叫，它没那个习惯。陌生神走得很轻，但白牙走得更轻，因为它不会像人穿着衣服那样发出窸窣响声。它悄悄跟着那神。早在荒野，它就捕食过胆小易惊的动物，知道出奇制胜的好处。

陌生神在楼梯口停住脚步，侧耳偷听。白牙一动不动，死死盯着他，等待时机。楼上住着主人及其亲人们。白牙竖起了毫毛，但仍在等待。陌生神抬起一只脚，准备上楼。

白牙这才开始袭击。它行动之前一声不叫，毫无预兆。只见它一跃而起，扑到陌生神的背上，两只前爪抓住他的肩膀，一下便将獠牙扎入他的后颈。白牙紧咬不放，直至"嗵"的一声，将他仰面朝天拽倒在地，它也随之摔倒。然后它跳离开去，就在那人挣扎着想要站起时，它的利齿獠牙又迎了上去。

西拉维斯塔庄园的一家人猛然惊醒。楼下传来一片嘈杂声，似有二十多头魔兽在混战。接着传来枪声和一个男人痛苦的惊叫声，然后是巨大的咆哮吼叫声，之后是家具和玻璃被撞碎的哗啦声。

然而骚乱来得迅猛，消失得也快，搏斗持续不到三分钟。一家人吓得聚集在楼梯顶上。楼下传来咕嘟咕嘟的响声，听来像是水冒气泡，仿佛来自黑暗的深渊。那咕嘟响时而化作嘶鸣声，好像轻微的呼啸声。但就连这嘶鸣声也很快消失了。接着又传来动物沉重的喘息声，除此之外，漆黑的楼下再无任何其他声音。

威登·斯科特按了一下开关，楼梯和楼下大厅立刻灯火通明。然后他和斯科特法官各拿一把左轮手枪，小心翼翼走下楼梯。其实他们不必如此谨慎，白牙已竭尽全力。家具已被撞翻毁坏，残骸中半侧身躺着一个男人，他的一只手臂挡在脸上。威登·斯科特弯下腰来，移开那只手臂，将那人的脸朝上翻了过来。一看喉咙上的窟窿，便知他已气绝身亡。

“是吉姆·霍尔！”法官道，父子俩会意对望。

他们继而转向白牙。它也侧身躺着，闭着两眼，眼皮微微抬起，看了一眼俯视它的这对父子，尾巴微微动了一下，但却无力摇晃。威登·斯科特轻轻拍着白牙，它的喉咙发出会意的低鸣，但那低鸣极其微弱，很快停止。眼皮随即耷拉下来，合上双眼，浑身松软无力，就像平摊在地板上一样。

“它已筋疲力尽，可怜的家伙。”主人喃喃低语。

“咱们得想想办法。”法官一边断然说着，一边走向电话机。

“坦率地说，它的存活几率只有千分之一。”外科医生用了一个半小时给白牙处理完伤口后，宣布道。

曙光破窗而入，灯光渐渐暗淡。除孩子外，一家人全都围着医生在听诊断结论。

“断了一条后腿，”他继续道，“折了三根肋骨，至少有一根刺穿肺部。血快流光了，很可能还有内伤。一定受到猛烈攻击。更不用说还有三颗子弹打穿了身体。千分之一的概率算是乐观的，万分之一都没有。”

“只要有一线生机，绝不能放弃。”斯科特法官大声说道，“费用无所谓。给它拍个X光，或者别的什么。威登，立刻给旧金山发电报，请尼科尔斯医生。不是怪你不行，医生，你能理解吧。必须让它享有一切有利条件。”

医生宽容地笑了笑："我当然理解。它应该得到最好的治疗，必须精心护理，就像护理生病的孩子那样。别忘了我说过量体温的事。我十点再来。"

白牙得到精心护理。斯科特法官建议请个专业护工，却遭到两个女儿吵吵闹闹的愤然反对，她们亲自承担了护理任务。医生说白牙连万分之一的存活率都没有，而它却享有这个存活率。

不该责怪医生误诊。他一生都在护理并手术治疗柔弱的文明人类，他们过着享受庇护的生活，又是历代受庇者的后裔。他们比起白牙，弱不禁风，毫无掌控生命之力。白牙直接出自荒野，那里弱者夭亡，得不到庇护，而它的父母乃至历代先祖却无一弱者。白牙继承了钢铁般的体格和野性的生命力。它的整个身躯和每个器官，精神和肉体，都韧性十足，故而能保全性命，而古代的一切生物都具有这种韧性。

白牙身上打了石膏，缠着绷带，动也不能动，困在楼下像个囚犯，蛰伏了好几个星期。它睡了很长时间，做了许多梦，北方的壮丽景象在它脑海中无尽地展现。所有往事如幽灵一般浮现在眼前，萦绕不去。它梦见又和凯奇一起住在洞巢，然后又哆嗦着爬到灰海狸的膝下，向他表示忠诚，后来又被唇唇和一群嗷嗷乱叫的幼犬追得仓皇逃窜。

它还梦见在闹饥荒的岁月里，它穿行在寂静的树林间觅食的情景；它又梦见领着狗队拉雪橇，行至一个狭窄的通道，狗队像扇子一般合拢穿行，米萨和灰海狸在身后抽着驯鹿肠鞭，嘴里喊着"驾！驾！"它还梦见跟着美男史密斯时和其他狗搏斗的情景。每逢此时，它就在梦中呜呜呜叫，旁观者都说它在做噩梦。

但有一个特别的怪物总在噩梦中出现，让它痛苦不堪——那便是铿锵作响的电车，仿佛嘶叫的巨大山猫；而它总是藏在灌木丛中，等着松鼠从避难的树枝上冒失地爬下来；然后它一跃而出，扑向松鼠时，松鼠又突然变成一辆凶险恐怖的电车，就像一座耸立的高山，向它喷着火焰，铿锵作响，呼啸而过。它梦见挑战自天空俯冲而下的老鹰时，情形也是如此：老鹰突然扑来，落在它身上，变成遮天盖地的电车。它还梦见被美男史密斯关在围栏内，外面围着许多人，它知道斗狗即将开始，它盯着栏门，等着敌手进入，栏门打开，向它冲来的却是一辆恐怖的电车。这样的噩梦它做过一千次，每次都非常恐怖，特别逼真。

终于有一天，白牙身上的绷带和石膏拆除了。这是一个喜庆的日子。西拉维斯塔庄园的人欢聚在它周围。主人抚摸着它的耳朵，它则轻轻哼叫着撒娇。主人的妻子称它是“福狼”，大家都说这个名字好，于是女人们都叫它福狼。

它想站起来，但试了几次，终因身子太弱，没能站起。它趴了那么久，肌肉变得僵硬，它也因此感到内疚，好像它欠神的人情不能偿还一样。有鉴于此，它顽强地撑起站立，后来终于颤抖着四腿，摇摇晃晃站了起来。

“福狼！”女人们齐声叫道。

斯科特法官欣喜地看着她们。

“这是你们亲口说的，”他说，“我也完全赞同。哪条狗都没它强。它就是一头狼。”

“是一头福狼。”法官太太纠正道。

“对，是一头福狼。”法官表示同意，“从今往后，我就叫它福狼。”

“它得学着重新走路，”医生说，“所以不妨让它现在就开始。不会受伤的，带它出去吧。”

于是白牙像个国王似的，被西拉维斯塔庄园的人左拥右护，走出门外。它非常虚弱，走到草坪上时，趴下休息了一会儿。

然后大家拥着它继续往前走。白牙的肌肉又迸发出一点力量，血液也开始涌进肌体。不久它便来到马厩，见柯利躺在门口，阳光下六只肥嘟嘟的小狗在它身边玩耍。

白牙用惊奇的眼神望着它们。

柯利咆哮着向它发出警告。它愁愁然不敢向前。主人用脚尖把一只小狗拨弄到它跟前。它满怀疑心地竖立毫毛，但主人示意它平安无事。柯利虽被一个女人紧紧抱住，却戒备地望着它，仍在咆哮着发出警告，示意它并非平安无事。

小狗在它面前爬着，白牙翘起耳朵，好奇地看着。接着它俩的鼻子碰在一起，它感到小狗温暖的舌头在舔着它的下巴。白牙也伸出舌头，但不知怎的，它却舔起小狗的脸来。

人们鼓掌欢呼，看着它俩表演。白牙感到惊讶，茫然地看着他们。它觉得有点累，便躺在地上，翘着耳朵，歪头看着小狗。其他小狗也朝它爬了过去，柯利见状，心里极不舒服。白牙绷着脸，任由它们在它身上爬动打滚。起初人们欢呼时，它露出一丝尴尬忸怩之色。后来那些小狗滑稽地伸着小腿，在它身上不停地爬来爬去，它索性躺在地上，耐着性子，微闭双眼，在阳光下打起盹来。

（全书完）

《白牙》译后记

这是一部讲述动物故事的小说（英文名 White Fang），首次发表于 1906 年，为美国作家杰克·伦敦（Jack London）（1876—1916）所著，堪称作者另一部动物小说《野性的呼唤》（The Call of the Wild, 1903）的姊妹篇。如此说，是因为两部作品均阐释了“弱肉强食”的自然法则，蕴含着深刻的哲理。不同之处是，《野性的呼唤》是以狗作为主人公，讲述一条家犬回归野性，重返自由的故事；而《白牙》则是以狼作为主人公，讲述一头野狼如何走进人类生活，最终变成一条舍身救主的忠义犬。两部小说均为世界文学史上的经典作品，已译成多种语言出版，跻身世界经典动物小说畅销书行列，深受读者欢迎。《白牙》的知名度虽不及《野性的呼唤》，但仍不失为一部阐释“环境决定论”的优秀作品，是美国早期自然主义的代表作。

《白牙》的主人公是一头名叫“白牙”的狼，确切说是一条混血狼狗，因它身上有四分之一的狗血统，故兼具狼的野性和狗的忠诚。故事发生在冰封雪盖的北极荒原。白牙的父亲是一头纯种狼，母亲是一条混血狼狗。白牙出生后，其父为了喂养幼狼，在捕猎山猫时，不幸沦为对方的口中肉。同窝的其他幼狼也先后饿死，唯独白牙幸存下来。

白牙自幼在荒野四处游荡，历尽挫折和磨难，逐渐认识了未知世界。它品尝过捕食小雷鸟的滋味，也体验过被黄鼠狼咬伤的惨痛。后来跟随母狼一起觅食，学习捕食本领，在与松鼠、灰噪鸦等各类禽兽的搏斗中，不断吸取经验教训，懂得了狼的生存之道：不吃掉对方，就被对方吃掉。

一次偶然的机会，白牙遇到人类，生活方式从此改变。一个名叫灰海狸的印第安人将它带回印第安人营地。白牙受到人类威力的震慑，将人视为“神”。它与主人灰海狸达成一种默契：主人提供食物，它必须服从主人。虽然白牙遭受百般虐待，但它依然效忠主人，为他卖力拉雪橇。同时又因它具有四分之三的狼血统，而被狗群视为“异类”，经常遭到挑衅和攻击，因此变得性情孤僻，暴虐乖张，凶猛狡黠，对犬类充满仇恨。

后来，灰海狸为做皮毛生意，将白牙带至千里之外的育空堡。在彼处，它的搏斗力引起美男史密斯的注意。史密斯使用卑鄙手段，从灰海狸手中骗取白牙，靠殴打折磨，将它训练成一头凶猛无比的“斗狼”。史密斯让它和各种凶恶动物搏斗，从中赢取赌资，致使白牙仇恨所有动物乃至人类。有一回，在同一条斗牛犬的搏斗中，白牙险些丧命，幸被一位名叫威登·斯科特的白人男子所救，从此逐渐体验到人类的仁慈和友善，灵魂得到救赎，完成了从野狼到家犬的蜕变。再后来，白牙跟随新主威登来到南方，收心养性，因舍命救主，被主人一家称为“福狼”。在故事的结尾，白牙和主人家的母牧羊犬柯利“喜结良缘”，并产下一窝幼崽，从此过着安逸快乐的生活。

以上是故事的大概情节。需要说明的是，小说第一部（第一至第三章）的内容看似与主人公白牙并无关联，实则作者匠心独运，有意安排这样一个类似“楔子”的情节，作为故事的开端，为白牙的出生环境作了渲染和铺垫。这部分写得惊心动魄，险象环生：在冰天雪地的北极荒野，两个疲惫不堪的雪橇夫被一群饿狼围追堵截，于是人与狼展开了一场的殊死搏斗。雪橇狗被饿狼逐一诱杀，后来雪撬夫打光最后三颗子弹，一人被饿狼吃掉，另一人徒手与狼群搏斗，最终耗尽力气，就在奄奄一息之际，被人救出。读者看到此处，不免憎恨饿狼，同情人类的遭遇。然而作者的态度却是中立的，旨在向读者描述一个“弱肉强食”的自然环境。而主人公白牙就是在这样一个严酷的环境中出生并长大的。

这部小说已不单是一个纯粹的狼的故事，而是一部具有深刻内涵的人类寓言。杰克·伦敦通过这部作品，不但表达了“适者生存”“弱肉强食”等理念，而且在某种程度上，也体现了“滴水之恩当涌泉相报”等处世哲学。

本书作者是一位来自美国社会底层的现实主义作家，一生著作甚丰，除《野性的呼喊》和《白牙》外，另有中篇小说《热爱生命》、长篇小说《海狼》《铁蹄》《马丁·伊登》《大天亮》及短篇小说集《狼的儿子》等。他的作品题材新颖，情节紧凑，富有传奇色彩，而作者一生充满冒险的经历，在许多方面比他所写的作品更富于传奇性。

杰克·伦敦生于旧金山，原名约翰·詹尼，是个非婚子，后来其母嫁给一个名叫约翰·伦敦的农民，遂改名杰克·伦敦。他因家境贫困，自幼从事繁重体力劳动，当过童工、装卸工和水手等，饱受美国资本家的剥削，对资本主义制度深恶痛绝。后来在美国各地流浪，靠劳动所得进入加州大学伯克利分校学习，又因贫困被迫退学，加入阿拉斯加淘金者的行列。早年坎坷的生活经历为他后来的创作提供了丰富的源泉，他的思想较为复杂，受到马克思、达尔文、斯宾塞、尼采等多人影响，其作品中跳动着向资本主义社会挑战的脉搏，成名后逐渐陷入空虚，后因过量服用吗啡身亡，享年四十岁。

本书的翻译始于今年四月初，终于八月中旬，其中第一章是去年九月完成的，这次翻译时又将原译文重新修订，因此整本书的翻译前后总共历时半年。虽然相较译者近年来其他几部译作，本书的翻译用时较短，但却是译者最煞费苦心的一部译作。半年来，几乎每日伏于案前，精读原文，先将其透彻理解，然后再字斟句酌，译成中文，并反复诵读，几易译稿，直至自觉达意通顺为止。坦率说，当初译者所以斗胆签下《白牙》的翻译协议，是因为曾译过马克·吐温的两部长篇小说和十八篇短篇小说，也译过狄更斯和霍桑的短篇小说各一篇，自以为理解与表达尚可，不料这本书的翻译，竟让我如此绞尽脑汁，苦不堪言。作者用词之丰，令人惊叹，比如形容狼叫的词就有 howl, whimper, wail, whine, yelp, snarl, growl, bellow, outcry, grunt, croon, squawk, bicker 等；形容“咬”的词又有 bite, strike, snap, scathe, rip, mangle, gnaw, nip, score on, plunge at，scoop in 等，不消说那些形容“跑”的词，如 scurry，bound，saunter, scamper, trot 等，这些用词给翻译带来巨大困难。在翻译的过程中，译者深感自己汉语词汇贫乏不能达意，颇有一种“带着手铐脚镣跳舞”的感觉。文学翻译不同于文学写作，作者写作时若觉得某处难以表达，可以换一种说法“绕过去”。而对译者而言，原文就像是一道道沟壑和一个个险滩，你是绕不过去的，必须勇往直前，但又不能蛮干。因此译者必须具备熟练驾驭两种语言的能力：源语（即原文）的理解能力和目的语（即译文）的表达能力。摆在读者面前的，是译者在理解原文的基础上，用汉语表达出来的中文译本。故事是否有趣，情节是否引人入胜，那是作者的事。而语言是否通顺流畅，表达是否地道，则是译者的事。作为本书的译者，我虽才疏学浅，却也竭尽全力。至于译文质量，由读者评判。

最后，我要感谢果麦文化传媒股份有限公司的编辑王怡女士，是她为我提供了翻译这本书的机会，认真校阅了全部译稿，并对译文某些地方提出可取的修改意见，使我受益匪浅。我还要感谢家人的大力支持，使我得以心无旁骛，专心译书。由于译者才疏学浅，对原文理解不够深刻，汉语表达水平有限，如有误译或不妥之处，敬请读者不吝指正！

雍毅
2018 年 8 月
于复旦大学文科楼

杰克·伦敦 | 1876.01.12—1916.11.22 | 作家、记者、远洋水手、探险家。生于美国旧金山。17 岁登船捕鲸，到达日本海岸。20 岁考入加州大学伯克利分校。次年加入克朗代克“淘金热”，前往阿拉斯加。28 岁赴远东采访日俄战争。30 岁自建船只环游世界。1916 年 11 月，因服用药品过量在自己的农场逝世，时年 40 岁。代表作:《野性的呼唤》《热爱生命》《白牙》《海狼》《马丁·伊登》等。

雍毅 | 译者，复旦大学外国语言文学学院副教授。上海外国语大学英语硕士，纽约州立大学文学硕士。译有《汤姆·索亚历险记》《哈克贝利·芬历险记》《马克·吐温短篇小说精选》；译作《胎记》和《黑面纱》被收录于《50：伟大的短篇小说们》。

白牙

产品经理 | 王　怡　　责任印制 | 梁拥军
装帧设计 | 工　媚　　出 品 人 | 吴　畏

图书在版编目（CIP）数据

白牙 /（美）杰克·伦敦著；雍毅译．— 西安：三秦出版社，2019.3（2021.5 重印）
书名原文：White Fang
ISBN 978-7-5518-1956-5

Ⅰ．①白… Ⅱ．①杰… ②雍… Ⅲ．①长篇小说 – 美国 – 近代 Ⅳ．① I712.44

中国版本图书馆 CIP 数据核字 (2019) 第 030547 号

白牙

（美）杰克·伦敦 著　　雍毅 译

出版发行	陕西新华出版传媒集团　三秦出版社
社　址	西安市雁塔区曲江新区登高路 1388 号
电　话	（029）81205236
邮政编码	710061
印　刷	河北鹏润印刷有限公司
开　本	880mm × 1230mm　1/32
印　张	6.75
插　页	2
字　数	148 千字
版　次	2019 年 3 月第 1 版 2021 年 5 月第 2 次印刷
印　数	10,001–13,000
标准书号	ISBN 978-7-5518-1956-5
定　价	49.00 元
网　址	http://www.sqcbs.cn

如发现印装质量问题，影响阅读，请联系 021-64386496 调换。

编者的话

为了提高工务职工实作技能水平，西安铁路分局组织了部分工程技术人员、现场示范教学队员、优秀工班长，针对现场实际，历时半年多时间，编写了线路工、桥隧工、路基工、道口工、巡道工、钢轨探伤工、轨道车司机、施工防护员八个主要行车工种《铁路工务实作技能》一书。书中同时编入了胀轨跑道、道口故障，以及“三折”、水害、塌方落石等处理办法的内容。

编写出一本基层职工普遍接受和喜欢，并具有一定生命力的实用教材，是我们编写《铁路工务实作技能》一书的出发点和立足点。

在编写过程中，得到了西安铁路分局副分局长张根忙同志和郑州铁路局工务处牛英臣等同志的支持；得到了西安铁路分局工务分处处长杨梓楹等同志的业务指导；得到了三原工务段领导的积极配合，在此一并表示感谢！

由于时间仓促，加之编者水平不高，手头资料有限，书中不足之处在所难免，恳请读者提出宝贵意见。

编　　者

1998 年 5 月 9 日

编审人员名单

主　审：杨梓楹　贡立峰　王东浩
张　玲　王富强　马东海

主　编：王　勃　李胜利

副主编：姚鸿博　尹家仁　王惠博
张奉俭　郭根旺

参加编写人员（排名不分先后）：
杨长法　井保元　董国胜
张广成　李顺连　史鸿文
李　鹏　王金贵　吴耀民
张存诚

目　录

第一章 “三折”处理办法

一、钢轨、夹板折断应急处理

1. 钢轨折断应急处理

为确保列车安全不间断地运行，发现断轨应立即设置防护，拦停列车，迅速进行临时加固。

（1）折断处于轨枕附近时，若为碎石道床，可将轨枕方至断缝下，使用道钉或扣件将断缝固定（图 1—1）。

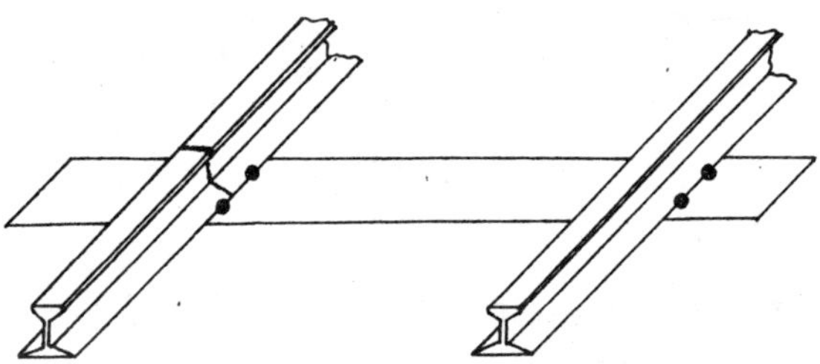

图 1—1 方动轨枕加固示意图

（2）折断在轨枕盒内时，应根据现场实际，选用防爬器及销子（图 1—2）、轨距杆（图 1—3）、夹板及急救器等紧固断缝（图 1—4），或在断缝下垫枕木头，两侧钉好道钉（图 1—5）。

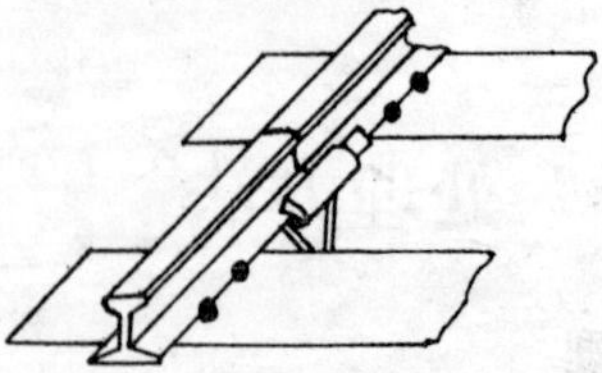

图 1—2　防爬器及销子加固示意图

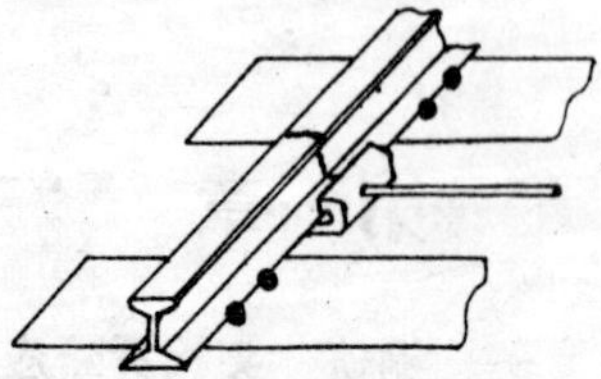

图 1—3　轨距杆加固示意图

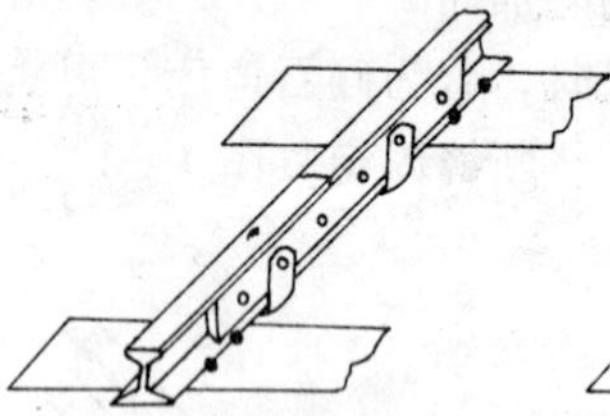

图 1—4　夹板及急救器加固示意图

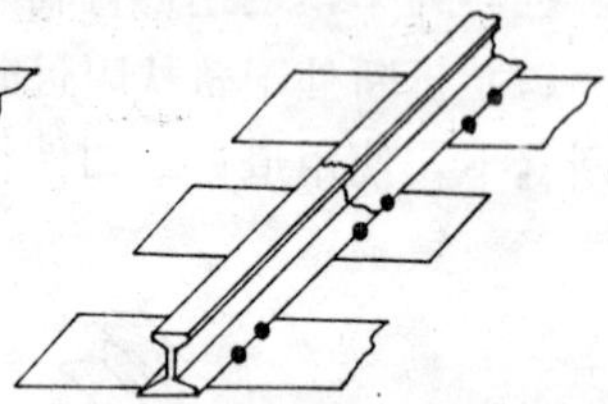

图 1—5　垫短枕木加固示意图

（3）断缝在接头夹板附近时，可纵向位移夹板孔距，将轨缝和断缝一起加固（图 1—6）。

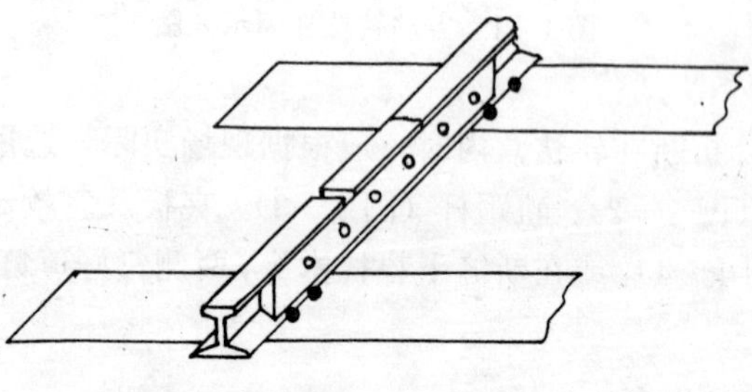

图 1—6　夹板纵向位移加固示意图

（4）当无缝线路上的焊缝断开时，用拱型夹板和急救器加固断缝（图 1—7）。

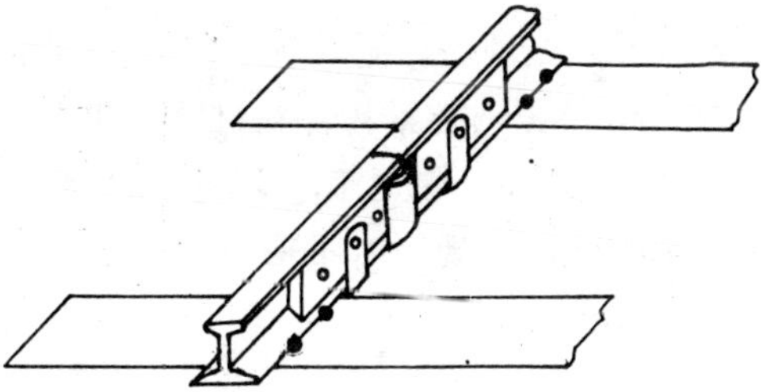

图 1—7　拱型夹板和急救器加固示意图

（5）当断缝拉开（不大于 50mm）并能穿入螺栓时，在两侧各垫一块普通夹板，螺栓透过断缝并上紧，断缝下垫短枕，木枕地段还要在两侧钉上道钉，挤靠着夹板（图 1—8）。

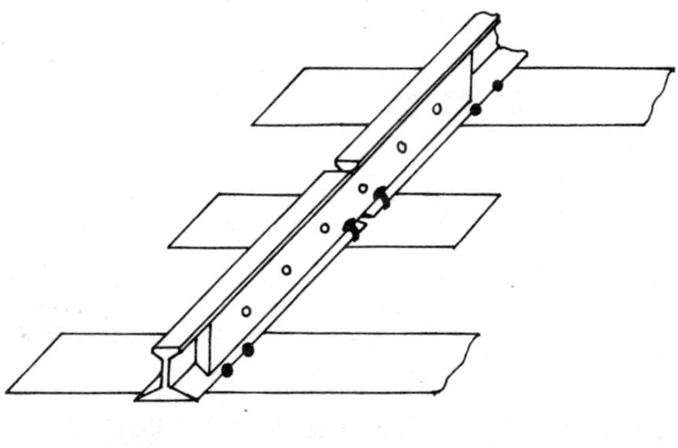

图 1—8　断缝穿螺栓紧固示意图

（6）当断缝拉开不大于 50mm 时，可在断缝内插入带孔短轨头，两侧各垫一块夹板，螺栓透过夹板孔及短轨头孔穿入上紧，并在断缝下加垫枕木头，钉上道钉，挤靠着夹板（图 1—9）。

按上述方法紧急处理后，派人看守，限速 5km/h，接着在断缝两端各 50m 范围内拧紧扣件和打紧防爬设备。依照断缝情况，在大于 30mm 时，限速 15～25km/h。如折损严重或断缝拉开大于 50mm 及不规则时不得放行列车，应插入不短于 4.5m 的短轨，进行临时处理。

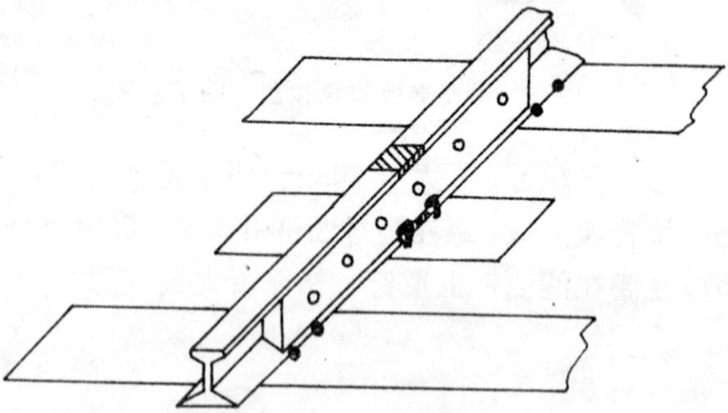

图 1—9　插短轨头加固示意图（阴影为短轨头）

2. 夹板折断应急处理

及时更换：直线及半径大于 800m 曲线地段单夹板折断。

立即更换：半径小于 800m 曲线外侧夹板或任何地段双夹板折断。在现场没有条件做到立即更换时，可在折断处下方加垫枕木头进行临时加固。

任何地点的双夹板折断，应比照钢轨折断处理。

二、无缝线路断轨处理

顺序	技　术　要　求
紧急处理	当钢轨断缝小于50mm时，应立即进行紧急处理。先在断缝处上好拱型夹板和急救器，派人看守，放行列车时限速5km/h。然后在断缝两端各50m范围内上紧扣件。按伸缩区要求加装防爬设备，断缝不大于30mm时，行车速度允许提高到15～25km/h。接着在钢轨上钻孔，上好夹板，拧紧螺栓。根据具体情况，可适当提高列车限制速度，然后仔细检查钢轨断缝附近的线路情况，整修线路，务使行车平稳，并整理和登记有关断缝情况。桥上钢轨折断后，放行列车的条件应根据情况从严要求
临时处理	当钢轨断缝既不能紧急处理，又不能立即焊接修复，或者虽然经过紧急处理后，断缝仍然继续扩大时，应进行临时处理。封锁线路，锯掉钢轨的破损部分，插入不短于4.5m的同型钢轨，锯口距断缝处不得小于1m，适当预留轨缝，用高强度夹板螺栓拧紧。在短轨两端各50m范围内，按伸缩区要求加装防爬设备后，可按正常速度放行列车。处理时应做好记录，包括锯轨时的轨温、断缝宽度及锯下的断轨头长度
永久处理及防止断轨措施	钢轨断缝经紧急处理或临时处理后，应在原锁定轨温±5℃范围内，重新焊接修复，进行永久处理 为了防止断轨，应采取以下措施： （1）对高温锁定的无缝线路，有计划地进行应力放散 （2）改进铝热焊接工艺，确保列车安全 （3）全面锁定线路，拧紧中间扣件，加强防爬锁定 （4）整治焊缝病害，对高低接头、错口接头、马鞍形接头等缺陷接头要采用磨、焊、垫、捣、筛等办法综合整治 （5）提高线路质量，及时整治空吊板、三角坑、道钉浮离、扣件松动、轨枕失效、线路爬行等病害。冬季作业时，必须小心，起道机应离开铝热焊缝1m以上，并避免做冷弯直轨工作

三、道岔各部钢轨折断应急处理

顺序	技　术　要　求
转辙部分	（1）尖轨折断时，应钉固、加锁、封锁折断股 （2）基本轨折断时，可利用短枕木头钉固（或方动轨枕），同时还可用轨距杆加固两根外股钢轨，钉固折损端的尖轨，减少基本轨的受力，限速 5km/h 放行列车
连接部分	（1）尖轨跟端基本轨接头范围内，加垫短枕木头钉固 （2）其它部分折损可视折损位置，采取选用防爬器、轨距杆，垫短枕头，方动轨枕，接头夹板错位，用夹板急救器等方法加固，限速放行列车
辙叉部分	（1）严重折断时，若无备用辙叉心，可更换直短轨，开通直股。其直短轨（备用轨叉心直短轨）长度：P50、P43 轨 12 号道岔为 4.557m，9 号道岔为 3.588m （2）一般裂纹可利用短枕木头钉固，放行列车限速 5km/h （3）护轨折断时，可利用方枕、垫短枕木头钉固，放行列车限速 5km/h
放行列车	（1）使用方动轨枕、防爬器、轨距杆、垫短枕木、接头夹板错位等，放行列车限速 5km/h，只能放行一趟列车 （2）使用夹板急救器加固，放行列车限速 15km/h （3）各种方法加固后，都不准长时间在线路上保留，应及时更换，确保列车按正常速度运行

第二章　胀轨跑道处理办法

一、预防胀轨跑道措施

项目	技　术　要　求
胀轨跑道规律和预兆	(1) 胀轨跑道的一般规律 胀轨跑道多发生在固定区，因为固定区承受的温度力最大，而防爬设备安装得较少。铝热焊接头、无碴桥一般布置在固定区，当不了解无缝线路特点时，以为固定区最稳定可靠，以致对固定区的养护维修缺乏应有的重视。尤其是在复线行车方向固定区的终端部位，还有爬行造成的影响。其次，胀轨跑道还发生在行车方向道口的前方和曲线头、木枕和混凝土枕交界处、下坡顶端及制动地段、无碴桥前以及缺碴地段 从发生的时间来看，夏季高温季节发生胀轨跑道的现象所占的比重不是最大，主要原因是此期间各方面都重视，线路作业也极少。刚入夏及秋末的季节，虽然气温不高，但是由于重视不够，温差变化大，维修作业较多，加上违章作业，所以发生胀轨跑道的事故比较多 (2) 跑道的预兆 ①方向方面的预兆：线路碎弯增多，特别是“S”弯增多变大，钢轨原有的硬弯范围加长，温度增大，或是出现新的小弯，轨距扩大，道钉扣件失效增多等 ②水平方面的预兆：高低、水平不好，空吊板连续增多，木枕地段道钉浮离增多等 ③作业中的感觉：起道省力，且抬起的轨枕根数多；捣固轻松，不易捣实；拨道时，逆向拨动或拨好后马上复原，拨好一处另一处又臌出；顺向拨道省力，轨道移动距离大、范围长等

续上表

项目	技　术　要　求
作业标准	(1) 正确掌握锁定轨温，经常校正防爬观测桩，并准确测量和记录锁定轨温 (2) 利用高温矫直钢轨硬弯，及时整治方向不良病害，严重方向不良无法整治时视情况进行应力放散或调整 (3)严格按章作业,高温季节不做影响轨道稳定性的工作,作业工序要紧密衔接，遵循“二清、三测、四不超”作业制度 (4) 增强道床横、纵向阻力，经常保持道床均匀、饱满、坚实、无翻浆，特别要增强曲线头尾、线路凹变坡点、道口两端薄弱地段的横向阻力 (5) 在气温达到 35℃时，应增加巡道班次，加强巡查，重点观察线路方向

二、无缝线路胀轨跑道处理

项目	技　术　要　求
跑道标准	无缝线路发生胀轨跑道时，确定标准为以 10m 弦量，矢度 8～12mm 为胀轨迹象,12～24mm 为胀轨,24mm 以上为跑道。普通线路连三以上瞎缝胀轨跑道按无缝线路胀轨跑道处理(郑州局规定)
作业程序	(1) 当线路方向显著不良时，应加强巡查或派人监视，必要时应设置减速或停车防护 (2) 维修作业中或作业后发现线路方向、水平显著不良，有胀轨预兆时，应立即停止作业，必要时通知车站，设置减速或停车信号防护，迅速采取覆盖钢轨浇水降温、回填石碴、拍道床、堆高碴肩等有效措施防止跑道 (3) 发生胀轨跑道长时间浇水降温还不能恢复线路时，在地形许可条件下，从跑道故障处两端向中间拨成半径不小于 200m 的反向曲线，曲线间夹直线不得短于 10m。如在双线地段，拨后应满足线间距要求，拨道后限速 5km/h，并派人看守。困难条件下处理跑道,可用乙炔切断钢轨,松开扣件放散应力,然后用夹板和急救器加固，限速 5km/h 开通线路

第三章　道口故障处理办法

劳动组织：1人　　数量：1次

项目	技　术　要　求	扣分办法
作业程序 25分	道口发生故障时，应按防护、通告、关闭、处理、撤除的顺序进行 （1）防护：首先发出警报信号（一长三短声），并将固定信号显示为停车信号。若无固定信号时，在道口预备插杆位置上设好停车信号（夜间或雾天应点燃火炬）。若确知一端先来车时，应先向该端，再至另一端的指定地点设置响墩，然后返回故障地点；若不能确认来车方向时，应在故障地点用喇叭连续发出警报信号，并注意倾听和瞭望列车，发现列车时应急速奔向列车，显示停车信号，并把响墩下到能赶到的最远地点 （2）通告：通告车站停止放行列车，或通告相邻道口代设防护 （3）关闭：关闭栏木 （4）处理：如机动车在道口上灭火，可用道口备用的钢丝绳，请通过道口的机动车协助拉出道口。如畜力车牲畜在护轮轨处夹蹄时，先将牲畜解套分开，把畜力车推出道口外方，再用道钉锤向护轮轨喇叭口方向轻打牲畜蹄，使其脱离护轮轨。其它未叙述到的，应灵活机动地进行处理 （5）撤除：故障排除后，再撤除防护信号	（1）漏一项扣4分 （2）错一项扣2分

续上表

项目	技　术　要　求	扣分办法
质量50分	（1）吹警报信号间隔：长声为3s、短声为1s	（1）吹错，每次扣5分
	（2）在故障地点显示停车信号（包括使用短路铜线或短路闸刀）	（2）不显示，每项扣20分
	（3）响墩位置设置正确（允许误差为±1m）	（3）超过时，每个扣5分
	（4）距故障地点边缘往外设置的响墩距离800m（允许误差为±2m）	（4）超过时，每端扣5分
	（5）通告车站或相邻道口	（5）未通告，每项扣10分
	（6）适时关闭栏杆	（6）没关闭，扣10分
	（7）故障处理方法正确	（7）不正确，每项扣10分
安全15分	（1）停车信号设置的稳妥	（1）倒地，扣10分
	（2）设响墩时无摔倒或伤手脚	（2）发生时，每次扣5分
	（3）无其它不安全因素	（3）发生时，每次扣5分
效率10分	按平均时间计分	（1）提前1min加0.5分 （2）超过1min扣1分

第四章　水害及塌方落石处理办法

项目	技　术　要　求
汛期检查及作业程序	（1）加强检查、观测 在汛期前，应会同路内、外有关部门进行全面的设备检查 首先应对路内设备的防洪能力进行全面的详细调查。检查对象主要是管内的线路、桥隧、路基以及容易发生水害地段的其它设备 （2）临险抢护 雨季时由于内涝、滞洪等各种原因，线路路基被水浸泡，表土松软，如再受到风浪的冲击淘刷，就有塌陷溃决的危险。在防护不良的坡面上最容易发生 防止水害的措施有永久性和临时性两种。永久性的措施有：加固坡面，加高路肩，疏通排水设备，清除塌方落石，发现水有被堵截、漫溢、渗流等现象时，立即设法引排，以防灾害继续发展 塌方落石较大，短期内难以开通线路时，如地形许可，可先拨道或先铺便线维持通车，然后再清理、恢复正线 为了提前抢通，可先按机车车辆限界清理，开通线路后再行扩大清理 （3）水害后的工作 洪水减退后，应立即组织人力对设备进行全面检查、加固、修理，逐步提高行车速度，并有效地防止下次水害的袭击 ①清理排水建筑物和桥涵淤积 ②全面检查线路状态，加修必要的护道、护坡等设备，修复被破坏的处所，恢复正常行车 ③仔细检查塌方落石等病害，及时进行清理、加固 ④检查、整修一切河流调节建筑物，恢复其完好状态 ⑤对临时性建筑物如枕木垛、木排架等进行加固，特别对基础部分应采用砌石、石笼等进行加固，并加强日常养护，建立必要的检查观测制度。永久修复时，要把埋在路堤内的枕木垛、木排架等拆除

第五章　线　路　工

一、线路工区一日作业标准

项目	技　术　要　求
班前准备	按时参加点名，思想集中，精神饱满，了解当日作业地点、内容、项目、完成数量、作业程序及当日安全注意事项 备好当日作业所需工、料具和防护劳保用品，对工、料具及其它用品进行检查，确认其质量良好，方可使用
前往工地	行走路肩、跨越线路、通过桥隧要“一停、二看、三通过”。来车时，注意瞭望，确保安全，手提、肩扛工具不得侵入限界 乘车时，车未停稳不准上下车，严禁坐在危险处所，人要坐稳，工具、材料放置牢固，不超限
施工作业	按照工班长或工地负责人的布置安排，设置好施工防护，准备施工作业，施工按综合、单项技术标准规定的程序和要求进行，不简化，不漏项
下道避车	施工时，如有列车开来，应及时下道避车，并将工具、料具撤下道，不得将压机等物放在道心，下道后应注意瞭望，不超限，注意安全
质量回检	不合格要及时返工，不得将病害留在线路上
结束工作	清理工具、材料、收净存妥，撤除防护，返回驻地，工具、材料入库、归位
分析总结	(1) 总结作业情况；(2) 分析安全情况；(3) 评分及合理化建议

二、扒 道 床

劳动组织：1人　　计算单位：空

项目	技　术　要　求	扣分办法
作业程序 25分	(1) 刨松枕木头：用捣镐刨松枕木头道碴，清除土垅以利排水，如木枕头已清筛则省去此项作业 (2) 扒道床：用齿耙扒出枕木头盒内及钢轨内侧的石碴，然后用捣镐串出钢轨底部石碴。串碴时必须将石碴串到钢轨底以外，以便扒开。先扒右手镐窝，左手镐窝留有部分石碴，捣完右手镐，随即再用镐将左手镐窝处的石碴扒到右手镐窝处，防止捣左手搞时石碴从背面挤出 扒碴一般先扒左股外口，再扒右股内口，转身扒右股外口，最后扒左股内口，两次往复，回到原轨枕处。但扒碴时，要扒开大石碴（大于70mm），留下小石碴。混凝土轨枕和无缝线路地段，如两侧石碴较多，可两人用拉耙扒碴 遇有须方正枕木时，应同时将方正枕木位置处的石碴扒清	(1) 错一项扣4分 (2) 错一项扣2分
质量 50分	必须做到“三够一清”： (1) 扒碴长度够。自钢轨中心向两侧各扒400～450mm (2)扒碴深度够。不起道时扒至枕底下10～20mm；起道10mm时扒至枕底平；起道超过20mm时，留碴量为起道高的2倍 (3)扒碴宽度够。扒至距离两侧轨枕100～150mm (4) 轨底要清。轨底石碴要扒清	(1) 不足，每空扣2分 (2) 超过或不足，每空扣2分 (3) 不足，每空扣2分 (4) 轨枕底扒不清，每空扣2分

续上表

<table>
<tr><th>项目</th><th colspan="2">技 术 要 求</th><th>扣分办法</th></tr>
<tr><td rowspan="4">安全15分</td><td colspan="2">(1) 本线或邻线来车下道及时，工具拿出限界</td><td>(1) 不执行，每次扣5分</td></tr>
<tr><td colspan="2">(2) 不伤手伤脚</td><td>(2) 发生，每次扣10分</td></tr>
<tr><td colspan="2">(3) 不发生事故苗子</td><td>(3) 发生，每次扣15分</td></tr>
<tr><td colspan="2">(4) 石碴高度不超过轨面</td><td>(4) 违反，扣10分</td></tr>
<tr><td rowspan="3">效率10分</td><td rowspan="3">扒5空</td><td>木枕碎石道床 4min/空</td><td rowspan="3">(1) 提前不加分
(2) 每超1min扣1分</td></tr>
<tr><td>混凝土枕碎石道床 3min/空</td></tr>
<tr><td>无缝线路 5min/空</td></tr>
</table>

三、起打道钉

劳动组织：1人　　计算单位：钉

<table>
<tr><th>项目</th><th>技 术 要 求</th><th>扣分办法</th></tr>
<tr><td rowspan="3">作业程序25分</td><td>(1) 起钉：使用撬棍用二起二垫或三起三垫垂直起出。先起铁垫板与木枕连接道钉，后起钢轨里外口道钉。起出的道钉应放在木枕面上</td><td>(1) 漏一项扣4分</td></tr>
<tr><td>(2) 插入注油道钉孔木片</td><td>(2) 未注油，扣2分</td></tr>
<tr><td>(3) 用直钉器整直弯曲的道钉：直钉器应顺着木枕盒放在平整的道床上，弯钉凸面向上，钉帽对着直钉人，用打闷锤的方法将道钉整直</td><td>(3) 不符合要求，扣2分</td></tr>
</table>

续上表

项目	技　术　要　求	扣分办法
作业程序25分	(4) 修理钉孔：对歪斜钉孔要用钉孔凿子整修。钉孔前俯时，刀刃直面要靠钉孔内侧；后仰时，要靠钉孔外侧。钉孔凿子深度约100mm	(4) 不符合要求，扣5分
	(5) 栽钉：钉尖要栽在离开轨底边缘8mm处，并保持垂直。栽钉时两脚跨在钢轨两侧。栽钢轨左侧钉为正手持钉，左手拇指、中指及无名指紧握道钉两侧面，食指顶住道钉后面。栽钢轨右侧道钉为反手持钉，左手拇指、食指夹住道钉两侧面，后面以手掌撑住	(5) 不符合要求，扣3分
	(6) 打钉：①举锤时，两脚骑轨站立，两手握住锤把，相距500mm，上身挺直，落锤时上身向前稍弯，两腿随锤下蹲，用力下打。当锤与道钉接触时，锤把呈水平状态，并与轨道平行。②打钉时，第一锤要轻打、稳打、准打，中间几锤要重而准打，最后一锤要闷打。发现道钉不良时，必须起下重打。各项各钉应符合要求。③严禁打花锤、轮锤、归钉、搂钉	(6) 姿势不正确，打钉不符合要求，扣5分
	(7) 检查：检查道钉是否符合标准	(7) 不检查，扣5分
质量50分	(1) 每钉锤花二个以下	(1) 三花及以上，每钉扣1分
	(2) 钉帽无划痕	(2) 有划痕，每钉扣1分
	(3) 弯钉应整直	(3) 弯钉未直，每钉扣1分
	(4) 无俯、仰、歪、斜、浮、离、磨、弯八害道钉	(4) 有八害道钉，每钉扣1分
	(5) 不打在钢轨、铁垫板、木枕上	(5) 打上钢轨、垫板、木枕，每锤扣2分

续上表

项目	技 术 要 求		扣分办法
安全15分	(1) 使用起钉垫，起钉数量符合规定		(1) 未用，超限一项（次）扣2分
	(2) 无打飞钉现象		(2) 打飞钉，每次扣5分
	(3) 不伤手脚		(3) 伤手脚，每次扣5分
	(4) 轨道电路区段，撬棍带绝缘套		(4) 未带，扣10分
效率10分	20个钉	1.8min/钉（只打不改）	(1) 提前不加分 (2) 每超1min扣1分

四、捆扎枕木

劳动组织：1人　　计算单位：头

项目	技 术 要 求	扣分办法
作业程序30分	(1) 扒窝：宽为枕盒的2/3，长120mm，深为枕下30mm	(1) 不合格，一项扣2分
	(2) 透眼：距枕头100mm	(2) 不合格，扣2分
	(3) 清缝：勾出缝内污物，做到干净	(3) 未清扣5分，清不彻底扣2分
	(4) 夹紧：夹紧并不伤枕木，裂缝紧至最小	(4) 不合格，一项扣5分
	(5) 捆扎：铁线绕两圈，用紧线器将铁线拉紧钉牢，并打扒钉	(5) 不合格，一项扣2分
	(6) 串实捣固：捣坚实，回填平整	(6) 不合格，一项扣2分

续上表

项目	技　术　要　求		扣分办法
质量 40分	(1) 捆扎位置正确，距枕端100mm，允许误差为±10mm (2) 铁线摆平、摆直，四面贴枕，无重叠，间隙不超过2mm，歪斜不超过10mm (3) 扒钉长不超过35mm，按原形钉实，钉头不变形		(1) 误差超过±10mm，扣2分 (2) 不合格，一项扣2分 (3) 不合格，一项扣2分
安全及材料 15分	(1) 材料无浪费 (2) 料具不侵限 (3) 人身无伤		(1) 有浪费，扣2分 (2) 发生，每次扣5分 (3) 发生，每次扣5分
效率 15分	捆扎3个头	6min/头	超过1min扣1分

五、更换夹板

劳动组织：2人　　计算单位：副

项目	技　术　要　求	扣分办法
作业程序 25分	(1) 换前准备：卸掉2、5位螺栓，逐条加垫圈后再拧紧。里外口靠轨底各松一个道钉再打紧，其余道钉起掉，插入木片，遇有大缝或瞎缝应调整 (2) 设置防护：个别更换夹板用电话联系，利用列车间隔时间作业，工地用停车手信号防护；更换绝缘接头夹板，拆开两个及以上夹板，必须用封锁线路施工防护办法进行防护	(1) 漏一项扣4分 (2) 错一项扣2分

续上表

项目	技术要求	扣分办法
作业程序25分	(3) 起钉、卸螺栓：起剩余接头道钉，并插入木片，或卸掉轨枕扣件。将接头螺栓卸掉，顺序按6孔夹板先1、3、5位，后2、4、6位；4孔夹板先1、3位，后2、4位 (4) 更换夹板：拆下夹板，注意检查轨腹、轨端有无伤损，然后除锈，给螺栓丝扣、夹板与钢轨接触面涂油，并将新夹板扣入 (5)上接头螺栓：用螺丝把尖将夹板孔和钢轨孔串顺后，再穿入全部螺栓。直线6孔夹板先拧紧1、6、3、4位螺栓，再拧紧2、5位螺栓，4孔夹板先2、3位后4、1位；曲线6孔夹板先拧紧1、6、5、2位，后拧紧3、4位，4孔夹板先1、4位后3、2位 (6)钉齐接头道钉：将接头道钉全部钉齐或上好扣件。绝缘接头处，钉头或扣板不得贴靠夹板 (7) 撤除防护：确认达到放行列车条件后，撤除防护 (8) 捣固：遇有接头暗坑、吊板或低接头时，对接头轨枕应捣固坚实 (9) 回收旧料：换下的旧料收回工区	
质量50分	(1) 轨面及内侧错牙，正线、到发线小于1mm，站、专线小于2mm (2) 垫圈口朝下 (3) 螺栓扭力矩：普通螺栓冬季P43、P50轨为400N·m，P60轨为500N·m；Ⅰ级螺栓P43、P50轨为600N·m，P60轨为700N·m。夏季适当减少，但不低于规定值100N·m以上	(1) 不符合，每处扣4分；大于3mm，每处扣41分 (2) 口朝上，每个扣1分 (3) 不足时，每个扣2分

续上表

项目	技　术　要　求	扣分办法
安全15分	(1) 按规定设好防护方可开始作业 (2) 来车前每端上好2个螺栓 (3) 不伤手脚	(1) 未设好防护作业或防护方法错，扣5分 (2) 不符合要求，扣5分 (3) 伤手脚，扣5分
效率10分	25min/副	(1) 提前不加分 (2) 超1min扣1分

六、单根抽换木枕

劳动组织：2人　　计算单位：根

项目	技　术　要　求	扣分办法
作业程序25分	(1) 散木枕：根据更换符号，将枕木散到应有位置，曲线一般散在下股 (2) 拆除防爬设备：遇有防爬设备应拆除 (3) 扒道床：①扒开与爬行方向相反一侧枕木盒道碴；②曲线一般应在下股开门；③扒碴深度一般低于枕底20mm，要考虑削平深度不妨碍抽、穿木枕，隧道内更要注意；④将清碴与混碴分开，混碴扔在路肩上 (4) 起钉、撤垫板：将起下的道钉、垫板放在相邻的木枕上。弯曲道钉用直钉器调直 (5) 抽出旧枕：用撬棍将旧枕拨入扒开的枕木盒内，然后用拉枕钳将枕木拉出，放在路肩上，要底面朝上，以便干燥后运回	(1) 漏一项扣4分 (2) 错一项扣2分

续上表

项目	技术要求	扣分办法
作业程序25分	(6) 清理枕底道床：清理深度较应换入木枕的厚度多20mm左右，宽度为280mm左右，挖出枕底的不洁道碴，放在路肩上 (7) 穿入新枕：用拉枕钳将新枕拉入，拨到间隔点位置。单线以左侧枕头对齐，复线以两线外侧枕头对齐，然后安装铁垫板，使垫板落在木枕中间 (8) 钻眼打钉：用木钻沿垫板孔中心钻好一头钉孔，孔深为100～130mm。一人撬起枕木头，另一人打好道钉。另一股量好轨距后再钻眼打钉 (9) 捣固：先串后捣，打八面镐，做到紧密、坚实，并串实道心，当天收工前进行第二遍捣固，根据列车密度，在2～5日内工长应安排计划，再进行一次捣固 (10) 安装防爬设备：按标准安装拆掉的防爬设备 (11) 回填整平道床：要用清碴回填，混碴清筛利用，整平拍实，余土清除，木枕面清扫干净 (12) 检验：由施工领导人按照技术标准组织互检，不合格项目立即返工 (13) 回收旧料：将旧料回收，做到工完料净、旧枕分类、推码整齐	
质量50分	(1) 枕木位置、间距误差或偏斜，正线及到发线50mm以内，站、专线60mm以内 (2) 枕端距轨底450mm (3) 新枕钻孔打钉，按标准进行 (4) 空吊板在2mm以下	(1) 超限，每处扣5分 (2) 超限，每头扣2分 (3) 违反，每次扣2分 (4) 超限，每头扣4分

续上表

项目	技　术　要　求	扣分办法
质量50分	(5) 铁垫板位置正确	(5) 上炕扣4分，偏斜扣2分
	(6) 树心（或大面）应向下	(6) 向上，每根扣2分
安全15分	(1) 隔6根换1根	(1) 违反，每根扣5分
	(2) 用夹枕钳抽出穿入木枕	(2) 用其他工具抽出或穿入伤损木枕，每次扣3分
	(3) 人员、工具及时下道避车	(3) 不及时或侵限，每次扣5分
	(4) 一般作业：工地设防护员，使用作业标防护；隧道内作业：用电话联系，利用列车间隔施工，工地设停车手信号防护，由工长负责	(4) 不符合，扣10分
效率10分	(1) 无障碍物，55min/根 (2) 有障碍物，70min/根 (3) 隧道内，80min/根	(1) 提前不加分 (2) 超1min扣1分

七、单根抽换混凝土枕

劳动组织：4人　　计算单位：根

项目	技　术　要　求	扣分办法
作业程序25分	(1) 散轨枕：轨枕放到更换位置附近，曲线一般放在下股 (2) 拆除防爬设备：遇有防爬设备，应拆除	(1) 漏一项扣4分 (2) 错一项扣2分

续上表

项目	技 术 要 求	扣分办法
作 业 程 序 25分	(3) 扒道床：①扒开与爬行方向相反一侧枕木盒道碴；②曲线一般应在下股开门；③扒碴深度以抽、穿轨枕不碰伤轨枕螺栓为原则，隧道内作业更要注意；④将清洁碴、混碴分开，混碴扔在路肩上 (4) 卸扣件：将扣件（包括铁座、小胶垫）卸掉，集中放在适当地方 (5) 抽出旧枕：用撬棍将旧枕拨入扒好的轨枕盒中，用抬枕钳抬至路肩上 (6) 清理枕底：清理深度较原枕底道床面低20mm左右，宽度为300mm左右，枕底的不洁道碴挖出放在路肩上 (7) 穿入新枕：用抬枕钳将新枕抬至扒开的轨枕盒中，拨至换入位置 (8) 安装扣件：安装位置正确，顶严密靠，拧紧螺帽，遇有伤损扣件和失效胶垫，应同时更换 (9) 捣固：先回填部分道碴至枕底平，中部枕盒应低于枕底20mm，然后在钢轨两侧各450mm范围内串碴并进行八面捣固。做到均匀排镐，紧密坚实，当天收工前进行第二遍捣固。根据列车密度，在2～5日内再安排进行一次捣固，同时复拧螺栓 (10) 安装防爬设备：按标准安装拆下的防爬设备 (11) 回填整平道床：应用清洁碴回填；混碴清筛利用，整平拍实，清扫枕面 (12) 检验：由施工领导人按照技术标准组织互检，不合格项目立即返工 (13) 回收旧料、零小料，回收废轨枕集中到适当地点，以便利用	

续上表

项目	技术要求	扣分办法
质量 50分	（1）轨枕间距误差或偏斜：正线、到发线50mm以内，站、专线60mm以内 （2）轨枕中部400mm范围内石碴低于轨枕底20mm （3）空吊板在2mm以下 （4）轨枕扣件位置正确、紧固	（1）超限，每处扣2分 （2）超限，每根扣5分 （3）超限，每头扣4分 （4）违反时，每个扣2分
安全 15分	（1）隔6根轨枕抽换1根 （2）装卸或堆放轨枕时不损坏线路 （3）人员、工具下道及时 （4）一般作业：工地设防护员，用作业标防护；隧道内作业用电话联系，利用列车间隔施工，施工工地设停车手信号防护，由工长负责	（1）超限，扣5分 （2）损坏，每根扣3分 （3）不及时或侵限，每次扣5分 （4）不符合，扣10分
效率 10分	（1）无障碍，120min/根 （2）有障碍，147min/根	（1）提前不加分 （2）超1min扣1分

八、清筛道床

劳动组织：1～2人　　计算单位：m

项目	技术要求	扣分办法
作业程序 30分	（1）扒筛：宜采用分段倒筛法，两人为一组，每组间隔至少4根轨枕。方法是先在轨枕头外开一个豁口进行扒筛，将清碴倒在后面路肩上，接着扒筛第二个轨枕孔，把清碴回	（1）不符合规定，扣5分

续上表

项目	技术要求	扣分办法
作业程序 30分	填到第一个轨枕孔内，依次前进，循序倒筛 (2) 整理、夯实：筛完一空，回填一空，夯实拍平 (3) 清土：筛出的碎石污土弃置到路肩以外 (4) 转移	(2) 不按要求做，扣5分 (3) 不按要求做，扣10分
质量 40分	(1) 单线线路：道心筛至枕底下50～100mm，轨枕头筛至轨枕底下150～200mm，轨枕头外筛至路基面；复线线路：两线间轨枕头筛至轨枕下50mm，线路中心筛至轨枕底下100mm，外侧轨枕头筛至轨枕底下150～200mm，轨枕头外筛至路基面；道岔筛至岔枕底下150～200mm (2) 清筛后道床断面应符合规定标准，无缝线路要有15mm的堆高肩碴，道碴不足应及时补充 (3) 清筛用铁丝筛孔径应不大于15mm，清筛后用同孔径筛子检查，其筛出碎屑按重量计不超过5% (4) 雨天及雨后2～3d，不宜进行清筛作业	(1) 尺寸不够，扣10分 (2) 道床断面不符合规定，扣5分 (3) 不符合要求，扣5分 (4) 不符合要求，扣5分
安全 20分	(1) 设好防护 (2) 严格按隔4清1作业，不可超挖 (3) 弃土及工具不侵限	违反，每项扣10分
效率 10分	道床厚750mm以下，两线间筛至轨枕头外400mm，不破底筛60min 道床厚750mm以上，两线间筛至轨枕头外400mm，不破底筛70min	每提前5min加1分

九、翻修道口

劳动组织：4～6人　　计算单位：处

项目	技术要求	扣分办法
作业程序 40分	(1) 通知：在整修道口之前，提前1～2d张贴通知，设好防护。一般情况下，施工期间不放行汽车车辆。对于交通繁忙且宽度大于5m的道口可分两次整修，即拆除一半留一半通行车辆	(1) 酌情扣分
	(2) 拆除道口板：拆除之前应将铺面轮缘槽内污物清除干净，破损的道口板要更换	(2) 不符合要求，扣5分
	(3) 整修：对护轨、木条、联结零件进行整修，更换失效枕木，整正轨道几何尺寸超限的处所，做好排水	(3) 一处未整修，扣5分
	(4) 清筛回填：将道碴污土挖出来，进行清筛	(4) 未清筛捣固或清筛不彻底，扣10分
	(5) 起道捣固：清碴回填之后进行起道找平捣固	(5) 未捣，扣5分
	(6) 铺道口板：垫平道床后铺道口板	(6) 未垫，扣2分
	(7) 清扫：清扫道口	(7) 未扫，扣3分
	(8) 刷新：对栏杆、护桩、道口警标、司机鸣笛标等进行刷新	(8) 酌情扣分
质量 40分	(1) 铺面宽度：一般与道路路面宽度相同。通行机动车辆不小于4.5m，通行畜力车不小于2.5m。道口铺面板要平整稳固	(1) 不符合要求，扣10分
	(2) 护轨轮缘槽宽度，直线上不小于70mm，曲线内股不小于90mm；轮缘槽深度45～60mm。护轨两端做成喇叭口，距轨端300mm处弯向线路中心，其终端距钢轨工作边不小于150mm	(2) 不符合要求，每处扣5分

续上表

项目	技　术　要　求	扣分办法
质量40分	(3) 道口的铺面板要垫平、拧紧、钉牢 (4) 整修后的道口应达到设备标准，标志齐全，油漆明显，清洁美观	(3) 不符合要求，每处扣3分 (4) 酌情扣分
安全10分	(1) 按规定设好列车及汽车车辆防护 (2) 作业人员及时下道避车 (3) 不伤手脚	(1) 未设，扣5分 (2) 不及时，扣5分 (3) 伤，扣5分
效率10分	作业程序(2)～(7)：木质2.5m宽283min，每超出0.5m另加50min；混凝土或石质2.5m宽386min，每超出0.5m另加65min	每延长20min扣5分

十、起　道

劳动组织：木枕2～3人　混凝土枕3～5人　　计算单位：m

项目	技　术　要　求	扣分办法
作业程序20分	(1) 校对量具：轨距尺等 (2) 检查划撬：画轻重捣、低接头、拱腰、空吊板等符号 (3) 打浮离道钉：紧螺栓，消灭空吊 (4) 确定标准股：直线为列车运行方向左侧或水平高的一股，曲线为下股	(1) 未校，扣2分 (2) 未划，每处扣4分 (3) 未打或未上紧，扣4分 (4) 选错，扣4分

续上表

项目	技　术　要　求	扣分方法
作业程序20分	（5）看道：距起道机20～30m，看轨下腭水平线，根据前标准点和后标准点起平中间点。从上坡往下坡看时，每点都不能低，反之每点不能高 （6）放置起道机：全起全捣接头处放一次；重起全捣或重起重捣陡坑底放一次，漫坑底放2～3次。直线放在轨里口，曲线上股放外口，下股放里口 （7）打塞：打外口轨下枕底，串好打实，禁打顶门塞 （8）起道找平：先起标准股，后起另一股。轨距尺尽可能靠近起道机。看道人回看纵向水平，视高低情况补撬	（5）距离不足，扣2分；手势错，每次扣1分 （6）放错，扣4分 （7）错，每次扣2分 （8）错，扣2分；同一部位重复起道，每次扣2分
质量50分	（1）静态水平误差：4mm （2）三角坑：在延长6.25m范围内误差不超4mm （3）高低：用10m弦量最大矢度不超4mm	（1）每超1mm扣2分，超保养值扣41分 （2）大于4mm，每处扣4分；超保养值扣41分 （3）大于4mm，每处扣4分；超保养值扣41分
安全10分	（1）一次起道量≤40mm，采用一般维修作业防护；起道量41～100mm，用移动减速信号防护；起道量＞100mm，用移动停车信号防护 （2）不安全因素：拌倒、机具侵限未及时撤离、镐头滑脱、飞渣等	（1）选错，扣10分 （2）发生每项扣5分
效率20分	（1）木枕：起道量40mm以内14min （2）混凝土枕：起道量40mm以内28min （3）起道量大于40mm可增加混凝土枕效率的30％	每多1min扣1分

十一、手工捣固

劳动组织：2～4 人　　计算单位：根

项目	技术要求	扣分办法
作业程序 25 分	（1）操作要领：前脚放在捣固的轨枕上，脚尖不得伸出轨枕边缘，后脚在轨枕盒内，脚尖不要深入轨底。镐要举正（打轨底斜镐时，镐头应偏向头部一侧），举起后挺胸直立，落镐时应目视落镐点，用力打下，同时前手向后滑动，落镐后两手约距 100mm，双手用力握紧镐把以防摆动，并用力向后带镐，将石碴闷住 单电镐捣固双脚站在同一轨枕上，双手用力下插移动 （2）排镐顺序及打镐数量：先由轨底向外排镐，再由外排向轨底，每镐约有 4mm 重叠 ①木枕地段 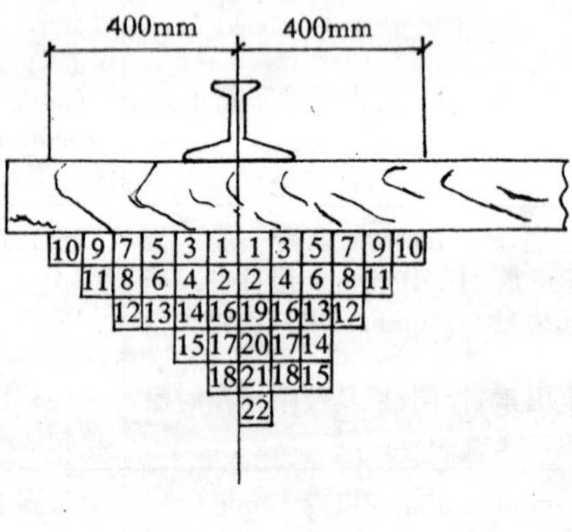	（1）漏一项扣 4 分 （2）错一项扣 2 分

续上表

<table>
<tr><th>项目</th><th>技　术　要　求</th><th>扣分办法</th></tr>
<tr><td>作
业
程
序
25 分</td><td>

②混凝土枕地段

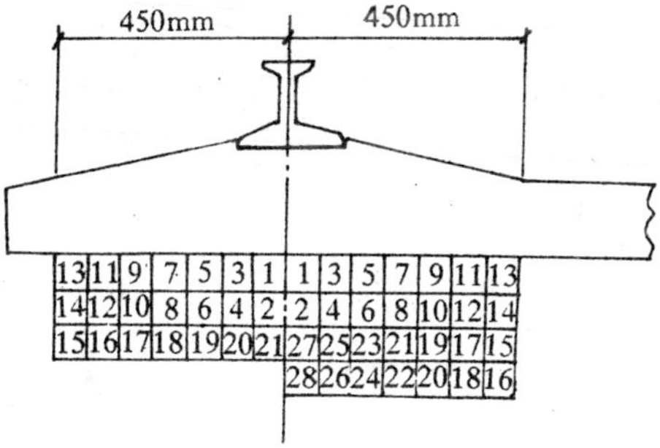

打镐数量视起道高度而定：

<table>
<tr><td rowspan="2">起道高度</td><td colspan="2">捣固镐数</td></tr>
<tr><td>木枕</td><td>混凝土轨枕</td></tr>
<tr><td>5mm 及以下</td><td>16</td><td>21</td></tr>
<tr><td>6～14mm</td><td>18</td><td>23</td></tr>
<tr><td>15～20mm</td><td>20</td><td>28</td></tr>
<tr><td>20mm 以上</td><td>22</td><td>30</td></tr>
</table>

（3）落镐位置与角度：在接头轨底处应适当增加镐数

第一排镐落在距轨枕底边 10～20mm 处，落镐角度较陡（镐与轨枕侧面夹角约为 40°）

第二排镐适当填些石碴，落在距轨枕边 20～30mm 处，落镐角度约为 45°

</td><td></td></tr>
<tr><td>质
量
50 分</td><td>（1）钢轨与铁垫钣或钢轨与胶垫的空隙不超过 2mm

（2）捣固范围，自钢轨中心至两侧距离 400～500mm</td><td>（1）超过 2mm，每头扣 5 分

（2）不足时，每头扣3 分</td></tr>
</table>

续上表

项目	技　术　要　求		扣分办法
质量50分	（3）根据起道高度打镐，做到“五够”：力量够；举镐的高度够；八面镐够；镐数够；捣固宽度够		（3）不足时，每头扣2分
	（4）轨枕、导线和木枕上的铁线等无打伤		（4）每伤一处扣2分
安全15分	（1）无石碴飞溅伤人		（1）石碴伤人，每次扣10分
	（2）无电击伤人		（2）下道不及时，每次扣5分
	（3）注意瞭望，及时下道		（3）伤手脚，每次扣5分
	（4）分组捣固应间隔3根轨枕以上		（4）不足时，每次扣5分
效率10分	5根轨枕	（1）手工捣固：木枕8min/根；混凝土枕9min/根 （2）单电镐捣固5min/根	（1）提前不加分 （2）每超1min扣1分

十二、小型机械捣固

1．捣固

项目	技　术　要　求	扣分办法
作业程序20分	1．捣固机检查，试运转： （1）检查机械是否良好，并拧紧松动的紧固件 （2）检查油箱及振动油腔中存油是否充足，润滑状态是否良好	1．漏一项扣1分

续上表

项目	技　术　要　求	扣分办法
作业程序 20分	(3) 检查手压泵是否灵活有效 (4) 检查液压系统动作是否正常，如有泄油，应予消除 (5) 检查下道架是否良好牢固 (6) 检查电气开关及电气绝缘是否良好，并起动捣固机试运转 3～5min，检查电机各部温升是否正常	
	2. 上道：操作者在确认施工领导人发出上道作业信号后，方准推机上道。每台捣固机 1 人操作，另 1 人做辅助工作	2. 不符合要求，扣 2 分
	3. 捣固：捣固时，要对位准、下插稳、夹实快。按下插——夹实——张开——提升——转移的顺序进行作业	3. 操作程序不合理，每错一次扣 1 分
	(1) 下插：捣固机要定位，镐板在轨枕前后和钢轨左右的距离要均匀，并垂直下插，不得撞击钢轨、轨枕及连接零件。下插要稳，遇阻力时应边下插边略做张合动作。镐板上缘应插到轨枕底面下 30～40mm	(1) 镐板插入深度不足和下插位置不适中，每次扣1分
	(2) 夹实：在镐板下插到位后即开始夹实。夹实时，镐板夹到行程终了以后，应持续夹实 2～3s。夹实次数应因撬、因地确定，一般情况下，小腰（三根）夹一次，大腰夹两次，接头（接缝两侧各两根）夹 2～3 次	(2) 夹实次数不足，每次扣 2 分
	(3) 提升：每捣完一根轨枕后，两台捣固机要同时提升镐板，严禁镐板在夹实状态下提升	(3) 不同时提升或夹实状态下提升，每次扣 1 分
	(4) 转移：动作要迅速，做到边升镐边推移捣固机，走圆弧形，并不得碰撞轨枕及零件。两台捣固机应同起、同落、同时转移推进，动作一致，保持平稳。操作中用耳听、眼看、鼻闻、手摸的方法。听机器有无异常音响；看调	(4) 碰撞一次或发现异常情况不及时，扣 1 分

续上表

项目	技　术　要　求	扣分办法
作业程序20分	查符合，捣固位置和各部件状态；闻机械各摩擦、电缆等有无异味；摸电机、油泵、振动轴温升变化。若发现异常情况，应提升、断电、下道处理 4. 下道：应先将镐板提到最高位置，由辅助人员协助推下线路。下道后，应将镐板降到最低位置，并将夹实油缸活塞全部压下缸筒之内，把捣固机固定好 5. 捣固结束后，要检查水平、高低和空吊板情况，确定捣固质量。收工前应对捣固机进行保养和擦试，并罩上机套，绑牢捆紧	4. 不按程序做，每次扣1分 5. 不按程序做，每次扣1分
质量50分	(1) 水平容许误差：4mm (2) 三角坑容许误差：在6.25m范围内4mm (3) 高低容许误差：10m弦量4mm (4) 空吊≤8%	超限，每处扣4分；超保养值扣41分
安全15分	(1) 不发生重伤和由操作者造成机破事故 (2) 不发生轻伤 (3) 下道时间不超过30s (4) 机器不掉道	(1) 酌情处理 (2) 发生，每次扣5分 (3) 超过，每次扣2分 (4) 掉一道，每次扣2分
效率15分	每组捣固20根轨枕，30min内完成	(1) 提前1min加0.5分 (2) 超过1min扣1分

2. 机械保养

项目	技　术　要　求	扣分办法
作业程序25分	按XYD-2型小型液压捣固机使用保养说明书规定，进行日常保养： (1) 消除漏油及漏气现象 (2) 消除外部灰尘、油污 (3) 检查并拧紧各部位螺栓 (4) 检查电机、油泵、换向阀、振动轴等运动是否灵活 (5) 检查液压系统的升降、夹紧、张开运动是否灵活准确 (6) 检查液压油箱内的液压油油面，不足时加足 (7) 试机时，要精神集中，采用“看、摸、听、闻”的方法，判断机具的运转是否正常。如发现故障，应停机处理	(1) 每漏一项扣3分 (2) 每错一程序扣2分
质量50分	(1) 不漏掉一保养项目 (2) 不漏掉一保养小项 (3) 无浪费油脂现象	(1) 漏，每项扣10分 (2) 漏，每项扣5分 (3) 有，每处扣3分
安全10分	(1) 无碰手碰脚 (2) 无不安全因素	(1) 有，每次扣5分 (2) 有，每次酌情扣3～5分
效率15分	每人保养液压捣固机一台，按平均时间计分	(1) 提前1min加0.5分 (2) 超过1min扣1分

十三、混凝土枕改道

劳动组织：2人　　计算单位：个

项目	技术要求	扣分办法
作业程序25分	(1) 调查、划撬确定标准股：调查时，若钢轨一侧扣板上台，另一侧扣板离缝，应先松开扣板串动轨枕。凡需要调整的扣板应划撬、标记。直线以方向好的一股为标准股，曲线选上股为标准股	(1) 每漏一项扣4分
	(2) 调整标准股扣板：根据线路方向和扣板离缝情况，采用加设三角垫片或翻转扣板以及更换扣板等方法消灭"三不密"扣板。若为弹条扣件，可调整挡板和挡板座。并注意防止挤动钢轨，引起方向不良。若遇胶垫破损、歪斜、串出时，应先调换整正。若方向不良时，同时改正方向	(2)每错一项扣2分
	(3) 改正对面股轨距：先量好轨距，根据轨距大小，采用加三角垫片、翻转、更换扣板或更换轨距挡板、挡板座等方法来调整，应先外口，后里口顺序将轨距改好。如轨距小时，加大内侧扣板号码，相应减小外侧扣板号码。轨距大时，则减小内侧扣板号码，相应加大外侧扣板号码。同时要整正不良胶垫和"三不密"扣板	(3) 不符合要求，每项扣2分
	(4) 拧紧螺帽：可先用扭力扳手试拧，使扭力矩达80～140N·m，对照出用力大小，然后再各自掌握	(4) 未紧，扣3分
	(5) 回检与复拧：工作完了，应回检轨距与扣板状态，返修失格扣板，并复拧一遍螺栓	(5) 未复拧，扣2分
质量50分	(1) 轨距容许误差为+6，-2mm，轨距变化率不超过2‰	(1) 超限，每处扣4分；超保养值扣41分
	(2) 扣板与轨底、铁座与小胶垫离缝"三不密"不超过2mm，扣板上轨底、铁座与轨枕挡肩密贴，弹条中部前端下颏离缝大于1mm不超过8%	(2) 超过时，每个扣3分

续上表

项目	技术要求	扣分办法
质量50分	(3) 大小胶垫歪斜不超过5mm，胶垫棱不上轨枕 (4) 扭力距为80～140N·m，半径650m及以下曲线为120～150N·m (5) 70型扣板内、外侧号码之和：P60轨、为14；P50轨为16；P43、P38轨为34。弹条Ⅰ型轨距挡板内、外侧号码之和：P60轨为16；P50轨为34。挡板座P60、P50轨均为6	(3) 超过时，每个扣2分 (4) 超过或不足时，每个扣2分 (5) 超过时，每处扣2分
安全15分	(1) 松开或卸下扣板、弹条数符合规定 (2) 过车前按规定上好扣件 (3) 不伤手、脚	违反，每处(次、人)扣5分
效率10分	10个扣板扣件25min；10个弹条扣件31min	(1) 提前不加分 (2) 每超1min扣1分

十四、木枕改道

劳动组织：3人　　计算单位：10个

项目	技术要求	扣分办法
作业程序25分	(1) 确定标准股与划撬：直线以方向好的一股为标准股，曲线选上股为标准股，改正对面股。标准股确定后，进行调查，将须改动处所划好撬 (2) 清扫与削平：凡轨底或垫板切入木枕3mm以上，应清除木枕及裂纹内的沙石泥土，进行削平并清除木屑 (3) 起拨道钉：按三起三垫或二起二垫方法起钉	(1) 漏一项扣4分 (2) 错一项扣2分 (3) 有一项不符合要求扣2分

续上表

项目	技术要求	扣分办法
作业程序25分	(4) 插入木片:以轨外侧钉孔为例,轨距改小时,木片插在钉孔的外侧;轨距改大时,木片插在钉孔的内侧,轨内侧钉孔反之。钢轨不移动时,木片插入钉孔的旁侧,木片需要用良好的材质,并经防腐处理 (5) 用直钉器整直弯曲的道钉 (6) 栽钉:按“起打道钉”第(5)项做 (7) 打钉:按“起打道钉”第(6)项做 (8) 改正轨距时,三人为一组,一人拨动钢轨,一人用轨距尺量好轨距,并使垫板外肩紧靠轨底,打好里外口道钉,另一人补打道钉,然后复查轨距,补打铁垫板与木枕的连接道钉 (9) 当轨距改小时,先打外口道钉;当轨距改大时,先打里口道钉。来车前应先打外口道钉,后打里口道钉,准许每隔二根枕木有一根不钉	
质量50分	(1) 轨距容许误差:+6,-2mm	(1) 超限,每处扣4分;超保养值扣41分
	(2) 轨距变化率不超过2‰	(2) 超限,每处扣4分;超保养值扣41分
	(3) 一处连续起钉数量,50kg/m及以上钢轨不超过7个枕木头,50kg/m以下钢轨不超过5个枕木头	(3) 超限,每处扣4分;超保养值扣41分
	(4) 方向不超过4mm(硬弯轨除外)	(4) 超限,每处扣4分;超保养值扣41分
	(5) 无八害钉:俯、仰、歪、斜、浮、离、磨、弯	(5) 有八害钉,每个扣1分
安全15分	(1) 起钉不超限 (2) 无飞钉伤人	有一项不合格,扣5分

续上表

项目	技　术　要　求	扣分办法
安全15分	(3) 过车前按规定补齐道钉 (4) 不伤手脚	
效率10分	10个钉20min	(1) 提前不加分 (2) 每超1min扣1分

十五、岔枕改道

劳动组织：3～5人　　计算单位：10个

项目	技　术　要　求	扣分办法
作业程序25分	(1) 外直股：看道人应在岔前20m左右钢轨上详细判定，使道岔外直股改直、改顺，并与前后线路（或道岔）连接良好，尖轨跟端至护轮轨头一段，可在两端与钢轨等距离的岔枕上钉钉拉线，改好方向 (2) 辙叉位置：辙叉趾端轨距相差应限制在2mm以内。按照改好查照间隔和护背距离要领，改好1391和1348 (3) 内直股（下股）：根据外直股，用轨距尺改好内直股。尖轨跟端后按规定做好递减 (4) 导曲线圆度：用支距尺按标准图改好导曲线上股。支距点在外直股标出，各支距准确无误。用轨距尺改好导曲线下股。做好两端轨距递减，按每米在钢轨腹部号出递减点轨距 (5) 补充道钉、更换垫板：在改好整组道岔后，补齐道钉（或螺纹钉），更换损坏的、规格不符的垫板 (6) 上紧轨距杆：改道作业中卸松的轨距杆，改道后重新上紧	(1) 漏一项扣4分 (2) 错一项扣2分

续上表

项目	技　术　要　求	扣分办法
质量50分	(1) 轨距容许误差：+3，-2mm (2) 支距容许误差：2mm (3) 轨底落槽 (4) 无八害钉：俯、仰、歪、斜、浮、离、磨、弯	(1) 超限，每处扣4分；超保养值扣41分 (2) 超限，每处扣4分；超保养值扣41分 (3) 轨底压垫板挡肩，每块扣5分 (4) 有八害钉，每钉扣1分
安全15分	(1) 起钉不超限 (2) 无飞钉伤人 (3) 过车前按规定补齐道钉 (4) 人员、工具下道及时 (5) 轨道电路区段撬棍绝缘良好，改尖轨基本轨需电务部门配合	(1) 超限，每处扣5分 (2) 伤人，扣10分 (3) 未补齐，扣5分 (4) 不及时，扣5分 (5) 违反，扣5分
效率10分	10个钉，40min	(1) 提前不加分 (2) 超过1min扣1分

十六、拨　道

劳动组织：5～8人　　计算单位：10m

项目	技　术　要　求	扣分办法
作业程序20分	(1) 调查：拨量大于20mm，先荒拨，然后确定拨量，调查轨缝，消灭瞎缝 (2) 扒碴、松防爬：刨松或挖开枕头道碴，松防爬、支撑	(1) 调查不细，扣3分 (2) 未扒或未松，每项扣3分

续上表

项目	技 术 要 求	扣分办法
作业程序20分	(3) 拨道：①用撬棍拨道。每人一根，分两组，双脚站在道床上，前后脚成60°角，上身前倾10°～20°，插入道床深不小于200mm，拨小弯集中，拨大弯一撬一撬往前倒，隔3～4枕空。②用液压拨道器拨道。扒窝深120～125mm，用3台，相距2～3空。每撬相隔5～7枕空，拨正方向一侧设2台，另一侧设1台，成“√”形。油缸与轨面不大于45°。③拨曲线时由两头向中间拨	(3) 不符合要求，每项扣2分
	(4) 指挥拨道：指挥人距拨道人，拨大弯时100m，小弯50m。双腿跨在方向好的轨上(曲线沿上股指挥)。指挥手势为：①向前手心向外推；②向回手心向内招；③向左、向右相应伸平左、右手；④拨接头两手握拳，隔一个接头两拳相碰两次；⑤拨大腰，两手过头作大圆状；⑥拨大腰两手在胸前作小圆状；⑦交叉拨，两臂体前交叉；⑧暂停，两臂伸平；⑨拨道完毕单臂在头上部划圆圈	(4) 手势不对或距离不够，每项扣2分
	(5) 检查、整理：留回弹量，用弦绳量不合标准重拨。打紧防爬，安好支撑，回填夯实道碴	(5) 未检查或未整理，每项扣5分
质量50分	(1) 直线轨向：目视直顺，无甩弯。最大矢度：正线、到发线不大于4mm，站线、专用线不大于5mm	(1) 超限，每处扣4分；超保养值扣41分
	(2) 曲线轨向：目视圆顺。正矢误差按现行曲线正矢容许误差办理。拨道后保持现场曲线头尾位置、技术数据不变	(2) 超限，每处扣4分；超保养值扣41分
安全20分	(1) 拨量40mm及以下，用一般维修作业防护；拨量41～100mm，用移动减速信号防护；拨量101mm及以上，用移动停车信号防护	(1) 不符合，扣10分

续上表

项目	技术要求	扣分办法
安全20分	（2）不准后仰、肩扛拨道 （3）在钢梁桥、电气化区段拨道，要按要求控制拨量	（2）发生，每项扣5分 （3）未控制，扣10分
效率10分	拨量40mm以内，直线混凝土枕27min，木枕12min；曲线混凝土枕68min，木枕49min 拨量40mm以上，混凝土枕97min	每超1min扣1分

十七、轨缝调整

劳动组织：2人

计算单位：250m（混凝土轨枕地段12.5m轨）

项目	技术要求	扣分办法
作业过程25分	（1）校对量具：方尺、钢板尺、轨缝尺选用正确并校对 （2）实量轨缝：①测量误差1mm；②轨缝测量累计误差±10mm （3）测量接头错差：实测直角错差与实际误差小于等于5mm	（1）未校或未选，扣5分 （2）误差大于1mm，每处扣5分；累计误差每超1mm扣1分 （3）误差大于5mm，扣5分
质量40分	（1）计算（计划表）正确 （2）钢动串动方向不得错标、漏标 （3）计划轨缝计算不得有误 （4）轨缝处理：余、欠轨缝处理得当	（1）有误，每处扣2分，该点后均按有误计 （2）错、漏，每处扣5分 （3）有误，扣5分 （4）不合理，扣5分

续上表

项目	技　术　要　求	扣分办法
安全15分	(1) 确定施工负责人 (2) 办理施工手续：根据计划调整轨缝情况，确定施工（参见“整正轨缝”） (3) 确定防护办法	(1) 不当，扣5分 (2) 漏、错，扣5分 (3) 不正确，扣5分
效率20分	以最短时间为准（参考时间：90min）	每多1min扣1分

调整轨缝计算表

编号	左股				右股				接头相差			左右股钢轨长度差	备注
	实量轨缝	计划轨缝	轨缝差	移动量	实量轨缝	计划轨缝	轨缝差	移动量	两股钢轨移动量差	实量接头错差	移动后接头错差		
1													
2													
3													
4													
5													
6													
7													
8													
9													
10													

续上表

编号	左股				右股				接头相差			左右股钢轨长度差	备注
	实量轨缝	计划轨缝	轨缝差	移动量	实量轨缝	计划轨缝	轨缝差	移动量	两股钢轨移动量差	实量接头错差	移动后接头错差		
11													
12													
13													
14													
⋮													
20													
合计													

十八、整正轨缝

劳动组织：6～9人　　计算单位：节缝

项目	技术要求	扣分办法
作业程序 25分	（1）调查准备：根据轨缝串动情况确定作业方法。①轨缝不均匀，连续三个以上瞎缝，绝缘接头轨缝超过5～15mm范围，大轨缝超过容许限度5%，个别接头错差，用不拆开接头的方法进行调整。②线路发生爬行，接头错差超限，轨缝设置不当，每千米总误差12.5m轨超过160mm，25m轨超过80mm，用拆开接头的方法整正轨缝 （2）安排计划：计算出每根钢轨串动量和串动方向，作出分段作业安排，需要插入短轨可准备钢轨，并确定防护办法	（1）选择作业方法错，扣10分 （2）计算错，扣5分

续上表

项目	技术要求	扣分办法
作业程序25分	(3) 松开配件：打松防爬器，松开轨距杆，冒起道钉，松动扣件，拧松接头螺栓和松动夹板（若插入短轨要拧紧接头螺栓） (4) 串动钢轨：按计划串动钢轨，使用液压轨缝调整器时，25m 钢轨每次串动一根，12.5m 钢轨每次串动不超过两根 (5) 紧固配件：拧紧接头螺栓，压打道钉和拧紧扣件螺栓，安装防爬器，上紧轨距杆 (6) 回检整修：按作业标准检查，对不合格处所进行整修。通过列车后，复拧螺栓并找细整修	(3) 不符合要求，每项扣 2 分 (4) 不符合要求，每项扣 2 分 (5) 未做，每项扣 3 分 (6) 未检查、整修，扣 5 分
质量40分	(1) 轨缝均匀，无瞎缝，无大轨缝 (2) 接头应相对，正线及到发线直线误差不超过 40mm，曲线不超过 40mm 加缩短量的一半，其他站线及专用线直线误差不超过 60mm，曲线不超过 60mm 加缩短量的一半。相错式曲线接头相错不少于 3m (3) 接头螺栓扭力矩按《维规》规定执行 (4) 因调整轨缝引起的有关项目的变动，要符合各单项技术作业标准	(1) 发现，每处扣 5 分 (2) 不符合要求，扣 10 分 (3) 不符合要求，扣 5 分 (4) 发现，每项扣 5 分
安全20分	(1) 不拆开接头整正轨缝采用“利用列车间隔施工防护”办法，工长负责；拆开接头并插入或不插入短轨整正轨缝均采用“封锁施工防护”办法，前者领工员后者工长负责 (2) 使用液压轨缝调整器时，须先使油缸活塞伸出 30mm 的预留量，然后再卡紧轨头串轨，以防来车时撤不下来 (3) 前后工序要衔接紧凑，距离要短，保证在来车前按规定条件恢复线路	(1) 不按规定办理防护，扣 10 分 (2) 未伸出预留量，扣 5 分 (3) 不符合要求，扣 5 分

续上表

项目	技术要求	扣分办法
安全 20分	(4) 执行《安规》第3.2.3条规定	(4) 违章,扣10分
效率 15分	混凝土枕,单股6～9人:12.5m钢轨30min,25m钢轨43min(以上不含计算轨缝调整量的时间)	(1) 提前不加分 (2) 超过1min扣2分

十九、检查道岔几何尺寸

项目	技术要求	扣分办法
作业程序 20分	(1) 选用工具:量具选用正确、准确(轨距尺、支距尺、弦绳、木折尺等)	(1) 失误扣8分,失准扣10分
	(2) 检查轨距水平:根据不同类型道岔逐项逐处检查	(2) 漏检、错检,每处扣2分
	(3) 检查支距:逐点检查	(3) 漏检、错检,每处扣2分
	(4) 检查轮缘槽:部位正确	(4) 错,扣2分
	(5) 检查动程:部位正确	(5) 错,扣2分
	(6) 其他项目:①检查高低、方向超限处所;②尖轨尖端是否密贴	(6) 漏检、错检,每处扣5分
	(7) 特种道岔要注意检查前后锐角、钝角辙叉的叉前叉后的轨距、水平,叉中的轨距、查照间隔、护背距离、曲中内、外矢距等	(7) 漏检、错检,每处扣5分
质量 50分	(1) 数据齐全,不漏项	(1) 不全、漏项,每点(次)扣5分

续上表

项目	技　术　要　求	扣分办法
质量50分	(2)测量轨距误差为＋3，－2mm；水平、高低、直线轨向误差≤2mm，支距误差≤2mm (3) 超限处所不漏项，并应注明	(2) 误差超限，每处扣4分；超保养值扣41分 (3) 错、漏，每处扣5分
安全10分	(1) 不夹轨距尺 (2) 无摔倒、碰伤现象 (3) 来车带工具及时下道避车 (4) 不脚踏尖轨、连接杆	(1) 夹，扣5分 (2) 发生，扣5分 (3) 不及时(5s)，扣5分 (4) 发生，扣5分
效率20分	取选手工时平均值	每超30s扣1分

二十、钢轨钻孔

劳动组织：2～3人　　计算单位：孔

项目	技　术　要　求	扣分办法
作业程序25分	(1) 固定钢轨：将钢轨放平固定好，以免发生摇晃 (2) 量螺栓孔位置：用薄铁皮或薄木板，做一个与钢轨腹部同宽的模型板，在模型板上按轨孔位置钻成小孔。孔不要太大，只要冲子尖能进去就行。孔大了冲孔位置易偏斜。把模型板对正并按在轨端腹部，用冲子在小孔里打上印	(1) 漏一项扣4分 (2) 错一项扣2分

续上表

项目	技术要求	扣分办法
作业程序 25分	（3）安装扳钻：扳钻要装平直，不能歪斜，钻尖要对准冲子印，防止钻孔歪斜 机械钻孔时要放线、接电源，将钻机固定在钢轨上，打孔位，方可钻孔，安牢钻头，备好凉水 （4）钻孔：人工钻孔时拉绳人要大拉大送，拉送一次走两个劲。当钢轨接近钻通时，用力均匀，防止损坏钻头，同时又不能停下。如停下后再拉绳，将要损伤钻头。机械钻孔要试转，均匀地推进钻头，随时浇水。螺栓孔必须倒棱 （5）卸下扳钻：卸下扳钻，检查孔的位置是否达到技术标准 注：操作人可互换孔，可自选拉绳人	
质量 50分	（1）钻孔位置上下、左右偏差在2mm以内	（1）超过，每孔扣10分
	（2）轨孔间距误差在2mm以内	（2）超过，每孔扣10分
	（3）孔边缘无裂纹、无毛刺	（3）有裂纹、有毛刺，每处扣5分
	（4）新、旧螺栓孔中间在5mm以内	（4）超过，每孔扣5分
安全 15分	（1）串动钢轨时，应用撬棍或轨钳	（1）不用，每次扣5分
	（2）不伤手脚	（2）伤手脚，扣5分
	（3）在既有线钢轨上作业设专人防护，下道后人员、工具不侵限	（3）违反，扣5分

续上表

项目	技　术　要　求		扣分办法
效率10分	每人量钢轨三个孔的位置，选钻一个孔	(1) 手工钻孔：43kg/m 及以下轨为 33min 43kg/m 以上轨为 43min (2) 机械钻孔：12min	(1) 提前不加分 (2) 超 1min 扣 1 分

二十一、钢轨锯断

劳动组织：3 人　　数量：1 锯口

项目	技　术　要　求	扣分办法
作业程序25分	(1) 作业前备齐锯条、锯轨工具及量具 (2) 选好钢轨并用石笔或白铅油写明应锯尺寸 (3) 将应锯的钢轨拨正、垫平、固定(要垫在钢轨锯断处附近) (4) 用卡具划好锯轨线(从轨面划至轨底) (5) 手工锯钢轨：①上紧锯条，并使锯条、锯弓成一条直线，防止跑锯；②开始锯轨时要少用力，拉几锯后再逐渐加劲；③拉锯时要拉送到头，来回用力要均匀协调，如用力过猛会折断锯条，锯轨时要随时浇凉水；④新钢轨可从轨面平行方向锯，旧轨因轨面压光形成硬层不易下锯，应先从轨头侧面上棱下锯，锯进 2～3mm 时再逐步扩展到轨面；⑤锯到钢轨腹部，要随时复查尺寸，防止跑锯；⑥锯到接近轨底时，锯的一端放低，锯进 1～2mm 时再锯另一端轨底边，一直锯断为止 (6) 机械锯轨：①放线、接电源；②摆轨；③安装砂轮片，检查护罩；④试转 30s 再锯轨；⑤先从轨头侧面上棱下锯，接近轨底时，要掌握锯轨角度，切不可垂直锯切轨底；⑥锯轨时不宜用力猛，不宜长时间接触钢轨；⑦锯轨完毕，关闭电源，卸掉锯轨机	(1) 漏一项扣 5 分 (2) 错一项扣 2 分 (3) 尺寸错，扣 10 分

续上表

项目	技术要求		扣分办法
质量50分	(1)锯后长度误差不超过2mm (2)锯后上下、左右偏斜不超过4mm (3)用量在3根及以内(锯条质量有问题除外)		(1)超过2mm，每根扣10分 (2)超过4mm，每根扣5分 (3)每多用1根锯条扣2分
安全15分	(1)固定钢轨时无飞钉 (2)不碰手脚 (3)在无缝线路上锯轨用封锁线路施工防护办法防护		(1)飞钉，每个扣5分 (2)碰手脚，每次扣5分 (3)违反，每项扣10分
效率10分	每个锯口	(1)手工锯轨 43kg/m及以下轨：60min 50kg/m轨：70min 60kg/m轨：143min (2)机械锯轨：21min	(1)提前不加分 (2)超过1min扣1分

二十二、钢轨喷焊

劳动组织：1人　计算单位：$mm^2 \times mm$

项目	技术要求	扣分办法
作业程序40分	(1)焊前打磨：无油垢、无锈蚀、无裂纹、无尖角、过渡平顺、母体光泽。砂轮不能在一处停留过久，出现蓝点全都清除	(1)不符合要求，每项扣2分

续上表

项目	技　术　要　求	扣分办法
作业程序40分	（2）预热、喷敷保护层：①取中性焰或微碳化焰；②芯顶端与待焊面的高度控制在80～100mm，使整个待焊区笼罩在焰流中，水蒸汽雾消失后，将芯顶高度降至40～50mm预热；③当轨面由淡黄色逐渐变为金黄色，温度为250℃～300℃时，取中位阀送粉，喷敷保护层；④保护层的厚度为0.15～0.20mm，不露母材并喷敷均匀	（2）不符合要求，每次（项）扣1分
	（3）喷焊：①工件为长方形，喷敷具夹角为80°～85°，高度2～5mm。取右向焊法，夹角同上，高度20～25mm。保护层呈桃红色并出现糊状游动时开始送粉。②焊粉成“镜面反光”，适当加大送粉，出现焊层波动时，立即移动喷嘴，喷具运行均匀，焊面平整。③喷敷至终点时，喷嘴由内向外，反向作半环形移动，逐渐提起喷嘴，同时关闭送粉阀。④用喷嘴沿焊层四周与基材的相接处熨烫一遍	（3）①～②不符合要求，发生一项酌情扣2～6分；③～④不符合要求，发生一次扣1分
	（4）矫正变形：①焊前、焊后采取防变形措施；②待自然冷却至300℃左右，浇水加速冷却至60℃以下 合金粉末的用量，可根据焊补部位的深度和面积确定，计算公式如下： 合金粉末实用量 $=\dfrac{\text{喷焊层体积}\times\text{合金粉末松装比}}{\text{合金粉末喷敷率}}$ 注：（1）松装比一般采用大于3.5g/cm³ （2）喷敷率一般按82%～85%计	（4）不符合要求，发生一次扣1分
质量40分	（1）无黑线	（1）10mm及以下扣0.5分，以上扣1分
	（2）无掉块	（2）10　mm及以下扣3分，以上扣5分

续上表

项目	技术要求	扣分办法
质量40分	(3) 无气孔	(3) 发生，每处扣0.5分
	(4) 无夹渣	(4) 发生，每处扣1分
	(5) 焊后打磨光滑平整(用150mm钢板尺量)	(5) 高0.3～0.5mm扣1分，高0.6mm及以上扣2分；低0.3～0.5mm扣1分，低0.6mm及以上扣3分
	(6) 无变形（用1m钢板尺量）	(6)低0.5mm以下扣2分，低0.5mm以上扣4分
安全10分	(1) 工具、备品不侵限，无损坏 (2) 过车前应自然冷却3～5min (3) 喷焊来车时，应松开总机回油阀 (4) 氧气、乙炔符合工艺参数、安全条件 (5) 正确使用劳保品，无人身红肿破皮	不符合规定或发生一次扣2分
效率10分	100mm×70mm×3mm左右，5min(不含作业前后打磨)	(1) 每提前0.5min加1分 (2) 每超0.5min扣1分

二十三、钢轨打磨*

劳动组织：2人　　计算单位：$mm^2 \times mm$

项目	技　术　要　求	扣分办法
作业程序40分	(1) 准备工作：①用1m长直钢尺测量，其磨耗量超过0.8mm时应进行打磨；认真调查工作量，确定打磨部位及打磨量；按里程、轨号做好记录，在轨腰上用白漆划上符号；②抬平接头，并捣固坚实	(1) 调查有误扣10分，标记有误扣5分，低接头未抬扣5分
	(2) 打磨作业：确定上道信号后，迅速将打磨机抬上线路。一人负责打磨机的推动，并掌握平衡，另一人负责控制打磨量。打磨时往复运动要均匀，转动螺杠控制打磨量也要均匀，并经常检查打磨量。打磨量用塞尺测量。打磨马鞍型接头时，两轨头如一样高时，可随意磨任一端轨头；如有高低差时，应先磨高的一端接头，后磨低的一端接头	(2) 打磨中不注意测量扣5分，打磨不均匀扣5分
	(3) 检查质量	(3) 未按规定检查扣10分
质量40分	(1) 打磨后轨面平整，无明显凹陷，用1m长直钢尺测量，轨面不平误差不超过0.3mm，其纵向顺坡应不大于1‰。接头处有飞边应同时打磨	(1) 不平整，有明显缺陷扣10分，误差超0.3mm时每超0.1mm扣5分
	(2) 轨端10～15mm范围，易受车轮冲击磨损，打磨时，可比其他部位稍高	(2) 不符合要求，扣5分
安全10分	(1) 经常检查打磨机走行轮绝缘，以免造成短路	(1) 上道未检查，扣5分
	(2) 按规定设好防护	(2) 未设防护，扣5分

续上表

项目	技 术 要 求	扣分办法
效率10分	100mm×70mm×2mm：45min 每增 1mm 增加 20min	(1) 每提前 1min 加 1 分 (2) 每超过 1min 扣 1 分

* 熔接工项目

第六章 桥隧工

一、桥隧工区一日作业标准

项目	技术要求
班前准备	（1）准备料具：配好所需材料、机具、防护信号备品 （2）点名：列队整齐、精神集中、按时点名 （3）布置工作：讲清工作地点、工作内容、工作数量、质量要求及当日作业的安全注意事项，传达上级指示，进行安全生产教育
前往工地	行走路肩、跨越线路、桥梁要“一停、二看、三通过”。来车时，注意瞭望，确保安全；乘车时，车未停稳不准上下车，严禁坐在危险处所，人要坐稳，工具、材料放置牢固，不超限。使用轻型车辆，按规定向段调度申请，经同意后，与车站联系办理手续，配足防护和随车人员，车辆用后加锁或入库
施工作业	按工地施工负责人和工班长的布置安排，设置好施工防护，遇有行车有关的作业要联系登记，完工后要消记，按标准作业，按作业程序和要领进行，不简化、不遗漏 每次首件检查、中间抽样，必要时用管理图控制，达到规定的质量要求
下道避车	施工时，料具、施工脚手架等不侵入限界；来车时距离列车本线 800m、邻线 500m 下道，及时避车；在无人行道桥上，禁止在钢轨外侧起钉、装卸螺栓，不得向桥外方向使劲
安全	对易燃、易爆、有毒物品应专人搬运、存放、保管。对高压容器要按规定进行检查和试压；施工机具应由专人负责使用，使用前必须检查，不合格者不得使用；现场负责人会同安全员随时注意检查违章作业等不安全因素，确保行车和人身安全
劳动保护	（1）接触凡属有害身体健康的尘埃、有毒的化工原料均需按劳保规定戴口罩、胶皮手套、防护镜等

续上表

项目	技　术　要　求
劳动保护	（2）桥上作业不得穿带钉及易于溜滑的鞋，离地面 2m 以上的高空、陡坡作业必须系安全带，戴安全帽，设安全网（或栏杆）等，水上作业应配备救生设备
质量回检	由工、班长或现场施工负责人会同质量检查员组织回检验收。查任务、查质量，数量要准确，质量要符合标准，对不合格的项目要返工重做
结束工作	清理工具、材料，收净存妥，调查项目工作情况，撤除防护，返回驻地，工具、材料入库、归位，填写好出、入库账目
分析总结	（1）总结作业情况 （2）分析安全情况 （3）评分及合理化建议 （4）正确填写当日完成工作数量、质量、安全情况 （5）安排次日工作计划

二、螺栓丝扣涂油

劳动组织：1 人　　计算单位：条

项目	技　术　要　求	扣分办法
作业程序 25 分	应备工具：扭矩扳手、活动扳手、钢丝刷、刮刀、扁油刷、油桶 （1）松卸螺帽 （2）用钢丝刷、刮锈刀、棉纱头将螺帽、丝扣、铁垫上的铁锈、污垢等清除干净 （3）涂抹润滑油 （4）重新安装，并拧紧螺丝帽（扭矩应达到 50～80N・m）	（1）工具不齐全，每缺一件扣 5 分 （2）程序颠倒，扣 5 分 （3）漏一项扣 5 分，不标准扣 3 分

续上表

项目	技术要求	扣分办法
质量50分	(1) 螺帽、丝扣、铁垫圈无铁锈、污垢	(1) 螺帽、丝扣、垫圈铁锈污垢未除净或涂油不均匀,每项扣5分
	(2) 涂油均匀、无漏涂	(2) 铁锈、污垢未除或漏涂润滑油,每项扣10分
	(3) 木垫圈无裂损、失效;木纹垂直于桥枕或护木木纹;铁、木垫圈安放位置正确,无歪斜	(3) 木垫圈裂损、失效、缺少,铁木垫圈安放位置不正确,每项扣5分
	(4) 螺栓无松动:拧紧螺帽,但不宜过紧(扭矩达到30~50N·m)	(4) 螺栓松动或垫圈陷入木料 2mm 以上,每项扣10分
安全15分	(1) 按《安规》第2.1.7、2.2.10、3.2.3、3.3.9条办理	(1) 违反《安规》有关规定,扣10分
	(2) 高空作业应戴安全带	(2) 未戴防护用品,每项扣5分
	(3) 工具良好,料具无失落	(3) 工具不良、失落料具,每项扣5分
	(4) 无一切事故	(4) 轻伤或事故苗子扣10分,其它酌情扣分

续上表

项目	技　术　要　求	扣分办法
效率 10分	(1) 鱼尾螺栓、护轨夹板螺栓 4min/条 (2) 附属设备联结螺栓、普通螺栓 5min/条 (3) 防爬角钢螺栓、钩螺栓 10min/条	(1) 提前不加分 (2) 每超时 1min 扣 2 分

三、桥枕涂油

劳动组织：1人　　计算单位：根

项目	技　术　要　求	扣分办法
作业程序 25分	应备工具：铲刀、扁油刷、扫帚、小油桶、棉纱头 (1) 配制防腐油：氟化钠与煤焦油按 1∶(1～1.5)(重量比)搅拌均匀 (2) 铲除枕木表面污垢、脏物，并清扫干净 (3) 刷防腐油：涂刷时应经常搅拌	(1) 工具未配齐，每缺一样扣 5 分 (2) 防腐油未按规定配合比调制，扣 5 分 (3) 程序颠倒，扣 5 分 (4) 漏项未作，每次扣 5 分
质量 50分	(1) 枕木表面污垢、脏物清除彻底 (2) 枕木顶面涂油无遗漏 (3) 涂油表面均匀、不流淌、不露底	(1) 有 $4cm^2$ 以上之污物未清除彻底，每处扣5分 (2) 遗漏未涂油，每处(每 $4cm^2$ 为一处)扣 5 分 (3) 涂油不均匀、流淌、露底，每项扣 5 分

续上表

项目	技　术　要　求	扣分办法
质量 50分	(4) 防腐油不污染钢梁	(4) 防腐油污染钢梁未清除或清洗不干净，每处扣5分
安全 15分	(1) 设作业标防护，注意瞭望列车，视线不良地段加派专人防护 (2) 及时避车并把工具带出桥外 (3) 不得穿带钉和易溜滑的鞋 (4) 面向列车方向作业，并应戴防护手套、口罩以及护目镜 (5) 不伤手脚	(1) 未设作业标或困难地段未派专人防护，扣15分 (2) 未及时携带工具避车，每次扣5分 (3) 穿带钉、易滑鞋，扣5分 (4) 背向列车方向作业或未戴防护用品，每项扣5分 (5) 伤手脚，每次扣5分
效率 10分	每人涂2根，限时20min	(1) 提前不加分 (2) 每超时1min扣2分

四、桥枕削平

劳动组织：1人　　计算单位：处

项目	技　术　要　求	扣分办法
作业程序 25分	应备料具：手锯、扁铲、锛斧、画线尺、小钢卷尺或木折尺、小铁钩、扁油刷、小油罐、氟化钠、煤焦油	

续上表

项目	技术要求	扣分办法
作业程序 25分	(1) 划线：在距垫板两侧边缘各30～60mm处划好削口线，切口线与枕木轴线垂直 (2) 锯口：用手锯按切口线轻锯一水平切口，深度比垫板底面低1～2mm (3) 削平：①垫板两侧横向切削成斜坡，一般横向两侧较垫板部位低2mm。②切削量小时，可直接用扁铲切削并找细、找平；切削量大时，用锛斧切削（锛斧与桥面约成30°角），然后再用扁铲找细、找平 (4) 清扫、涂油：清除木屑，灌（腻）缝，涂防腐油	(1) 工具不齐全，每缺一件扣2分 (2) 程序颠倒，扣5分 (3) 漏一项扣5分 (4) 不符合要求，每项扣2分
质量 50分	(1) 削平范围为垫板外30～60mm，允许误差±10mm (2) 削平槽口，切线整齐并与枕木轴线垂直，槽口有适当坡度，歪斜不超过3mm，砍削不过深，累计切削深度不超过15mm (3) 削平面平顺无毛刺，锯口不积水，横向有坡度 (4) 清扫干净，裂缝灌（腻）良好，切削面涂足防腐油	(1) 误差超限，每边扣5分 (2) 歪斜量大于3mm，其它不符合要求，每处（边）扣5分 (3) 有毛刺、积水，每边扣5分；无横向坡度，每边扣2分；造成反坡，扣5分 (4) 不洁，扣2分；防腐不良，每边扣2分；未涂油，每边扣5分

续上表

项目	技　术　要　求	扣分办法
安全15分	（1）按《安规》第2.2.10、3.2.3、3.3.9条规定办理 （2）避车时，工具应带出桥外 （3）砍削时，注意防止伤手脚和损伤桥枕 （4）锛斧不用时，锛刃应加套保护 （5）工具良好，会用，无失落 （6）无事故苗子	（1）未按《安规》规定办理，扣10分 （2）避车时工具未带出桥外，每次扣2分 （3）伤手脚，每次扣5分 （4）未加套扣1分 （5）工具不良、失落料具，每件扣2分 （6）有事故苗子，扣15分
效率10分	限时20min	（1）提前不加分 （2）每超时1min扣2分

五、桥枕捆扎

劳动组织：1人　　计算单位：根

项目	技　术　要　求	扣分办法
作业程序25分	应备料具：紧线钳、手锤、克丝钳、2m木直尺、拐尺、直线尺或木折尺、粉笔、镀锌铁线（直径3～3.5mm）等 （1）画定位线：在距桥枕端头100mm处垂直于桥枕轴心中线画线 （2）制作铁线钉：用铁线截取长50mm，弯制成“U”形马钉，截取铁线的两端应切成尖形	料具不齐全，每项扣5分；程序颠倒，扣5分；不符合要求，每项扣2分

续上表

项目	技术要求	扣分办法
作业程序25分	（3）捆扎牢固：①枕端裂缝2mm以上、长度超过300mm时，应用夹紧器夹紧枕木。②捆扎时，先将铁线一头夹弯成90°长20mm的弯钩，钉入桥枕侧面靠顶面40mm处，再将铁线绕桥枕2～3周（铁线应与枕木各边垂直），以紧线钳拉紧，在每个侧面用“U”形马钉两只钉牢，余下的铁线在另一侧桥枕侧面弯头打入枕木固定 （4）半干枕木捆扎时，应充分紧铁线，不准将捆扎铁线拧成麻花；干燥枕木的捆扎铁线可拧成麻花状，一般麻花的螺距应大于单根铁线直径的5倍以上	
质量50分	（1）捆扎位置正确，铁线应垂直于枕木轴线，距枕木端头不小于50mm （2）铁线捆扎两周半，每侧应钉“U”形钉2个 （3）捆扎铁线紧牢，无松弛，与枕木表面缝隙小于2mm （4）捆扎铁线无重叠、分开、歪斜	（1）位置不正确，距端头偏差大于±5mm，每头扣5分 （2）铁线长度偏差大于±30mm，每头扣2分；马钉每少1个扣1分 （3）捆线松动或与枕木面间有2mm及以上空隙，每头扣5分 （4）捆线重叠、分开（超过2mm）、歪斜，每项扣5分

续上表

项目	技　术　要　求	扣分办法
安全 15分	(1) 按《安规》第2.2.10、3.2.3、3.3.9条办理 (2) 工具良好，无失落 (3) 不伤手脚 (4) 无事故苗子	(1) 违反《安规》有关规定，扣10分 (2) 有失落，扣2分 (3) 伤手脚，扣5分 (4) 有事故苗子，扣5分
效率 10分	每人捆扎两个枕头，限时20min	(1) 提前不加分 (2) 每超时1min扣2分

六、桥枕灌（腻）缝

劳动组织：1人　　计算单位：根

项目	技　术　要　求	扣分办法
作业程序 25分	应备工具、材料：手斧、小油桶、油壶、刮刀、小铁钩、皮老虎、盘秤、小扁铲、扁刷、烙铁、小火炉、氟化钠、煤焦油、木片等 (1) 配制浆膏：氟化钠与煤焦油按1：(1～1.5)（重量比）搅拌均匀 (2) 清除裂缝表面、内部污垢和失效腻料，要求刮剔彻底，吹扫干净 (3) 灌（腻）缝：①气温较低时，可将浆膏加热到30℃左右拌匀；②灌注过程中自一端开始，待基本灌满，再向前推进一段，直至缝的另一端	(1) 工具、材料不齐全，每缺一项扣2分 (2) 程序颠倒，扣5分；漏一项扣5分 (3) 操作不符合要求，每项扣2分

续上表

项目	技术要求	扣分办法
质量50分	(1) 腻料配制符合规定	(1) 未按规定配制浆膏，扣10分
	(2) 缝表面、内部污垢清除彻底干净	(2) 清缝不洁，每处扣2分
	(3) 灌腻缝密实、平整，无塌陷（表面凹陷深不得超过2mm）	(3) 灌腻不密实、平整，每处扣2分
	(4) 无断道、漏灌（腻）	(4) 断道、漏灌，每处扣5分
	(5) 浆膏溢出裂缝每侧宽不超过5mm	(5) 溢出范围每侧宽超5mm，每处扣2分
安全15分	(1) 按照《安规》第2.2.10、3.2.3、3.3.9条办理	(1) 未按照《安规》规定办理，扣10分
	(2) 作业时应面向列车方向	(2) 背向列车作业，扣5分
	(3) 作业人员应戴防护手套、口罩及护目镜	(3) 不按规定戴防护用品，每项扣2分
	(4) 工具良好，无损坏、丢失	(4) 工具不良、损坏、掉落料具，每件扣2分
	(5) 浆膏加热时应注意防火	(5) 有轻伤或事故苗子，扣15分

续上表

项目	技　术　要　求	扣分办法
效率10分	限时25min/根	(1) 提前不加分 (2) 每超时1min扣2分

七、镶补桥枕

劳动组织：1～2人　　数量：1处

项目	技　术　要　求	扣分办法
作业程序25分	应备料具：撬棍、道钉锤、手锯、木工刨、墨斗、拐尺、2m小钢尺或木折尺、小手锤、凿子、小油桶、小油刷、斧子、木板（厚20～50mm）、氟化钠、煤焦油、铁钉或木钉等 (1) 划线：划出挖除腐朽损坏部位的长、宽、厚线条 (2) 开槽：锯凿腐朽部分，并仔细铲修平整 (3) 制作镶板（楔形或燕尾式）：按镶补尺寸划线下料。将下好的镶板放在已挖凿好的槽口上比试，并进行细修 (4) 防腐处理：各新挖凿面及镶拼面用防腐油涂刷均匀 (5) 镶板、钉牢：①镶入新板，用铁钉或木钉钉牢。②在桥上轨底部位镶补时，可拔出道钉，撤下铁垫板，后镶嵌新板，安装铁垫板，打入道钉（应先钻孔后打钉，且线路方向、轨距、水平符合标准） (6) 枕面涂刷防腐油	(1) 料具不齐全，每缺一项扣2分 (2) 程序颠倒，扣5分；漏一项扣5分 (3) 不符合要求，每项扣2分
质量50分	(1) 腐朽损坏部位挖除彻底，断面尺寸整齐，镶补厚度不大于50mm	(1) 外形尺寸不整齐，每处扣10分

续上表

项目	技术要求	扣分办法
质量 50分	(2) 镶板尺寸符合挖凿断面，镶补面平整、密贴，其高低差不超过±1mm，镶拼缝宽小于1mm	(2) 高低差超过±1mm，每处扣2分；拼缝宽达1mm及以上，每处扣2分，大于2mm扣5分
	(3) 镶拼牢固，无松动、劈裂	(3) 有松动、劈裂，每处扣10分
	(4) 防腐油涂刷均匀，无漏涂	(4) 涂油不均匀或漏涂大于$1cm^2$，每处扣5分
安全 15分	(1) 按《安规》第2.2.10、3.2.3、3.3.3、3.3.4、3.3.9条规定办理	(1) 违反《安规》有关规定，扣10分
	(2) 应面向来车方向作业。待避列车应将工具带出桥外	(2) 背向列车作业，每次扣5分
	(3) 防腐处理应戴口罩、手套	(3) 不戴防护用品，每项扣5分
	(4) 根据挖补厚度，准备好同样厚度、半个枕木宽的木块，随时将缺口垫好，以免影响行车安全	
	(5) 工具良好、无失落	(5) 工具不良、失落料具，每件扣2分
	(6) 不伤手脚	(6) 伤手脚，每次扣5分

续上表

项目	技　术　要　求	扣分办法
安全15分	(7) 无事故苗子	(7) 有事故苗子，扣10分
效率10分	(1) 桥上轨底镶补桥枕（楔形），限时50min/处 (2) 桥外镶补桥枕(楔形)，限时25min/处	(1) 提前不加分 (2) 每超时1min扣2分

八、制作安装护木

劳动组织：3人　计算单位：m

项目	技　术　要　求	扣分办法
作业程序20分	(1) 选护木：150mm×150mm，倒楞角15mm×15mm，并确定长度，刨光。护木与桥枕联接处刻20～30mm深槽 (2) 拆除旧护木：放在既定桥枕上，清扫护木底部 (3) 画线：依据旧护木画线，准确无误 (4) 锯槽、凿挖槽口：槽、角顺直 (5) 涂油：用防腐膏或热腐油涂槽口、桥枕接触面等 (6) 安装：梁端断开，留空隙，护木安装顺直，位置正确。敲击护木时垫木块 (7) 上螺栓，接头钉铁片	漏一项扣5分；有误，每项扣3分
质量50分	(1) 护木方正无毛刺，断面尺寸等符合要求 (2) 护木缺角向下，拱背向上 (3) 护木20～30mm深槽与桥枕联接密贴卡紧 (4) 护木内侧与基本轨头部外侧距离为200～500mm	误差±2mm〔(4)、(5)项误差5mm〕，其它不符合要求，每处（项）扣2分

续上表

项目	技　术　要　求	扣分办法
质量 50分	（5）螺栓杆顶不超过主轨顶20mm，螺栓孔应垂直，偏差不大于4mm （6）护木接头采用半木搭接，接头设于桥枕上 （7）护木接头缝隙不大于1mm，与桥枕缝隙不大于2mm，梁端断开，两孔护木左右错牙小于10mm （8）设防护角钢和护木搭接桥枕上。护木螺栓上下均配80mm×80mm×（6～8）mm铁垫圈，上面安装100mm×100mm×（10～20)mm倒楞角的木垫圈（或与铁垫大小相同的胶垫）	
安全 15分	（1）放行列车时每隔三根上紧一根螺栓 （2）使用安全帽、手套、安全绳等劳保品 （3）防止砸伤手脚 （4）料具无侵限	发生一项扣5分
效率 15分	80min/m	每延长10min扣1分

九、整修护轨

劳动组织：2～3人　计算单位：单侧米

项目	技　术　要　求	扣分办法
作业程序 25分	应备工具、材料：撬棍、道钉锤、起钉器、直钉器、手锯、轨距尺、小钢尺或木折尺、斧子、2m方木尺、200mm木卡尺、小油桶、扁油刷、钢丝刷、扁铲、木垫板、道钉、氟化钠、煤焦油、棉纱头、吊板器 （1）检查高低、间距、垫板、道钉、接头、梭头，对不符合技术标准的部位、尺寸和病害，作出标记及记录	（1）工具、材料不齐全，每缺一件扣2分 （2）检查漏项，每项扣5分

续上表

项目	技术要求	扣分办法
作业程序 25分	(2) 调整护轨高度：①木枕地段护轨高度超过线路轨面，可削平枕木，涂油后降低高度；②护轨高度不足，则可调整木垫板厚度，但不得大于30mm (3) 调整护轨间距超限：起浮道钉，按标准间距拨正护轨方向，对改道处的道钉孔应做防腐处理，注入氟化钠粉，加木片打入道钉（弯曲钉应整直、除锈，不合格的应更换新钉） (4) 护轨下垫木板大于30mm时，应充分利用护轨顶面可以低于线路轨顶25mm的条件，适当降低护轨以减小木垫板厚度。木垫板缺少、腐朽、串动，应补充、更换钉牢 (5) 补充道钉，应用直径12.5mm木钻钻孔，钻孔位置距枕木边缘不少于50mm，孔深为110mm，并注入氟化钠粉，道钉沾防腐油少许后打入钉孔 (6) 护轨接头上齐4个螺栓（每端2个），外侧水平错牙应剁去肥边，打磨顺坡 (7) 轨道电路区段，护轨应安装绝缘衬垫 (8) 梭头尖端与枕木钉齐4个道钉	(3) 病害未标记或漏检、漏修，每处扣2分 (4) 各项操作不符规定要求，每项扣2分
质量 50分	(1) 检查数据记录、标记正确 (2) 护轨顶面不高出线路轨顶面，也不低于线路轨顶面25mm (3) 护轨头部外侧与线路钢轨头部内侧间的宽度为200mm，允许误差不超过±10mm	(1) 检查数据、标记不正确，每项扣5分 (2) 护轨顶面高出线路轨顶面或低于轨面25mm，每处扣5分 (3) 误差超过±10mm，每处扣2分

续上表

项目	技　术　要　求	扣分办法
质量50分	(4) 靠近线路钢轨一侧护轨接头错牙小于5mm	(4) 接头错牙大于5mm，每处扣5分
	(5) 护轨下容许加垫厚度小于30mm的纵向长垫板（道碴桥面也可使用横向垫板），每股轨在每隔一根桥枕上和每根线路枕上钉两个道钉。在使用20～30mm厚度的垫板时，每股钢轨应在每根桥枕上钉两个道钉。要求垫板宽与护轨底宽基本一致，无缺少、腐朽、串动、歪斜；钉孔周围无毛刺，道钉无缺少及无八害钉	(5) 垫板未防腐处理，厚度大于30mm或者有缺少、裂损、串动、歪斜，每处扣2分；道钉缺少或有八害钉，每钉扣2分
	(6) 接头螺栓无缺少，螺帽位置安装正确，无松动	(6) 接头螺栓缺少、松动或安装不正确，每条扣2分
	(7) 轨底及尖端悬空小于5mm	(7) 轨底及尖端悬空大于5mm每处扣5分
	(8) 护轨绝缘衬垫安装良好	(8) 未安装绝缘衬垫或安装不良，每处扣5分
安全15分	(1) 按照《安规》第2.1.7、2.2.10、3.2.3、3.3.3、3.3.4、3.3.9条有关规定办理	(1) 违反《安规》有关规定，扣10分
	(2) 轨道电路区段作业，使用撬棍应加绝缘套管，防止导电	(2) 撬棍未加绝缘套管，扣5分
	(3) 工具良好，会用，无失落	(3) 工具不良或失落，每件扣2分

续上表

项目	技　术　要　求	扣分办法
安全15分	(4) 不伤手脚 (5) 无事故苗子	(4) 伤手脚，每次扣10分 (5) 有事故苗子，扣10分
效率10分	60min/单侧米	(1) 提前不加分 (2) 每超时1min扣2分

十、钩螺栓更换、修理

劳力组织：1～2人　数量：2条

项目	技　术　要　求	扣分办法
作业程序25分	(1) 修理钩螺栓 ①拆下秃扣、栓杆过长无法调整的钩螺栓 ②锯掉过长部分栓杆 ③套好栓杆丝扣 ④丝扣部分涂润滑油 ⑤清除垫圈污垢 ⑥安装木、铁垫圈，拧紧螺帽，刻划箭头 (2) 更换、调整、防锈处理 ①螺栓调查，确定螺栓长度，调整方案及位置 ②拆下旧螺栓并清除螺栓、垫圈污垢 ③作防锈处理，调换螺栓、垫圈，丝扣涂油 ④螺栓就位，塞紧，上齐垫圈，拧紧螺帽	简化程序，每项扣5分；达不到要求每项扣2分

续上表

项目	技术要求	扣分办法
质量50分	(1) 拆、装钩螺栓不得损伤丝扣	(1) 损伤丝扣,每条扣5分
	(2)钩螺栓拧紧后满帽露丝,丝扣高出螺帽不超过25mm，螺栓杆不高出主轨面，整齐一致	(2) 丝扣螺栓超高,每条扣5分
	(3) 各种垫圈符合标准，无缺少、损坏、失效和歪斜	(3) 垫圈不良,每个扣2分
	(4) 钩螺栓位置正确，钩紧钢梁并须有2/3钩头面积与钢梁密贴,不许钩在铆钉头上,如遇到铆钉时允许偏斜一些，螺杆与钢梁间隙不大于4mm	(4) 位置不当,每处扣2分
	(5) 钩螺栓拧好后松紧适宜，扭矩应达到30～50N·m	(5) 扭矩不足,每个扣2分
	(6) 轨道电路地段，钩螺栓铁垫圈与钢轨铁垫板间在任何情况下有15mm以上的间隙	(6) 间隙不标准，每处扣5分
安全15分	(1) 注意瞭望，及时避车 (2) 在无人行道的桥上作业，松紧螺栓不得向桥外用力 (3) 拆卸钩螺栓的数目,按《铁路工务安全规则》第2.1.7条办理	操作不标准,扣2分;连续撤下钩螺栓，扣10分
效率10分	限时45min	(1) 每超1min扣2分 (2) 提前不加分

十一、制作钢筋混凝土人行道板

劳动组织：1～2人　　计算单位：块

项目	技术要求	扣分办法
作业程序 25分	应备料具：八磅锤、手锤、铁砧、剁子、钢丝刷、扳手、钢筋弯制工作台、扳柱、克丝钳、钢筋钩子、灰盘、铁锹、磅秤、木抹板、泥抹、捣固工具（铲、锤、钎）、木工工具（斧、锯、刨等）、钢筋（ϕ6～8mm）、砂布、铁线、水泥（325或425号）、中砂、碎石、水、木板、方木、铁线钉等 （1）钢筋下料、除锈、弯制及绑扎 （2）制做安装模板：尺寸正确、联结牢固、接缝严密，并涂刷肥皂水 （3）安装钢筋网：放置平整，保护层厚度不大于10mm （4）灌筑混凝土：配比准确，搅拌均匀，捣固密实 （5）养生：用湿草袋遮盖洒水，冬季要保温 （6）拆模：达到设计强度50%方可拆模	（1）料具不齐全，每缺一项扣2分 （2）漏一项扣5分 （3）程序颠倒，扣5分 （4）各项不符要求，每项扣2分
质量 50分	（1）人行道板尺寸符合承重标准和设计要求 （2）钢筋除锈彻底，绑扎符合设计要求 （3）混凝土强度等级不低于C18	（1）不符合设计要求，扣50分 （2）除锈不干净，绑扎方法不符设计要求，每项扣10分 （3）混凝土强度不足，扣20分

续上表

项目	技　术　要　求	扣分办法
质量 50分	(4) 混凝土配合比、水灰比、拌制、灌筑及各部尺寸符合要求	(4) 配合比不合要求扣15分;各部尺寸超过±5mm，每处扣2分
	(5) 人行道板捣固密实，表面平整、光滑，无蜂窝、麻面、裂纹	(5) 捣固不密实,表面不平整,有蜂窝、麻面、裂纹,每项扣5分
	(6) 按规定养生，时间不少于7d	(6) 未进行养生，扣10分
	(7) 拆模时混凝土无损伤	(7) 拆模损伤混凝土,每处扣2分
安全 15分	(1) 钢筋下料时不要用力过猛，防止钢筋头、锤头飞起伤人	(1) 轻微受伤，每次扣5分；轻伤，扣15分
	(2) 作业人员戴护目镜、手套	(2) 不按规定穿戴防护用品,每项扣2分
	(3) 工具良好	(3) 工具不良,每次扣2分
效率 10分	限时160min	(1) 提前不加分 (2) 每超时1min扣2分

十二、增设疏通圬工梁拱泄水孔

劳力组织：2 人　　数量：个

项目	技　术　要　求	扣分办法
作业程序 25 分	(1) 检查渗漏部位选择孔位：在渗漏严重的部位下边选定凿设泄水孔位置 (2) 凿眼：按外低内高进行打眼，其坡度不小于 3%孔眼大小合适，深度以贯通内部，孔眼根部尽可能作好过滤层 (3) 安设排水铁管，伸出墙外不少于 10cm，安装牢固 (4) 对旧有排水管用钢钎进行疏通 (5) 用环氧砂浆或乳胶水泥，对嵌入铁管进行固定，做到衔接平顺，排水畅通 (6) 对圬工裂缝因排水不良出现的流白浆等部位，勾缝或抹面	(1) 简化程序扣 5 分 (2) 长度不足，每个扣 5 分 (3) 粘结不牢，有渗水，每个扣5 分
质量 50 分	(1) 新增排水孔选位正确，排水良好 (2) 旧有排水孔疏通彻底，无锈蚀 (3) 渗漏部位勾缝抹面处理后，无继续渗漏现象	排水不畅或锈蚀未处理，扣 5 分；有排水污染梁体，每处扣 10 分
安全 15 分	(1) 高处作业要系好安全带，脚手架要搭牢固加强检查 (2) 用风动机具打眼，风铲必须带保险环，严禁对人试风 (3) 凿眼人员要戴好劳动保护用品 (4) 手工打眼，打锤人员与掌钎人员垂直，打锤人员不准戴手套，禁止对面打锤 (5) 专人防护列车及时下道	操作不按规定，危害人身安全，扣 5～10 分
效率 10 分	60min/个	超 10min 扣 2 分

十三、钢梁除锈油漆（人工）

劳动组织：1 人　　计算单位：m^2

项目	技术要求	扣分办法
作业程序 25 分	应备料具：各类铲锈刀、除锈小锤、钢丝刷、毛刷、扁油刷、棕刷、漆膜测厚仪、“00 号”砂布、棉纱头、4 号粘度杯、160 目钢丝筛、油画笔、小油桶、划线尺、小钢尺或木折尺、底漆、面漆、清油、松香水或其它稀料等 （1）除锈：①由一端向另一端进行作业，先上后下，先难后易；②首先清除杆件缝隙、拐角、铆钉头部及周围的污垢、铁锈、失效漆膜及旧腻子等，而后清除大平面；③个别凸凹不平处和牢固附着的铁锈可用小锤将漆皮、锈皮轻轻敲碎后再行铲刮，至露出钢灰色表面；④若底漆完好，面漆失效，可清除粉化层，用“00 号”砂纸打磨擦净后增涂面漆；⑤局部除锈处的外形（为取得边缘整齐，可事先划线）应作成单个或相连方形、矩形、台阶形的整齐几何图形，其各边应分别与梁部或杆件的轴线平行或垂直，漆膜接茬处应作成顺坡；⑥人工除锈应注意防止用力过猛，损伤钢料，一般刮刀刃与工作面成 30°～45°角；⑦铲锈完毕，应仔细检查有无遗漏，钢梁有无裂纹等，确认符合要求后，方可进行各缝隙腻缝及涂漆工作 （2）打磨：用钢丝刷、砂布打磨，清除残留的污垢、漆膜、铁锈和氧化皮 （3）揩擦：用毛刷和棉纱头，先后将钢料表面的锈末、粉尘等刷掉揩净。若当日不能涂刷底漆时，可用拭布或棉纱头沾少量清油涂刷覆盖钢面	（1）料具不齐全，每缺一项扣 2 分 （2）程序颠倒扣 5 分 （3）漏一项扣 5 分 （4）不符合要求，每项扣 2 分

续上表

项目	技术要求	扣分办法
作业程序25分	(4) 油漆:①漆料符合规定、清洁,如表面有凝结油皮应去掉,并用木棒仔细搅拌,必要时可用纱布或钢丝筛过滤后使用;若油漆过稠,可按规定要求酌量加入稀释剂。②涂漆时,应少沾多刷(漆刷蘸漆深度以刷毛的1/3,不超过2/3为宜),用力平稳,先将油漆均匀地散涂在钢梁表面上,然后横刷、竖刷(或先竖刷后横刷),自上而下,自左至右,先难后易(在用大油刷刷涂整个表面之前,角落、边缘、缝隙、铆头部及周围应用线条式毛刷或油画笔先行涂刷),依次刷匀,使漆膜平整、光滑,厚度合乎要求。③前层漆未干燥不得涂后一层,每涂一层油漆前,须将表面油漆用“00号”砂布轻轻打磨一遍,并用棉纱头擦拭干净。④恢复描绘钢梁上原有的各种标志	
质量50分	(1) 旧油漆、腻料开裂失效及铁锈清除彻底,边缘整齐,无污垢、漆皮、锈斑 (2) 钢面无0.5mm及以上刀痕损伤 (3) 涂油面清洁,加涂面漆时,表面打磨彻底,揩擦干净,无污垢及失效漆膜 (4) 漆膜均匀,层数、厚度符合规定(一般部位底漆二度,面漆二度,个别易损坏或施工困难部位底漆二度,面漆三度,干膜总厚度为150～200μm) (5) 油漆无漏涂、裂纹、斑点、脱皮、鼓泡、流淌、皱纹,表面光泽好 (6) 上层漆膜应均匀盖住下层,新、旧油漆衔接处平顺整齐,允许新涂油漆压盖旧漆3～5mm (7) 各种标志描绘齐全,字迹清晰,无遗漏	(1) 除锈不彻底,有遗漏,有污垢、旧漆皮、铁锈,每1cm^{2}扣5分 (2) 旧腻料开裂失效未除,每处扣5分 (3) 钢料表面有0.5mm深拉伤,每处扣5分 (4) 接茬处未顺坡,几何图形不符合要求,每处扣5分

续上表

项目	技术要求	扣分办法
质量50分		(5) 涂漆面不洁，打磨清擦仍有失效漆膜、污垢，每处($5cm^2$为1处)扣5分 (6) 二度底漆厚度少于80～100μm，每少10μm扣5分；二度面漆厚度少于60μm，每少20μm扣10分；补修油漆少涂一度扣10分 (7) 油漆漏涂、露底，每项扣5分；有裂纹、斑点、脱皮、鼓泡、流淌、皱纹，每项扣5分 (8) 新、旧油漆衔接不平顺整齐，每处扣2分；新涂漆压盖旧漆超过5mm，扣2分 (9) 腻缝裂损未修补或漏腻，每处扣5分 (10) 标志未恢复或描绘不清，每处扣2分

续上表

项目	技　术　要　求	扣分办法
安全 15分	(1) 按照《安规》的第3.2.3、3.3.6、3.3.7、3.3.9条办理 (2) 作业时应戴护目镜、口罩、手套，穿工作服 (3) 工具良好，无失落 (4) 不伤手脚 (5) 无事故苗子	(1) 违反《安规》有关规定，扣10分 (2) 不按规定穿戴防护用品，每项扣2分 (3) 工具不良或失落，每件扣2分 (4) 轻微受伤，每次扣5分 (5) 有事故苗子，扣10分
效率 10分	(1) 钢梁上翼缘外侧除锈底漆一度（0.15m^2）或节点槽内除锈底漆一度（0.15m^2），限时120min (2) 钢梁下翼缘底面除锈（0.15m^2）底漆一度，限时50min	(1) 提前不加分 (2) 每超时1min扣2分

十四、钢梁喷漆（机械）

劳动组织：4～5人　　计算单位：m^2

项目	技　术　要　求	扣分办法
作业程序 25分	(1) 表面处理：先用“0号”砂布打磨擦拭干净，无起皱、流挂、残痕，再用棉纱头擦拭干净 (2) 试风：把喷漆枪与风包管接通，调整压力试风	(1) 不符合要求，每项扣5分 (2) 未检查，扣5分

续上表

项目	技术要求	扣分办法
作业程序25分	(3) 调配漆料：酚醛类稀释剂用200号溶剂汽油（松香水）；醇酸类用松香水1：二甲苯1；环氧类用丁醇3：二甲苯7；氧化橡胶用苯或二甲苯；无机富锌衣漆用工业酒精。过筛目数为140～160目	(3) 用料及稀释不符合要求，测试不准，每项扣2分
	(4) 测温度、湿度、油漆粘度：温度大于5℃；相对湿度小于80%；粘度随温度而定，6℃～35℃依次为80～40s	(4) 未测或测不准，扣5分
	(5) 试喷漆：作业程序正确，无遗漏	(5) 未试喷，扣5分
	(6) 喷漆	(6) 检查质量
	(7) 清洗工具	(7) 未清洗，扣5分
质量50分	(1) 无漏涂	(1) 有漏涂，每处扣5分
	(2) 色泽匀度：颜色均匀，不均匀不超过所涂面积的5%	(2) 超过5%扣5分
	(3) 无起泡	(3) 有起泡，每处扣2分
	(4) 无起皱、针孔	(4) 有起皱、针孔，每处扣2分
	(5) 无流挂：每喷涂面流挂不超$5\times5cm^2$一处	(5) 每超过一处扣2分
	(6) 湿膜厚度达到45μm及以上	(6) 厚度小于45μm，每面扣10分
安全15分	(1) 使用劳保用品 (2) 工具物品不掉落桥下	发生一项扣5分

续上表

项目	技　术　要　求	扣分办法
安全 15 分	（3）脚手架牢固 （4）人身无事故	发生一项扣5分
效率 10 分	（1）大面积范围：底漆一度，2.5min/m²，面漆一度 2min/m² （2）喷上盖板、角落：底漆一度 3min/m²，面漆一度 2.5min/m² （3）一人喷漆其他人辅助：10min/m²	每超 1min 扣1分

十五、环氧树脂修补圬工裂纹

劳动组织：1 人　　　计算单位：m

项目	技　术　要　求	扣分办法
作业程序 25 分	应备料具：凿子、四磅锤、小瓷盆、温度计、天平或小秤、量杯、毛刷、画笔、小钢尺或木折尺、小铁桶、泥抹、环氧树脂、二丁脂、乙二胺、丙酮、水泥、细干砂、立德粉、酒精、钢丝刷、皮老虎等 （1）划线：用划线工具沿裂纹划出凿除范围线 （2）凿缝：①修补宽为 0.15～0.3mm 的裂纹时，沿裂纹凿一条外口宽约 20mm，深约 3mm 的“V”形槽；②补修宽大于 0.3mm 的裂纹时，沿裂纹凿一条外口宽约 20mm，内口宽约 6mm，深约 7mm 的梯形槽 （3）清缝：用钢丝刷、皮老虎刷吹缝内粉碴，再用丙酮擦洗干净 （4）拌制环氧砂浆：按《维规》附录九环氧树脂补圬工的配合比及工艺进行配制。在配制中，应抽出一部分树脂浆配成树脂涂料	（1）料具不齐全，每缺一项扣 5 分 （2）程序颠倒扣 5 分 （3）漏一项扣 5 分 （4）不符合要求，每项扣 2 分

续上表

项目	技　术　要　求	扣分办法
作业程序25分	(5) 勾缝：①先用画笔在凿槽内涂上一层厚约0.2mm的环氧树脂涂料；②用环氧砂浆填缝，动作要快，用力压实，并整平、抹光 (6) 修补完毕，应用丙酮将工具、容器清洗干净	
质量50分	(1) 凿槽符合规定	(1) 缝宽超过±2mm，深度不足或超过2mm，每段(10cm为一段)扣2分
	(2) 槽内灰碴清除彻底，丙酮刷洗干净	(2) 清灰不彻底，刷洗不干净，每段(10cm为一段)扣2分
	(3) 配料、秤料无差错，砂浆拌合均匀，色泽一致	(3) 配合比不合规定或秤料不准(以计算数据为准)，每项扣15分
	(4) 涂料涂刷均匀，无漏涂	(4) 涂料涂刷不匀扣5分，漏涂扣10分
	(5) 砂浆、涂料剩余量不大于20%	(5) 表面凸凹不平大于1mm或飞边、毛刺，每段(10cm为一段)扣2分
	(6) 修补密实牢固，表面平整、光滑，无空响、断裂、脱离、飞边、毛刺	(6) 有空响、断裂、脱落，每项扣5分

续上表

项目	技 术 要 求	扣分办法
安全 15分	(1) 按照《安规》的第3.3.6、3.3.7条有关规定办理 (2) 作业时应戴护目镜、口罩、手套 (3) 拌合砂浆应站在上风方向 (4) 丙酮、二甲苯、酒精系易燃物质，应注意防火 (5) 工具良好，无失落 (6) 工作完毕，应用香皂洗手	(1) 违反《安规》有关规定，扣10分 (2) 不戴防护用品，每项扣2分 (3) 站在下风向，扣2分 (4) 轻微受伤，每次扣5分 (5) 工具失落，每件扣2分 (6) 有轻伤及事故苗子，扣10分
效率 10分	修补裂纹1m，“V”形槽限时45min，梯形槽限时65min	(1) 提前不加分 (2) 每超时1min扣2分

十六、乳胶砂浆修补圬工裂损

劳力组织：1～2人　计算单位：m

项目	技 术 要 求	扣分办法
操作程序 25分	(1) 凿除破损：凿除圬工表面损坏部位及勾缝脱落处所，要凿除彻底，清除表面石屑杂物 (2) 配料 ①材料 水泥：325号	(1) 凿除不彻底，每1m扣2分 (2) 配料不良，每盘扣5分

续上表

项目	技　术　要　求	扣分办法
操 作 程 序 25 分	砂子：干净 聚醋酸乙烯乳液（简称 PVAc 塑料） 水：自来水 ②配制方法如右图。 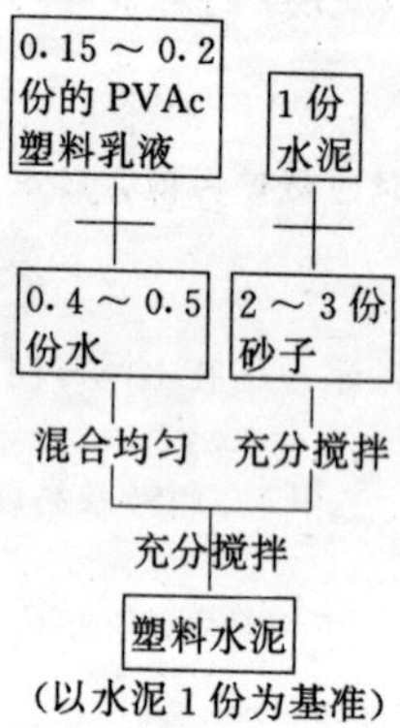 ③配制顺序：拌合时先将水加入 PVAc 塑料中搅拌均匀，再将拌好的 PVAc 塑料乳液倒入已拌均的灰砂内，再搅拌均匀，即成塑料水泥 ④拌合量适当，宜在 1h 内用完 ⑤严格控制用水量，否则影响塑料水泥强度 （3）基本作业 ①将旧缝或表面灰屑除净，用钢丝刷除去碎粉尘，用水冲洗干净 ②在表面或裂缝处涂刷一层 PVAc ③待 PVAc 涂层稍干后，用手摸已不十分湿润，将已拌好的塑料水泥抹上并压实 （4）填补厚度不宜太厚，每层厚不超过 1cm，以免发生裂纹	（3）未照要求操作，每处扣分 5 分 （4）太厚，每处扣 5 分
质 量 50 分	（1）补修圬工，联结牢固 （2）表面补修平整，新旧接茬密实，无飞边断裂	（1）不牢固，每处扣 5 分 （2）不平，有飞边，每处扣 2 分

续上表

项目	技　术　要　求	扣分办法
安全 15分	（1）高空作业要搭好脚手架，系好安全带，电气化区段距接触网 2m 以内作业要断电 （2）凿除圬工表面要戴好护目镜、手套，双层作业戴好安全帽	未戴劳保防护，扣5分
效率 10分	包括搭架、凿缝、清洗、配料、拌合、勾缝、拆架，45min/m 复杂施工条件另计	（1）提前不加分 （2）延时10min 扣2分

十七、支座除锈与涂油

劳力组织：1人　　计算单位：个

项目	技　术　要　求	扣分办法
作业程序 25分	（1）卸开防尘罩 （2）掏出原有黄油，清除支座铁锈、污垢 （3）重新压填黄油或擦石墨 （4）黄油表面封贴纸条或塑料薄膜 （5）装好防尘罩，并将缝隙封闭，以防灰尘侵入 （6）支座表面除锈涂刷防锈底面漆	一项不标准扣3分，缺一项扣5分
质量 50分	（1）支座活动面清擦干净 （2）活动面涂固体油脂或擦石墨 （3）上、下摆油漆均匀	（1）不洁，扣5分 （2）不均匀，扣5分 （3）漏涂，扣15分

续上表

项目	技　术　要　求	扣分办法
安全15分	（1）脚手架或吊架要牢固，使用前注意检查 （2）3m以上高处作业应系安全带	不符合要求，每项扣5分
效率10分	（1）螺栓除锈、除垢、涂油及拆装螺母，8min/个 （2）支座清扫、挖清旧油垢、填黄油，12min/个	（1）提前不加分 （2）每超过5min扣2分

十八、更换支座锚螺栓

劳力组织：2个　计算单位：个

项目	技　术　要　求	扣分办法
作业程序25分	（1）备好锚螺栓 （2）凿出旧锚栓，在支座旁斜向凿孔，侧面取出 （3）清除锚栓孔内碎碴、粉沫；冲洗干净，掏净积水 （4）插入新锚栓 （5）填入部分砂浆，初步捣实，整正位置和高度 （6）边填边捣，顶部压平抹光，作好排水 （7）用湿草袋等覆盖，及时浇水，养生不少于7d （8）凝固后方准涂油并拧紧螺栓帽	上道程序不标准，影响下一程序扣5分，影响质量扣15分
质量50分	（1）锚栓直径应符合规定，钢梁一般为32mm（至少25mm），圬工梁25mm	（1）直径小，扣5分

续上表

项目	技　术　要　求	扣分办法
质量50分	(2) 埋入深度不小于250mm，锚栓下端应有倒刺或弯钩等	(2) 深度不足，扣10分
	(3) 位置、高度正确	(3) 位置高度不正确，扣5分
	(4) 小跨度钢梁活动端，如锚栓未串联钢梁底板，应在螺帽下安装压板	(4) 不符合要求，扣5分
	(5) 砂浆配合比：一般采用水泥和砂子的重量比为1∶1.5，水灰比0.23～0.25	(5) 配合比及水灰比不良扣10分
	(6) 填捣密实，顶部压平，抹光，不得积水	(6) 不平、不光、不实、积水，每处扣5分
安全15分	(1) 凿孔时要戴护目眼镜、安全帽、口罩，掌钎人要戴手套，打锤人不得戴手套	(1)～(2)防护用品缺一项扣2分
	(2) 墩台高度在3m以上，未设围栏处所要系安全带，或绑好临时栏杆，必要时应搭设简单脚手架	
	(3) 作业人员从桥面上、下墩台运送料具，应注意列车	(3) 无专人防护，扣10分
	(4) 在同一支座上，不得同时凿除2根及以上的锚栓	(4) 不符合要求，扣10分
	(5) 锤把要牢，锤头、钎顶不得有飞边，二人不得对面打锤	(5) 操作不安全，每人次扣5分
效率10分	428min/个	每超过10min扣2分

十九、更换橡胶支座（板式）

劳力组织：8～10人　　计算单位：4个

项目	技术要求	扣分办法
作业程序25分	(1) 准备工作 ①支承垫石抄平，确定支座各部分标高及尺寸，做好标记 ②预制环氧树脂混凝土(或混凝土)垫石块 ③支座钢垫板（符合专桥8131定型图）及上、下嵌制角钢（竖肢25～40mm）下料并焊接 ④搭设施工枕木垛，备好保险枕木垛上用的楔形短枕，安放千斤顶，要平稳，上、下垫木垫 ⑤试顶起梁	准备不足,延误施工，每10min扣5分
	(2) 基本作业 ①设好防护后，拆除梁端主轨和护轨接头	①防护不当，扣5分
	②顶起梁体一端至所需高度，边顶边塞楔形短枕,保持一定的保险距。拆除原有支座铲平垫石顶面及剩余锚栓杆	②支垫不牢，扣5分
	③在梁底镶角板四周焊接橡胶支座嵌制角钢或约束板条	③位置不当、不牢，扣6分
	④在原垫石顶垫一层环氧树脂砂浆。安放预制的垫石块，垫石块顶面涂环氧树脂胶液	④未进行或不良，扣5分
	⑤安放支座钢垫板，安放橡胶座预制件使之位置正确，嵌入角钢框或约束板条内 ⑥落梁，使橡胶支座上摆嵌入框内	⑤～⑥安放不准确、落梁未入框，扣5分
	⑦恢复线路达到维修标准,撤出千斤顶,拆除枕木垛	⑦线路未达到标准,扣6分

续上表

项目	技术要求	扣分办法
质量50分	(1) 气温在－26～40℃地区选用天然橡胶支座，出厂试验参数符合铁道部（82）铁科技字1976号的规定	(1) 支座不标准，扣10分
	(2) 安装位置正确，各部分相互密贴，橡胶支座无串动	(2) 不密贴，每处扣2分；位置不正确，每处扣5分
	(3) 嵌制角钢或约束板条位置正确、坚实可靠	(3) 位置不当或不坚实，每处扣10分
安全15分	(1) 按有关规定设好防护，方准开工	(1) 防护不当，扣10分
	(2) 作业人员应戴安全帽、护目镜、手套、口罩	(2) 每缺一项扣3分
	(3) 打锤人员严禁戴手套，不打对面锤，锤把安装牢固，锤面、钎顶不得有飞边	(3)～(5) 操作不符合要求，每项扣5分
	(4) 顶镐负荷能力，应满足起重量要求，使用前需经认真检查。底座要平正、坚实，顶面与钢板接触时，应加木垫，防止滑脱	
	(5) 作业人员搬运机具、材料，由桥面上、下墩台时应注意列车	
	(6) 工作完毕后，需用肥皂水洗手，医用酒精消毒，严禁不洗手吃东西或接触皮肤	(6)～(7) 消毒与化学原料存放不当，每次扣5分
	(7) 使用和存放化学材料（丙酮、乙醇、二甲苯、酒精等）注意防火，严禁吸烟	
效率10分	每4个45min	每超过5分扣2分

二十、支座垫砂浆

劳力组织：6～8人　　计算单位：个

项目	技　术　要　求	扣分办法
作业程序25分	（1）预凿支座部分混凝土。支座下凿除面积不得超过支座总面积的1/4	（1）预凿部分面积超过总面积的1/4，扣2分
	（2）将支座固定在梁端，作好梁跨中心及捣垫砂浆高度标记	（2）高度超过±1cm，扣5分
	（3）由于捣垫支座引起支座锚栓长度不足时，应预先更换标准锚栓	（3）螺栓长度不标准，扣5分
	（4）作好起梁、捣垫机具、材料等准备工作	（4）准备不足，扣2分
	（5）联系要点，许可后按章设置防护	（5）未联系，扣5分
	（6）冒起梁端附近线路钢轨及护轨道钉，或解开钢轨接头	（6）钢轨接头与道钉未处理起梁，扣8分
	（7）顶起梁跨，临时支垫。使用两个及以上顶镐时，要同时起落，支垫要随起随垫。如为平板支座时，根据起梁高度的影响，应相应的松开梁跨另一端的支座锚栓，起梁时应考虑1～2mm的沉落量	（7）起梁作业不标准，每个扣2分
	（8）凿出支座下圬土。清除碎碴，冲洗干净，用布擦干	（8）凿除不彻底，每个扣2分
	（9）支模要牢固	（9）支模不牢，扣2分

续上表

项目	技 术 要 求	扣分办法
作业程序25分	(10) 配料并拌制砂浆、混凝土 (11) 垫捣砂浆混凝土。垫捣砂浆厚度，不宜超过150mm，每次填砂浆量以捣实后的厚度，不超过50mm为宜。填捣砂浆前，应在混凝土表面涂刷环氧树脂涂料一层（环氧树脂100，邹苯二甲酸二丁酯小于20，乙二胺8，水泥30） (12) 落梁，恢复，整修，检查线路 (13) 撤除防护，开通线路 (14) 搬出起梁及捣、垫机具，拆除模板 (15) 填补砂浆、压实、抹光、整修支座周围边缘，达到棱角分明，排水良好，抹压时应在泥抹子面少蘸乙醇或二甲苯，即可抹光	(10) 配料、拌料不标准，每个扣2分 (11) 垫捣厚度不符合要求，扣3分 (12) 恢复不到位，扣5分 (13)～(15) 开通线路后支座未修抹好，每个扣5分
质量50分	(1) 采用干硬性环氧树脂砂浆捣垫，其配合比可参照下列比例(并应预先做配比试验) 环氧树脂（6101，634） 100 邹苯二甲酸二丁酯 18 乙二胺 10 水 泥 425# 200 砂 子（中砂） 250 碎 石（ϕ1～2cm） 350 (2) 捣垫坚实，无裂纹，支座底板与支承垫石间密贴无缝隙，外形平整，棱角分明，不积水	有缝隙、积水、裂纹、空响、不平，一处扣5分（缝隙大于0.5mm，深度大于30mm为一处）

续上表

项目	技　术　要　求	扣分办法
安全 15分	(1) 按规定设好防护 (2) 严格放行列车条件 (3) 无不安全因素	(1) 不符合，扣10分 (2) 不标准，扣5分 (3) 发生，扣5分
效率 10分	663min/个 可根据垫砂浆高度和现场条件调整	延误封锁时间10min，扣完

二十一、整治支座积水

劳力组织：1～2人　　计算单位：m^2

项目	技　术　要　求	扣分办法
作业程序 25分	(1) 按设计要求，在墩台顶面放线 (2) 凿排水槽或流水坡 (3) 清除碎碴，冲洗粉尘 (4) 在新凿圬工表面，涂刷一层纯水泥浆 (5) 按设计砂浆标号拌制砂浆（砂子要过筛） (6) 补抹砂浆。压实，抹光，达到坡度正确，棱角分明，排水畅通 (7) 检查质量 (8) 湿草袋覆盖，养生不少于7d	一项不符合要求，扣3～5分，每漏一项扣5分
质量 50分	(1) 形状、坡度符合设计要求，排水畅通 (2) 抹面平顺，棱角分明，无空响，无裂纹 (3) 砂浆强度等级不低于M10	积水、空响、裂纹，每处扣5分
安全 15分	(1) 墩台高度在3m以上，无围栏时，作业人员应系安全带，或搭简易工作台、架 (2) 作业人员应戴安全帽、护目镜、手套 (3) 同一墩台面上，两人同时凿除圬工时，不得对面作业 (4) 作业人员搬运工具、材料，由桥面上下墩台时，注意列车	未戴安全防护用品扣5分，有不安全因素扣5～10分

续上表

项目	技术要求	扣分办法
效率10分	513min/m^2（根据工作量可调整）	超过10min扣2分

二十二、整修护底与护基

劳力组织：2人　　计算单位：m^3

项目	技术要求	扣分办法
作业程序25分	(1) 按照河床冲刷等水文情况，确定护底、护基整修方案 (2) 拆除旧圬工，并清理基底到设计标高 (3) 按方案进行砌护或灌筑 (4) 浆砌片石或混凝土的养生	每漏一项扣5分
质量50分	(1) 损坏部位整修完好，基础稳定，紧固坚实，河道排水畅通 (2) 对于岩基位置较高，基底岩石风化脱落、墩台基础较差被水淘空时，可采用混凝土或钢筋混凝土围箍墩台基础 (3) 砂质河床或山前压砂卵石河床，冲刷较严重者，采用浆砌片石或混凝土护基，浆砌片石厚度30～50cm，用M7.5～M10的砂浆砌筑 (4) 河底流速不大，冲刷较少，为保持基底稳定，可采用干砌片石防护。干砌时，上、下游做好浆砌垂裙基础，干砌厚度不小于25cm，碎石垫层不小于10cm	(1) 不坚实或影响排水，每处扣10分 (2) 淘空处理不良，每处扣5分 (3) 砌石与混凝土不合格，每1m^{3}扣5分 (4) 未作垂裙与垫层，每处扣5分
安全15分	(1) 桥下作业要戴好安全帽，列车通过时要躲开桥下 (2) 参照相应圬工作业的要求办理	不符合要求，每项扣5分

续上表

项目	技　术　要　求	扣分办法
效率10分	240min（根据现场条件难易可调整）	（1）每超过10min扣2分 （2）提前不加分

二十三、整修沉降缝

劳力组织：1～2人　　计算单位：m

项目	技　术　要　求	扣分办法
作业程序25分	（1）搭好脚手架，备好工具、材料 （2）用钢钎或扁铲将伸缩缝内杂物剔出，破损的缝边用钢钎凿除见新茬 （3）热好沥青漆，用线麻浸泡，拿出后及时塞入处理好的缝隙中，将缝塞满填实（如无线麻用木板刷好沥青漆塞入缝隙中代替） （4）拌M10砂浆或乳胶水泥将伸缩缝抹平压实，抹缝时要用直木条作靠尺，以保持缝隙的宽度及顺直 （5）也可用石灰拌沥青烙平伸缩缝	（1）料具不齐全影响操作质量扣5分 （2）漏一项扣5分，一项不符合要求扣2分
质量50分	（1）长度大于10m的混凝土边墙，大于15m的浆砌片石边墙，均应设有1～2cm伸缩缝，缝内用浸过沥青的麻筋或涂过沥青的木板填塞，达到坚实稳固 （2）管涵的管节、拱涵的端墙与翼墙、联接缝隙要平整、顺直	（1）缺一项扣10分 （2）缝不顺直，清缝不彻底，每1m扣5分；填塞不实，每1m扣2分

续上表

项目	技术要求	扣分办法
质量50分	(3) 勾缝深度及砂浆拌制符合标准，表面平整、光洁，无翻砂、空洞、裂缝	(3) 深度不够、砂浆不符合要求及不光、不平、空、裂，每处扣5分
安全15分	(1) 凿除破损旧缝隙要戴好劳动保护用品 (2) 高处作业要系好安全带，脚手架要加强检查 (3) 二人凿除缝隙，打锤人员与把钎人员要垂直，禁止对面打锤，持锤人员不得带手套 (4) 熬热沥青时要注意防火，防止烫伤	(1) ～(2)防护用品不齐，每项扣2分 (3) ～(4)伤手脚，扣5分；有事故苗子，扣10分
效率10分	限时50min	(1) 每超1min扣2分 (2) 提前不加分

二十四、砌体勾缝

劳动组织：1人　　计算单位：m

项目	技术要求	扣分办法
作业程序25分	应备工具、材料：钢丝刷、棕刷、托灰板、小灰抿、灰斗、手锤、钎子、水桶、喷水壶、水泥、砂、水等 (1) 凿缝：①清除掉旧灰缝处的尘土、草皮、苔藓；②凿缝深3～5cm，宽：料石1～2cm，片石2～4cm，不得有瞎缝 (2) 刷洗灰缝：①将灰缝内的石碴、粉末清除干净；②用水冲洗，保持灰缝湿润	(1) 工具不齐全，每缺一项扣5分 (2) 程序颠倒，扣5分 (3) 漏一项扣5分

续上表

项目	技　术　要　求	扣分办法
作业程序25分	（3）拌砂浆：配M10水泥砂浆，干、湿拌至少各三次，水灰比为0.25～0.60，砂浆稠度以手捏成小团，松手后不散为宜 （4）勾缝：①先涂刷纯水泥浆一层，厚度1～2mm；②用灰抿将砂浆填入灰缝压紧；③缝深时应分两层填平 （5）压缝：①用湿刷扫缝；②砂浆初凝前用灰抿压缝抹光，灰缝应略低于砌石面 （6）养生：用草袋或其它物品遮盖灰缝，并洒水养生，不少于7d	（4）各项操作不符合要求，每项扣2分
质量50分	（1）砂浆配合比、拌合质量符合要求	（1）砂浆拌制不符合要求，扣10分
	（2）凹缝勾缝深3～5cm，应略低于砌石面2～5mm；平缝应赶平，中间凸凹不大于5mm；凸缝高为15mm，无瞎死	（2）凹缝灰缝低于砌石面超过5mm，扣5分；平缝不平，凸凹大于5mm，扣5分；凸缝高于砌石面15mm，扣5分
	（3）缝宽：片石2～4cm，料石1～2cm	（3）缝宽不符合要求，扣5分
	（4）勾缝应压实、压光，无断道、空响、裂纹	（4）灰缝不密实，不光洁、平整，有翻砂、裂纹等不良处所，每项扣5分

续上表

项目	技　术　要　求	扣分办法
安全15分	(1) 按《安规》第3.3.6及第3.3.7条有关规定办理 (2) 在边坡上作业时，应注意防止滑倒 (3) 作业时应戴护目镜、手套 (4) 工具良好，无损坏、丢失 (5) 不伤手脚 (6) 无事故苗子	(1) 未按《安规》有关规定办理，扣10分 (3) 不按规定戴防护用品，每项扣2分 (4) 工具不良、失落，每件扣2分 (5) 伤手脚，每次扣5分 (6) 有事故苗子，扣10分
效率10分	凿勾缝1m，限时30min	(1) 每超时1min扣2分 (2) 提前不加分

二十五、隧道衬砌防水砂浆抹面

劳力组织：2～4人　　计算单位：m^2

项目	技　术　要　求	扣分办法
作业程序25分	(1) 搭设梯架或隧道作业架 (2) 凿除旧混凝土表层（15～20mm） (3) 清洗表面	(1) 未搭或不标准，扣5分 (2) 凿除不彻底，每$1m^2$扣3分 (3) 表面不净，每$1m^2$扣2分

续上表

项目	技　术　要　求	扣分办法
作业程序25分	(4) 用防水浆膏把一般出水眼腻死	(4) 未堵死出水眼，每 $1m^2$ 扣 2 分
	(5) 按要求调拌防水砂浆	(5) 防水砂浆不标准，每 $1m^2$ 扣 2 分
	(6) 凿毛面上刷一层水灰比为 0.35～0.40 的净水泥浆，厚 1mm	(6) 未填净水泥浆，每 $1m^2$ 扣 2 分
	(7) 约 0.5h 后，抹防水砂浆 5～8mm 一层	(7) 未抹防水砂浆，每 $1m^2$ 扣 5 分
	(8) 终凝前抹压 2～3 次。用毛刷将表面在终凝前刷毛	(8) 未压 2～3 次，每 $1m^2$ 扣 5 分
	(9) 终凝（一般 24h）后抹第二层防水砂浆〔若需三层可按 (7) 和 (8) 操作〕，最后一层终凝前抹压 2～3 次表面光洁、平整	(9) 未抹第 2 次砂浆，每 $1m^2$ 扣 5 分；不光洁、平整，每 $1m^2$ 扣 2 分
	(10) 终凝后养生 7d，相对湿度达 85%以上时，养生 3～5d	(10) 养生不良，扣 5 分
	(11) 擦净抹面表层的污灰油迹。并保持干燥（必要时用喷灯烤干），按技术标准要求喷或涂刷覆盖剂二度	(11) 未涂覆盖剂二度，扣 5 分
质量50分	(1) 选料标准 水泥：普通水泥不低于 325 号，长期潮湿地段五层抹面时也可采用同标号火山灰质水泥 砂：粒径 1～3mm，质地坚硬、粗糙、洁净 水：一般自来水或不含有害杂质的天然水	(1) 选料不标准，扣 5 分

续上表

<table>
<tr><th>项目</th><th>技　术　要　求</th><th>扣分办法</th></tr>
<tr><td rowspan="3">质量
50分</td><td>（2）氯化铁或硅化防水砂浆抹面总厚度为15～20mm 抹面可分 2～4 层（每层 5～8mm）</td><td>（2）总厚度与每层厚度不标准，扣5分</td></tr>
<tr><td>（3）防水砂浆调制标准见表 A

防水砂浆调制标准　　表 A
<table>
<tr><th>分类</th><th>氯化铁砂浆</th><th>硅化砂浆</th></tr>
<tr><td>配合比</td><td>水泥：砂：氯化铁=1：2：3%
水灰比 0.45～0.5</td><td>水泥：砂：水玻璃：氯化钙=1：2：9%：6%
水灰比 0.48～0.52</td></tr>
<tr><td>调制标准</td><td>(1)按配比将水泥和砂干拌均匀
(2)将用水量的80%～90%与氯化铁混合搅动
(3)将用水量的20%～10%倒入原氯化铁容器内清洗干净
(2)+(3)混合搅动均匀后倒入(1)进行拌合即成</td><td>(1) 按比例将水泥和干砂拌均匀
(2) 将用水量的70%～80%倒入水玻璃容器内搅匀
(3) 将用水量的30%～20%倒入氯化钙的容器内搅拌溶解
(2) +(3) 迅速搅动均匀倒入(1)进行拌合即成</td></tr>
</table></td><td>（3）防水砂浆调制不标准，扣10分</td></tr>
<tr><td>（4）抹面表层光洁、平整与旧混凝土衔接牢固，抹层密实，敲击无空响，抗渗性好，表面无渗水水迹</td><td>（4）不光、不牢、不密实、空响、渗水，每 $0.2m^2$ 扣 5 分</td></tr>
</table>

续上表

<table>
<tr><th>项目</th><th>技术要求</th><th>扣分办法</th></tr>
<tr><td>质量
50分</td><td>(5) 最后在抹面表层可喷涂覆盖剂二度，封闭表面收缩开裂的微细裂纹。涂刷覆盖剂标准见表B

涂刷覆盖剂标准　　表B
<table>
<tr><th>使用别</th><th>帝畏清漆</th><th>苯乙烯焦油</th><th>再生沥青胶</th><th>附注</th></tr>
<tr><td>第一度</td><td>帝漆∶水泥=1∶0.5</td><td>过稠时掺少量松节油或二甲苯</td><td>过稠时掺入10%汽油或柴油</td><td rowspan="3">低温涂刷困难时可用温水浴热法加温</td></tr>
<tr><td>间隔时间</td><td>12～24h</td><td>24h</td><td>24h</td></tr>
<tr><td>第二度</td><td>帝漆∶水泥=1∶0.6</td><td>同第一度</td><td>同第一度</td></tr>
</table>

(6) 大面积抹面需留接茬时，按接茬作法，各层搭接长度不少于100mm</td><td>(5) 覆盖剂达不到表B标准，扣5分

(6) 搭接长不足，扣5分</td></tr>
<tr><td>安全
15分</td><td>同修排水暗槽</td><td></td></tr>
<tr><td>效率
10分</td><td>每 $1m^2$ 限时250min

(脚手架及现场准备另计)</td><td>(1) 提前不加分
(2) 超30min扣2分</td></tr>
</table>

第七章 路 基 工

一、路基工区一日作业标准

项目	技 术 要 求
班前准备	(1) 准备料具：配好所需材料、机具、防护信号备品 (2) 点名：列队整齐，精神集中，按时点名 (3) 布置工作：讲清工作地点、工作内容、工作数量、质量要求及当日作业的安全注意事项，传达上级指示，进行安全生产教育
前往工地	(1) 行走路肩，跨越线路、桥梁要一停、二看、三通过。来车时，注意瞭望，确保安全 (2) 乘车时，车未停稳不准上下车，严禁坐在危险处所，人要坐稳，工具、材料放置牢固，不超限 (3) 使用轻型车辆，按规定向段调度申请，经同意后，与车站联系办理手续，配足防护和随车人员，车辆用后加锁或入库
施工作业	(1) 按工班长的布置安排，设好防护 (2) 按作业程序及作业标准作业，不简化、不漏项 (3) 施工脚手架及料具堆放不侵入限界 (4) 离地面 3m 以上高空、陡坡及地面下涵渠边作业，必须系安全带，戴安全帽，设安全栏杆等
质量回检	(1) 每日收工前进行自检和互检，查任务、查质量，对不符合标准的项目要返工重做 (2) 按照《铁路路基大修维修规则》有关规定，对未完成任务或有病害需整治的，提出具体要求，填写验收单，限期整改

续上表

项目	技　术　要　求
结束工作	（1）清点、收净料具，清理施工现场 （2）调查次日工作地点、数量，做好记录 （3）撤除防护 （4）料具入库，堆码整齐
分析总结	（1）总结当日作业情况 （2）进行安全分析 （3）评分及合理化建议 （4）填写当日工作台账 （5）安排次日工作计划

二、检查（校正）垂球、方尺、水平尺

劳动组织：1人　　计算单位：min

项目		技　术　要　求	扣分办法
作业程序 45分	垂球 15分	（1）先将垂球悬定不动，并使垂尖对准一固定点，在不摆动状态下使其旋转一周。垂尖在固定点不动，则是准确；若在固定点附近划小圈，则是不准。误差过大，垂球不得使用	（1）错一项扣3分 （2）漏一项扣4分
	方尺 15分	（2）在一平面上划一条直线，将方尺的一边与直线重合，用笔沿另一边划一直线。将方尺翻转180°，仍使原先紧贴直线的那一边紧贴直线，用笔沿另一边再划一条直线。若两次所划直线重合，则方尺是合乎规格；若相交成一个角度，则按此角平分线调整方尺	（1）错一项扣3分 （2）漏一项扣5分

续上表

<table>
<tr><th colspan="2">项　目</th><th>技　术　要　求</th><th>扣分办法</th></tr>
<tr><td>作业程序
45 分</td><td>水平尺
15 分</td><td>(3) 将水平尺放在一平面上，并支平使气泡居中，然后将水平尺调转180°。如气泡仍然居中，则水平尺正确；若有偏离则有误差。校正时，可调整水准管，使气泡调回其偏离值的一半，重新支平反复检验校正</td><td>(1) 错一项扣2分
(2) 漏一项扣5分</td></tr>
<tr><td colspan="2">质量
45 分</td><td>(1) 垂球检查：垂尖相对偏心率不大于 3mm
(2) 方尺检查：两次相交角度不大于 30′
(3) 水平尺检查：调转气泡偏离值不大于 2mm</td><td>不符合要求，每项扣 5 分</td></tr>
<tr><td colspan="2">效率
10 分</td><td>(1) 垂球检查一次 2min
(2) 方尺检查一次 1min
(3) 水平尺检查一次 2min</td><td>(1) 提前不加分
(2) 每超 1min 扣 1 分</td></tr>
</table>

三、施工放样

劳动组织：1～2 人　　计算单位：m^2、处

项目	技　术　要　求	扣分办法
作业程序 35 分	(1) 放样前首先要看懂图纸，认清桩志。对于较复杂或远离线路的建筑物，需通过测量放桩，根据桩志进行放样 (2) 放样分平面放样、立面放样、坡度放样。根据纵、横向中心线和图给尺寸，利用垂球、方尺、水平尺、皮尺或钢尺等所需工具进行操作	(1) 未做，扣5分；不足，扣2分 (2) 未做，每面扣 5 分；不足，每次扣 2 分

续上表

项目	技　术　要　求	扣分办法
作业程序35分	①平面放样：在各轮廓线的延长线上打桩挂线 ②立面放样：使用垂球、水平尺等工具进行，在立面放样挂线中，视建筑物大小，对挂线架可一次搭成或分次搭成，所搭挂线架须牢固，且单独搭设，在转角及沉降缝处要挂三根线，中间为角线，其余两根为连接施工线 ③坡度放样：使用坡度尺、水平尺等工具进行，依据图纸坡度做好坡度尺，将水平尺放在坡度尺上。调整坡度尺使水平尺水平，再使挂线切于或平行于坡度墨线，在两线交点上钉一小钉，钉上拴一细线，线端悬挂一垂球，使细线与墨线垂合即可	
质量50分	各类放样后必须进行核对、检查 (1) 勾股弦法：根据直角三角形三边比值关系（即勾3、股4、弦5）进行核对 (2) 对角线法：根据直角四边形各对角线相等关系进行核对	(1) 未检查扣10分 (2) 方法不对扣5分
效率15分	按平均时间计	(1) 提前不加分 (2) 每超5min扣1分

四、手工凿岩（打炮眼）

劳动组织：1～2人　计算单位：dm

项目	技　术　要　求	扣分办法
作业程序30分	(1) 冲钎法：在松软岩石中打垂直炮眼，可一人手持钢钎，在眼中猛捣，以形成炮眼	(1) 方法不当，扣5分

续上表

项目	技　术　要　求	扣分办法
作业程序30分	(2) 单人打眼法：一手握钎，一手打锤。锤重3～4磅，举锤高度50～60cm。每打一锤提一次钎。每提两次钎应转动钎45°角，使孔眼圆滑 (3) 双人打眼法：一人双手扶钎，另一人双手打锤。锤重6～8磅，每打一锤提一次钎，同时转钎30°角。落锤要稳、准、狠 (4) 每打好一段炮眼，需用掏勺将石粉掏出，或用水冲洗后，再继续打眼 (5) 稍坚硬的岩石在最初开门时都要注水，以保持炮眼润滑，减少阻力	(2) 不标准，扣2分；锤重不标准，扣1分 (3) 不标准，扣2分 (4) 漏项，扣3分 (5) 未注水，扣5分
质量40分	(1) 眼孔偏斜率不大于20‰ (2) 眼孔深度符合要求	(1) 超过，扣5分 (2) 不符合，扣5分
安全20分	(1) 不伤手脚 (2) 绳索结实，插钎稳固 (3) 作业前全面检查	(1) 伤手脚，扣5分 (2) 不符合要求，每项扣5分 (3) 未检查，扣10分
效率10分	双人打眼，38min/dm	(1) 提前不加分 (2) 超1min扣2分

五、制作安装模板

劳动组织：2～3 人　　计算单位：m^2

项目	技　术　要　求	扣分办法
作业程序 25 分	(1) 木模与混凝土接触的板面一般应刨光，拼缝应严密，缝隙应用油灰、木条等嵌塞紧密 (2) 拉装木模宜在平整场地进行。钉头应钉平板面。钉长宜长于板厚 40cm，钉径应不大于板厚 1/7，钉子的排列用齐列、错列或斜列 (3) 模板的侧面采用拉杆、箍式支承等类型，且宜加内撑，以保持模板的准确尺寸 (4) 为便于拆模，接触表面应涂隔离剂，如润滑油、油类混合剂等 (5) 为避免混凝土结构棱角在拆模时受损，隅角部分宜加边宽 25～50mm 的三角棱条，作成钝角 (6) 按设计和施工要求预留好各部孔洞，使用后予以封闭 (7) 整体吊装模板应有足够的刚度，模内宜加临时支撑	不符合要求，每项扣 3 分
质量 50 分	(1) 木模刚度符合要求 (2) 拼缝严密 (3) 缝隙使用油灰嵌塞 (4) 接触面无钉尖	不符合要求，每项扣 5 分
效率 25 分	(1) 单面木模制作，$10min/m^2$ (2) 模板安装，$15min/m^2$	(1) 提前不加分 (2) 每超 1min 扣 2 分

六、拌制砂浆

劳动组织：1 人　　计算单位：kg

项目	技　术　要　求	扣分办法
作业程序 30 分	(1) 水泥砂浆：按配合比量出水泥和砂子，放在钢板上或木槽内搅拌均匀，慢慢倒入水并搅拌到干湿完全一致，一般需干拌三遍，湿拌三遍 (2) 水泥石灰砂浆：先将规定数量的水泥、砂子干拌均匀，再将规定数量的石灰膏加水稀释成浆，倒入拌合均匀 (3) 石灰砂浆：将加水稀释好的石灰浆倒入量好的砂子中拌合均匀 (4) 为节约水泥，增加砂浆的和易性，可掺用塑化剂和加气剂。塑化剂用于 50 号以上砂浆，其用量一般不超过水泥用量的 0.25%；松香热聚物加气剂的用量约为水泥质量的 0.005%～0.015%；松脂皂加剂约为水泥质量的 0.05%左右。塑化剂和加气剂均应掺入拌合用水中，调匀后再去拌合砂浆 (5) 运送砂浆时，要用不漏水的容器，雨天应加覆盖，冬天应予保湿。到达工地如有泌水现象，应重新拌合	不符合要求，每项扣 3 分
质量 50 分	(1) 按配合比配料，质量比允许误差±2%；体积比允许误差±5% (2) 随拌随用：水泥砂浆 40min，水泥石灰砂浆 2h (3) 已凝结砂浆严禁使用，不许将已凝砂浆重新加水拌合作用	不符合要求，每项扣 5 分
效率 20 分	20min/100kg	(1) 提前不加分 (2) 每超 1 min 扣 1 分

七、浆砌片石

劳动组织：1人　　计算单位：m^3

项目	技　术　要　求	扣分办法
作业程序30分	（1）清理基底：清除浮土、松石、坑凹、冲沟，基底大致平整 （2）放样挂线：按要求打定位桩、放样挂线、立伸缩缝板 （3）洗选片石、洗刷石料泥土、污垢 （4）搭架砌筑： ①砌体基础稳固，尺寸正确，误差不大于±4cm ②砌体表面平整，用2m弦量，凹凸不超过±5cm ③为使整个砌体均匀承压，应分层砌筑，每层高度约0.7～1.2m，每砌一层应找平一次。不得用砂或小石块找平 ④层间石块错缝不应小于8cm；角石错缝不应小于15cm，避免重缝、直缝、曲线缝出现 ⑤外露灰缝应为2～4cm，灰缝中不得用小石块支垫，三块石料相接内切圆直径不超过7cm ⑥镶面石与帮衬石应相互交错连接，丁顺相间，相距10cm左右 （5）勾缝： 勾缝有平缝、凹缝、凸缝。浆砌片石以平缝为宜；凹缝多用于石料方正、墙面平整之处，凸缝多用于不甚平整的石料。勾缝砂浆等级应比砌筑等级略高，通常主体工程采用M10水泥砂浆，附属工程用M7.5水泥砂浆。沉降缝、伸缩缝处应平整垂直，留设的泄水孔应做到位置、尺寸、排水坡度正确	不符合要求，每项扣2分

续上表

项目	技术要求	扣分办法
作业程序30分	(6) 整理养生：刮平表面砂浆，清扫坡面，覆盖防晒、防冲物；7d养生，拆架、清理现场	
质量40分	(1) 砌体尺寸、砂浆标号符合要求，表面平顺	(1) 砌体尺寸误差大于±5mm，每次扣2分；砂浆标号低于设计标号10%，扣5分；2m弦量凸凹大于±3mm，扣2分
	(2) 石质洁净,无风化裂纹,污垢清洗干净	(2) 不符合要求，每处扣2分
	(3) 分层砌筑，砌口咬紧	(3) 三角缝大于7cm,每处扣2分
	(4) 灰缝错开,砂浆饱满、无空缝,灰缝宽不大于4cm，不小于2cm	(4) 错缝小于8cm,每处扣2分；空缝，每处扣2分；缝宽不符合要求,每条扣2分
安全材料20分	(1) 料石、工具不侵限 (2) 施工作业不伤手脚 (3) 不浪费材料	(1) 侵限或伤手脚，扣10分 (2) 有浪费，扣5分
效率10分	浆砌 $0.4m^3/2h$	(1) 提前不加分 (2) 每超10min扣1分

八、干砌片石

劳动组织：3～5 人　　计算单位：m^3/人

项目	技术要求	扣分办法
作业程序20分	(1) 对基底进行清挖、夯实、铺设垫层 (2) 打定位桩、放样挂线 (3) 选面、修面、试放、安砌	漏一项扣5分；不符合要求，每项扣3分
质量40分	(1) 基底平整密实、垫层按要求铺设	(1) 不符合要求，扣2分
	(2) 石料无风化裂纹，石料最小尺寸不小于15cm	(2) 石质不良，每块扣2分
	(3) 坡面平顺，用2m弦量，凸凹不超过±50mm	(3) 超出标准，每处扣2分
	(4) 片石互相咬接紧密，无松动石块，片石间隙用小块石填塞牢固	(4) 不符合规定，每项扣5分
	(5) 两层片石间错缝不小于8cm，无对缝	(5) 不符规定，扣5分
	(6) 砌体尺寸符合要求	(6) 不符合规定，扣10分
安全材料20分	(1) 按规定使用手套、护目镜、鞋盖等劳保品 (2) 不碰伤手脚 (3) 工具材料堆放稳固，不侵限 (4) 材料无浪费	发生一项扣5分
效率20分	高度1.5m以内：挡墙210min，护坡274min，天侧沟380min 高度3m以内：挡墙260min，护坡324min，天侧沟430min 高度4.5m以内：挡墙310min，护坡374min，天侧沟480min	每延长10min扣1分

续上表

项目	技　　术　　要　　求	扣分办法
效率20分	高度6m以内：挡墙360min，护坡424min，天侧沟530min 参考定额：0.4m^3耗时120min	

九、灌浆、勾缝

劳动组织：1人　　计算单位：m^2

项目	技　　术　　要　　求	扣分办法
作业程序30分	(1) 设好安全设备	(1) 未设，扣10分
	(2) 清除裂缝内的积土杂物等	(2) 不标准，扣2分
	(3) 凿缝：凿缝深度一般为3～5cm，宽度应一致，瞎缝应凿开，清除石粉、碎屑	(3) 不标准，扣0.5分
	(4) 洗刷：将凿缝用水自上而下彻底清洗干净	(4) 未做，扣1分
	(5) 刷浆：在缝内先涂一层纯水泥浆，使砂浆与岩体或污工能很好地联结	(5) 未做，扣2分
	(6) 灌浆、勾缝：按规定配合比拌制砂浆，立即灌浆或勾缝。勾缝压边力求坚实，新、旧缝衔接良好。若岩缝过深，外口过大，可先用混凝土灌筑或用小片石塞缝灌浆捣实，再进行勾缝。有地下水露头时，勾缝下部应留泄孔	(6) 不及时，扣1分
	(7) 抹光、修平：勾缝后20min进行抹光、修平	(7) 未做到，扣2分
	(8) 养生：勾缝初凝后用草袋等覆盖，洒水养生7d	(8) 未做到，扣1分
	(9) 拆除安全设备	(9) 未做到，扣2分
	(10) 清扫工作面，清理工地	(10) 不标准，扣1分

续上表

项目	技　术　要　求	扣分办法
质量40分	(1)勾缝应压实、抹光，无断道、空响、裂纹 (2) 勾缝圆顺美观，式样一致	不符合要求，每处扣5分
安全材料20分	(1) 安全设施安全、牢固 (2) 无滑倒、摔伤 (3) 无浪费	(1) 发生，每项扣10分 (2) 有浪费，扣5分
效率10分	90min/m^2	(1) 提前不加分 (2) 每超1min扣1分

十、砂浆抹面

劳动组织：1人　　计算单位：m^2

项目	技　术　要　求	扣分办法
作业程序25分	(1) 抹面：先紧贴坡面抹底层，底层表面可用抿刀做成波浪状或锯齿状粗糙面。当底层表面出现细微裂纹，一般为5～6成干时，立即开始抹第二层，如有第三层，则第二层表面亦应做成粗糙面，并待其稍干后抹第三层。面层表面要抹平。当抹面作业中断时间较长时，停工处灰体应做成斜形粗糙面 (2) 压实提浆：灰体初凝后，稍待数小时，即可用卵石或木拍往复磨压提浆，一般应进行2～3次。后一次提浆需在前一次提浆后，表面略微干燥时进行	(1) 不标准，扣5分 (2) 不标准，扣3分

续上表

项目	技术要求	扣分办法
作业程序25分	(3) 提浆结束后，按规定浓度配制的卤水或青矾水(晴天稀、阴天浓)均匀地沥涂在灰体表面 (4) 一般抹面后10～12h(炎热天气2～3h)，灰浆即初凝，应立即用麻袋、草帘等遮盖并浇水养生，养生期约7d	(3) 未做，扣3分 (4) 未做，扣5分
安全材料15分	(1) 材料、工具不侵入限界 (2) 高空作业安全设施齐全、牢固 (3) 不浪费材料	(1) 侵入限界，扣10分 (2) 不符合要求，扣5分 (3) 有浪费，扣5分
质量50分	(1) 水泥选用300～400号硅酸盐水泥。砂浆强度等级：一般主体工程用M10，附属工程用M7.5。水灰比小于0.65 (2) 抹面养生后无裂纹，每$1m^3$承压500N (3) 抹面厚度1～3mm，厚薄均匀，不空响 (4) 表面光滑一致，砂浆拌合均匀，无流砂，接茬平顺	(1) 不符合规定，扣3分；正负误差0.5mm及以上，每处扣5分 (2) 出现，扣5分 (3)～(4)不标准，每项扣5分
效率10分	厚2cm，$70min/m^2$ 厚3cm，$100min/m^2$	(1) 提前不加分 (2) 每超1min扣1分

十一、石笼制作与铺砌

劳动组织：4～6 人　　计算单位：m^3

项目	技术要求	扣分办法
作业程序 25 分	(1) 备料（铁线及片石） (2) 编制：编制方法有手工编制和机具编制二种。手工编制可参照《桥梁工基本作业》第四章第一节 (3) 装制：将编好的石笼运到现场，在挖好的基础上放好，开口向上装满片石，用铁线将口封好，装制石笼时要大块石靠边 (4) 联结封口：石笼与石笼之间要联结牢固	备料不足、不合格，扣 5 分；程序不正确，扣 10 分
质量 50 分	(1) 石笼采用 $\phi 3.0$～4.0mm 镀锌铁线编制，用 $\phi 6$～8mm 盘条做骨架 (2) 石笼根据需要可编成箱型或圆筒型。网眼对角线不大于 140mm，每个结点拧二扣 (3) 装石笼，要大块片石靠边，小块填心，装填密实 (4) 封口严密，对应面之间用铁线或盘条拉紧；石笼间用 $\phi 6$～8mm 盘条联结牢固 (5) 断面、长度、标高、构造符合设计要求	(1) 铁线骨架不标准，扣 5 分 (2) 石笼不标准，每 $1m^3$ 扣 5 分 (3) 装笼不实，每 $1m^3$ 扣 8 分 (4) 封口不牢，每 $1m^3$ 扣 10 分
安全 15 分	(1) 编制石笼要戴手套，破碎石料戴好护目镜 (2) 装填石笼在桥下时要戴好安全帽，列车通过时躲开桥下	未配防护用品，每项扣 5 分

续上表

项目	技　术　要　求	扣分办法
效率10分	9600min/m^3 （根据设计和现场条件可以调整另定）	每超过30 min扣2分

十二、危石处理

劳动组织：5～6人　　计算单位：m^3

项目	技　术　要　求	扣分办法
作业程序25分	（1）备好安全桩，挂安全绳 （2）设好防护 （3）指定经验丰富，认真负责人员进行检查： ①目看：观察围岩节理，看裂隙产状和相互切割关系，被煤烟污染断面要作细致检查 ②敲：用铁锤或钢钎敲打岩体，有空响声说明已于基岩脱离成危石 （4）撬除危石：凡是经检查判断为危石者，要立即用撬棍铁锤钢钎进行处理，确认为工作量较大，暂不能撬动者，要另列施工计划，单独要点封闭处理 （5）将撬除的危石及时运至限界以外	（1）无安全桩及绳，扣5分 （2）信号防护不当，扣10分 （3）检查判断不准，每处扣5分 （4）撬石不当，扣10分 （5）不及时，扣10分
质量50分	（1）对易于塌落的危石要撬除彻底，不留隐患；不得放炮破坏围岩稳定性 （2）对暂不能清除的危石，要作好标记，另行安排计划处理，定期观测 （3）对不能撬除的危石，用加固措施，支撑牢固	（1）撬除不彻底，每处扣10分 （2）未作标记与观测，每处扣5分 （3）未加固处理，每处扣5分

续上表

项目	技术要求	扣分办法
安全 15分	(1) 应事先作好施工计划，制定出具体安全措施，设好防护，电气化区段要停电作业 (2) 作业人员要戴好安全帽、安全带、手套、护目镜 (3) 撬除危石时，要将检查车躲开危石掉落处所，撬除大块危石要用旧枕木防护好线路	(1) 不符合要求，每项扣5分 (2) 缺少防护用品，每项扣3分 (3) 线路未防护，扣10分
效率 10分	以调查工作量为准，确定工时	延误10min以上扣10分

十三、整修排水沟

劳动组织：2人　　　计算单位：m^3

项目	技术要求	扣分办法
作业程序 25分	(1) 拆除原圬工砌体，凿除松动部分，用水清洗干净后再进行补砌 (2) 翻修基础时要夯实地基 (3) 对于冲刷比较严重的部位也可以灌注混凝土 (4) 养生：完工后用湿润草袋（帘）盖好，浇水养生不少于7d	简化程序，每项扣5分 (4) 使用养护液等措施不扣分
质量 50分	(1) 保持水沟排水畅通，护坡、护底无坍塌，无断裂，无渗漏，无潜流	(1) 不符合要求，每项扣5分

续上表

项目	技术要求	扣分办法
质量 50分	(2) 清理淤土，冲刷处所用浆砌片石护底，沉陷处要夯填补平，要有足够的排水断面和纵向坡度 (3) 砌筑圬工符合质量标准，冻胀性基础深度应在冻结线0.25m以下	(2) 断面与坡度不标准，扣5分 (3) 基础深不够，每$1m^3$扣1分
安全 15分	(1) 在离地面3m以上的陡坡上施工时，必须戴安全帽、安全带 (2) 脚手架、梯子等，要搭设牢固，有专人负责检查 (3) 凿除圬工片石时，两人作业，严禁对面打锤 (4) 浆砌片石作业安全同浆砌片石要求	不符合要求，每项扣5分
效率 10分	$0.4m^3$限时2h	每超过10min扣1分

第八章　巡　道　工

一、按巡回图巡查线路

劳动组织：1人　　计算单位：km

<table>
<tr><th>项目</th><th>技　术　要　求</th><th>扣分办法</th></tr>
<tr><td>作业程序40分</td><td>(1) 交接
①人员交接，接班人应穿规定的服装，在工区规定地点接班，交接班不超过10min；②交当班期间线、桥设备状态、病害变化、小补修工作急待处理的问题；③按规定交接工具、应急材料、信号用品；④交清巡道牌，接班人确认牌号；⑤交接班完后，交班人将接班人送上道
携带备品如下：
<table>
<tr><th>名称 数量 线别</th><th>双面信号灯</th><th>火炬</th><th>响墩</th><th>喇叭</th><th>红色信号旗</th><th>黄色信号旗</th><th>两用钉锤</th><th>时刻表</th><th>活扳手</th><th>对讲机</th></tr>
<tr><td>单线</td><td>1</td><td>2</td><td>6</td><td>1</td><td>3</td><td>1</td><td>1</td><td>1</td><td>1</td><td>1</td></tr>
<tr><td>双线</td><td>1</td><td>2</td><td>12</td><td>1</td><td>3</td><td>1</td><td>1</td><td>1</td><td>1</td><td>1</td></tr>
</table>
<table>
<tr><th>名称 数量 线别</th><th>道钉</th><th>螺栓</th><th>短路铜线</th><th>木折尺</th><th>粉笔</th><th>检查记录本</th><th>巡回图表</th><th></th></tr>
<tr><td>单线</td><td>3</td><td>2</td><td>1</td><td>1</td><td>3</td><td>1</td><td>1</td><td></td></tr>
<tr><td>双线</td><td>3</td><td>2</td><td>1</td><td>1</td><td>3</td><td>1</td><td>1</td><td></td></tr>
</table>
</td><td>(1) 漏一项扣5分
(2) 错一项扣3分
(3) 不按要求做，每项扣5分</td></tr>
</table>

续上表

项目	技　术　要　求	扣分办法
作 业 程 序 40分	（2）巡查线、桥设备 ①按巡回图规定的线路每公里单线用20～30min；复线白天班用25～35min，夜班用35～45min。要慢走、细看、勤回头，单线走左侧枕木头，混凝土枕走道心，双线迎着列车方向前进 ②重点检查薄弱地段：对重点地段除慢走、细看外，还要采取转一圈的方法进行检查。钢轨、辙叉及联结零件有无伤损，旧伤损有无发展，对伤损轨实行点名记名检查；无人看守道口、桥隧有无异状；有无侵入限界的砂石料和线、桥有无影响行车安全的故障 ③上、下道：如有列车开来时，应距列车500m外下道避车；双线区间邻线来车时，应下道站在左侧路肩上，也可就近站在右侧，距外股钢轨不少于2m的安全地方。如为桥隧设备，应站在避车台或避车洞内。无此设备时，应走出桥外或隧道外避车。列车开来时，面向列车方向，注意观察列车运行状态。上道前应确认本线和邻线有无列车开来 ④迎送列车：线路和列车运行良好时，向司机和车长显示信号（白天举起拢起的黄色信号旗，夜间为白色灯光）以示联系 发现列车上货物坠落、车辆燃轴、制动梁脱落或火灾时，应及时发出停车信号 ⑤休息及换牌：在交界处须交换与确认巡道牌号，并互检信号、工具及应急材料备品。到交界处的时间，较规定时间提前、错后不超过10min。若30min以后仍不见对方巡道工来时，应越区巡回，直至发现对方巡道工为止	

续上表

项目	技　术　要　求	扣分办法
作 业 程 序 40分	(3) 联系、联控 ①同维修组联系：通过作业地段向施工人员了解设备状态 ②同值班人员联系、联控：通过有人看守道口及路基、桥隧巡守点时，了解列车运行情况及线、桥设备存在问题，并互检信号、工具、材料，在联控本上填写记录 (4) 小补修工作 ①打紧浮起道钉，拧紧松动的接头螺栓和扣件，整修失效的防爬设备及道岔零件 ②疏通侧沟和排水沟，铲除路肩杂草，整平路肩 ③清扫无人看守道口轮缘槽 (5) 故障处理：按规定做（附后）	
质 量 30分	(1) 交接班时间在10min以内 (2) 交接线、桥、路设备情况、病害变化和小补修工作 (3) 按表列、带信号、工具、备品和应急材料 (4) 对重点薄弱地段蹲趴进行一次详细检查 (5) 迎送列车姿势正确 (6) 同维修人员、值班人员联系、联控 (7) 对线路上伤损轨进行记名检查	(1) 超过1min，扣1分 (2) 未交清，每项扣5分 (3) 少带一件，扣5分 (4) 未蹲趴，扣5分 (5) 不正确，每次扣2分 (6) 未联系、联控，每次扣2分 (7) 漏检，每项扣5分

续上表

项目	技　术　要　求	扣分办法
安全20分	（1）在距钢轨 2m 以外迎送列车 （2）不抢越线路迎送列车 （3）距列车 500m 以外下道完毕，下道后距线路 2m 以外 （4）无不安全因素	（1）两线间邻线上迎送列车，每次扣 5 分 （2）抢越时，每次扣 10 分 （3）不足时，每次扣 5 分 （4）发生，每次扣 5 分
效率10分	20min/km	（1）提前不加分 （2）超 1min 扣 1 分

二、处理线路故障

项目	技　术　要　求	扣分办法
作业程序35分	对危及行车安全的线桥故障应及时排除。对不能及时排除的故障应设置停车信号防护 （1）首先发出警报信号（一长三短声），并将固定信号显示为停车信号 （2）若无固定信号时，在故障地点设置停车信号（夜间或雾天应点燃火炬） （3）当确知来车方向时，应先向来车端，从故障地点边缘往外 800m 处，在列车运行方向左侧钢轨上设第一个响墩，隔 20m 右侧设第二个响墩，再隔 20m 左侧设第三个响墩，按同样方法再到另一端设置响墩，然后返回故障地点	（1）漏一项扣 5 分 （2）错一项扣 2 分

续上表

项目	技 术 要 求	扣分办法
作业程序35分	(4) 若不能确认来车方向，用喇叭连续发出警报信号，并注意倾听和瞭望。发现来车时，应急速奔向列车，显示停车信号，并把响墩设在能赶到的最远距离的线路上 (5) 列车停车后，确定放行列车条件及速度	
质量35分	(1) 发现线、桥故障后，吹警报信号	(1) 未吹警报信号，扣10分
	(2) 在故障地点设置停车信号	(2) 未设停车信号，扣15分
	(3) 按明确的已知(或不知)来车方向去防护	(3) 未在来车方向设防护，扣15分
	(4) 响墩位置设置正确（允许误差为±2m）	(4) 超过±2m,每个扣2分
	(5) 音响间隔（长声为3s，短声为1s）	(5) 音响间隔不对，每次扣5分
	(6) 在故障地点设置的停车信号稳妥	(6) 不稳妥，扣10分
	(7) 距故障地点边缘设置响墩的距离为800m（允许误差为±2m）	(7) 超过±2m，每端扣5分
	(8) 口述（或实际）点燃火炬方法正确	(8) 错或不清，扣10分
安全15分	(1) 设置信号过程中无摔倒或伤手脚	(1) 发生，扣10分
	(2) 本人无其它不安全因素	(2) 如有，扣5分

续上表

项目	技　术　要　求	扣分办法
效率10分	20min/100m	(1) 提前不加分 (2) 超过1min扣2分

三、小补修作业

劳动组织：1人　　计算单位：m

项目	技　术　要　求	扣分办法
作业程序25分	按巡回图规定的小补修时间，在责任公里内进行（实作考试时除外） (1) 打紧浮起道钉或拧紧扣板螺栓：打浮钉时，要骑着钢轨，弯着腰，见浮钉就打 (2) 拧紧螺栓：拧紧螺栓前应用螺栓扳手敲一敲。如松动时，先把松动的螺栓上几扣，再把其余的螺栓上几扣，最后再把松动的那个螺栓上紧 (3) 整修防爬设备：如防爬器松动时，夏天要狠打，冬天要轻打，一般在－20℃以下时，应在中午打紧，春、秋两季要全面打紧。安装防爬器时，应事先试一试，看销子是否合适。销子打紧后，后端外露部分不应短于20mm。如发现有歪斜和浮起的木撑时，不能用锤头硬打，要用锤背放平打。打时应把石碴扒开，打下防爬器，再安好木撑，顶面比轨枕顶面低20mm，最后打紧防爬器。如木撑松动时，可用木楔顶靠。木楔形状可做成上下一样宽，一般较空隙厚2mm。安装时先将木楔靠轨枕边放好，再打下木撑。混凝土或石制支撑如有浮起时，不能用锤直接打下，应用木板垫好再打。未垫入承力板的应补充，有脱落的应及时整正，有劈裂或腐朽的应更换	(1) 漏一项扣5分 (2) 错一项扣2分

续上表

<table>
<tr><th>项目</th><th>技 术 要 求</th><th>扣分办法</th></tr>
<tr><td>作
业
程
序
25分</td><td>（4）铲除杂草：用铲子或铁锹，见草就除，或挖根除草，保持线路外观整洁
（5）整平路肩：路肩如有坑洼时，要用与路基顶面相同的土壤填满夯实。填补时，不要在粘性土壤的路肩上，用砂或旧碴填补坑洼。如路肩有高岗应铲平，以防阻碍排水
（6）疏通侧沟和排水沟：如侧沟和排水沟有石块、杂草、漂浮物和小量堆塌等应及时清除
（7）清扫无人看守的道口轮缘槽：用扁铲或道钉锤顺着轮缘槽，将积土清出线路外，保持槽深为45～60mm
（8）小补修完后填好记录
根据上述工作归纳主要小补修作业程序：①打紧浮钉、拧紧螺栓或拧紧扣板螺栓；②整修防爬设备；③铲除杂草、整平路肩</td><td></td></tr>
<tr><td>质
量
50分</td><td>（1）道钉无缺少，无浮起
（2）扣板螺栓无缺少，无松动
（3）接头螺栓无缺少，无松动
（4）防爬器、支撑无缺少，无松动
（5）道床、路肩无杂草
（6）路肩平，道床坡脚齐，无散碴</td><td>（1）有一个扣0.5分
（2）有一个扣1分
（3）有一个扣2分
（4）有一个扣1分
（5）杂草每10单面米扣1分
（6）不平或不齐，每10单面米扣1分</td></tr>
</table>

续上表

项目	技　术　要　求	扣分办法
质量50分	(7) 侧沟、排水沟平整，无杂草，排水良好	(7) 排水不良、有杂草，每10单面米扣1分
	(8) 道口轮缘槽无积土	(8) 有积土，每处扣5分
安全15分	(1) 来车时人员、工具及时下道避车	(1) 不及时，每次扣5分
	(2) 过车时，观察列车运行情况	(2) 未观察，每次扣2分
	(3) 作业中不伤手脚	(3) 伤手脚，每次扣10分
	(4) 无其它不安全因素	(4) 如发生，每次扣5分
效率10分	按平均时间计分	(1) 提前1min加0.5分 (2) 超过1min扣1分

四、手工检查钢轨

项目	技　术　要　求
检查方法	巡道工在巡查线路时，应着重检查钢轨。检查时，要精力集中，力求做到一步不白走，一眼不白看，使任何伤损钢轨不漏检 (1) 看轨面“白光”有无扩大。轨踏面被车轮磨光的亮光面，俗称“白光”。正常钢轨的轨面是又平、又直、又齐，形成一道白亮的痕迹。钢轨如有内伤，轨面白光会向外扩大。白光扩大的长度，与内部裂纹长度大致相同

续上表

项目	技　术　要　求
检查方法	（2）看“白光”中有无“暗光”或黑线。轨头内部有垂直纵向裂纹时，会在扩大的白光中出现一道暗光。这是因为内部发生裂纹后，轨面受车轮压力不匀，原来亮光消失的缘故。暗光的形状一般是中间宽窄一致，两端尖小。内部裂纹越宽越靠轨面，暗光就越粗越明显。裂纹发展到接近表面时，暗光变成黑线。曲线上的钢轨，由于受车轮偏压磨损后经整修或改铺在直线上，会出现假暗光或黑线。相互式接头曲线的大腰处，轨面白光有时向外扩大，但无暗光或黑线。假暗光或假黑线一般粗细不一，可以擦掉。辩别时，还要看轨头有无轧宽，颚下或轨腹有无锈线。如有上述现象时，则为伤损钢轨。在长大坡道经常撒砂制动地段，不易看清白光时，可以从轨面砂粒压成粉末情况加以判断。轨面砂粒粉末较厚较粗处，应与白光中出现暗光、黑线的现象同等对待 （3）看轨头是否“肥大”。轨头内部如发生裂纹，则该处轨头必然较正常钢轨肥大。轨头肥大几毫米，它的内部裂纹也宽几毫米 （4）看轨头是否下垂。轨头垂直纵向裂纹、水平纵向裂纹下颚纵向水平裂纹等伤损发展到较严重时，都会出现颚部下垂 （5）看轨头部侧面有无锈线。内部伤损钢轨，由于车轮压力集中，引起局部金属变形，出现连续的表皮剥落现象，不久在剥落的地方盖上一层淡褐色铁锈，并逐渐连成一道锈线，颜色逐渐由褐色变成红色，最后变成暗红色。如发现轨面有白光扩大，白光中又有暗光黑线，这时应详细检查该处两侧表面。如有锈线，其一般规律是：白光向外侧扩大，锈线出现在内侧；白光向内侧扩大，锈线出在外侧 （6）看腹部有无鼓包或变形。腹部如有竖裂内伤，轨腹内出鼓包。钢轨腹部如发现不平直处，用手摸也感觉有鼓出现象时，可用小锤敲该处。如锤向外弹，证明腹部确有竖裂内伤。哪一面鼓出，伤损就靠近那一侧；两面鼓出伤在中央，一面鼓出一面凹进的，是腹部扭曲伤损，它会引起钢轨横向折断，应注意检查。鼓包用锤敲击时，铁皮剥落，鼓包消失，则是重皮，而不是钢轨内伤

续上表

项目	技　术　要　求
恶劣天气检查方法	趁有霜、雪、雨、雾时，检查钢轨裂纹 钢轨由于有裂纹，其传热、散热和吸收水分的性能和好钢轨不同。根据这个特点，可以找出裂纹的一般规律 主要是观察裂纹有无流水、淌红锈等异状。因下霜、下雪时，好轨沾满霜雪，唯有裂纹处不沾霜雪。下雨、降雾时，好轨干得快，唯有裂纹处不易干，即使晒干后也留有红锈或黑锈痕。敲击时向上冒锈水 夏天裂纹刚出现时，纹的两侧掉铁皮。当纹裂开后，经水浸蚀，出现一条垂直的黄色锈线。全部裂通后，锈呈酱红色逐渐变为粉色。在锈痕中央夹着一条垂直裂纹，轨面与带毛刺的细线并稍发灰色 冬天裂纹出现时，同样掉铁皮。当纹裂通后，中间夹一条黑影，但无锈痕，霜退后有霜痕
处理方法	为了监视好此种钢轨，要用白铅油沿着裂纹长度做出标记，巡查时观察有无发展。也可在伤损钢轨和夹板附近处的轨枕上画上与巡道班次相同号码的检查标记，以便互相监视。伤损有发展时，应交待清楚，并做记录。发展达到需要及时更换程度时，应报告工长予以更换

第九章　道　口　工

一、道口看守作业

劳动组织：1人　计算单位：次

项目	技术要求	扣分办法
作业程序 40分	(1) 交接班 接班人必须保证足够睡眠，精神饱满，衣帽整齐，不得饮酒，提前15min到达岗位。交班人应交清上级有关安全指示和当班时的安全情况，急待处理的问题以及工具、信号、备品和设备等。接班人应清点数量，检查设备，确认无误，并在交换簿上签字 (2) 班中作业 ①坚持瞭望：要集中精神，认真瞭望列车和监视，车马、行人不得阻碍道口，天气恶劣或行人车辆过多时，双人值班，一人要坚持室外瞭望，加强电话联系，同巡道工及维修人员联系、联控，并在联控本上登记 ②接转通知：接到电铃、电话来车通知或发现列车开来，应手持拢起的信号旗(夜间手持信号灯）立即出场。有电话、电铃的，应转告相邻道口，双人看守的道口，要复诵、复示 ③疏通道口：出场后，利用接车间隙，宣传安全知识，疏通道口行人、车辆，并用喇叭下行吹一长声，上行吹两长声，通报有关人员	(1) 漏一项扣5分 (2) 错一项扣2分

续上表

项目	技　术　要　求	扣分办法
作业程序40分	④适时落杆：ⓐ落杆应做到“一看、二确认、三关闭”。即看行人、车辆通行情况，确认落杆时机，分上、下行的道口先落进口杆。ⓑ多人看守道口应分工明确，自动栏木应固定专人操纵，执行呼唤制度，并互对信号，防止错开或错关。ⓒ车站附近道口，对开来的机车或列车是否通过道口不能确认时，应关闭栏木 ⑤检查设备：列车到达前，要确认道口铺面、轮缘槽、线路（道口两端 50m 范围内）有无影响行车安全的障碍 ⑥迎接列车：确认道口、线路无障碍后，要站在栏木终端接车，并注意防止行人、自行车钻入栏木，抢越道口。列车接近道口时，道口工面向来车方向。列车运行状态良好时，白天手举拢起黄旗，夜间手提白色信号灯迎接列车 ⑦观察运行：列车通过道口时，要远看装载，近看走行，观察列车运行状态，及时发现影响行车安全的障碍 ⑧送出列车：列车通过道口后无异状时，白天手举拢起的黄旗，夜间手提白色信号灯，向车长互对信号。如发现危及行车安全时，白天高举展开的红旗，夜间为红色灯光左右摇动 ⑨确认抬杆：列车通过后，要确认电铃、电话无通知，本线和邻线无列车开来方可起杆。分上、下行的道口先开出口栏杆，再开进口栏杆 ⑩疏导车辆：起杆后，组织行人、车辆有秩序地通过道口	

续上表

项目	技　术　要　求	扣分办法
质量30分	（1）精神饱满，服装整齐	（1）精神不振、服装不整齐，每项扣5分
	（2）信号显示姿势正确	（2）姿势不正确，每次扣5分
	（3）起杆动作稳	（3）动作不稳，每次扣5分
	（4）栏木落下距路面1～1.2m，起杆后距公路边缘垂直高度大于3.5m	（4）超限，每项扣5分
安全20分	（1）信号防护备品和工具备品齐全	（1）少一件，扣5分
	（2）正确使用（或显示）信号	（2）错，每次扣10分
	（3）无其它不安全因素	（3）发生，每次扣5分
效率10分	（1）按道口作业十项程序进行作业	（1）提前不加分
	（2）限时为10min	（2）超过1min扣1分

二、道口小补修工作

劳动组织：1人　　计算单位：处

项目	技　术　要　求	扣分办法
作业程序25分	（1）清扫道口轮缘槽里的杂物 （2）整修道口铺面：道口铺面板悬空不实时，易被车辆轧断。如发现时，应拆开铺面板重铺或更换，使之垫平密靠	（1）漏一项扣5分 （2）错一项扣2分

续上表

项目	技术要求	扣分办法
作业程序25分	(3) 整修防护设备：栏木、栅栏（或护桩）和标志等,应按道口标准图规定,进行刷新和整修（包括修理联动装置） (4) 道口两端各50m范围内小补修工作：整平路肩和道床，铲除杂草及清理排水设备等	
质量50分	(1) 道口轮缘槽内无积土、积雪	(1) 有,每处扣5分
	(2) 道口铺面板无折损、压坏	(2) 有，每块扣3分
	(3) 防护设备油漆明显，埋设距离符合规定	(3) 违反，每个扣3分
	(4) 道床、路肩无杂草	(4) 有，每10单面米扣2分
	(5) 路肩平整，无散碴，道床坡脚整齐	(5) 有，每10单面米扣2分
	(6) 侧沟排水良好，无杂草	(6) 违反时，每10单面米扣2分
	(7) 道口铺面干净	(7) 不干净，每10单面米扣2分
安全15分	(1) 迎车作业中工具随时带出限界	(1) 未做到，一件扣2分
	(2) 本人无不安全因素	(2) 如有,每次扣5分
效率10分	按平均时间计分	(1) 提前1min加0.5分 (2) 超过1min扣1分

三、道口设备检查

项目	技　术　要　求	扣分办法
铺面和道路50分	道口铺面质量直接影响列车运行安全和过往车辆的行驶，为此道口工应按如下标准检查 (1)铺面材质要抗压强度高 (2) 铺面一般应与钢轨顶面相平，任何情况下不得高出轨面 25mm，但钢轨头部外侧 50mm 范围内应比轨面低 5mm。直线轮缘槽宽 70～100mm，曲线 90～100mm，深45～60mm，终端 300mm，弯向线路中心不小于 150mm，并固定。槽内经常保持干净 (3) 铺面宽度原则上与道路等宽，行驶机动车辆时大于 4.5m，不行驶机动车辆时大于 2.5m (4) 钢轨或栏杆外的平台应不少于 10m，不行驶机动车辆时不少于 6m，山区不少于 3m (5) 道口外两侧道路坡度，在市区小于 3%，其它小于 6%，不通行机动车辆小于 10%，特殊情况小于 20%	每缺一项扣10分
标志30分	(1) 司机鸣笛标设在距道口两侧各 500～1000m 处列车运行方向的线路左侧 (2) 设护桩：道路两侧每边 5 个，其间距 1.5m，高出路面 0.8m，并涂 100mm 黑白相间格。设栅栏时其高与长相同 (3) 道口警标：距道口最外股钢轨 20m 的道路右侧 (4) 道口信号机或停车让行标距道口最外股钢轨 5m 的右侧	每缺一项扣5分

续上表

项目	技　术　要　求	扣分办法
栏杆(门)20分	(1) 栏杆、栏门距外股钢轨不少于3m，一般以开放公路为定位，栏杆开放其扬程要大于60°。栏杆扬起始端距公路边缘路面垂直高度3.5m以上，栏杆关闭距地面1～1.2m (2) 栏杆、栏门涂150mm黑白相间格，经常保持明显	每缺一项扣5分

四、道口故障防护

劳动组织：2人　　计算单位：次

项目	技　术　要　求	扣分办法
作业程序40分	(1) 推合短路闸刀，按动遮断信号机按钮 (2) 呼叫司机、车站、关闭栏杆、栏门 (3) 道心插上防护杆：白天挂红旗，夜间挂红灯 (4) 展开红旗，奔向来车方向，在距道口800m（或能赶到的地点）处设置响墩拦停列车 (5) 返回故障地点处理故障	每缺一项扣5分
质量40分	(1) 必须先设好防护，后排除故障 (2) 根据道口设施情况决定防护办法 (3) 确保列车在故障地点前停车	(1) 程序颠倒，扣10分 (2) 防护办法不妥当，扣5分 (3) 不能确保，扣20分
效率20分	故障两端均完成防护，限时15min	(1) 提前1min加1分 (2) 超额1min扣1分

第十章　钢轨探伤工

一、测试钢轨探伤仪灵敏度余量

1．0°探头

劳动组织：1 人　　计算单位：1 只探头

项目	技　术　要　求	扣分办法
作业程序 20 分	（1）将0°探头从仪器上卸下 （2）仪器“增益”、“抑制”旋扭置于最大 （3）将 0°探头放在 WGT-1 试块上探测 40mm 厚底面 （4）记录将第一次底面回波、波幅达 80% 时的衰减器读数 （5）如探头不合格时，应换新探头重测 （6）将测试合格的探头装上机架并试机	程序错，每项扣 2 分；每漏一项扣 5 分
质量 50 分	（1）测试标准清楚 （2）测试方法正确 （3）测试结果误差不大于 6dB	（1）不清楚，扣 5 分 （2）不正确，扣 5 分 （3）误差超过 6dB，扣 3 分；每增 1dB 加扣 1 分
安全 10 分	（1）无仪器、工具损坏 （2）无人为因素故障 （3）无不安全因素	发生一项扣 5 分
效率 20 分	6min	

2. 37°探头

劳动组织：1 人　　计算单位：2 只探头

项目	技　术　要　求	扣分办法
作业程序 20 分	（1）将37°探头从仪器上卸下 （2）仪器“增益”、“抑制”旋钮置最大 （3）在WGT-1 试块 B 面，用二次波探测 *R*15 模拟螺孔 （4）记录将模拟螺孔回波调至满幅的80%时的衰减器读数 （5）如探头不合格时，应换新探头重测 （6）两只探头在两个通道分别测试 （7）将测试合格的探头装上机架并试机	程序错，每项扣 2 分；漏项扣 5 分
质量 50 分	（1）测试标准清楚 （2）测试方法正确 （3）测试结果误差不大于 6dB （4）测试以监考人或指定专业人员测试结果为准	（1）不清楚，扣 5 分 （2）不正确，扣 5 分 （3）误差超过 6dB，扣 3 分；每增 1dB 加扣 1 分
安全 10 分	（1）仪器、工具无损坏 （2）无人为因素故障 （3）无不安全因素	发生一项扣 5 分
效率 20 分	12 min	超 1 min 扣 1 分

3. 70°探头

劳动组织：1 人　计算单位：2 只探头

项目	技　术　要　求	扣分办法
作业程序 20分	(1) 将70°探头从仪器上卸下 (2) 仪器"增益"、"抑制"旋钮置最大 (3) 在WGT-1 试块上 A 面用二次波探测 $\phi 3$ 横孔 (4) 将$\phi 3$ 模孔回波调至满幅的 80%时的衰减器读数记录 (5) 如探头不合格时，应换新探头重测 (6) 将测试合格的探头装上机架并试机	程序错，扣 2 分；漏项，每项扣 5 分
质量 50分	(1) 测试方法正确 (2) 测试标准清楚 (3) 测试结果误差不大于 6dB	(1) 不正确，扣 5 分 (2) 不清楚，扣 5 分 (3) 误差超过 6dB，扣 3 分；每增 2dB 加扣 1 分
安全 10分	(1) 仪器、工具无损坏 (2) 无人为因素故障 (3) 无不安全因素	发生一项扣 5 分
效率 20分	12 min	超 1 min 扣 1 分

二、测试钢轨探伤仪斜探头折射角

劳动组织：1 人　　计算单位：4 只探头

项目	技　术　要　求	扣分办法
作业程序 20 分	(1) 卸下探头,加好耦合剂,测试出探头入射点 (2) 将探头置于 WGT-2 试块 B 面，用一次波探测深 25mm 的横孔,缓慢移动探头,找出最高反射波，读出入射点到模孔的水平距离，代入公式，求出 β 角 (3) 将测试结果记录 (4) 将测试合格的探头装上机架并试机	程序错，扣 2 分;每漏一项扣 5 分
质量 50 分	(1) 测试方法正确 (2) 测出不合格探头 (3) 清楚探头折射角允许误差标准	(1) 错,每次扣 5 分 (2) 未发现，每只探头扣 10 分 (3) 不清楚，扣 5 分
安全 10 分	(1) 工具放置妥当 (2) 无碰破手脚 (3) 无人为因素破坏工具、试块、探头	每发生一件(次) 扣 5 分
效率 20 分	30min	超 1 min 扣 2 分

三、测试钢轨探伤仪报警灵敏度

1. 反射式报警灵敏度

劳动组织：1人　　计算单位：1只探头

项目	技术要求	扣分办法
作业程序20分	(1) 卸下反射式探头在相应的试块上找出反射回波 (2) 调整衰减器和增益旋钮，观察仪器出现回波报警与不报警时的回波高度，并分别记录 (3) 将37°探头置于GTS-60试块模拟螺孔象限裂纹的螺孔上方轨面上，纵向移动探动，使螺孔反裂纹回波同时出现在反报警方门内，观察出现双波时报警的波高并记录 (4) 测试完毕，装上探头，并试机	每错、漏一项扣2分
质量50分	(1) 测试方法正确 (2) 旋钮调试熟练 (3) 标准清楚 (4) 不合格仪器应测出	(1) 不正确，扣5分 (2) 不熟练，扣2分 (3) 不清楚，扣5分 (4) 未测出，扣10分
安全10分	(1) 工具放置正确，无人为损坏、故障 (2) 无人为不安全因素	发生一项(次)扣5分
效率20分	6 min	超1 min扣2分

2. 穿透式报警灵敏度

劳动组织：1人　　计算单位：1只探头

项目	技　术　要　求	扣分办法
作业程序 20分	(1) 卸下穿透式探头，在相应的试块上找出反射回波 (2) 调整衰减器和增益旋钮，观察仪器回波幅度，从满幅向下衰减时仪器报警，回波削弱的幅度 (3) 测试完毕，装上探头并试机	每错、漏一项扣5分
质量 50分	(1) 测试方法正确 (2) 旋钮调试熟练 (3) 标准清楚 (4) 不合格仪器应测出	(1) 不正确，扣5分 (2) 不熟练，扣2分 (3) 不清楚，扣5分 (4) 未测出，扣10分
安全 10分	(1) 无人为不安全因素 (2) 工具放置正确，无人为损坏、故障	发生一项(次)扣5分
效率 20分	6min	超1min扣2分

四、反报警控制的调节使用

1. 0°探头

劳动组织：1人　　计算单位：1个通道

项目	技　术　要　求	扣分办法
作业程序 20分	(1) 在GTS-60试块上或标准轨螺孔上调试	每错、漏一项扣5分

续上表

项目	技术要求	扣分办法
作业程序20分	(2) 将0°探头置于轨面中心螺栓孔上面沿纵向移动,使螺栓孔回波出现在荧屏上,调试0°探头反报警门位置旋钮，将螺孔回波置于第一反报警门中 (3) 调节0°探头反报警门宽度旋钮，使螺孔回波位移在反报警方门内 (4) 移动探头位置使轨底回波出现在荧屏上，并置于第二反报警方门中	
质量50分	(1) 调试旋钮正确 (2) 反报警门宽度适中 (3) 第一方门不能用来控制底波 (4) 第二方门控制底波时应将回波靠近方门前沿	不符合要求，每项扣5分
安全10分	(1) 无人为因素故障 (2) 无仪器摔倒 (3) 无碰破手脚	发生，每项(次)扣5分
效率20分	2 min	超 1min 扣2分

2. 37°探头

劳动组织：1人　　计算单位：2个通道

项目	技术要求	扣分办法
作业程序20分	(1) 在GTS-60试块上或标准螺孔上调试 (2) 将37°探头置于轨面中心，沿纵向移动，使钢轨螺孔回波出现在荧屏上，调试37°探头反报警门位置旋钮，使螺孔回波置于反报警门中 (3) 调试37°探头反报警门宽度旋钮,使螺孔回波位移在反报警方门内	每错、漏一项扣2分

续上表

项目	技　术　要　求	扣分办法
质量50分	（1）调试旋钮，正确熟练 （2）反报警方门宽度适中	不合格，每项扣5分
安全10分	（1）无人为因素故障 （2）无仪器摔倒 （3）无碰破手脚	发生，每项（次）扣5分
效率20分	4 min	超 1min 扣2分

五、钢轨探伤作业

1. 上道前准备

劳动组织：1人　　计算单位：1台仪器

项目	技　术　要　求	扣分办法
作业程序20分	（1）检查工具、信号备品是否齐全 （2）检查仪器工作电压是否正常 （3）检查各探头接线是否正常，耦合剂是否良好 （4）检查前后翻板压力是否均匀 （5）检查给水系统是否畅通 （6）检查各部件有无松动、缺少	漏一项扣2分
质量50分	（1）无不合格部位 （2）无缺少部件备品	发生一件扣5分
安全10分	（1）无小车摔倒 （2）无人为不安全因素	发生一件扣5分
效率20分	10 min	超 1min 扣1分

2. 钢轨探伤

劳动组织：1人　　计算单位：1组伤轨

项目	技　术　要　求	扣分办法
作业程序20分	(1) 检查仪器性能状态 (2) 按探伤作业标准探伤 (3) 按《维规》要求判定伤损 (4) 按要求填写伤轨记录	漏项、简化程序，每次扣5分
质量50分	(1) 发现伤轨应确定是轻伤，轻伤有发展或重伤	(1) 未按标准判定，每处扣5分
	(2)发现伤损要定性、定位(定性是要求判定是什么伤，如裂纹、核伤、腰裂、底裂等；定位是要求判明伤损位置，如核伤要有距某端多少毫米，孔裂要有端位、孔位、象限、其它裂纹要在轨头横断面图上标出区域)，定性、定位不少项	(2) 定性不准，每处扣10分；定位误差5mm，以每2mm扣1分；漏项、错项，每次扣5分
	(3) 不错判、漏判	(3) 错判、漏判，每处扣10分
	(4) 伤损按记录要求正确填写，项目齐全	(4) 漏项，每处扣3分
安全10分	(1) 无仪器摔倒 (2) 无不安全因素	发生一次扣5分
效率20分	12.5m伤损钢轨若干根，每根探伤时间为4min	每超1min扣1分；每提前1min加1分

第十一章　轨道车司机

一、轨道车检查作业

劳动组织：1人　　计算单位：台

项目	技　术　要　求	扣分办法
作业程序 25分	应备工具：检车锤 司机室内： （1）燃油、润滑油、冷却水、发动机及各总成 （2）离合器、变速箱、中间箱 （3）照明、喇叭、雨刷器、各仪表 （4）空气制动机、手制动机 （5）信号备品、机械备品、工具备品 前部： （6）车钩、钩销、塞门、软管、排障器、排石刷 （7）风挡玻璃、喇叭、大小灯、雨刷片 右侧： （8）车钩弹簧、螺栓、螺帽、开口销、车轴、车轮、油底壳、消声器、制动梁、闸瓦托、销及吊件、风泵、 （9）轴箱、弹簧、导杠或定位拉杆、轴箱挡、减振器 （10）门把、脚梯、制动拉杆各杆、吊件及圆销、开口销 （11）变速箱、中间箱、传动轴、万向节 （12）塞门、集尘器、风缸、三通阀、制动缸、制动鞲鞴	错项、漏项，每项扣2分

续上表

项目	技　术　要　求	扣分办法
作业程序25分	(13) 传动轴、车轴齿轮箱及吊件 (14) 车轮、车轴、制动梁、闸瓦、闸瓦托、销及吊件 (15) 轴箱、弹簧、导杠或定位拉杆、轴箱挡、减震器 (16) 手制动机、机座、制动链 后部： (17) 同"前部"(6) (18) 同"前部"(7) 左侧参照"右侧"(8)～(16) 顺序检查	
质量40分	(1) 严格按标准化作业程序检查 (2) 认真检查各部故障，确认车辆状态良好 (3) 锤到、眼到、手到	(1) 违反，扣5分 (2) 故障未查出，每项扣10分 (3) 手、眼、锤不一致，扣2分
安全25分	(1) 采取防溜措施 (2) 遵守操作规程，防止工机具损坏 (3) 严防事故苗子发生	(1) 不采取，扣10分 (2) 损坏，扣25分 (3) 有事故苗子，扣10分
效率10分	10 min/台	超过 1 min 扣1分

二、轨道车行驶操作

项目	技术要求	扣分办法
作业程序 50分	(1) 定车、定人、固定包乘。包车司机负行车驾驶一切责任。司机不在时，由本包车替班司机负责。每次出车前检查车况，信号备品及装载与连接良好 (2) 出车时，带齐证件。司机负责联系要点，或司机写出计划由助手代办。路票、路签由助手取、送或接递。熟悉运行的线路站场信号设备状况，否则必须有带道司机 (3) 行车凭证、信号显示、进路、道岔由执行任务的司机、助手二人确认。看清后，司机呼唤，助手确认后应答 (4) 机车推进拖车出岔线或出站卸料，助手必须在前端拖车上引导，司机在正方向按助手的引导信号行车。禁止区间推进运行 (5) 两台机车在同一线路、同一方向、同时出岔时，必须连挂，禁止续行出岔 (6) 多机连挂要接风管，掌握速度，不撞车，重车在前，轻车在后，要加强联系，任务明，方法清。统一计划、统一行动、统一指挥 (7) 途中站停车及动车前，要确认信号和区间凭证，检查车、货及连接部分。长时间停留及过夜时，必须采取防溜措施，夜间必须有双面红灯防护	不符合要求，每项扣5分
安全 50分	(1) 不能违反“十害”、“四不进”、“八不开”、“五不卸” (2) 严格执行“认真瞭望，确认信号，手比眼看，高声呼唤”规定 (3) 对搭乘人员进行安全教育 (4) 按规定装载，卸料不侵限，不边走边卸	(1) 违反，每项扣2分 (2) 未做，扣10分 (3) 未进行，扣10分 (4) 不按规定，扣10分

三、拖车检查作业

劳动组织：1人　　计算单位：台

项目	技术要求	扣分办法
作业程序25分	应备工具：检车锤 1位端面： (1) 先看车钩、钩销，检查塞门、软管、软管连结器 (2) 检查手制动机、机座、制动链 (3) 钻进车底看钩弹簧、螺栓、螺帽、开口销，抬头看各梁和地板 (4) 顺管检查列车管、卡子和管箍，依次检查枕梁心盘、旁承 (5) 检查安全托(链)、制动梁、移动杠杆和支架，一直看到下拉杆 (6) 检查车轮、轮缘、踏面、车轴及轮座标记 (7) 退出车体往前看，车体有无倾斜、侧梁有无下垂； (8) 检查轴箱、侧架、弹簧、螺栓、螺母、闸瓦、闸瓦吊、托、销及摇枕、枕簧(摇枕轴、吊) (9) 探身检查车轮、轮缘、踏面、车轴及轮座标记，检查制动梁、下拉杆、上拉杆、圆销、开口销、平等杠杆及托、中间杆及圆销、开口销 (10) 看三通、支管及卡子和弯头，检查截断塞门、远心集尘器、三通阀、副风缸、制动缸、缓解阀 (11) 同第(9)项 (12) 同第(8)项 (13) 同第(6)项	错项、漏项，每项扣2分

续上表

项目	技　术　要　求	扣分办法
作业程序25分	(14) 参照(1) ～(6) 项顺序检查2位右侧： (15)参照(7)～(13) 项顺序检查	
质量40分	(1) 严格按标准化作业程序检查 (2) 认真检查各部故障 (3) 锤到、眼到、手到	(1) 违反，扣5分 (2) 故障未查出，每项扣10分 (3) 手、眼、锤不一致，扣2分
安全25分	(1) 采取防溜措施 (2) 遵守操作规程，防止工、机具损坏 (3) 严防事故苗子发生	(1) 不采取防溜措施，扣10分 (2) 工、机具损坏，扣5分 (3) 有事故苗子，扣10分
效率10分	6min/台	超过1min扣1分

四、轨道车安全操作呼唤应答制度

项目	技　术　要　求	扣分办法
作业程序100分	(1) 重型轨道车在运行中，以司机为主的乘务人员应集中精力，谨慎驾驶，细心瞭望，确认信号，并认真执行“高声呼唤、手比眼看”的应答制度 ①认真瞭望，车动集中看，瞭望不间断。在通过车站、道口、桥隧、曲线、路堑、施工地	未做到，每项扣10分

续上表

<table>
<tr><th>项目</th><th colspan="6">技术要求</th><th>扣分办法</th></tr>
<tr><td rowspan="5">作业程序100分</td><td colspan="6">段及在气候不良、视线不清的情况下，应加强瞭望，适当减速，多鸣喇叭，必要时开前灯行驶
②确认信号高声呼唤、手比眼看。重型轨道车在运行中，在进出站、过道岔时，司机与副司机要确认信号，手比眼看，司机呼唤，副司机应答
（2）具体内容：（带手比）</td><td rowspan="5"></td></tr>
<tr><td>序号</td><td>运行位置</td><td>呼唤人</td><td>呼唤内容</td><td>应答人</td><td>应答内容</td></tr>
<tr><td>1</td><td>接近预告信号机</td><td>司机</td><td>预告信号机，注意！</td><td>副司机</td><td>预告信号，绿灯（黄灯），好了！</td></tr>
<tr><td>2</td><td>超过预告信号机</td><td>
司机</td><td>①进站信号，注意
②确认信号</td><td>副司机</td><td>①进站信号好了
②通过好了，或正线停车；或侧线停车；或机外停车</td></tr>
<tr><td>3</td><td>超过进站道岔</td><td>司机</td><td>出站信号注意</td><td>副司机</td><td>出站信号绿灯(黄灯或红灯)</td></tr>
</table>

续上表

项目	技术要求						扣分办法
作业程序100分	序号	运行位置	呼唤人	呼唤内容	应答人	应答内容	
	4	引导进站时	司机	引导信号注意	副司机	引导信号，好了！	
	5	需要交接行车凭证时	司机	确认凭证	副司机	命令（路票）正确	
	6	站内停车	司机	站内停车注意速度	副司机	站内停车注意速度	

五、轨道车被迫停车防护处理

项目	技术要求	扣分办法
作业程序25分	应备工具：响墩、火炬、信号旗、信号灯等 重型轨道车在区间被迫停车不能继续运行时： （1）鸣示一长三短的警报信号，并电告两端车站值班员、列车调度员 （2）立即按规定设好防护，如影响邻线行车时，同时进行防护，发现邻线来车，应急速鸣示紧急停车信号 （3）乘务组负责人组织抢修，采取应急措施，尽快开通线路，需要救援时，应立即求援 （4）已请求救援时，从救援列车开来方向（不明时，从列车前后两方）距离列车不少于300m处防护	（1）防护信号备品带不全，扣10分 （2）未按规定程序处理，扣10分

续上表

项目	技　术　要　求	扣分办法
作业程序25分	(5) 电话中断后发出的列车应于停车后立即从列车后方距离不少于800m处防护 (6) 列车分部运行，机车进入区间挂取遗留车辆时，应从列车前方距离不少于300m处防护 (7) 在自动闭塞区间停车，于夜间或从列车尾部向后瞭望，距离达不到300m时，当确知列车不能立即运行或停车后未听到鸣笛一长声的通知，并已超过2min，运转车长应立即在尾部附近点燃火炬，随即前往距离列车不少于300m处防护	
质量40分	(1) 严格遵守《技规》规定的防护办法及距离 (2) 响墩安放正确牢固 (3) 信号显示正确	(1) 防护备品不齐全，每项扣10分 (2) 不正确，每次扣10分 (3) 不正确，每次扣10分
安全25分	(1) 采取防溜措施 (2) 按程序处理，不伤手脚 (3) 无人为事故苗子	(1) 未采取措施，扣10分 (2) 违反，扣10分 (3) 有，扣10分
效率10分	限时10min	超1min扣1分

六、轨道车(拖车) 复轨作业

劳动组织：2 人　　计算单位：台

项目	技　术　要　求	扣分办法
作业程序30 分	(1) 准备工作 ①确认轨道车(拖车) 脱轨，车轮踏面只要低于钢轨顶面，不论设备是否破损均为脱轨 ②按规定设好防护，并向邻近车站报告、联系 ③选用液压复轨器(15t、20t、30t、40t、50t) ④备 4 个 400mm×150mm×150mm 枕木头及斜木、绳索、扒碴等工具备品 (2) 基本作业 两轴车复轨 ①先将未脱轨的车轮用斜木在轨道上呈对角垫好，并在支承端排除横推卡阻物体 ②检查车轴下空间高度，应满足顶举油缸和垫木的高度。如不能满足，应先升起四角，将车轮垫高，如支承位在道心，必要时应掏去枕间道碴 ③将底座搬入脱轨车轴下方，横推油缸活塞杆指向需横推方向，下垫木板，调平压实，调节顶举油缸顶帽，使之与车轴接触，并顶于车辆的中心位置(顶帽的调整高度不得大于 60mm) ④用高压软管的快速接头分别将手动高压油泵与两油缸连通，关闭卸荷放油开关 ⑤给顶举油缸泵油，顶起车体至车轮缘高出轨面 15～20mm 后，再给横推油缸泵油，横推到位并找正。松开顶举手动油泵的卸荷放油开关，活塞杆降落，车轮落下，完成一端的复轨动作	(1) 不符合要求，每处(项) 扣 10 分 (2) 程序错、漏，每项扣 5 分

续上表

项目	技 术 要 求	扣分办法
作业程序 30分	⑥松开横推手动油泵的卸荷开关，横推油缸在弹簧的作用下自动回位。随后抬高油管使液压油回至油箱，关闭两手动油泵的卸荷开关，取下软管，撤出底座、顶举油缸、垫木、斜木等用具 液压复轨器的最大横向行程为300mm，最大顶举高度为240mm，在复轨作业时，一次未完成，可再作业一次 四轴车复轨 平车和采用转向架结构的轨道车，复轨方法与两轴车复轨方法基本相同，区别有两点： ①作业前，用索具或专用工具将起复端转向与车体栓挂牢靠 ②起复点一般选择在心盘与车钩之间的车体上，在装上支承后起复，如果采用两台复轨器，应使两台复轨器的顶举和横移动作同步	
质量 30分	(1) 按标准作业，复轨器、垫木等安置稳妥 (2) 争取复轨一次成功，减少灾害程度	(1) 作业失误，每次扣10分 (2) 复轨3次以上不成功，扣20分；2台复轨器动作不同步，扣10分
安全 20分	(1) 正确使用防护 (2) 不碰伤手脚 (3) 无事故苗子 (4) 未卸荷时，不得拆卸快速接头	(1) 防护不正确，扣5分 (2) 伤手脚，扣5分 (3) 发生，扣5分 (4) 不符合要求，扣5分

续上表

项目	技　术　要　求	扣分办法
效率20分	正线、到发线15min/端，全车30min 其他线20min/端，全车40min	(1) 每提前1min加2分 (2) 每延长1min扣2分

七、轨道车保养

1. 空气滤清器

劳动组织：1人　　计算单位：2只（低质滤芯）

项目	技　术　要　求	扣分办法
作业程序25分	应备工具：开口或梅花扳手、油丝、毛刷或低于500kPa的压缩空气 (1) 松开空气滤清器紧固螺栓 (2) 打开空气滤清器上盖 (3) 取出滤芯 (4) 轻轻敲其端面或用压缩空气从滤芯内部向外吹，或用毛刷刷沾污表面 (5) 擦拭空气滤清器内外 (6) 滤芯破损及尘污严重需换新 (7) 按顺序安装	(1) 工具不齐，扣2分 (2) 漏项未作，扣5分
质量40分	(1) 滤芯清洁无破损及尘污 (2) 滤清器内外清洁无油污 (3) 安装滤清器端正不松动	一项不合格扣10分
安全25分	(1) 无机件损坏 (2) 无工具损坏 (3) 无事故苗子	(1) 损坏机件，扣10分 (2) 损坏工具，扣5分 (3)有事故苗子，扣10分

续上表

项目	技 术 要 求	扣分办法
效率10分	限时10min	超1min扣1分

2. 燃油滤清器

劳动组织：1人　　　计算单位：2只

项目	技 术 要 求	扣分办法
作业程序25分	应备工具：梅花扳手、油丝、毛刷、清洁汽油、清洁柴油、螺丝刀等 (1) 卸下进出油管 (2) 打开柴油滤清器 (3) 取出滤芯清洗或更换 (4) 放出滤清器内污油并清洗 (5) 按程序恢复 (6) 排油路空气	(1)工具不齐全，扣5分 (2)漏项，扣5分
质量40分	(1) 无漏油 (2) 油路无空气 (3) 内外洁净无油污 (4)安装正确不漏项，细滤器进出油管螺栓不得装反(因进油管螺栓有止回阀，装反将不能起动车辆)	(1)一项不合格，扣5分 (2)漏项，扣5分
安全25分	(1) 无机件损坏 (2) 无工具损坏 (3) 无事故苗子	(1) 机件损坏，扣10分 (2) 工具损坏，扣5分 (3)有事故苗子，扣10分
效率10分	限时10min	超1min扣1分

第十二章　防　护　员

一、防护联络信号和移动信号的使用方法

项目	技　术　要　求	扣分办法
预报信号10分	吹号角，上行二长声、下行一长声。通知施工负责人，车站已对施工区间办理闭塞，施工人员应注意	吹错扣5分
确报信号10分	吹号角，一长二短声。通知施工负责人及施工人员，车站已向区间发车	吹错扣5分
警报信号10分	吹号角，一长三短声。通知施工负责及施工人员，列车已经接近	吹错扣5分
停车信号10分	吹号角，连续短声。用停车手信号，昼间为展开的红色信号旗，夜间为红色灯光。当无停车手信号时，昼间为两臂高举向两侧急剧摇动，夜间用灯光或火光上下急剧摆动，要求列车停车	吹错或表示错各扣5分
取消信号10分	吹号角，两长一短声。通知施工负责人，刚刚发过的预报（或确报）信号已予取消	吹错扣5分
设置防护10分	吹号角，一短一长声 (1) 施工负责人用号角吹一短一长声，并高举红旗做圆形转动，指示防护员设置停车防护 (2) 防护员设好响墩防护后，以同样方式回报施工负责人	吹错或显示错各扣5分

续上表

项目	技　术　要　求	扣分办法
撤消防护10分	吹号角，一长一短声。 (1)施工负责人用号角吹一长一短声，并高举黄旗在头上左右摇动，指示防护员撤除停车防护 (2) 防护员撤除防护后，用同样办法回报	吹错或显示错各扣5分
	以上各项吹号角，长声为3s；短声为1s；音响间隔为1s；反复吹示间隔为5s	不准确，每次扣5分
移动停车信号10分	昼间——红色方牌；夜间——柱上红色灯光。设在施工地点的两端各50m（区间20m）处。在区间线路上使用时，标志高度采用1.85m，在站内线路上使用时，标志高度采用1m	错一项扣2分
移动减速信号10分	昼间——黄色圆牌；夜间——柱上黄色灯光。区间设在施工地点两端800m处，站内视不同情况确定。减速信号牌应标明每小时限速公里数	错一项扣2分
移动减速终端信号10分	昼间——绿色圆牌；夜间——柱上绿色灯光。在单线区段，司机在昼间应看到线路右侧减速信号牌背面的绿色圆牌，在夜间应看柱上的绿色灯光	错一项扣2分

二、使用作业标防护

劳动组织：1人

项目	技　术　要　求	扣分办法
作业程序50分	区间： (1) 在距施工地点500～1000m处路肩上设置作业标，双线在线路外侧，单线在列车运行方向左侧	(1)作业标未设或设置位置不对，扣5分

续上表

项目	技　术　要　求	扣分办法
作业程序50分	(2) 防护员站立在瞭望条件好，并且能使作业人员能听到的位置防护。双线同时作业在作业地段中部，一线作业在靠近列车到来方向一端防护 (3) 瞭望不良时增设联络员 站内： (4) 防护员加强瞭望，必要时持停车手信号防护，本线、邻线来车前收回 (5) 作业影响设备使用时，需事先在《行车设备检查登记簿》上登记	(2)站立位置不对，扣2分 (3) 未设，扣5分 (4)不符合要求，扣2分 (5) 未登记，扣5分
质量30分	(1) 持防护证，视、听能力好 (2) 站立位置便于瞭望列车，并能与工地通视 (3) 不得擅离岗位或干与防护工作无关之事 (4) 信号备品良好	不符合要求，每次（每项）扣5分
安全20分	(1) 及时发出有关信号 (2) 无事故苗子	(1) 不及时，每次扣5分 (2) 发生，每次扣5分
适用范围	在不需要以停车信号或减速信号防护的区间或站内进行施工作业	

三、使用对讲机防护

劳动组织：2人

项目	技　术　要　求	扣分办法
作业程序40分	(1) 派驻站联络员和工地防护员用对讲机联系	漏项或有差错，每次扣5分

续上表

项目	技　术　要　求	扣分办法
作业程序40分	（2）利用列车间隔施工 （3）作业工地设停车手信号防护 （4）放行列车或单机不限速 （5）视听不良地段增设联络员	
质量40分	（1）防护员须持证，头脑清晰，无语言障碍 （2）信号通讯备品良好 （3）驻站联络员掌握作业地点情况、作业项目等 （4）驻站与工地防护员每隔3～5min联系一次，联系中断时应立即通知下道 （5）双方通话时，讲清车次、上下行及通过车站、工地等要素 （6）不擅离岗位	不符合要求，每项（次）扣5分
安全20分	无事故苗子，无违章现象	发生，每次扣5分，严重时全扣
适用范围	（1）个别更换夹板 （2）使用弯轨器整直钢轨 （3）使用有碍行车的轨缝调整器而不拆开钢轨接头调整轨缝 （4）使用有碍行车的小型养路机械 （5）起动钢轨，单根抽换桥枕 （6）桥梁施工进行试顶，需要起动梁身并回落原位 （7）利用小型爆破开挖侧沟或基坑（限于不影响路基稳定的范围） （8）砍除危树	

四、使用移动慢行牌防护

劳动组织：2 人

项目	技　术　要　求	扣分办法
作业程序 50 分	区间： （1）单线：距施工地点外侧 800m 设移动减速信号牌，20m 处设减速地点标，均设在列车运动方向左侧路肩上 （2）双线一线：在施工线上距施工地点两侧 800m 设移动减速信号牌，20m 处设减速地点标，在不施工线上对应施工地点两侧 500～1000m 设作业标，均设在线路外侧路肩上 （3）双线两线：在施工线上距施工地点两侧 800m 设移动减速信号牌，20m 处设减速地点标，均设在线路外侧路肩上 （4）施工地点距进站信号机（或站界标）少于 800m 时，不足一侧在警冲标处及相对应线路左侧设移动减速信号牌，另一侧在 20m、800m 处列车运行方向左侧路肩上分别设减速地点标、移动减速信号牌 站内： （5）正线及正线道岔：施工地点距进站信号机超过 800m，设在信号机处，不超过 800m，则在 800m 处距离设移动减速信号牌 （6）站线：在两端警冲标（或相对）处设移动减速信号牌 （7）站线道岔：在道岔中部设双面黄色的移动减速信号牌	有错、不符合要求，每处扣 3 分，每项扣 5 分
质量 30 分	（1）线间距不足规定值时，应设 1m 高的移动减速信号牌 （2）移动减速信号牌要标明慢行速度	

续上表

项目	技　术　要　求	扣分办法
质量30分	（3）减速地点标要区分正反面 （4）昼间设移动减速信号牌、夜间设黄灯 （5）减速信号位置、方向正确无歪斜	
安全20分	无事故苗子及违章作业	发生一次扣5分，严重时全扣
适用范围	（1）成段增加、更换或方正轨枕 （2）成段整修轨底坡 （3）起道量为41～100mm （4）列车间隔内一次拨道量为41～100mm （5）利用列车碾压调整无缝线路应力	

五、使用移动停车牌防护

劳动组织：2人

项目	技　术　要　求	扣分办法
作业程序60分	区间： （1）单线：在距施工地点两端20m处设置移动停车信号牌，860m处面向施工地点的左股钢轨设置第一个响墩，依次向内方20m右股，40m左股设第二、三个响墩，防护员再向内20m站在第三个响墩同侧路肩上，手持展开的红色信号旗防护 （2）双线一线：除在施工地点本线按上述“单线”办法设移动停车信号牌和响墩防护外，在邻线对应施工地点两侧860m处设置作业标防护	不符合要求，每处扣3分，每项扣5分

续上表

项目	技　术　要　求	扣分办法
作业程序 60分	（3）双线两线：分别在施工线两端按“单线”办法设移动停车信号牌和响墩防护，防护员分别站在施工线两端外侧来车方向的路肩距第三个响墩 20m 位置，手持展开的红色信号旗防护 （4）施工地点在距离进站信号机（或站界标）不足 860m 时：不足一侧在信号机（双线在站界标）处，面向施工地点左股轨上，设置第一个响墩，线路中心设移动停车信号牌。第二、第三个响墩依次向内 20m 右股、40m 左股钢轨上设置。另一侧移动停车信号牌和响墩的设置与上述“单线”相同 站内线路： （5）在施工地点两端 50m 线路中心设移动停车信号牌，不足 50m 时在警冲标相对处线路中心设置 站内道岔： （6）在施工道岔两端 50m 相关线路中心设置移动停车信号牌 （7）在进站道岔处：施工一端可关闭信号机，另一端在 50m 处线路中心设置移动停车信号牌 （8）在出站道岔处：靠近信号机（或站界标）一端可在其相对处施工线路中心设移动停车信号牌，另一端在 50m 处线路中心设置移动停车信号牌，相关道岔锁闭 （9）在交分道岔或交叉渡线上施工，可将有关道岔导向不能通往施工地点的位置锁闭，在施工地点两端 50m 相关线路中心设置移动停车信号牌	

续上表

项目	技　术　要　求	扣分办法
质 量 20分	（1）设置响墩如遇钢轨接头、道口、道岔、无碴桥等可向外方延伸设置 （2）信号牌设置位置、方向正确，无弯斜，响墩无失效，设置牢固 （3）通讯器材、信号备品良好 （4）“作业程序”第（4）项施工地点距离进站信号机（或站界标）不足60m时，不足一端可不设响墩	不符合要求，每处扣5分
安 全 20分	无事故苗子及违章作业	发生一次扣5分，严重者全扣
适 用 范 围	（一）必须办理封锁施工手续，放行列车或单机时，限速15～25km/h，不低于领工员级别的人员负责 （1）一次连续更换钢轨超过100m （2）一次拨道量超过100mm （3）起道量超过100mm或使用冻害垫板一次总厚度超过40mm （4）成组更换道岔或岔枕 （5）成段清筛或更换轨枕下的道碴（如有加固措施，亦可采用慢行施工） （6）拆开钢轨接头，成段整正轨缝，并插入短轨头 （7）无缝线路应力放散（或利用滚筒调整应力 （8）拆除钢轨，全面更换桥枕 （9）抬高或降低桥梁 （10）更换或拨正钢梁、圬工梁 （11）更换桥梁支座或支承垫石，支座垫砂浆厚度超过50mm	

续上表

项目	技术要求	扣分办法
适用范围	(12) 更换桥上温度调节器 (二) 办理封锁施工手续或经车站值班员承认,利用列车间隔施工,放行列车或单机时不限速，不低于工长级别的人员负责 (1) 一次连续更换钢轨不超过 100m (2) 在线路上焊接钢轨 (3) 更换道岔零部件(尖轨、基车轨、辙叉、护轨、扳道器、转辙连接杆) 或扳道器下长岔枕 (4) 更换绝缘接头夹板 (或成段夹板螺栓除锈涂油)，拆开两个及以上夹板 (5) 拆开钢轨接头,成段整正轨缝,但不插入短轨头 (6) 清理危石或隧道内刨冰有碍行车时 (7) 拨正支座，支座垫砂浆厚度在 50mm 及以下时 (8) 更换桥上温度调节器主要部件 (9) 桥隧施工或检查所搭的脚手架 (不包括可迅速拆装轻便装置),侵入机车车辆限界每边(左、右及上边)各加 150mm 的范围内时	

附录一

《铁路工务安全规则》摘录

第 2.1.7 条 施工地段放行列车时，线路状态应达到表 2.1.7 最低要求。

表 2.1.7

项目	列车减速	列车不减速
(1) 轨枕盒内及枕头道碴	不少于三分之一	填满，但大修整理作业及维修捣固作业扒开道床不在此限；而炎热天气应严格控制扒道床长度，午休时应全部回填；无缝线路应严格控制，按其作业轨温条件办理
(2) 轨枕间隔	每隔六根可空一根	均匀不缺
(3) 枕底道碴	串实	捣固密实
(4) 道钉或扣件	①半径小于 800m 曲线地段，接头两根轨枕和桥枕上应钉齐或上齐 ②其它准许每隔一根钉一根或每隔两根上紧一根	每个枕木头(桥枕)里外侧各钉一个，混凝土轨枕扣件应上齐
(5) 接头螺栓	每个接头至少上紧 4 个（每端两个）	每个接头至少上紧 4 个（每端两个）
(6) 钩螺栓	每隔三根桥枕上紧一根	每隔一根桥枕上紧一根（按明桥面 I 式布置，单根拆除护木时，容许每隔三根桥枕上紧一根）

续上表

项　　目	列 车 减 速	列 车 不 减 速
（7）护轨及道钉	如因施工需要，允许拆除影响施工的一段护轨	应将护轨，梭头全面恢复，并打齐道钉
（8）起道顺坡	不小于 200 倍	临时不小于 200 倍 收工时不小于 400 倍
（6）冻害垫板时平台两端的顺坡	不小于 200 倍	应符合冻害垫板作业的规定

第 2.2.10 条　在区间线路上，进行不需要停车和减速信号防护的一般施工作业，应在其两端各 500～1000m 处，设置作业标防护；单线设在列车运行方向左侧（双线设在线路外侧）的路肩上。

第 3.2.3 条　在区间作业来车时，应距离列车不少于 800m 下道避车，在列车慢行条件下可距 500m 下道避车。

在双线和站内线路上作业，当无专人防护邻线来车时，应在距离列车 500m 以外下道；有专人防护时可不下道，但须停止作业，两线间不得停留人员，工具不得侵入限界。并要注意本线来车；若瞭望条件不良时，必须下道避车。

下道后要站在限界以外，面向列车尾部，防止车上的车门或坠落物及绳索伤人。

第 3.3.3 条　在线路上进行下列作业时应注意：

一、多人在一起作业时，相互间应保持一定安全距离，防止工具碰撞伤人。

二、起道——使用起道机应有两人配合，机手应由操作熟练者担任，并不得兼作其他工作，来车时不得抢撬。

三、捣固——多人分组捣固时，其前后距离应不少于3根轨枕；作业人员前脚不得伸出轨枕边缘。

四、拨道——使用撬棍拨道时，撬棍要插牢，听从指挥，统一行动、不准骑压或肩扛撬棍拨道。

五、改道——打道钉要稳，新枕木要先钻孔，不准用捣镐打道钉，防止飞钉伤人；分组打道钉时，其距离应不少于6根枕木、在无人行道的桥面上作业时，起钢轨外口道钉，应站在道心内侧并使用专用起钉器或弯头撬棍等特制工具。

第3.3.4条 使用撬棍翻动钢轨时，应组织有经验人员操作，其他人员应远离撬棍和钢轨翻动方向；禁止用手翻动钢轨。

剁除钢轨肥边时，要戴好护目眼镜，禁止面对面作业，并注意来往机车车辆。使用切肥边车作业时应做到：

一、工作开始前，施工负责人应对车辆及车上重要部位进行检查，并与司机明确联系信号和推进速度（一般最高不超过10km/h)，全部准备工作完成后，方可开始作业。

二、操作刀具人员要站稳、扶牢，禁止在车辆推进中调整刀头，人员上下车须在停车后进行。

三、切肥边作业时，禁止工作人员站立在车辆前端或行走在车辆前方观察刀头。

第3.3.6条 在离地面3m以上的高空及陡坡上作业，必须戴好安全帽、安全带或安全绳，不准穿带钉或易溜滑的鞋；每次使用前，使用人必须详细检查；单位每半年应做一次鉴定，其方法为：

静荷试验：用静荷载300kg拉5min；

冲击试验：用80kg重物由3m高处自由坠落悬空。

经鉴定合格的应做出合格标记。

第 3.3.7 条 使用脚手架必须满足工作安全的要求；搭设牢固，脚手板外伸悬臂，应有专人负责，经常检查整修，不得浮起活动。

脚手架使用的材料，必须坚韧耐用。

一、立杆有效部分小头直径：木杆不得小于 70mm，竹杆不得小于 80mm。

二、横杆有效部分小头直径；木杆不得小于 80mm，竹杆不得小于 90mm。

三、脚手板厚度，不得小于 50mm，铺设坡度不得陡于 1∶3；陡坡部分应加钉防滑木条。脚手板接头应设在撑杆上，不得悬空。

四、脚手架的荷载每平方米不得超过 270kg，脚手杆间距不应大于 1.5m（经检算许可者除外）。

五、采用圆钢弯制成脚手架时，双钩式圆钢直径不小于 22mm，单钩式圆钢直径不小于 25mm，钢材不得有裂纹、锈蚀等缺陷，并应按规定检查钢钩质量。

六、钉脚手板铁线钉的长度不得小于 100mm；拆下的护木脚手板及模型板上的铁钉，应及时拔掉或打平。

七、靠近架空电线搭拆脚手架时，应严格按照供电部门的规定留出安全距离（一般动力线 2m 以上，照明线 1m 以上）；作业中应时刻注意，防止碰触架空电线。

第 3.3.9 条 在无人行道桥上拧动护木螺栓及钩螺栓时不得向桥外方向使劲，防止摔下。桥面及人行道上，不准有露尖的铁钉。

进行钢梁喷砂除锈时，喷砂嘴不准对着人、车、船；不准带风、带砂修理喷砂设备和更换零件。

进行钢梁铆钉作业时，禁止在脚手架上试打铆钉枪；使用铆钉枪打销钉和过冲时，应呼唤应答，防止过冲伤人；换装铆钉枪风弹时，不准对人；停用铆钉枪时，必须带好安全环。非风动机具操作人员，不准动用铆钉枪。

桥面上下通过的风管，必须捆牢，不得侵入限界。

附录二

重型轨道车使用“十害”、“四不进”、“八不开”、“五不卸”内容

十害：

一、发动机无力或有异响；

二、传动部分不良或有异响；

三、车轴有裂纹，车轴轴承有损坏；

四、车轮有裂纹，车轮踏面厚度不足 15mm；

五、距轮缘顶点 15mm 处，测量轮缘厚度不足 20mm；

六、车轮内侧距离加一侧轮缘厚大于 1390mm 或车轮内侧距离加两侧轮缘厚及一侧踏面宽度小于 1491mm；

七、车架任何部分有横裂纹或弯曲影响行车安全；

八、无制动装置或制动失效；

九、照明、喇叭和联结器不良；

十、有危及行车安全的螺栓、销子松动及机件弯曲或有裂纹。

四不进：

一、进路信号显示不良不进；

二、进路道岔未开通或表示器不正确不进；

三、线路不空闲不进；

四、邻线列车未进警冲标内方不进。

八不开：

一、机械不良不开；

二、油不够不开；

三、信号备品不齐不开；

四、无持证司机不开；

五、信号不清，行车凭证未确认不开；

六、地点不清，任务不明不开；

七、推进、逆行、超重不开；

八、料具未装好，人未坐稳不开。

五不卸：

一、不边走边卸；

二、有线路、道岔、电化、信号、设备、标志不卸；

三、路肩有备用轨料、障碍物不卸；

四、卸料地点未联系好不卸；

五、有害于人身、行车安全不卸。